W0345392

Nach 1945 haben sich die Nachfahren der Nazis auf der dunklen Seite des Mondes eingerichtet. Unter ihnen ist Renate, die beschließt, ihre Geschichte aufzuschreiben. Ihre Tochter soll die Wahrheit erfahren, die Wahrheit über ihre Vergangenheit und über die Toten, die sie indirekt zu verantworten hat, aber auch die Wahrheit darüber, wie sie vielen Menschen das Leben rettete. Jahre zuvor landet Renate zusammen mit den Mondnazis auf der Erde. Sie gerät in eine Kampagne des US-Präsidenten und verliebt sich in die Wahlkampfleiterin. Während sich die anderen Nazis auf den totalen Krieg vorbereiten, ändert Renate ihre Haltung und stellt sich ihnen in den Weg. Eine Frau im Kampf gegen die Mondnazis: »Iron Sky« ist eine politische Satire über schamlose Machtgier und verkorkste Ideologien – und, natürlich, über die grenzenlose Dummheit der Menschheit.

Johanna Sinisalo wurde 1958 im finnischen Lappland geboren. Mit ihren Büchern hat sie sechsmal den Atorox Prize und dreimal den Kemi National Comic Strip-Wettbewerb gewonnen. Ihre Arbeiten wurden in neunzehn Sprachen übersetzt. Bekanntheit erlangte Sinisalo auch als Drehbuchautorin, unter anderem für den 2012 veröffentlichten Film »Iron Sky«.

Stefan Moster, geboren 1964 in Mainz, lebt als Übersetzer, Autor, Lektor und Herausgeber in Berlin. Zuletzt erschien sein Roman »Alleingang«.

JOHANNA SINISALO

Iron Sky

RENATE UND DIE MONDNAZIS

AUS DEM FINNISCHEN VON STEFAN MOSTER

ROMAN TROPEN

MIX
Papier aus verantwortungsvollen Quellen
FSC® C083411
www.fsc.org

Tropen
www.tropen.de
© 2017 by Johanna Sinisalo und Iron Sky Universe
Für die deutsche Ausgabe
© 2019 by J. G. Cotta'sche Buchhandlung
Nachfolger GmbH, gegr. 1659, Stuttgart
Alle deutschsprachigen Rechte vorbehalten
Printed in Germany
Umschlag: Klett-Cotta Design
unter Verwendung einer Abbildung von
© Iron Sky Universe / © Blind Spot Pictures
Gesetzt von Dörlemann Satz, Lemförde
Gedruckt und gebunden von CPI – Clausen & Bosse, Leck
ISBN 978-3-608-50158-2

»Der Sieger wird später nicht danach gefragt, ob er die Wahrheit gesagt hat oder nicht.«

Adolf Hitler

»Die Erde bedeutete für uns zweierlei. Einerseits war sie der Schatz, den man uns ungerechterweise geraubt hatte, eine schöne, bläulich-weiß schimmernde Scheibe am Himmel, so nah und so fern, die an das verlorene Paradies erinnerte. Andererseits war die Erde in unserer Vorstellung ein Schlachtfeld, ein von Untermenschen, Bolschewiken und Kapitalisten bevölkertes Chaos, das wir in einem Verzeichnis von Frontverläufen, Schlachten, Jahreszahlen und hässlichen, niederträchtigen Staatsoberhäuptern erfassten. Die Erde war ein vor Reichtümern überbordender Speicher, den wir verloren hatten, den wir aber eines Tages zurückbekommen würden, und zugleich war sie ein korrupter, barbarischer und primitiver Dschungel, in dem ein Leben herrschte, das wir in jeder Hinsicht fürchten und verachten mussten.«

Renate Richter

TEIL EINS

Jugend auf dem Mond

1. Februar 2047

Liebe Kitty,

ich bin aus einem Traum vom offenen Himmel aufgewacht.

Ich hatte davon geträumt, dass es regnet.

Ein Wassertropfen fiel auf meine Wange. Ein zweiter traf das Augenlid, ein dritter die Oberlippe und setzte von dort aus seinen Weg zum Mundwinkel fort. Ich leckte ihn ab, denn nach wie vor fand ich es erstaunlich, dass Wasser vom Himmel kam – erfrischendes, kühles Wasser, von dem jeder so viel sammeln konnte, wie er wollte, und in einer solchen Fülle, dass es ungebändigt über den Boden floss und Bäche, Pfützen, Ströme und Seen, Meere und Gletscher bildete. Ich leckte den Tropfen ab und ließ ihn nicht aus dem Mund entkommen, denn er stellte für mich den unermesslichen Wert des offenen Himmels dar.

Ich öffnete die Augen.

Über mir befand sich eine Decke aus Stein.

Sie hing nur wenige Spannbreit über meinem Gesicht. Meine Enttäuschung mischte sich mit Entsetzen, ein plötzliches Gefühl der Beklemmung schlug mir mit der Faust in den Bauch und raubte mir den Atem. Ich hatte das Gefühl, statt im Bett in einem Sarg zu liegen. In gewisser Weise tat ich das auch, in einem riesigen Sarg aus Stein, der durchs Universum raste.

Das Wasser bestand aus Wasser, aber es tropfte mir nicht aus dem Himmel, sondern aus einem haarfeinen

Spalt im Gestein auf mein Gesicht und schmeckte nach Staub, Rost und Traurigkeit.

Warum entstehen täglich mehr von diesen winzig kleinen Rissen in den Wänden und Decken? Die Feuchtigkeit der in unseren Behausungen zirkulierenden Luft kondensiert in diesen Rissen, besonders bei Langnacht. Hat der Stein unter den Bombardierungen im Krieg gelitten und wird nun leichter brüchig? Was müsste man dagegen tun? Was könnte *ich* dagegen tun?

Ich möchte nicht die Führerin sein, denn Macht ermüdet mich. Sie hat für mich nie einen Wert an sich gehabt. Aber es entstehen eben immer Hierarchien, daran ist nichts zu ändern. Und immer gibt es Menschen, die um Rat fragen wollen. Manche suchen dabei nur für ihr Denken die Zustimmung eines anderen Menschen. Andere wiederum wollen schlicht und einfach, dass man ihnen sagt, was sie tun sollen. Darum reden sie mit denen, die bezüglich des jeweiligen Problems über ausreichend Lebenserfahrung oder Kenntnisse verfügen. Oft muss der Ratgeber nicht einmal besonders viel über die Angelegenheit wissen, es genügt, dass er überzeugend klingende Anweisungen und Befehle zu erteilen weiß.

Macht geht mit Verantwortung einher, und bisweilen wünschte ich, nicht mehr die Verantwortung für alle diese Menschen tragen zu müssen. Lieber möchte ich mich selbst führen lassen, mich froh und voller Vertrauen dem Gedanken überlassen, dass ein anderer für mich sorgt. Ich bin nicht mehr jung und in keiner guten Verfassung; ich weiß, dass meine Lunge nicht gesund ist. Es kann durchaus sein, dass ich schon bald meinen Einfluss auf die Angelegenheiten des Stützpunktes aufgebe – des Stützpunktes, der seinerzeit den Namen Schwarze Sonne erhielt und der sich seitdem stark verändert hat, was den Namen und die ganze Lebensweise betrifft.

Der Krieg liegt nun bald dreißig Jahre zurück, und die Ankunft der Flüchtlinge hat eine große Umwälzung mit sich gebracht. Zuvor hatte ich alles, was sich ereignete, nur aus einem schmalen Blickwinkel betrachtet, ohne die persönlichen Erfahrungen, Erinnerungen und Ansichten der Flüchtlinge – und ohne die umfangreichen Datenbanken, die sie mitbrachten. Ich hatte noch kein geschlossenes Bild von allem gehabt. Ohne ein solches Gesamtbild wäre es sinnlos gewesen, diese Arbeit hier in Angriff zu nehmen, die vielleicht ein Tagebuch wird, vielleicht auch eine Autobiographie. Eine Abrechnung.

Die Idee zu den Aufzeichnungen kam mir gestern.

Es war der Geburtstag meiner Mutter. Ich dachte an sie und erkannte plötzlich, dass ich zweiundfünfzig bin, so alt wie Lotte Richter bei ihrem Tod. Das ließ mich begreifen, wie begrenzt die Lebenszeit ist, die mir noch bevorsteht. Trotz aller Vorsichtsmaßnahmen nagt der Mond von innen her an uns, die wir auf dem Mond geboren und aufgewachsen sind.

Ohne es zu wollen, haben wir durch die gesamte Geschichte der Festung hindurch feinen, aber äußerst scharfkantigen Mondstaub mit uns herumgetragen, der an Mondanzügen und Werkzeugen haften blieb und anschließend überall eindrang. Er hat unsere Gerätschaften ruiniert und überdies ernsthafte Erkrankungen verursacht. Wir sind ihn noch immer nicht ganz losgeworden, auch wenn in den Druckschleusen spezielle Staubentfernungskammern installiert worden sind und in diesen wiederum starke Sauger und magnetische Apparate, die den Staub bis zu einem gewissen Grad im Zaum halten. Erst die Mikrowellentechnik, die die Flüchtlinge von der Erde mitgebracht haben, hat geholfen, das heimtückische Eindringen von Mondstaub in die Wohn- und Arbeitsbereiche und in die Lungen der Menschen effektiv zu verhindern.

Ich habe auch früher schon Tagebuch geführt. Mit sechs Jahren fing ich an, nachdem ich mit vier das Schreiben gelernt hatte. Das Buch besitze ich noch immer. Es gehört zu meinen teuersten Schätzen, und es ist noch vorhanden, weil mein Zimmer im Krieg wie durch ein Wunder fast unangetastet geblieben ist. Die Renate von damals schrieb mit einem Grafitstift auf Hanfpapier. Heute kann ich die Seiten mit der Kamera meines Tablets abfotografieren und sie an diese Textdatei hier anhängen.

Was für einen langen Weg ich doch gegangen bin!

☾

Sonntag, am 6. Mai 2001

Liebes Tagebuch!

Ich habe Geburtstag! Ich werde sechs Jahre alt. Vom Mondreich habe ich mir ein Notizbuch gewünscht. Ich weiß, dass Papier schrecklich kostbar ist, aber mein Vater hat auch ein Notizbuch und bekommt immer ein neues, wenn er es braucht, weil er nämlich wichtig ist. Er musste über meinen Wunsch lachen. Er sagte, bestimmt wünschten sich alle anderen Mädchen in der Festung, die so alt sind wie ich, eine Puppe oder einen Spielkochtopf. Aber ich glaube, dass mein Vater ein bisschen stolz auf mich ist, weil er sagte, du wirst vielleicht mal Lehrerin, Renatchen, so wie Frau Klein, wenn du in deinem Alter schon Sachen aufschreiben willst. Lehrerinnen müssen viel wissen und darum werde ich meine Mutter fragen, ob ich übermorgen nach der Schule in die Bibliothek gehen darf. Morgen kann ich nicht gehen, weil morgen Mondtag ist und die Bibliothek geschlossen hat. Mein Vater hat gesagt, mein Geburtstag sei auch so ein Glückstag und habe mit Büchern zu tun, weil am 6. Mai Hitler Unser Herr befahl, die undeutschen Bücher zu verbrennen und Goebbels sagte, die Zukunft müsse aus den Flammen unserer Herzen emporsteigen, und mein Vater strich mir übers Haar und sagte, du, Renatchen, bist ein Kind der Zukunft.

☾

In der Schwarzen Sonne bekam jedes Kind zweimal vom Mondreich ein Geburtstagsgeschenk: Wenn es sechs und wenn es sechzehn wurde. Das Kind durfte sich das Geschenk selbst aussuchen, seine Eltern leiteten den Wunsch dann an das Volkseigentumskomitee der

Schwarzen Sonne weiter. Später habe ich erkannt, dass es sich dabei nicht nur um eine schöne Geste handelte, um die Bürger zu belohnen, die mit wenig auskommen und viel Selbstdisziplin aufbringen mussten, sondern auch eine Methode war, sich Klarheit über die Gedankenwelt und Einstellung der einzelnen Kinder zu verschaffen. Die meisten Kinder wollten eines der Spielzeuge, die tief unter der Mondoberfläche in den Werkstätten der Untermenschen hergestellt und bei Bedarf von einer Generation an die nächste weitergegeben wurden. Die Jungen träumten von Raumschiffen, Spielzeugmotorrädern und Kinderwaffen, angefertigt aus Hanfharz, Glasfaser und Aluminium. Die häufigsten Wünsche der Mädchen hatte mein Vater ziemlich genau erfasst, so wie es in meinem Tagebucheintrag stand.

Obwohl das Notizbuch, das ich mir damals wünschte, aus starkem, gutem deutschen Hanfpapier gemacht ist, weiß ich, dass es aufgrund des organischen Materials nicht ewig halten wird, schon gar nicht unter den immer feuchter werdenden Bedingungen in unserer Festung. Darum speichere ich in meiner freien Zeit die Krakeleien der kleinen Renate – genau wie die der schon etwas größeren – als Fotos auf meinem mir teuer gewordenen Tablet ab. Auch andere Dokumente in Papierform, die mein Leben und die Geschichte der Festung beleuchten, habe ich zusammengesucht und an mich genommen. Nach all den Jahren ist es interessant, sie zu studieren.

Ich weiß nicht, wer meine Aufzeichnungen lesen wird. So dramatisch will ich nicht sein, dass ich mir vorstelle, Fremde aus dem Universum würden meinen Text

Tausende Jahre nach unserem Untergang finden und deuten. Wahrscheinlich wird die Datei bei Obi landen, zu ihrem Vergnügen. Oder vielleicht zu ihrer Erschütterung.

Schon mit sechs konnte ich leidlich gut schreiben, denn im Kindergarten der Schwarzen Sonne wurden bereits die Dreijährigen im Lesen, Schreiben und Rechnen unterrichtet, und mit fünf begann die eigentliche Schulzeit.

Nicht alle hatten etwas für das Lesen übrig, aber ich mochte es sehr.

Richtige Bücher aus Papier gab es nur wenige, und die waren zum größten Teil für diejenigen bestimmt, die gerade das Lesen lernten. Sie hatten dicke Einbände, wenige Seiten und mehr Bilder als Wörter. Aber beim Verlassen der Erde hatten wir eine große Sammlung von Werken auf Mikrofilm mitgenommen. Die durfte man sich in der Bibliothek ansehen.

Ich war ein ziemlich schüchternes Kind, daran erinnere ich mich deutlich. Allerdings war ich nicht auf die Weise schüchtern, dass ich nur daheim am Rockzipfel meiner Mutter gehangen hätte. Meine Scheu zeigte sich eher in meiner Art, mich hinter dem Rücken meines Vaters zu verstecken, wenn ich mit ihm in der Hakenkreuzfestung unterwegs war und wir fremden Erwachsenen begegneten. Im Schutze meines Vaters flüsterte ich »Sieg Heil«, und er musste mich auffordern, den Erwachsenen in die Augen zu schauen und stramm den Arm zum Gruß zu heben. Wegen meiner Schüchternheit dauerte es eine Weile, bis ich mich traute, allein in die Bibliothek zu gehen.

☾

Dienstag 8. Mai 2001

Hier schreibe ich auf, was ich morgen tun muss, damit ich es nicht vergesse. Mama hat mir geraten, zuerst die Bibliothekarin Frau Hedwig Müller anzusprechen und ihr zu sagen, dass ich die Tochter von Lotte Richter bin und dass meine Mama mir die Erlaubnis gegeben hat, in die Bibliothek zu gehen. Frau Müller ist eine gute Freundin von Mama, und Mama sagt, Frau Müller könne was zum Lesen für mich aussuchen und mir helfen, das Mikrofilmlesegerät zu benutzen. Ich weiß nicht, was ein Mikrofilmlesegerät ist, und ich bin aufgeregt.

☾

Die gefürchtete Frau Hedwig Müller war eine laute, hochgewachsene Person, die für strenge Ordnung sorgte und von den Kindern in der Bibliothek absolute Stille verlangte. Als Freundin meiner Mutter war sie mit mir vielleicht geduldiger als mit den anderen Kindern. Sie setzte mich an das Mikrofilmlesegerät und überwachte dessen Gebrauch, damit ich die kostbaren Filme oder den Apparat selbst nicht mit zu groben Bewegungen beschädigte. Ich lernte schnell, die Kurbel vorsichtig zu drehen, sodass

Frau Müller den anderen Kindern mit Rat und Tat zur Seite stehen konnte. Von denen in meinem Alter waren nicht sonderlich viele an den Mikrofilmen interessiert, weshalb ich das Gerät die ganze Bibliotheksstunde, die für Kinder unter zehn vorgesehen war und dienstags nach dem Unterricht stattfand, meistens für mich hatte. Frau Müller wusste bald, was mir gefiel, und hatte oft schon vorab ein Mikrofilmbuch für mich herausgesucht, wenn ich kam. Während die anderen noch in ihren Horst-Wessel-Bilderbüchern blätterten, las ich bereits ganze Kinderbücher und ging im Nu zu Sachbüchern über.

Das erste Mikrofilmbuch, das ich las, hieß *Heidi*.

Ich war noch zu klein, um die Verwirrung zu analysieren, die es bei mir auslöste. Obwohl es zweifellos auf Deutsch geschrieben war, musste ich mich von Anfang an anstrengen, um alles verstehen und mir vorstellen zu können. Teilweise war *Heidi* für mich wie in einer Fremdsprache geschrieben. Oder wie in meiner Sprache, in die aber fremde Wörter gemischt worden waren. Ein bisschen so, wie wenn ein Erwachsener etwas aus einem ihm vollkommen unbekannten Fachgebiet liest: Er versteht viele bekannte Verben und die Terminologie, die mit alltäglichen Dingen zu tun haben, aber die Hälfte der Wörter im Text sind ihm unverständlich oder ihre Bedeutung bleibt ihm mindestens unklar.

»Die Berge« verstand ich, denn sie gehörten auch zu unserer Umgebung. Aber was bedeutete »Wind«, was war eine »Ziege« und was ein »Strauch«? Ich weiß auch noch, wie ich mir den Kopf darüber zerbrach, was bloß mit diesem »Käse« gemeint sein könnte.

4. Februar 2047

Liebe Kitty,

nach dem Tod von James hatte ich wenig Gelegenheit, mit jemandem über mein Leben zu sprechen. Es gibt hier solche, die den Krieg aus der Perspektive des Mondes erlebt haben, und es gibt andere, die ihn von der Erde aus erlebt haben, aber James und ich waren die einzigen Überlebenden, die an beiden Orten an den Ereignissen beteiligt gewesen waren. Wir gehörten zu den Brückenmenschen – zu jenen wenigen Personen, die sich vor dem Krieg auf dem Mond wie auch auf der Erde aufgehalten hatten.

Darum fühle ich mich keiner der beiden Gruppen wirklich zugehörig. Ich bin kein Nachkomme der Festungsgründer, die nie eine andere Lebensweise kennengelernt haben, aber ich bin auch keine von denen, die auf der Erde aufwuchsen und sich im letzten Moment hierher flüchteten. Die Ureinwohner des Mondes, falls man das ironischerweise so sagen darf, sehen keinen großen Unterschied zu dem, was früher war. Manche Dinge sind besser geworden und manche schlechter, aber das durchschnittliche Leben ist genauso angenehm, wie es in einer Grube, die man in den Mond gegraben hat, nun mal möglich ist. Diejenigen, die auf der Erde geboren wurden und dort gelebt haben, scheinen unser Leben wiederum nur für eine vorübergehende Lösung zu halten und unser Zuhause für einen Bunker, in dem man sich eine Zeitlang aufhalten muss, bevor man ins sogenannte normale Leben zurückkehrt. Dabei spielt es keine Rolle, ob es einen Ort gibt, an den man zurückkehren kann; sie akzeptieren die Sachlage, indem sie sich vorstellen, das Wohnen in der Festung wäre eine Art sonderbarer, in die Länge gezogener Extrem-Trip.

Ich kann nicht so denken wie sie, aus vielen Gründen. Der wichtigste Grund besteht darin, dass ich nicht auf der Erde geboren wurde. Ich kann nicht an die Erde und ihre Lebensumstände als etwa Normales oder Selbstverständliches denken. Das Leben dort war für mich der extreme Ausnahmezustand.

Für diejenigen, die nach dem Krieg auf dem Mond geboren wurden, ist die Erde ein Märchen. Ich glaube, dass sich viele insgeheim fragen, ob es sich nur um eine Legende handelt, die im Lauf der Zeit immer mehr ausgeschmückt wurde, wie der Mythos vom verlorenen Paradies. Ein Teil derjenigen, die zur Zeit der alten Macht auf dem Mond geboren wurden, fragt sich gerade dieser Tage, ob die legendären Wunder der Erde nicht doch reine Propaganda waren – ein Köder, mit dem man sie seinerzeit dazu gebracht hatte, gewissenhaft alle Anweisungen zu befolgen, weil als Lohn jenes Gelobte Land ausgesetzt war. Und wie es bei von der Propaganda versprochenen Belohnungen oft der Fall ist, mochte es sich auch hier um Katzengold handeln: Wenn man endlich hingelangte, wäre es nur eine Art Schwarze Sonne 2.0. Ein bisschen weitläufiger, mit einem etwas komfortableren Höhlensystem, mit etwas mehr Abwechslung beim Essen und dazu als Bonus vielleicht die eine oder andere staubige Pflanze und eine Pfütze, aus der ein ausgestopfter Elch Wasser schlürft.

Ich habe nicht viele Freunde, denn die auf dem Mond Geborenen halten mich auf obskure Art für eine Vertreterin der Erde, während die Vertreter der Erde in mir einen vollblütigen Mondling sehen. Viele meiner Freunde, die den Krieg überlebt haben, sind mir fremd geworden. Führer haben so gut wie keine Freunde. Sie haben Untergebene, Speichellecker und Neider, aber nur wenige echte Freunde.

Zum Glück hatte ich James. Und heute habe ich immerhin meine Tochter Obi. Mit zunehmender Klarheit erkenne ich, dass ich dies hier wohl für sie schreibe, weil sie bestimmt irgendwann mehr über die Geschichte von ihrem Vater und mir erfahren will, auch Einzelheiten, die wir ihr nicht erzählt haben. Es fällt mir jedoch schwer, diese Abrechnung als eine Art langen Brief an Obi abzufassen, denn wenn eine Mutter ihrer Tochter von sich erzählt, wandelt sie unweigerlich die Wahrheit ab. Nein, wenn ich direkt an Obi schriebe, würde es ein affektierter Text für ein Phantasiewesen werden. Lieber schreibe ich an dich, Tagebuch, dem ich den Namen Kitty gegeben habe.

Ob Obi je erfahren wird, warum du Kitty heißt? Es ist nebensächlich. Ich finde es nur so treffend und ironisch.

5. Februar 2047

Liebe Kitty,

ich habe meinen gestrigen Eintrag noch einmal gelesen. Bei dem Satz »wenn eine Mutter ihrer Tochter von sich erzählt, wandelt sie unweigerlich die Wahrheit ab«, könnte man den Eindruck gewinnen, ich hielte meine eigene Mutter für eine Lügnerin oder Heuchlerin. Es stimmt, dass sie mir sicherlich nicht immer offen gesagt hat, was in ihr vorging, oder dass sie Dinge unerwähnt ließ, von denen sie nicht wollte, dass ich sie erfuhr.

Aber ich glaube keine Sekunde daran, dass sie mit Absicht unaufrichtig war. Mütter kreieren für ihre Kinder zwar aus rein erzieherischen Gründen eine Vorstellung von ihrer eigenen Rechtschaffenheit und Allmächtigkeit, aber man darf nicht vergessen, dass das Kind ebenso sehr daran beteiligt ist, diesen Mythos zu erschaffen: In den Augen des Kindes ist die Mutter sowohl ein großes, bis zur Decke reichendes, nahezu göttliches Wesen als auch die souveräne Spenderin von Wärme, Nahrung und Trost. Die Mutter täte falsch daran, dem Kind ihre Schwächen zu offenbaren, selbst wenn sie nicht vollkommen makellos wäre.

Ich bezichtige meine Mutter also nicht der Lüge. Meinen Vater hingegen schon.

Meine Mutter vermisse ich. Meinen Vater nicht.

Im Namen der Wahrheit muss ich zugeben, dass ich meinen Vater ebenso sehr geliebt habe wie meine Mutter. (Hätte ich ihn nicht geliebt, wäre mein Leben später in vielerlei Hinsicht leichter gewesen.) Meine Mutter Lotte bedeutete für mich Liebe, Geborgenheit, Wärme, Sinn fürs Praktische und sogar eine Art Geschwisterlichkeit. Mein Vater Rudolf wiederum – den mit Sicherheit nur meine Mutter und ich je mit Vornamen angegeredet haben, für alle anderen war er Herr Doktor Richter – machte die kleine Welt, die uns umgab, für mich ein bisschen größer. Er stand für Abenteuergeist und sogar für eine gewisse Offenheit, soweit es unter unseren Umständen möglich war. Er lebte in der Welt des Wissens, in der es erlaubt war, nach dem Neuen, noch nicht Dagewesenen zu streben, er durfte seine schöpferische Natur ins Gewand des Ingenieurs kleiden. Und er liebte mich. Das weiß ich, auch wenn er im Hinblick auf mein Wohl auch Dinge tat, die ich nicht akzeptieren konnte.

Meine Eltern hatten die Vermehrungserlaubnis für zwei Kinder erhalten, aber meine Mutter bekam kein zweites Kind mehr, zumindest keines, das am Leben geblieben wäre. Für eine Erstgebärende in der Festung war sie mit neunundzwanzig schon ziemlich alt. Es kann sein, dass sie Schwierigkeiten hatte, schwanger zu werden oder ein Kind auszutragen. Weil ich das einzige blieb, war mein Geschlecht natürlich eine Enttäuschung für meinen Vater. Zwar brauchte die Schwarze Sonne auch Frauen, aber er hätte sich einen Nachfolger für seine Arbeit gewünscht. Die Zwei-Kind-Lizenz hatte er bekommen, weil er von überlegener Intelligenz war – das Resultat einer gelungenen Paarbildung, bei der man es in erster Linie auf analytische und innovative Eigenschaften angelegt hatte. Auch meine Mutter war weitgehend aus Gründen des Intellekts als Partnerin meines Vaters ausgewählt worden. Bevor sie krank wurde, hatte sie lange in der Nachrichtenzentrale der Festung gearbeitet, wo die lernfähigsten jungen Frauen landeten. Nur in den letzten Tagen der Schwangerschaft und den neun Monaten, die ich zu Hause war, bevor ich in den Kindergarten kam, blieb sie der Arbeit fern.

Als Kind behandelte mich mein Vater lange wie einen Jungen, vielleicht weil er keinen Sohn hatte. Mondtags nahm er mich auf lange Spaziergänge durch die Festung mit und machte mich mit seinen Arbeitskollegen und Untergebenen bekannt. Er zeigte mir sein Labor und die riesige Höhle, in der die Götterdämmerung erbaut wurde, die tollkühne Errungenschaft der unübertrefflichen Forschung im Vierten Reich, die uns eines Tages die Erde zurückgeben würde. Gearbeitet wurde unter der Mondoberfläche, weil man eine so große Baustelle unmöglich lückenlos vor den Kameras der Erdsonden tarnen konnte. Mein Vater beschrieb mir ausführlich die gewaltigen Ausmaße der Götterdämmerung, samt deren unglaublich starken Atomhaubitzen, dem revolutionären Gyroskop-Stabilisator und der Panzerung aus Titan, Stahl und Wolfram, und er stellte mir seine Schöpfung auch von innen vor. Ich glaube, ich kannte die Gänge und Labyrinthe der Götterdämmerung besser als mancher Offizier. Einmal musste ich bei einem unserer Spaziergänge pinkeln, und mein Vater brachte mich zum Urinal des noch im Bau befindlichen Funkraums. Die Toiletten waren sehr früh im Raumschiff installiert worden, um effektives Arbeiten zu gewährleisten, und ich kam mir sehr groß vor, als ich die für Erwachsene bestimmte kleine Kabine benutzen durfte. Viel später sollte mir dieser triviale Besuch von unerwartetem Nutzen sein.

Mein Vater erzählte mir, wie die Schwarze Sonne ihren Anfang genommen hatte und auf welchen triumphalen Erfindungen unser ganzes Leben auf dem Mond basierte.

Seine Geschichten waren spannender als die Märchen in den Büchern oder die beliebten Heldensagen aus *Der Große Krieg des Aufstiegs unserer Idee*. So gehörte zum Beispiel die Wasserjagd in den Frühzeiten der Schwarzen Sonne zur Volkstradition: Tapfere Männer brachen bei Langnacht mit unfassbar primitiven Fahrzeugen und in spröden Mondanzügen zu Fahrten von zig, manchmal auch Hunderten Kilometern auf, und wenn sie zurückkamen, schleppten sie tonnenweise Eis über die staubige Mondoberfläche, das dann tief im Mondboden aufbewahrt wurde. Nicht zuletzt wegen der Erzählungen meines Vaters wurde ich zur besten Schülerin im Geschichtsunterricht, und wenige Jahre später brachte ich meinen Klassen die gleichen Dinge bei. Ich hänge hier ein Foto von der Lehrbroschüre an, die ich seinerzeit für meine Schüler anfertigte. Man hatte mir erlaubt, eine neue zu erstellen, weil die von der vorigen Lehrerin benutzte Auflage bei so vielen Klassen in Gebrauch gewesen war, dass sich das Papier fast bis zur Unleserlichkeit abgenutzt hatte.

☾

Wie haben wir den Mond besiedelt?

Lehrmaterial im Fach Geschichte für die Lerngruppe der Achtjährigen in der Südost-Wabe der Schwarzen Sonne, erstellt von Mondjugendführerin Renate Richter.

Der Mond ist unser geliebter Wohnort, auch wenn er karg, bescheiden und von den Bedingungen her feindlich ist. Der Mensch hat immer davon geträumt, den Mond zu besiedeln, aber erst der Übermensch ist dazu fähig gewesen.

1. Phase: Die Ära der Tunnel 1946–1955

Im Jahr 1945 näherte sich Der Große Krieg des Aufstiegs unserer Idee dem Ende. Nach dem Tod von Hitler Unserem Herrn zogen sich die Elitetruppen, die sein Erbe hüteten, in den Antarktis-Stützpunkt zurück, wo über Jahre hinweg entwickelte Forschungs- und Frachtraumschiffe der Rheingold-Klasse bereits auf sie warteten. Mit diesen Raumschiffen schickte unser Volk die ersten Expeditionen auf den Mond.

Aufgrund dieser Forschungsexpeditionen wählte die Mondpionier-Abteilung den Ort aus, an dem mit dem Bau unseres stolzen Stützpunkts Schwarze Sonne begonnen wurde. Auf dem entdeckten Gebiet hatte sich ein großformatiger, eisenhaltiger Meteorit in den Boden gegraben, und unter der Mondoberfläche befand sich eine Eisablagerung, die von einem anderen Meteoriten hervorgerufen worden war. Das Wasser, das man aus dem Eis gewann, war damals noch kostbarer als heute, da möglichst schnell mit dem Nahrungsanbau begonnen werden musste – wegen des Essens, aber auch wegen des Sauerstoffs.

Die Mondpionier-Abteilung brachte eine effektive Bohrvorrichtung an den ausgewählten Ort. Damit wurden die ersten Höhlen in die Mondoberfläche gebohrt und die ersten luftdichten Wohnräume gebaut. Die Nahrungsversorgung beruhte in diesen Jahren auf Lebensmitteln, die mit heimlichen Versorgungsflügen von der Erde herbeigeschafft wurden, aber dank unermüdlicher Arbeit konnten wir schnell zur eigenen Nahrungsmittelproduktion übergehen.

Weil wir noch nicht mit dem Helium-3-Abbau begonnen hatten, bezogen wir die Energie am Anfang unter anderem aus der starken Wärmestrahlung der Sonne während des Mond-Langtages. Wir füllten unsere Wasserspeicher – und füllen sie weiterhin – bei Langnacht mit Eis von den Mondpolen.

Es ist uns gelungen, aus den Steinen und Eisenmeteoriten des Mondes nahezu alle Grundstoffe, die wir benötigen, zu isolieren. Aus dem Mondboden erhalten wir Aluminium, Titan, Glas, Grafit und keramische Stoffe, aus denen wir Baumaterial, Raumschiffe, Waffen und Gebrauchsgegenstände wie Geschirr, Besteck und Stifte fertigen. Bestimmte Elemente, die als Edelmetalle bezeichnet werden, wie Silber, Gold oder Platin, kommen im Mondboden so gut wie nicht vor. Aber als wir den Mond besiedelten, hatten wir genügend Gold dabei, das im Großen Krieg des Aufstiegs unserer Idee ins Volkseigentum überführt worden war, um zum Beispiel Eheringe und Zahnplomben herzustellen. Alle Edelmetalle werden sorgfältig wiederverwertet.

Im Jahr 1949 stellten wir im untermondischen Stützpunkt das geschlossene Lebensfunktionssystem zur Produktion von Nahrung und Sauerstoff fertig. Damit wurde der Mond offiziell autark. Als auch die letzten Pioniere von der Antarktis auf den Mond übergesiedelt waren, fingen wir unverzüglich an, den obermondischen Teil der Schwarzen Sonne zu bauen. Dabei orientierten wir uns an den Auffassungen des verehrten Albert Speers, der uns in architektonischer Hinsicht die Mächtigkeit des Nationalsozialismus vor Augen geführt hat, und errichteten unsere Festung zu Ehren Hitlers Unseres Herrn in Hakenkreuzform.

2. Phase: Die Ära der Festung von 1956 bis zur Gegenwart

Die Einweihung der Mondfestung Schwarze Sonne begingen wir am 20. April 1956, Hitlers Geburtstag. In den obermondischen Teilen bauten wir neben Wohnbereichen auch unsere Fest- und Volkssäle und die Hangars der Mondwehr ein. In den tiefer gelegenen Teilen der Festung brachten wir weitere Wohnbereiche unter, dazu Wasserzuchten von Nutzpflanzen sowie Fabriken und Werkstätten zur Fertigung von Gebrauchsgegenständen.

Der größte Teil unserer Wohnkammern befindet sich unter der Mondoberfläche, denn wir müssen uns vor Sonneneruptionen schützen, die gefährliche Strahlungen produzieren. Denkt darum immer daran, euch bei Sonneneruptionsalarm unverzüglich in die untersten Bereiche unserer Festung zu begeben!

Im Jahr 1959 drangen die ersten Spionagesonden der

Erde bis zum Mond vor, darum brachten wir von da an das Eis mit Fluggeräten zur Schwarzen Sonne und überdeckten die Transportspuren von früher. Damals fingen wir auch an, eine Methode zu entwickeln, dank derer man unsere Bergwerke oder andere Spuren unserer Siedlung und unserer Arbeit von der Mondumlaufbahn aus nicht mehr erkennen konnte.

Inzwischen haben wir den obermondischen Teil der Schwarzen Sonne und unser Helium-3-Bergwerk mit der Tesla-Tarnungs-Technik (TTT) geschützt, deren Magnetfeld auch Sicht- und Wärmestrahlungsortungen von der Mondumlaufbahn aus verhindert. Die Tesla-Tarnungs-Technik ist mit der Methode verwandt, mit der wir unsere Aufklärungs- und Frachtraumschiffe ausrüsteten, als wir die Erde verließen, damit man sie auf den irdischen Radarsystemen nicht sehen konnte. Schüler, die mehr über diese Technik erfahren wollen, die wir von den Kapitalisten enteignet und in Volkseigentum überführt haben, können in der Bibliothek nach dem Mikrofilm mit dem Titel *Das Philadelphia Experiment* fragen.

6. Februar 2047

Kitty,

gestern musste ich unterbrechen, denn Obi wollte wieder etwas von mir, das keinen Aufschub duldete. Obwohl ich froh bin, dass ich noch immer um Rat gefragt werde und meine Meinung geschätzt wird, ermüden mich meine Verpflichtungen bisweilen sehr.

Obi war kaum weg, als ich einen Hustenanfall bekam, der gar nicht mehr aufhören wollte, sodass ich mich hinlegen musste. Ich höre meinen Husten mit der gleichen Angst, mit der ich vor langer Zeit das Husten meiner Mutter hörte – es verheißt nichts Gutes. Auch mein Appetit ist schlecht, ich bringe kaum meine bescheidenen Mahlzeiten für Alleinwohnende herunter. Manchmal denke ich daran zurück, wie unsere Ernährung nach der Ankunft der Flüchtlinge abwechslungsreicher wurde. Sie brachten ja das eine oder andere mit, aber heutzutage erinnern unsere Mahlzeiten wieder an die einfachen Portionen zur Zeit der Schwarzen Sonne. (Man muss allerdings zugeben, dass einige der von den Flüchtlingen mitgebrachten Methoden der Nahrungsmittelproduktion und der Bio-Wiederverwertung weiterhin genutzt werden.)

Da die alten Lehrmaterialien, die ich im Archiv ausgegraben habe, nun einmal vor mir liegen, hänge ich hier ein Dokument zu einem Thema an, das noch immer Gültigkeit besitzt.

☾

Wie leben wir auf dem Mond?

Lehrmaterial in Ernährungs- und Mondwirtschaftskunde für die Lerngruppe der Sechsjährigen in der Südost-Wabe der Schwarzen Sonne, erstellt von Mondjugendführerin Renate Richter.

Der menschliche Körper braucht Luft, Wasser und Nahrung. Wasser erhalten wir aus dem Eis und aus dem Mondboden, und wir benutzen es immer wieder von neuem. Unser Sprichwort »Wasser ist teurer als Gold« kommt nicht von ungefähr!

Das wichtigste Element in unserer Atemluft ist der Sauerstoff. Wir sind in der Lage, ihn aus dem Mondgestein zu isolieren, aber unsere Kulturpflanzen erweisen uns hierbei weitaus größere Dienste. Wie Hitler Unser Herr gelehrt hat, beziehen wir aus den Pflanzen alle relevanten Nährstoffe. Außerdem produzieren die Pflanzen den Sauerstoff für unsere Lungen. Beim Atmen verbrauchen wir Sauerstoff und erzeugen das Gas Kohlendioxyd. Pflanzen wiederum brauchen Kohlendioxyd, um zu überleben.

Unsere Atemluft besteht jedoch nicht ausschließlich aus Sauerstoff und Kohlendioxyd. Enthält die Luft zu viel Sauerstoff, wird sie leicht entzündlich, und ein kleiner Funke kann eine Explosion verursachen. Enthält die Luft wiederum zu viel Kohlendioxyd, fällt den Menschen das Atmen schwer. Darum brauchen wir ein Gas, das unsere Luft verdünnt. Dazu nutzen wir Stickstoff.

Die von uns kultivierten Pflanzen benötigen ebenfalls Stickstoff, um Nährstoffe produzieren zu können. Stickstoff ist eines der wenigen Elemente, die wir nicht aus den Mondmineralien beziehen können, mit Ausnahme von ganz kleinen Mengen. Darum haben wir beim Umzug auf den Mond reichlich von einem Stoff namens Nitrat mitgenommen, aus dem bestimmte, ganz besondere Bakterien der Erde unter den sauerstofflosen Verhältnissen auf dem Mond Stickstoffgas herstellen können. Für die Produktion von Stickstoffdünger verwenden wir vor allem unsere eigenen Ausscheidungen. Wenn ihr also in unsere gemeinsamen Urinale und Donnerbalken-Kammern geht, um die Schlackenstoffe aus eurem Organismus zu entfernen, erweist ihr dem Nationalsozialismus einen Dienst und bietet dem Heiligen Hitler persönlich ein Opfer dar – jeder von uns schenkt mit seinem Harn und seinem Kot den anderen Atemluft und Nahrung! Und diese sind für unseren Körper das, was die Worte des Heiligen Hitler für unseren Geist sind!

Wir verfügen über drei elementare Nahrungspflanzen: Chlorella, Hanf und Grünkohl. Die wichtigste von ihnen ist Hanf, denn von ihr bekommen wir auch Fasern für Kleidung und Harz für viele andere Gebrauchsgegenstände sowie nützliche Fette, wie das Schmieröl für unsere Apparate.

Die Chlorella-Alge und Hanfsamen bilden das Fundament unserer Ernährung. Sowohl Chlorella als auch Hanf sind sehr ertragreiche Pflanzen. Wir beziehen aus ihnen das von uns benötigte Protein sowie nahezu alle wichtigen Vitamine und Mineralstoffe. Die Hanfsamen liefern uns viele unersetzliche Fettsäuren. Unsere dritte Kulturpflanze, der Grünkohl, produziert für uns Vitamin C und einige weitere unverzichtbare Nährstoffe. Aus diesen drei Pflanzen bestehen die leckeren täglichen Gerichte, die wir zu Hause und in den Kantinen der Schwarzen Sonne zu uns nehmen. Lediglich das Vitamin B-12 muss gesondert produziert werden, und darum erhalten wir einmal wöchentlich zu unseren Mahlzeiten eine Lebensdauerpille. Denkt stets daran, eure Pille einzunehmen, denn ihr wollt doch nicht, dass unsere überlegene Rasse geschwächt wird!

Das Vitamin D, das die Erdlinge von der Sonnenstrahlung bekommen, holen wir uns aus den Alpensonnenlampen, die unsere Turnsäle beleuchten. Denkt daran, dass die Bedeutung unserer obligatorischen Turnstunden nicht nur darin besteht, die Muskeln unseres Körpers zu kräftigen, sondern auch darin, über die Saalbeleuchtung das für den Knochenbau wichtige Vitamin aufzunehmen! Vergesst nicht, Schutzbrillen aufzusetzen!

Unsere harte Arbeit für die Produktion von Wasser und Nahrung wird nicht unbelohnt bleiben, wenn wir dereinst auf die Erde zurückkehren. Die barbarischen Untermenschenmassen auf der Erde erhalten Wasser, Luft und das von der Atmosphäre gefilterte Sonnenlicht, ohne sich dafür anstrengen zu müssen, und diese übermäßige Leichtigkeit des Lebens hat bei ihnen zu Faulheit und Degeneration geführt.

☾

Jedes Mondkind wurde also in den Geschichts- und Erdenkundestunden über die Bedingungen auf unserem ursprünglichen Heimatplaneten unterrichtet. Meine eigenen Kenntnisse wurden außerdem durch die Filme erweitert, mit denen ich mich als Zwölfjährige zu beschäftigen begann. Durch die bewegten Bilder erfuhr ich, wie »Wald« aussah, ich sah unfassbar große Tiere, ich sah Schnee, Meer und Sturm, Städte und Häuser, Verkehrsmittel, Instrumente, seltsame Kleidungsstücke, Schuhe und Lebensmittel. Aber die Filme waren mir noch keine Hilfe, als ich *Heidi* las.

Die Sprache, die wir täglich benutzten, kannte keine Wörter wie »Bach« oder »Wiese« oder »Sturm«. Ich hatte im Buch das Bild eines »Baches« gesehen und wusste, dass mit dem Wort ein relativ schmales Bett mit frei fließendem Wasser gemeint war, aber der Begriff »Bach« war in unserer Welt sinnlos. Ich wusste, wie sich Wasser verhielt, wenn man es aus einer Kanne in ein Glas goss. Und wenn das Wasserglas auf dem Tisch umkippte – was nicht passieren durfte –, lief das Wasser über den Tisch und tropfte unter Umständen auch auf den Fußboden. Das entsprach am ehesten meiner Erfahrung und meiner Vorstellung in Sachen »Bach«. Der Gedanke an einen Ort, an dem tage-, ja sogar jahrelang Wasser durch ein schmales Bett floss, war mir so fremd, dass er kaum Gestalt annehmen wollte. Auch »Wind« war etwas so Abstraktes, dass ich es mir anfangs nicht richtig vorstellen konnte. Durch die Filme begann ich zu verstehen, dass »Wind« bewegliche Luft war. Man konnte die Bewegung der Luft spüren, indem man zum Beispiel mit der Hand vor dem Gesicht wedelte. Aber in den Filmen konnte sich die Luft mit einer so hohen Geschwindigkeit bewegen, dass sie sogar kleine Gegenstände in Bewegung versetzte! Und was war das

»Rauschen der Bäume«, das Heidi unablässig bewunderte und an das sie sich in jenen Büchern zurückerinnerte?

Wenn es mir schon schwerfiel, mir einen anderen Himmel zu denken als die vertraute, von Sternen gepunktete verlässliche Schwärze, so war es nahezu unmöglich, die Vorstellung zu entwickeln, dass der Himmel blau sein konnte und sich abends rötlich färbte. Überdies gab es an diesem Himmel auch noch »Wolken«, die vor einem »Sturm« ebenfalls die Farbe wechselten. Und was das Erstaunlichste war: Aus ihnen konnten große Mengen Wasser in Tropfen herausfallen, aus denen sich eventuell »Bäche« bildeten.

Gewiss verwendeten und verwenden wir auf dem Mond Wörter, die sich auf Phänomene der Erde beziehen, auch wenn sie hier nie eine praktische Bedeutung gehabt haben. Der Blick eines alternden Menschen kann »benebelt« sein, eine heftige Diskussion kann man als »stürmisch« charakterisieren. In der Schwarzen Sonne sagen wir bisweilen, »ich habe geschlafen wie ein Murmeltier« oder »der Apfel fällt nicht weit vom Stamm«, obwohl niemand, der es ausspricht, je ein Murmeltier oder einen Apfel zu Gesicht bekommen hat.

Eines nasskalten Morgens wachte ich auf, schaute aus dem Fenster und erschrak, denn ich glaubte, blind zu sein. Die ganze Welt draußen hatte unscharfe Konturen, die Farben waren fast völlig verblasst, und was weiter weg war, konnte ich überhaupt nicht erkennen. Es dauerte eine Weile, bis ich merkte, dass niemand sonst über die verschmierte Aussicht erschrak. Es sind zwei völlig verschiedene Dinge, ob man in einem Buch von einem »Nebelvorhang« liest, oder ob man ihn selbst erlebt.

Ich sprach mit meiner Mutter über *Heidi*. Auch mit meinem Vater hatte ich darüber zu reden versucht, aber er war nicht interessiert gewesen. Er hatte nie ein fiktives Buch gelesen. Das einzige Werk, das er je las, obwohl es nicht direkt etwas mit seinen Studien zu tun hatte, war selbstverständlich Hitlers *Mein Kampf* gewesen. Jedes Brautpaar auf dem Mond erhielt es als Hochzeitsgeschenk.

Meine Mutter war froh, dass ich *Heidi* kannte, denn es war ein wichtiges Buch. Es sagte nämlich bereits im Jahr 1880 in bildhafter Form unseren Aufbruch zum Mond voraus. Heidi wird ungefragt in die Berge gebracht, weil man ihre Verdienste nicht zu schätzen weiß und man sie darum aus der Gemeinschaft ausschließen will. Auf die gleiche Weise hatte man uns für störend und anstrengend gehalten, obwohl wir – oder vielleicht auch gerade weil wir – rechtschaffen und fortschrittlich waren und die Welt besser machen wollten. Die von Herzen gute, hilfsbereite und tüchtige Heidi wird verstoßen, aber dadurch kann sie ein neues Leben führen, das sie abhärtet. Sie wächst und lernt viel, obwohl die Umstände ärmlich und karg sind. Die primitive Berghütte steht in der Parabel für den Mond, auf dem wir bescheiden, aber in warmer Eintracht miteinander leben und aufgrund der Anforderungen unserer Umwelt ständig dazulernen. Der Alm-Öhi, der Heidi in seine Obhut nimmt, symbolisiert die Idee des Nationalsozialismus, die allen, die an sie glauben, Schutz und Hilfe bietet. Die Täler sind ein Bild für die Erde, wo die Menschen im Überfluss leben, aber dennoch selbstsüchtig, habgierig und streitsüchtig sind.

Ich kann mich erinnern, wie ich mich trotzdem über die Passagen wunderte, in denen Heidi der alten, blinden Großmutter die Verse von Kirchenliedern vorlas. Und im zweiten Teil namens *Heidi kann brauchen, was es gelernt hat* ist viel von Gott die Rede, dessen Existenz unser Nationalsozialismus in Reinform nicht akzeptiert. Meine Mutter erklärte mir, dass es sich auch dabei um eine Prophezeiung und ein Sinnbild handelt: Mit Gott meinte die Verfasserin selbstverständlich den Hitler der Zukunft, und Heidi hätte der Großmutter gewiss aus *Mein Kampf* vorgelesen, wenn das Buch damals schon geschrieben gewesen wäre.

☾

Mittwoch, 30. April 2005

Heute ist ein schrecklich aufregender Tag. In der ganzen Festung wird der Feiertag begangen, nur die Untis müssen arbeiten. Heute ist der 60. Todestag des Heiligen Hitler. Ich bin noch nie in der Krypta gewesen, wo sich Hitlers Leichnam befindet, normalerweise kommt man dort nicht hin, wenn man unter zwölf ist, aber ich werde ganz bald zehn und der Feiertag ist so groß, dass die Eltern entscheiden dürfen, ab welchem Alter sie ihre Kinder mitnehmen, und mein Vater hat gesagt, Renate ist reif genug. Darauf bin ich ziemlich stolz!

Die Krypta ist ein großer Raum tief unter der Mondoberfläche. Der Leichnam des Ur-Führers steht in einem gläsernen Sarkophag, und wir gingen paarweise hin, um Ihn zu grüßen. Wir grüßten gleichzeitig und sagten mit lauter Stimme „Heil Hitler!". Sogar Mondführer Kortzfleisch sagte „Heil Hitler!", obwohl er es lieber gemocht hätte, wenn wir mit „Heil Kortzfleisch!" gegrüßt hätten. Der Leichnam des Heiligen Hitler hat sich seit sechzig Jahren gehalten, weil er „einbalsamiert" ist. Ich weiß nicht, was das heißt. Hitler sah aus der Ferne wie eine große Puppe aus, aber wenn man näher heranging, merkte man schon, dass es keine Puppe war.

Als alle den Sarkophag gegrüßt hatten (es dauerte echt lang), sangen wir gemeinsam Wir sind das Heer vom Hakenkreuz und Es zittern die morschen Knochen und die Mondhymne Kameraden, wir kehren heim. Hitlers gläserner Sarkophag wurde mit einer Hakenkreuzfahne bedeckt und Mondführer Kortzfleisch hielt eine Rede, in der er sagte, dass wir nie vergessen dürften, was wir erdulden mussten, und dass die Erde uns gehöre und unsere Rache süß sein werde. Die Rede enthielt nicht schrecklich viel Neues für mich, aber dann kam etwas anderes echt Aufregendes (das Aufregendste war bestimmt, den Leichnam von Hitler Unserem Herrn zu sehen). Mondführer Kortzfleisch sagte, jetzt sei es an der Zeit, der Märtyrer des Dritten Reichs zu gedenken, und er fing an, Namen vorzulesen wie beim Aufrufen in der Schule. Als erstes nannte er den Namen Horst Wessel, dann die von Bormann und Goebbels und Göring und Himmler und Ilse Koch und vielen anderen Helden des Nationalsozialismus. Und jedes Mal, wenn er einen Namen ausrief, zum Beispiel „Heinrich Himmler!", legten wir alle die Hand aufs Herz und riefen genau wie in der Schule: „Hier!"

Das war so schön und so feierlich, dass mir die Tränen kamen, weil es auf so großartige Weise daran erinnerte, dass die großen Männer des Dritten Reiches noch immer unter uns sind.

Gute Nacht, an Hitler gedacht, liebes Tagebuch.

☾

Auf der Erde benahm ich mich zuerst lange wie Heidi in der Obhut der reichen Familie in Frankfurt. Sie versteckte gewöhnliche Weizenbrötchen in ihrer Kammer, um sie später als teuerste Schätze in die Berge mitzubringen. Wenn ich mir Wasser holte, drehte ich den Hahn auf, ließ das Glas volllaufen und drehte den Hahn wieder zu. Die Erdlinge hatten die Angewohnheit, den Hahn offen und das Wasser so lange laufen zu lassen, bis es kühler wurde. Erst dann hielten sie das Glas unter den Hahn. Ich drehte die Dusche ab, wenn ich mich einseifte, denn ich konnte nicht sehen, wie währenddessen unbenutztes Wasser in den Abfluss lief.

Aber beängstigend schnell lernte ich, dass alles im Überfluss vorhanden war und immer von irgendwoher nachkam.

Ich lernte, unbekümmert ein schönes, glatt geschliffenes Stück Holz wegzuwerfen, dessen einzige Funktion darin bestanden hatte, als Halterung und Griff für ein Wassereis zu dienen. Einen Griff und Halterungsstiel brauchte das Wassereis deshalb, weil es dafür konstruiert war, ohne Löffel gegessen zu werden, zum Beispiel beim Gehen. Wie hatte jemand auf die Idee kommen können, dass man essen sollte, während man sich bewegte?

Ich muss einfach noch etwas mehr vom Speiseeis erzählen.

Anfangs war ich auf der Erde sehr neugierig, was dieses Produkt betraf, denn es wurde überall verzehrt, draußen wie drinnen. Ich ging davon aus, dass es sehr aromatisch war.

Doch ich fand es ungenießbar.

Es war so kalt, dass es an den Zähnen wehtat, und so süß, dass es bei mir fast eine Brechreaktion auslöste, und so fettig, dass es am Gaumen klebte. Darin waren seltsame Aromen aufeinander geschichtet, die ich nicht verstand. Zu diesem Zeitpunkt hatte ich bereits Früchte der Erde gegessen und mich an sie gewöhnt (und mir als Speiseeis natürlich ein pflanzliches Produkt ausgesucht), weshalb ich annahm, dass die Bezeichnung Erdbeere im Namen bedeutete, dass auch Erdbeere drin war. Die Erdbeere ist rot; die Farbe des Speiseeises erinnerte an die mit Spitze verzierte Unterwäsche in den Schaufenstern, und warum sollte jemand etwas essen, das wie Unterwäsche aussah? Die Erdbeere ist saftig und leicht säuerlich; das Speiseeis war steif, kalt und klebrig süß. Der Geschmack der Erdbeere ist betörend gut; das Speiseeis schmeckte, als hätte jemand versucht, den Erdbeergeschmack aus Plastik nachzumachen.

Ich hatte also nicht das geringste Verständnis für Speiseeis. Obwohl der Name im Englischen wie im Deutschen das Wort »Eis« enthält, konnte ich mir nicht vorstellen, dass es kalt sein könnte. Ich stellte mir vor, es wäre so schön durchsichtig wie Eis, wie die erstaunlichen, glitzernden Brocken, die nach der Wasserjagd in den Hangars aus den Fahrzeugen geladen wurden. Und dass das Wort »Eis« auf etwas Gutes und Wertvolles verwies, nicht auf etwas, das Schmerz verursacht, wenn es die Zähne berührt.

Ich gebe zu, dass ich mich trotz allem auch an das Speiseeis gewöhnte. Oder eigentlich gewöhnte ich mich an Wassereis, dessen belebende Kälte ich in der Hitze zu verstehen lernte. Einige Sorten schmeckten beinahe frisch.

Im Wassereis steckte also der glatte Stiel aus Holz. Die ganze Produktgruppe der Wegwerfdinge wurde ausschließlich deshalb entwickelt, weil die Menschen nicht unbedingt dort essen wollten, wo es Tische, Stühle und richtiges Geschirr gab. Sie wollten im Stehen an Straßenecken essen, im Verkehrsgetöse und im Abgasgestank, sie wollten auf harten Bänken in den künstlichen Wäldern, die man mitten in der Stadt angelegt hatte, essen oder ihre in Gebäckstücke gezwängten Fleischprodukte verzehren, während sie von einem Ort zum anderen hasteten. Und sie wollten auf der Stelle alle Dinge loswerden, die ihnen das hastige Essen ermöglicht hatten. Entsetzt und gebannt sah ich durch das Fenster eines Schnellrestaurants, wie Gästen eine in Papier oder in einer Schachtel verpackte Kombination aus Gebäck und Fleischprodukt ausgehändigt wurde. Die Schachtel wurde auf ein Tablett gestellt, damit wurde sie ein paar Schritte getragen, und dann riss der Gast die Verpackung vom Essen und warf sie in einen riesigen Behälter, der nur für die Wegwerfverpackungen da war.

Umstandslos gab man den Gästen aus Pappe gepresste Teller, aus Erdöl hergestelltes Besteck und so stabile Trinkgefäße, dass daraus Erbstücke hätten werden können, die in der Familie weitergereicht wurden, dicke Stapel Servietten aus Papier, von denen die meisten unbenutzt blieben, und Würzsoßen in winzigen, aufreißbaren Beuteln, anstatt sie aus einer Flasche oder Schale zu portionieren. Alles wurde nach wenigen Minuten des Gebrauchs oder gar unangetastet weggeworfen. Besteck und Teller wurden denn auch offen als »Einweg« bezeichnet. Gewicht, Volumen und Preis des Abfalls waren in vielen Fällen mit Sicherheit größer als die Mahlzeit selbst.

Besonders haarsträubend war der Gebrauch von Plastik.

Wir wären in der Hakenkreuzfestung nicht ohne Hanf ausgekommen. Wir aßen ausgezeichnete Hanfproteine, unsere Maschinen wurden mit Hanföl geschmiert, die auf dem Mond gefertigten Lehr- und Informationsbroschüren wurden auf dünnem, haltbarem und leichtem Hanfpapier gedruckt. Unsere Kleider waren aus Hanf gemacht, der größte Teil unserer Möbel bestand aus gepresster Hanffaser, und viele unserer Gebrauchsgegenstände waren aus Hanfpolymeren geformt. Unter unseren Lebensbedingungen war Hanf als schnell wachsende und vielseitige Nutzpflanze unersetzlich. Von welcher anderen Pflanze hätten wir all das auf ebenso kleiner Anbaufläche ebenso schnell bekommen können? Nur die Chlorella produzierte mehr essbares Protein in noch kleineren Wasserzuchten.

Im Geschichtsunterricht erzählte man uns, die Vielseitigkeit des Hanfs habe ein Naziwissenschaftler namens Heinrich Furt entdeckt. Furt hatte in den 1930er-Jahren den Vegetarismus des Ur-Führers sehr bewundert und geschätzt und sich umfassend mit der Frage beschäftigt, wie die hochwertigen Proteine und Fette des Hanfs fast unverändert für die menschliche Ernährung eingesetzt werden konnten. Er hatte auch erkannt, dass es möglich war, dem Hanf Äthylazetat und Methanol zu extrahieren. Furt fing an, ein Auto zu entwerfen, das ausschließlich aus pflanzlichen Materialien bestehen und Hanftreibstoff benutzen sollte, und der Deutsche Rudolf Diesel hatte einen Motor konstruiert, der mit Öl aus Hanf und anderen Pflanzen lief. Auf der Erde wurde mir klar, dass »Furt« in Wirklichkeit der amerikanische Autoindustrielle Henry Ford war und der Zusammenhang seiner Ideen mit Hitlers vegetarischer Ernährung zumindest übertrieben. (Herr Diesel war immerhin tatsächlich in Deutschland geboren worden.)

Außerdem erfuhr ich, dass Hanf schon Anfang des 20. Jahrhunderts in den Vereinigten Staaten für illegal erklärt worden war. Der größte Teil der Länder auf der Erde folgte, weil Hanf auch als leichtes Rauschmittel benutzt werden konnte (auf diesen Aspekt stieß ich später). Darum also wurde Hanf verboten, obwohl es in vielerlei Hinsicht ein nahezu unschlagbarer Rohstoff war. Bei der Textilherstellung schlug die Baumwolle den Hanf fast komplett aus dem Feld, und Papier wurde fortan aus Holz hergestellt. Den Rohstoff für Plastik bohrte man aus der Erde.

Ja, das Plastik. Aus dem kostbaren, mit enormem Aufwand den Gesteinsmassen und dem Meeresboden abgewonnenen Rohstoff, der sich im Lauf von Jahrmillionen aus toten Tieren und Pflanzen gebildet hatte und auf komplizierte und umweltzerstörende Weise veredelt werden musste, machte man Gegenstände, die nur zum Wegwerfen bestimmt waren.

Auch wir kannten das Plastik. Freilich hatte unser Wissen darüber eher theoretischen Charakter und konkretisierte sich lediglich in einigen mitgebrachten Dingen, denn auf dem Mond hatte es vor uns kein Leben gegeben. Deshalb gab es dort keine fossilen Ablagerungen. Vor unserem Aufbruch von der Erde wurde Plastik aus Steinkohle hergestellt. Später ging man dazu über, es aus Erdöl zu fertigen, und natürlich machte man daraus auch allerlei Wichtiges und Haltbares. Plastik ist luft- und wasserdicht, es ist leicht, isoliert Strom und ist einfach zu formen, weshalb sein Einsatz bei vielen wichtigen Gebrauchsgegenständen vollkommen verständlich ist. Aber da es sich um einen begrenzten Rohstoff handelt, den man auch anderweitig vielfach verwenden kann, hätte man sich vorgestellt, dass jenes Wegwerfzeug (in das die Erdlinge offenbar so sehr verliebt waren) aus etwas anderem hergestellt würde. Zum Beispiel aus einem nachwachsenden Rohstoff wie Hanf oder Holz, und nicht aus einem Stoff, den man dringender als Energiequelle und Treibstoff für Fahrzeuge benötigte. Und auf keinen Fall aus einem Stoff, der immer seltener wurde und den man in arktischen Regionen, im Meer und sogar an Stellen, die besonders vor Zerstörung geschützt werden sollten, suchen musste.

Im Bereich Energie hätten wir der Erde viel zu bieten gehabt. Noch immer frage ich mich, ob wir hätten versuchen sollen, Geschäfte zu machen, anstatt uns für den Krieg zu rüsten.

Was wäre wohl geschehen, wenn wir aufgehört hätten, uns auf unsere eigene Geschichte und die Verherrlichung unserer Idee zu konzentrieren und begonnen hätten, uns den wichtigsten Wert der Erde zu Nutze zu machen: die Marktwirtschaft?

Wenn wir uns der Erde ohne Uniformen und Waffen gezeigt, wenn wir unsere Fluggerätetechnik und unsere Helium-3-Vorräte präsentiert hätten? Dann hätten wir uns einfach zurücklehnen, auf das höchste Angebot warten, Geld auf uns herabregnen lassen und uns zum Beispiel ein ausreichend großes Gebiet der Erde als Wohnort kaufen können.

Aber ich kann mir den Zynismus nicht verkneifen.

Wie viele Großunternehmen auf der Erde hätten uns allein deshalb zutiefst verflucht, weil wir dem Markt eine nahezu unbegrenzte, emissionsfreie Energiequelle geboten hätten? Wir hätten ihre Geschäftsgrundlage zerstört.

Was immer wir auch getan hätten, wir wären immer die Todfeinde von jemandem gewesen.

Außerdem waren wir Nazis.

Die Erdlinge – oder zumindest diejenigen, die über das meiste Vermögen verfügten – hielten etwas in Ehren, das sie »die Freiheit des Individuums« nannten. Sie verwechselten es oft mit dem Wort »Menschenrecht«, das etwas vollkommen anderes bedeutete. Wir kannten beides nicht.

Die Führer des Mondes waren auf Wertschätzung und Ruhm aus, der Erde gegenüber waren sie neidisch und rachsüchtig, und in der Enge und Kargheit wurde die Verbitterung über Generationen hinweg gehegt und gepflegt. Ihr Druck war immens.

Die privilegierten Bewohner der Erde wiederum waren unersättliche Verschwender, habgierige, verwöhnte Gören, die im Luxus schwelgten und fanden, dass Freiheit bedeutete, zu nehmen, was man kriegen konnte, ohne an die anderen zu denken. Und vor allem ohne an morgen zu denken. Darum hätten sie wahrscheinlich auch lieber weiter ihren Planeten zerstört, als mit uns über den Preis ihres Wohlstands zu verhandeln.

Keine Form der Begegnung wäre gut ausgegangen.

Anscheinend habe ich das Bedürfnis, über alles, was ich erlebt habe, auch den Bewohnern der Festung zu schreiben, die nie auf der Erde gewesen sind. Für sie ist das »glattgeschliffene Stück Holz«, besonders das zum Wegwerfen hergestellte, ebenso schwer zu begreifen, wie es für mich beim Lesen von *Heidi* der »Käse« war; ihnen ist »Plastik« fast ebenso fremd wie »Sturm«. »Gebäck« und »Fleischprodukt« können sie gerade so verstehen, denn mit der Technik, die die Flüchtlinge mitgebracht haben, ist es möglich, auch aus unseren Rohstoffen gewisse Nachahmungen davon zu produzieren.

Als Kind glaubte ich den Erklärungen, die mir meine Mutter über *Heidi* gab. Inzwischen glaube ich nicht einmal mehr unbedingt, dass der auf den Mond überführte Leichnam von Hitler echt ist. Die Krypta, in der die angeblichen Überreste des Ur-Führers aufbewahrt wurden, stürzte bei den Bombardierungen im Krieg zusammen, und man hat nie versucht, sie wieder auszugraben.

☾

Dienstag, 16. August 2005

Heute hatten wir unseren ersten Raumschulungstag. Es gibt nicht viele Raumanzüge, darum gingen wir abwechselnd in kleinen Gruppen nach draußen. Jeder von uns lernte die Grundregeln des Anzugsgebrauchs und wie man ihn innerhalb von zehn Sekunden an- und ablegte, bevor es in die Druckschleuse ging. Auf die Druckschleuse folgte die Staubkammer, in der man beim Zurückkommen kurz bleiben musste, um sich von den Apparaten reinigen zu lassen, damit kein Mondstaub in die Festung gelangte. Draußen wartete eine Lehrerin, die nicht unsere eigene Lehrerin Frau

Klein war. Die Raumlehrerin zeigte uns zuerst an Beispielen, wie man sich auf der Mondoberfläche fortbewegte. Sie konnte es nicht vormachen und gleichzeitig reden, denn die Raumanzüge in unserer Größe haben keinen Funk. Schon vorher hatte die Lehrerin uns erzählt, dass die Menschen und Dinge auf dem Mond außerhalb der Festung (ich hab keine Lust, jedes Mal Schwarze Sonne zu schreiben, sondern sage einfach Festung, so wie alle anderen auch) weniger als ein Fünftel von dem wiegen, was sie innerhalb der Festung, wo die Schwerkraft größer ist, wiegen. Die Schwerkraft in der Festung ist die gleiche wie auf der Erde und wird mit Gravitationsgeneratoren (was für ein schwieriges Wort) aufrechterhalten. Einmal habe ich durch die Fenster der Festung gesehen, wie Bauleute und Bergleute in Raumanzügen richtig hoch sprangen und ganz mühelos riesige Sachen trugen, und darum war es furchtbar lustig, draußen auszuprobieren, wie schwerelos ich war. Ich hüpfte und sprang und einmal fiel ich auch hin, aber es tat überhaupt nicht weh – ich bin nur ein bisschen wie geschwebt. Die Lehrerin zeigte uns auch einen Trick. Sie nahm den Ersatzsauerstoffbehälter vom Rücken und machte kurz das Ventil auf (auch das war ein neues Wort für mich), und da flog sie durch die Kraft, die entstand, als die Luft aus dem Behälter entwich, meterweit! So leicht war sie bei der Schwerkraft des Mondes.

In der Klasse fragte ich dann Frau Klein, warum wir Gravitationsgeneratoren benutzen müssen. Wäre es nicht viel lustiger, wenn auch in der Festung alle Gegenstände leicht wären und wir hoch springen könnten? Sie sagte streng, wir müssten auf unsere Kräfte achten. Würden wir uns daran gewöhnen, bloß mit der Schwerkraft des Mondes zu leben, würden wir ganz schwach werden. Wir wären nicht mehr fähig, die Erde zurückzuerobern, wenn wir im Vergleich zu den Untermenschen, den Kapitalisten und Bolschewiken schwächlich wie Säuglinge wären und nicht einmal richtig auf der Erdoberfläche gehen könnten. Frau Klein sagte, die Gewöhnung an die Schwerkraft des Mondes sei „strategischer Selbstmord". (Das waren großartige Wörter, die ich nie zuvor gehört hatte.) Das Mondreich denkt immer an alles!

Frau Klein erzählte uns auch folgendes: Weil man draußen auf der Mondoberfläche glaubt, so gut wie nichts zu wiegen, benutzen viele das Wort „mondleicht" für das Gefühl, wenn sie wegen etwas froh und erleichtert sind. Es ist toll, neue Wörter zu lernen!

Die Jungen waren viel mehr von der Raumschulung begeistert als die Mädchen, weil sie später auf Wasserjagd und zu den Helium-3-Bergwerken gehen können, um die dort arbeitenden Untis zu überwachen, und weil sie die Abhörstationen besuchen dürfen. Frau Klein sagte, wir Mädchen müssten verstehen, dass nicht alle diese gefährlichen Dinge tun könnten, nicht einmal zum Wohl des Reichs. (Für uns wird es aber viel zu tun geben, wenn wir die Erde in Besitz nehmen. Dann werden Krankenschwestern und Sekretärinnen und Rassenprüferinnen und Karteiverwalterinnen und Schreiberinnen gebraucht. Und wir alle lernen bei der Waffenschulung des Jungmädelbundes die Waffen kennen und wie man sie lädt und instand hält, denn im Kriegszustand kann es sein, dass wir den Kampftruppen helfen müssen.) Und dass die Raumschulung der Mädchen Bestandteil des „Rettungs- und Sicherheitsplans" sei, den alle auswendig lernen müssen. Die echten Raumaufgaben sind die erste Sache in der Schule, die nur für die Jungen ist, später kommen weitere hinzu. Wenn wir in zwei Jahren zwölf werden, ändert sich fast alles. Bis jetzt haben wir dasselbe gelernt, weil alle lesen und schreiben und mit Waffen umgehen können müssen, weil wir im Krieg sind, oder fast im Krieg, in einem Zustand, den man „Bereitschaft" nennt. Aber wenn wir zwölf sind, geht es damit los, dass Jungen und Mädchen verschiedene Dinge lernen, denn man weiß nie, wann die Männer und Jungen in die Schlacht ziehen. Dann müssen die Frauen und Mädchen die Heimatfront so gut es geht halten, und darum lassen sich viele nicht nur in einem Beruf, sondern außerdem als Schwestern des Roten Hakenkreuzes ausbilden. Hitler Unser Herr sagte: „Was der Mann einsetzt an Heldentum auf dem Schlachtfeld, setzt die Frau in ewiggeduldetem Leid und Ertragen ein". (Frau Klein schrieb den Satz an die Tafel, und wir mussten es auswendig lernen.) So etwas klingt ziemlich unheimlich, aber es ist unser Los, weil der Heilige Hitler es sagt. Das Einzige, was für Jungen und Mädchen gleichbleibt, ist die

Grundkampfausbildung. Sicherheitshalber lernen wir alle, gegen den Feind zu kämpfen, mit und ohne Waffen. Es macht bestimmt Spaß, mit der Erlaubnis der Lehrerin bei der Nahkampfübung einen Jungen, der einen ärgert, zu hauen! Ich habe beschlossen, dass ich darin gut sein werde, weil ich auch sonst gut in der Schule bin. Aber es macht mich ein bisschen traurig, dass ich die Erde nicht werde sehen können, so wie die Jungen bei der Wasserjagd und anderen Raumsachen, bei denen sie sich weit von der Festung entfernen. Hier von der Dunkelseite aus (ulkig, dass wir sie Dunkelseite nennen, obwohl es hier bei Langtag ganz hell ist) liegt die Erde hinter dem Horizont, und auch wenn ich viele Bilder von der Erde gesehen habe, so möchte ich sie doch in echt am Himmel sehen, wie sie mich freundlich anschaut, so wie Heidi von ihrem Bett in den Alpen aus den Mond sah.

☾

Manchmal versuchte ich, mit meiner besten Freundin Anneliese über *Heidi* und die Wörter in den Büchern, die ich nicht oder nicht gut genug verstand, zu sprechen. Doch obwohl Anneliese ein schlaues Mädchen war und ich sie sehr mochte, teilte sie mein Interesse für die Erde und die fremdartigen, faszinierenden Dinge dort nicht. In ihren Augen war ich mit meiner Begeisterung wohl eine ziemliche Kuriosität – als hätte ich in ein Mikroskop geschaut und exotische Lebewesen in einem Wassertropfen zittern sehen und dann versucht, sie den anderen zu beschreiben und auch sie dazu zu bringen, über deren Bedeutung und Besonderheit nachzudenken. Aber weil die anderen nicht durch ein solches Mikroskop im übertragenen Sinne geschaut hatten, waren meine Worte in ihren Ohren nur undeutliches Geplapper, Einbildungen, Illusionen und Fehldeutungen und keineswegs Einblicke in eine echte fremde Welt.

»Dieses *Heidi* ist doch bloß ein Märchen«, sagte Anneliese einmal. »Genau wie die Geschichte von dem Rosenprinz, den die neidischen Untermenschen in der Burg in Tiefschlaf versetzen und der dann hundert Jahre schläft, bis es Zeit ist, aufzuwachen, um für das Reich zu kämpfen. Oder wie Hänsel und Gretel, die von zu Hause vertrieben werden und die man mit entartetem Essen auf die Seite des maskierten Feindes zu locken versucht, aber sie erkennen, dass es in Wirklichkeit ein Unti ist, der ihnen die Leckereien anbietet, und dass der sie töten und aufessen will, und so stoßen sie den Unti in den Ofen. Dein *Heidi* ist eine ganz ähnliche Geschichte, nur furchtbar viel länger, und ich kapiere nicht, warum du so lange Märchen liest und dich über die ganzen blöden Wörter wunderst.«

Obwohl Anneliese sich nicht für Märchen und andere Erzählungen aus Büchern zu interessieren schien, hörte sie sich gern die unheimlichen Geschichten an, die unter den Kindern kursierten. Sie wurden traditionell in den unfertigen Tunneln der Schwarzen Sonne erzählt, in die noch kein Licht gelegt worden war. Wir saßen dabei im Kreis, und der schwache Schein einer aufladbaren Handlampe, die sich jemand unerlaubt von seinen

Eltern geborgt hatte, warf schwankende, unheimliche Schatten auf unsere Gesichter. Die Geschichten ähnelten sich sehr. Sie handelten von Männern im Eistagebau, die sich verirrt hatten, oder von Mitarbeitern der Helium-3-Stationen, deren Fahrzeug kaputtging. Sie verstarben auf der Mondoberfläche, wollten nach ihrem Tod aber in die Hakenkreuzfestung zurück, in Hitlers Obhut, und darum irrten ihre Geister durch die langen Gänge. Man konnte sie vorbeihuschen sehen, vor allem wenn man allein unterwegs war, und dann hatte man allen Grund zu fliehen, denn die vom Vakuum getrockneten Geister trachteten danach, sich Kinder zu schnappen und auszusaugen. Die Kinder ahmten den steifen Gang der Geister und ihre röchelnde Stimme nach, bis die mit den schwächsten Nerven anfingen zu schreien. Anneliese hörte den Schauergeschichten immer eifrig zu und spornte die anderen geradezu an, von Gespenstern zu erzählen, aber sie war auch die Erste, die vor Angst weinte oder schrie und von den Erzählern verlangte, dass sie aufhörten. Ich fand das rührend.

Durch Anneliese erfuhr ich zum ersten Mal vom Walhallagarten.

☾

Donnerstag, 23. Februar 2006

Heute passierte etwas, das gleichzeitig erfreulich und traurig war. Vorgestern war Dienstag, und obwohl Anneliese am Mondtag genug Zeit gehabt hätte, die Hausaufgaben zu machen, hatte sie ihren Aufsatz über die Bedeutung Hitlers für die deutsche Kunst nicht zu Ende geschrieben. Sie hätte schon fast ein zweiwöchiges Verbot, ihre Spielkameraden zu treffen, bekommen, da fing sie an zu weinen und erzählte, sie hätte den ganzen Mondtag der Älterfrau Schmidt geholfen, der Mutter von Annelieses Mutter. Die Älterfrau war nach der Sonneneruption von 1972 Witwe geworden, und man hatte ihr keinen neuen Mann zugewiesen, weil sie damals bereits in einem Alter war, in dem man keine Kinder mehr bekommen konnte. Darum ist sie eine Braut Hitlers, so wie alle Frauen, die keinen Mann haben. Anneliese hat die Älterfrau Schmidt schrecklich gern und hilft ihr jeden Mondtag, wenn keine Schule ist, beim Saubermachen und anderen Hausarbeiten, und die Älterfrau sagt, Anneliese dürfe auch sonst kommen, wann sie will. Aber am letzten Mondtag war bei der Älterfrau so viel zu tun gewesen, weil sie den ganzen Tag nicht aus dem Bett kam und furchtbar hustete und nicht zur Arbeit bei der Aufsicht über die Chlorella-Kulturen gegangen war. Als Frau Klein das hörte, nickte sie verständnisvoll und sagte, Anneliese sei ein anständiges Mädchen, weil sie die Wahrheit gesagt habe, und darum müsse Anneliese nur nach der Schule bleiben, um die fehlenden Aufgaben zu machen. Wir glaubten, damit wäre der Fall erledigt. Doch heute passierte dann etwas Aufregendes.

Anneliese erzählte mir begeistert, die Älterfrau habe vom Volksgesundheitsforschungskomitee eine Einladung in den Walhallagarten bekommen. Ich hatte schon mal vom Walhallagarten reden gehört, wusste aber nichts Genaues und wurde neugierig. Nach der Schule gingen wir gemeinsam in die Wohnung von Älterfrau Schmidt, weil diese noch auf der Arbeit war, und Anneliese zeigte mir den echten gedruckten Papierbrief, der mit der Post gekommen war. Darin hieß es, dass der Walhallagarten ein von der Hakenkreuzfestung wenige Kilometer entferntes, in den Berg gehauenes Ruheheim sei. Das Vierte Reich belohne Menschen, die fleißig für die Idee gearbeitet haben, damit, dass sie auf ihre sorglosen alten Tage dorthin ziehen dürfen. In dem Brief wurde total schön gesagt, dass dort die Müden zur Ruhe fänden und die Schmerzen der Kranken wie weggeblasen seien. Der Einladung waren großartige Zeichnungen vom Walhallagarten beigefügt. Auf den Bildern sah man einen großen, wohnlich eingerichteten Aufenthaltsraum mit Panoramafenstern zur Mondoberfläche, gemütliche Schlafkammern und einen geräumigen Speisesaal. Alles war viel größer und schöner als unsere Kammern und Gemeinschaftsräume. Annelieses Augen leuchteten geradezu, und sie sagte, sie könne es kaum erwarten, alt und gebrechlich zu werden, weil sie dann an so einem wahnsinnig tollen Ort wohnen dürfe. Ich war auch ein bisschen neidisch auf Anneliese wegen des Glücks der Älterfrau, denn ich hatte keine Großeltern. Das heißt, natürlich hatte ich welche gehabt, aber ich kann mich nicht an sie erinnern.

In dem Brief hieß es, die Geladene brauche nichts weiter mitzunehmen als einige persönliche Erinnerungsgegenstände, denn im Walhallagarten bekämen alle Bewohner Kleider und Geschirr und Zahnbürsten und alles andere Nötige. Ich fragte Anneliese, ob sie die Älterfrau dort besuchen dürfe, aber sie sagte, zu ihnen nach Hause sei ein zweiter, an die Angehörigen gerichteter Brief gekommen. Darin stand, der Weg in den Walhallagarten sei so beschwerlich und zeitaufwändig, dass Besuche nicht gestattet werden könnten, man dürfe den Bewohnern jedoch Kreidetafelkarten schicken oder, wenn man wolle, das Papierkontingent für echte Briefe nutzen, und natürlich dürften die Bewohner darauf auch antworten. Eine Telefonleitung sei wegen der Metallrationierung nicht bis dorthin gelegt worden.

Anneliese wirkte ein bisschen bedrückt, und ich fragte sie, ob sie sehr traurig sei, weil sie die Älterfrau nicht besuchen könne. Sie sagte, sie werde ihre Oma wahrscheinlich furchtbar vermissen, aber oft hatte Anneliese auch Angst vor dem schrecklichen Husten der Älterfrau gehabt. Darum hatte sie beschlossen, fröhlich und tapfer zu sein und zu denken, dass es ihre Oma bald rundum gut haben werde. Und wenn man es genauer bedenkt, ist es auch angenehm, auf diese Weise mehr Lebensraum in der

Festung zu gewinnen. Vielleicht wird aus der Wohnung der Älterfrau ein gemeinsames Zuhause für ein sympathisches junges Paar, das ein Kind haben möchte. Ich sagte zu Anneliese, das sei wieder mal ein toller Beweis dafür, wie großartig der Nationalsozialismus Probleme so löst, dass alle Parteien gewinnen.

Dem Brief war noch eine Kreidetafelnachricht mit Anweisungen beigefügt. Über den Zeitpunkt des Aufbruchs käme später eine genauere Information, und dann müssten die Aufbrechenden zur sechsten westlichen Druckschleuse in Gang N kommen. Anneliese sagte, wenn der Aufbruchstermin feststehe, werde sie versuchen, die Lehrerin zu fragen, ob sie der Schule fern bleiben und die Älterfrau begleiten dürfe, aber wir waren uns ziemlich sicher, dass sie die Erlaubnis nicht bekommen würde, weil man der Schule nur aus den in den Vorschriften aufgeführten offiziellen Gründen fernbleiben durfte.

☾

Sonntag, 5. März 2006

Heute habe ich eine irrsinnig gute Tat vollbracht! Ein gewisser Herr Schiffer, der nicht weit von uns entfernt in Gang G wohnt, ist wahrscheinlich furchtbar krank. Als ich heute Morgen zur Schule ging, sah ich ihn an der Ecke des Ganges entsetzlich husten, richtig gekrümmt, und er hielt sich ein Taschentuch vor den Mund, und das Tuch war eindeutig voller

Blut. Ich blieb stehen und sagte, ich könne ihn zur Krankenstube begleiten, aber er sagte, ihm fehle nichts, und ging davon. Ich machte mir trotzdem große Sorgen und sagte in der Schule zu Frau Klein, dass Herr Schiffer bestimmt sehr krank sei, ob man ihn nicht zum Ausruhen in den Walhallagarten lassen solle. Frau Klein dankte mir nett und sagte, ich sei ein aufmerksames Mädchen und ein gutes nationalsozialistisches Vorbild für alle, und sie werde umgehend dem Volksgesundheitsforschungskomitee Meldung über den Zustand von Herrn Schiffer machen. Ich glaube, Herr Schiffer wird bald eine freudige Überraschung erleben!

Anneliese hat eine echte Karte aus Papier von der Älterfrau im Walhallagarten bekommen! Darauf steht, dass es der Älterfrau dort gut gefällt und dass sie ihrer Familie alles Gute wünscht. Anneliese hat den ganzen Tag nur gelächelt.

☾

Donnerstag, 11. Mai 2006

Annelieses Eltern bekamen gestern einen Brief aus dem Walhallagarten und teilten Anneliese mit, sie hätten erfahren, dass Älterfrau Schmidt leider ihrer Krankheit erlegen sei. Annelieses Mutter hatte geweint, aber Annelieses Vater hatte sie damit getröstet, dass die Älterfrau jetzt nicht mehr leiden müsse und dass ihr Erbe unter uns weiterlebe. Ich umarmte Anneliese lang und sagte, sei nicht traurig, Anni, dein Vater hat recht, und dadurch beruhigte sich Anneliese zum Glück ein bisschen.

☾

Anneliese und ich waren sehr unterschiedlich, und darum profitierten wir beide von unserer Freundschaft. Ich war in sozialer Hinsicht nicht besonders mutig, aber Anneliese konnte ohne Scheu in jede beliebige Kinderschar hineinstiefeln und lautstark verkünden, wir würden jetzt mitspielen. Besonders gut funktionierte ihre Methode, wenn die anderen Kinder gelangweilt waren und ihnen nicht einfiel, was sie als Nächstes tun sollten. Dann musste Anneliese lediglich erklären, jetzt würde zum Beispiel Kommando gespielt. Niemand kam auf die Idee, Anneliese mit dem üblichen Schimpfwort »Mondstaub« zu belegen, das man für Kinder benutzte, die sich an andere klammerten, sondern alle freuten sich, dass ihnen jemand sagte, was sie tun sollten.

Beim Kommandospiel verteilten wir uns in den Gängen, in denen sich die Kinder der Südostwabe der Festung ohne Aufsicht bewegen durften. Dort versteckten wir uns (in die Wohnkammern oder auch in die Bibliothek durfte man den Regeln nach bei diesem Spiel nicht gehen), und ein Kind versuchte, die anderen zu finden. Hatte es eines gefunden, köpfte es dieses mit einer Handberührung im Nacken, und das geköpfte Kind musste suchen. Wenn wir es richtig unheimlich haben wollten, wurden aus den Geköpften Gespenster, die röchelten und ächzten und drohten, die Kinder, die sie entdeckten, auszusaugen.

Ich war Anneliese bei diesem Spiel sehr nützlich, denn bei den Spaziergängen mit meinem Vater hatte ich Ecken und Winkel, Luken und Leitern vieler Gänge kennengelernt, die andere Kinder nicht kannten, oder deren Nutzbarkeit beim Spiel sie nicht verstanden. Manchmal wurden wir stundenlang gesucht, während wir versuchten, das Kichern in unserem Versteck zu unterdrücken. Manchmal bekamen wir genug, schlüpften aus dem Versteck und ließen uns absichtlich finden. So konnten wir uns immer wieder an den gleichen Orten verstecken, zum Beispiel auf den Wasser- und Luftrohren, die unter der Decke entlangliefen, denn nur ich wusste, wo sich die Winden befanden, mit denen die Leitern herabgelassen und hochgekurbelt wurden.

Ich werde nie vergessen, wie wir auf den Rohren nebeneinander auf dem Bauch lagen, unsere Rücken die Decke berührten, und wir mucksmäuschenstill durch die Ritzen spähten, wenn die Sucher direkt unter uns umher rannten. Sie riefen immer wieder: »Wo sind die nur hin? Wir haben bestimmt überall nachgesehen!« Wir hielten uns gegenseitig an der Taille, damit wir nicht von den Rohren rutschten, und Anneliese drückte ihr Gesicht gegen meine Schulter, um ihr Kichern zu ersticken, während ich ihren heißen Atem durch den Stoff meines Kleides hindurch spürte.

Nicht immer waren unsere Spiele so harmlos.

☾

Dienstag, 1. August 2006

Heute haben Anneliese und ich etwas ganz Schreckliches getan. Ich muss weinen, weil ich so böse gewesen bin. Dabei hatte ich an nichts Böses gedacht. Anneliese und ich kamen aus der Schule und wollten nach Hause gehen, und mir war schrecklich langweilig, denn es war der siebzigste Jahrestag der Olympischen Spiele von Berlin und am Abend fand im Volkssaal ein Fest statt, weshalb Frau Müller nicht in der Bibliothek war. Ich hatte überhaupt keine Lust, nach Hause zu gehen und Hausaufgaben zu machen, und in unserem Alter spielt niemand mehr Kommando. Darum gingen wir einfach durch die Gänge, und plötzlich sah ich einen Singstundenhebel und fragte Anneliese, ob sie nicht Lust habe, die Nationalhymne zu singen, wo doch Olympiatag sei und alles. Anneliese erschrak und sagte, nur Offiziere dürften den Gesang einschalten. Aber ich sagte, der Sinn der Nationalhymne bestehe darin, alle aufzumuntern und mit neuem Glauben zu erfüllen, darum gebe es die Schalter ja auch überall. Und dass ich eine Aufmunterung gut gebrauchen könne. Anneliese sagte ein bisschen neckend, du traust dich nie, den Schalter zu betätigen, Renate, und da bekam ich das Gefühl, dass ich mich absolut traue, und bevor ich weiter nachdenken konnte, betätigte ich den Schalter, und aus den Lautsprechern kam Musik. Es jagte einem Schauer über den Rücken, als alles Menschengewimmel und alle Bewegung ringsum aufhörte und jeder Passant Haltung annahm und die Nationalhymne sang. Anneliese und ich nahmen ebenfalls Haltung an und sangen aus vollem Hals: Motorenlärm am Firmament, und gleißend hell der Himmel brennt: Ins Reich, ins Reich, ins deutsche Heim! Wann wirst du wieder Heimat sein? Und es war toll. Niemand wäre auf die Idee gekommen, dass ausgerechnet wir den Gesang eingeschaltet hatten, weil jeder Offizier, immer wenn er wollte, die Leute in der Festung mit einer Singstunde beleben konnte. Aber als das Lied zu Ende war und wir den Weg zu unseren Wohnkammern fortsetzten, wurde Anneliese wohl irgendwie neidisch und sagte, sie hätte gern den Hebel betätigt. Wir kamen gerade an einem anderen Hebel vorbei, und ich sagte zu Anneliese, sie solle doch daran ziehen, wenn sie es so sehr wolle, aber Anneliese sagte, dann würden sich alle wundern, warum es zwei Singstunden nacheinander gebe, und dann sagte sie, sie gehe jetzt nach Hause. Nicht lange, nachdem ich in meine Wohnkammer gegangen war, kam mein Vater wütend zu mir und sagte, er habe von Annelieses Vater gehört, dass ich etwas richtig Schlimmes angestellt habe. Nun darf ich eine Woche lang nicht mit anderen Kindern spielen, und wenn ich nicht in der Schule bin, muss ich meiner Mutter helfen und Hausaufgaben machen. Mein Vater erklärte mir streng, dass der Sinn des Gesangs neben der Aufmunterung darin bestehe, dafür zu sorgen, dass die Bewohner der Festung wachsam und patriotisch blieben. Außerdem könne man so kontrollieren, ob alle in das Lied einstimmten, ob sie also dem Mondreich und unserer Idee auch bestimmt treu waren, und wenn ständig jemand zum Spaß an den Hebeln ziehe, dann würden die Menschen die Singstunde gar nicht mehr für wichtig halten. Jetzt verstehe ich das sehr gut und bin froh, dass mir mein Vater immer alles so gut erklären kann. Aber es gefällt mir trotzdem nicht, dass Anneliese es ihrem Vater erzählt hat. Es gefällt mir nicht, obwohl alle wissen, dass man in der Festung eigentlich keine Geheimnisse haben sollte.

☾

Na, sowas! Jetzt bin ich vor lauter Schreiben fast die ganze Nacht aufgeblieben.

Ich versuche noch ein Stündchen zu schlafen. Ich wünsche dir, Kitty, gute Nacht, nicht »an Hitler gedacht«. Irgendwann kam es mir so vor, als würde ich an nichts mehr glauben. Oder vielleicht war irgendwann das Einzige, an das ich noch glaubte, der allmächtige Schmetterling des Chaos.

Aber damit liege ich, wie mit vielen anderen Dingen, vielleicht falsch.

8. Februar 2047

Liebe Kitty,

die Tagebücher aus der Jugendzeit zu lesen, ist manchmal unsagbar peinlich. Ohne es zu merken, habe ich dir – und den potentiellen künftigen Lesern meiner Aufzeichnungen – ein Bild von mir als Einserschülerin gegeben, als scharfsinnige kleine Forschernatur, deren Fähigkeiten dem anerkannten Erbe der Richters zur Ehre gereichen. Und jetzt bin ich auf diese vierzig Jahre alte Notiz gestoßen und muss gestehen, dass ich mich nicht erinnerte, solche Schwierigkeiten überhaupt einmal gehabt zu haben. Unser Gehirn ist anscheinend wenigstens bei manchen Erinnerungen gnädig mit uns.

☾

Dienstag, 19. September 2006

Schon wieder habe ich in der Wissenschaftsgeschichtsstunde so gut wie nichts verstanden. Ich sollte mich schämen, weil ich eine so schlechte Schülerin bin. Aber zum Glück sagte Frau Klein, als Elfjährige müssten wir noch nicht genau wissen, wie die Dinge funktionieren, sondern sollten froh sein, dass die Wissenschaft der Nazis das Leben auf dem Mond ermögliche, und dass wir die überlegenen Raumschiffe der Mondwehr hätten und die Tesla-Tarnung zum Schutz vor den Spionen der Erde. Wir sollten uns nur an die Operation Schmetterling erinnern und an ein Gerät namens Glocke, falls danach im Test gefragt wird. Ich stellte trotzdem meinem Vater weitere Fragen, weil ich nicht verstehe, wie sie funktioniert. Mein Vater sagte, die Glocke sei schon der Höhepunkt der Nazi-Forschung gewesen, als wir uns von der Erde auf unsere Beobachtungsposten zurückzogen, und bei der Operation Schmetterling seien wichtige Zusatzinformationen zur Weiterentwicklung der Glocke beschafft worden. Aber er sagte auch, dass ich mich gedulden müsse, weil selbst diese Dinge für ihn noch schwierig seien, und er habe immerhin sein ganzes Leben lang damit gearbeitet.

☾

Es ist interessant, dass jene Operation ausgerechnet Schmetterling hieß. Die so genannte Chaostheorie und das in ihr enthaltene Denkmodell, das als Schmetterlingseffekt bezeichnet wird, gehörten zu den Dingen, die ich erst von den Erdflüchtlingen gelernt hatte. Extrem vereinfacht ausgedrückt ist damit gemeint, dass der Flügelschlag eines Schmetterlings, diese minimale Bewegung der Luft, in einem entlegenen, Hunderttausende Kilometer entfernten Dschungel einen Orkan auslösen kann. Ein winziges Ereignis löst ein zweites aus, dieses ein drittes, die Wirkung der einzelnen Glieder in der Kette potenziert sich und nimmt zu. Jeder Flügelschlag eines Schmetterlings, jedes ausgesprochene Wort und jede flüchtige, geringfügige Handlung kann theoretisch eine historische Wendung herbeiführen, eine unwiderrufliche Kettenreaktion. Weil die Geschichte nicht nur auf Kriegserklärungen und wirtschaftlichen Umwälzungen oder den Entscheidungen religiöser Führer gründet, kann jedes unmerkliche banale Geschehen und jede Entscheidung wie dieser Flügelschlag des Schmetterlings sein. Wer wüsste das besser als ich.

Zur Zeit der damaligen Wissenschaftsgeschichtsstunde wusste ich noch nichts vom Schmetterlingseffekt, aber ich begann, mich für Schmetterlinge zu interessieren, und nach der Schule ging ich in die Bibliothek und fragte Frau Hedwig Müller, ob wir Mikrofilme über Schmetterlinge hätten. Ich fand Bilder von zerbrechlichen, dekorativen Wesen. Und ich las, dass sie auf der Erde mit bunten Flügeln umherflogen und um Blüten herumtanzten.

Ich erinnere mich an den Vorfall deshalb, weil damals in mir zum ersten Mal der brennende Wunsch entfacht wurde, auf die Erde zu gelangen.

Wir würden sie besuchen, wir mussten es tun! *Ich* würde sie besuchen, notfalls allein. Mein Ziel war klar und deutlich: Ich musste ein Leben führen, das mich auf die Erde bringen würde. Zu dem Ort, an dem solche wundersamen Wesen ganz selbstverständlich durch die Luft flatterten.

Ich hänge hier das Lehrmaterial zur Operation Schmetterling an, das ich seinerzeit erstellt habe. Ich wurde rot vor Scham und ein wenig auch vor Rührung, als ich es eben las, so deutlich werden daraus die Interessensgebiete der jungen Renate ersichtlich.

☾

Die Operation Schmetterling

Kriegshistorisches Lehrmaterial für die Lerngruppe der Zwölfjährigen in der Südostwabe der Schwarzen Sonne, erstellt von Mondjugendunterführerin Renate Richter.

Die streng geheime Operation Schmetterling wurde über mehrere Stadien hinweg während des Großen Kriegs des Aufstiegs unserer Idee vorbereitet. Als der Krieg sich im Jahr 1944 in einen Verteidigungskrieg wandelte, starteten wir die Operation in vollem Umfang. Sie wurde von Alwin-Broder Albrecht, dem treuen Adjutanten des Ur-Führers, geleitet. Zu unseren Vorbereitungen gehörten unter anderem die Beschaffung wichtiger wissenschaftlicher Informationen über die feindlichen Staaten und die Gründung eines geheimen Stützpunktes in der Antarktis. Hauptziel der Operation Schmetterling war es, die Idee des Ur-Führers und des Nationalsozialismus unsterblich zu machen.

Am 30. April 1945 beging Ur-Führer Adolf Hitler in seinem Bunker unweit der Wilhelmstraße in Berlin Selbstmord.

Hitler Unser Herr starb für uns, um der unzähligen Sünden der Untermenschen willen und als Opfer der unzivilisierten Barbarenvölker minderer Rassen, die seine Genialität nicht begriffen. Die letzte Botschaft des Ur-Führers an sein geliebtes Volk ist überliefert: »Ich sterbe mit freudigem Herzen angesichts der mir bewussten unermesslichen Taten und Leistungen unserer Soldaten an der Front, unserer Frauen zuhause, den Leistungen unserer Bauern und Arbeiter und des in der Geschichte einmaligen Einsatzes unserer Jugend, die meinen Namen trägt.«

Die Durchführung der Operation Schmetterling beinhaltete mehrere wichtige Punkte:

1) Der Leichnam des Ur-Führers musste in Sicherheit gebracht und für die nachfolgenden Generationen aufbewahrt werden.
2) Die Nationalsozialisten mussten eine fortschrittlichere wissenschaftliche Kompetenz als die feindlichen Staaten erwerben, um einen möglichst sicheren geheimen Rückzugsort einzurichten und sich effektiv bewaffnen zu können.
3) Eine nationalsozialistische Elitegruppe musste an dem geheimen Stützpunkt in Sicherheit gebracht werden.

Diese Ziele sind bereits erreicht, nur ein Punkt ist noch nicht realisiert worden:

4) Der Erde soll erneut und endgültig das richtige nationalsozialistische Denken und damit weltweite Harmonie, Wohlstand und Frieden gebracht werden.

Wir gaben der Operation den Namen Schmetterling, denn der freiwillige Tod von Hitler Unserem Herrn soll wie die Entwicklungsphase eines Tieres der Erde betrachtet werden. Die Nachkommen der als Schmetterlinge bezeichneten geflügelten Insekten leben zunächst in primitiver, kriechender Form, aber dann bauen sie sich einen schützenden Kokon. Aus diesem Kokon entpuppt sich später das erwachsene, stolz auffliegende Individuum. Wir, die treuesten Fahnenträger der nationalsozialistischen Idee, haben uns zur Verpuppung in unser geheimes Versteck zurückgezogen, von dem aus, sobald der richtige Moment kommt, der Geist des Ur-Führers erneut seine leuchtenden Flügel über der Welt ausbreiten wird.

ACHTUNG! Schüler, die stärker an der Lebensform »Schmetterling« interessiert sind, können sich mit der Zoologieabteilung des Mikrofilmarchivs in der Bibliothek vertraut machen, Teilklasse Neuflügler (Neoptera), Ordnung Schmetterlinge (Lepidoptera).

Alwin-Broder Albrecht setzte die Operation unmittelbar nach dem Tod des Ur-Führers in Gang.

Unsere für die Operation ausgebildeten Sonderoffiziere beschafften sich einen Kriegsgefangenen, der von der Statur her dem Ur-Führer ähnelte, und kopierten auf ihn die Verletzungen, die denjenigen von Hitlers Selbstmord entsprachen. Der Leiche zog man Hitlers Kleider an. Um das Erkennen weiter zu erschweren, gaben die Vollstrecker der Operation die Anweisung, sowohl den als Ur-Führer maskierten Gefangenen als auch die Leiche von Hitlers Ehefrau Eva Braun zu verbrennen. Hitlers echten Leichnam brachten sie über geheime unterirdische Gänge aus Berlin heraus, wo er im Keller eines Kriegslazaretts sorgfältig einbalsamiert wurde. Schließlich gelang es uns, den heiligen Leichnam des Heiligen Hitler mit einem U-Boot in die Antarktis zu bringen, zu unserem ins Festlandeis und ins Felsgestein gehauenen Stützpunkt, unerreichbar für unsere Feinde.

Im gleichen Zusammenhang brachten wir die mittels der Operation Schmetterling für das Reich beschafften geheimen Forschungsunterlagen unbemerkt aus dem Führerbunker und in die Antarktis. Am wertvollsten waren die Schemazeichnungen und Berechnungen des serbisch-amerikanischen Erfinders Nicola Tesla, von denen wir wussten, dass sie im Wesentlichen von Naziwissenschaftlern gestohlen waren, denn als von Geburt an nicht-arischer Spießgeselle des Kapitalismus hätte er nie im Leben selbst solche revolutionären Theorien samt ihren praktischen Anwendungen aufstellen können. Die Vollstrecker der Operation Schmetterling brachten mithilfe ihrer in die Vereinigten Staaten eingeschleusten Agenten bereits am 7. Januar 1943 Teslas Unterlagen wieder in den Besitz des Reiches. Tesla wohnte damals in einem New Yorker Hotel, und die Agenten der Operation Schmetterling eliminierten ihn, als sie das Forschungsmaterial ins Volkseigentum überführten. Die Erkenntnisse in Teslas Unterlagen waren von zentraler Bedeutung für die Besiedlung des Mondes und für unsere Weltraum- und Waffentechnologie, wie für das Einspannen der Schwerkraft, die Entwicklung unserer Raumschiffe der Walküre-Klasse und für die Tesla-Tarnungs-Technik. Unsere Forscher waren schon vor der Operation Schmetterling in der Entwicklung geheimer Waffen und Technologien tätig gewesen, und zum Beispiel im Bereich der Antigravitation war man auch ohne Teslas Aufzeichnungen bereits sehr weit gekommen, aber das erbärmliche Überlaufen von untauglichen Abtrünnigen wie Wernher von Braun und Albert Einstein zu den Vereinigten Staaten hatte unsere Arbeit gebremst.

Wir begannen unverzüglich mit der Besiedlung der so genannten Dunkelseite des Mondes, und mithilfe unserer Flugschiffe wurden am Antarktis-Stützpunkt systematisch Rohstoffe und Güter für die Lebensmittelproduktion unter anderem aus Südamerika zusammengetragen.

☾

In den Datenbanken der Kriegsflüchtlinge habe ich ein äußerst interessantes Schlagwort entdeckt: »Verschwörungstheorien«. Damit stößt auf man wer weiß wie viel an lächerlicher Paranoia, aber unter all dem Müll findet sich auch eine bemerkenswerte Beobachtung: Auf der Erde war es gelungen, der Operation Schmetterling erschreckend präzise auf die Spur zu kommen, weil bei den gefundenen Überresten von Hitler Unklarheiten auftauchten, die zu der Vermutung Anlass gaben, der Ur-Führer habe sich doch lebend entziehen und ins Ausland absetzen können. Überraschend weit verbreitet ist die Annahme, er sei nach Südamerika gegangen. Auffällig wenige Theoretiker waren jedoch auf die Idee gekommen vorzuschlagen, er könne in der Antarktis gelandet sein, noch weniger fiel es jemandem ein, uns auf der erdabgewandten Seite des Mondes zu lokalisieren. Es gab aber auch Theorien, die beinahe ins Schwarze trafen! Es ist geradezu gespenstisch, dass unsere Pläne so genau nachvollzogen werden konnten. Es wäre interessant gewesen, sich einmal in die Informationsquellen jener Theoretiker zu vertiefen.

Jetzt ist es dafür selbstverständlich viel zu spät.

18. Februar 2047

Liebe Kitty,

mein voriger Eintrag liegt, wie es aussieht, bereits mehr als eine Woche zurück. Heute morgen ist mir wieder aufgefallen, dass noch immer manche Mondtraditionen aus der Zeit der alten Macht in mir leben – es ist Montag, und als ich aufwachte, war mein erster Gedanke, dass Mondtag ist – also ein freier Tag. Nach der Ankunft der Flüchtlinge vor etwa dreißig Jahren kehrte man wieder zum Wochenrhythmus der Erde zurück, auch wenn man bei unseren Lebensumständen natürlich nicht »das Wochenende verbringen« kann. Alle haben Verpflichtungen, an jedem einzelnen Tag.

Aber wenn ich nun daran denke, wie man in meiner Jugend die Freizeit auf dem Mond verbrachte, komme ich auf ein wichtiges Thema.

Nach dem Missgriff mit der Hymne kühlte die Freundschaft zwischen Anneliese und mir für eine Weile ab, doch wir näherten uns einander wieder an, als wir eine Gemeinsamkeit fanden, die mit der Erde zu tun hatte: Anneliese interessierte sich für Filme. Vielleicht war es ihr Hang zu Gespenstergeschichten, die sie zum Film zog; sie hatte wahrscheinlich einmal jemanden von *Nosferatu* reden gehört.

Im Volkssaal der Festung wurde ein nationalsozialistisches Aufmunterungsprogramm gezeigt, eine Filmvorführung im Monat für alle ab zwölf Jahren, veranstaltet von *Kraft durch Freude*. Die Auswahl in unseren Archiven war ziemlich schmal, dennoch kamen die Menschen gern: Der Filmabend war nämlich eine beliebte freizeitliche Zusammenkunft, bei der sich Kollegen außerhalb der Arbeit miteinander unterhalten, Teenager ihre Freunde treffen und sich dem anderen Geschlecht präsentieren konnten.

Alle, die es auf die Ehe anlegten, wussten natürlich, dass ihrem persönlichen Interesse keinerlei Bedeutung zukam, wenn das Rassenkomitee der Schwarzen Sonne anderer Ansicht war. Beschloss ein Mann zu heiraten, wurde sein Erbgut mit dem Erbgut aller unverheirateten Frauen und Witwen im vermehrungsfähigen Alter abgeglichen. In unserer begrenzten Population wurde versucht, physische und psychische Eigenschaften, die sich möglichst gut ergänzten, miteinander zu verbinden und Inzucht zu vermeiden. Das war leicht zu akzeptieren, denn das Rassenkomitee wurde nicht müde, daran zu erinnern, dass genetische Kompatibilität auch geistige und körperliche Kompatibilität bedeutete. Harmonisierende Gene machten die künftige Ehe von Natur aus glücklich und harmonisch.

Dennoch warfen bei den Filmabenden die Jungen den Mädchen und die Mädchen den Jungen im passenden Alter Blicke zu. Alle waren eifrig darauf bedacht, mit den anderen zu reden, es wurde viel gelächelt und es wurden Blicke und flüchtige Berührungen getauscht. Zeitverschwendung war das nicht unbedingt, schließlich gab es die Vorzugsliste.

Bei den genetischen Kompatibilitätstests konnte es nämlich vorkommen, dass sich für einen Mann mehrere qualitativ gleich gute Kandidatinnen fanden. Darum stellte jeder Mann im heiratsfähigen Alter eine Vorzugsliste auf, und bei einem Unentschieden bevorzugte das Rassenkomitee das Fräulein, das in der Liste am weitesten oben rangierte.

Darum war bei den Filmabenden und allen anderen Gelegenheiten, bei denen sich die jungen Leute ohne besondere Aufsicht kennenlernen konnten, die Luft dick vor Koketterie und Berechnung, vor stummen Einladungen und Abschätzungen, vor Hoffnungen und Deutungen. Einem Mädchen gereichte es jedenfalls nicht zum Nachteil, wenn es ihr gelang, auf der Vorzugsliste des Jungen, der ihr gefiel, möglichst weit nach oben zu kommen. Aus der Perspektive des Jungen wiederum war es günstig, wenn das Rassenkomitee im Falle des Gleichstands wusste, welche Mädchen den Jungen am meisten anzogen. (Unverheiratet zu bleiben war nicht üblich, aber es kam vor. Auf das Leben des Mannes wirkte sich die Familienlosigkeit an sich nicht weiter aus, auch wenn es in gewisser Weise eine Schande war: Schließlich wusste man, dass Vaterschaft zu den wichtigsten patriotischen Pflichten des deutschen Mannes gehörte. Unverheiratet gebliebene Frauen wurden Hitlers Bräute genannt und arbeiteten für das Mondreich anstatt für die Familie.)

☾

Dienstag, 4. Dezember 2007

Es ist echt ein komischer Gedanke, dass Anneliese mich beim ersten Mal zum Film im Volkssaal fast mitschleppen musste, denn mit dem Volkssaal verband ich alles Offizielle und eher Langweilige, wie zum Beispiel lange Festreden. Anneliese war vor fast einem Jahr zwölf geworden (weil sie ein halbes Jahr vor mir geboren wurde, muss sie mich ständig daran erinnern, wie erwachsen sie schon ist!). Natürlich rannte sie sofort zu den Filmabenden und platzte danach schier vor Begeisterung und sagte, sie wolle, dass ich mitkomme, sobald ich dürfe. Zuerst dachte ich, sie versuche vielleicht nur, mich neidisch zu machen, weil sie so viel über etwas redete, das für mich noch außer Reichweite lag. Und als ich endlich zwölf wurde, ging ich zum Filmabend wohl eigentlich nur deswegen mit, weil ich es ein bisschen schade fand, dass Anneliese sich nichts aus Büchern und meinen Erde-Geschichten machte. Also dachte ich mir, ich könnte jetzt die Freundin sein, die sich für dieselben Sachen interessiert oder mindestens so tut, als ob.

Inzwischen bin ich schon fünfmal in einem Film gewesen und kann Anneliese gut verstehen! Im Volkssaal ist es etwas laut und eng, weil die Filmabende so beliebt sind, aber Anneliese scheint es zu gefallen, dass viele andere um sie herum sind.

Vor und nach der Vorstellung ist es üblich, im Saal umherzugehen und sich mit Bekannten zu unterhalten. Währenddessen knabbern wir leckere geröstete

Hanfsamen, die das Mondreich an allen Kraft durch Freude-Abenden anbietet. Wenn sie frisch geröstet sind, füllt ihr herrlicher Duft den Raum. (All das kam mir am Anfang seltsam vor, weil wir bei offiziellen Veranstaltungen in Reihen in den Saal marschieren und mucksmäuschenstill sein müssen, außer beim Gruß und den freudigen Zurufen oder beim Singen, und niemandem würde es einfallen, etwas zu essen.) Anneliese war bei unseren ersten gemeinsamen Filmabenden unheimlich lustig: Sie benahm sich fast so, als wäre sie die Gastgeberin! Sie führte mich am Arm von einer Gruppe Gleichaltriger zur nächsten und stellte mich den Jungen vor, die ich von der Unterschule ebenso gut kannte wie sie. Mit besonderem Eifer scheint Anneliese die Gesellschaft einer Gruppe zu suchen, als deren Mittelpunkt sich ein Mann aufspielt, der vielleicht zehn Jahre älter ist als wir. (Er wird trotzdem noch zur Jugend gerechnet, da unverheiratet.) Er ist groß und aufrecht und heißt Klaus Adler.

Anfangs fand ich es ein bisschen ulkig, dass zu Beginn der Filmabende fast immer die gleichen, etwas über eine Stunde dauernden Filme gezeigt wurden, Leni Riefenstahls Triumph des Willens oder einer der beiden Teile des Olympiafilms, Fest der Völker oder Fest der Schönheit. Aber inzwischen mag ich sie sehr, weil darin der Ur-Führer selbst vorkommt und wir alle aufstehen, Haltung annehmen und so lange den Arm zum Nazigruß erhoben halten, wie Hitler auf der Leinwand zu sehen ist. Nach diesen

Vorfilmen ist das Angebot dann vielseitig, und wir haben viele verschiedene und unterschiedlich lange Filme gesehen. Die meisten sind richtig erzieherisch. Zum Beispiel behandelt ein Film wie Metropolis auf düstere und beängstigende Weise die Lage der Arbeiter im Würgegriff des Kapitalismus. Das war einer der Lieblingsfilme des Ur-Führers! Ganz anderer Art ist ein sehr kurzer Film namens Der Diktator, in dem ein freundlicher Herrscher, der Ur-Führer Hitler täuschend ähnlich sieht, mit einer großen, mit Luft gefüllten Nachbildung der Erdkugel spielt. Der Propagandaunterführer unseres Kulturkomitees stellt jeden Film vor, bevor er auf den gebleichten Hanfstoff projiziert wird, und bei Der Diktator sagte er, darin trete einer der berühmtesten und am meisten geschätzten Filmregisseure der Welt auf, Charles Chaplin. Chaplin habe unserem großen Ur-Führer mit diesem Kurzfilm, in dem davon geträumt wird, dass eines Tages die ganze Erde in seinen sanften aber starken Händen liegen möge, Ehre erweisen wollen.

Einer meiner Lieblingsfilme ist Fritz Langs Frau im Mond, der fast zwanzig Jahre, bevor wir unsere Siedlung gründeten, gedreht wurde. Es wirkte aufmunternd, zu denken, dass unser Schicksal auf der Erde schon vor langer Zeit auf diese Weise vorhergesagt wurde.

Anneliese wiederum liebt aus ganzem Herzen (so wie sie die Gespenstergeschichten unserer Kindheit liebte) zwei schauerliche Filme, nämlich Nosferatu und Das Cabinet des Dr. Caligari, beides bildhafte

Vergleiche für die heimtückischen Freveltaten der Untermenschen. Nosferatu ist ein jüdischer Blutsauger. Zwischendurch drängt sich Anneliese an den beängstigenden Stellen an mich und drückt meinen Arm mit ihren schwitzenden Händen. Es ist herrlich, wie ernst sie bei der Sache ist! Diese Filme haben keinen Ton, sondern nur Musik, und darum machte ich einmal Quatsch, als wir Nosferatu sahen. Nosferatu näherte sich gerade seinem Opfer, da flüsterte ich Anneliese mit der röchelnden Stimme unserer Gespenstergeschichten ins Ohr: „Ich sauge dich aus!" Anneliese konnte ihren Schrei kaum unterdrücken und drängte sich noch enger an mich. Das war schön und furchtbar rührend.

Ich glaube, die Filme werden eine echt wichtige Freizeitbeschäftigung für mich, ich hätte nie gedacht, wie viel man aus ihnen über die Erde lernen kann! Es ist etwas ganz anderes, als wenn man sich Wald oder Berge oder Schnee oder irgendwelche Tiere durch ein Buch wie Heidi oder mithilfe von unbeweglichen Fotos vorstellt. Jetzt kann ich zum Beispiel sehen, wie der Wind die Bäume zum Schwanken bringt oder wie das Wasser Wellen schlägt. Und auch sonst bilden mich die Filme wirklich, weil sie so viel von den sonderbaren Bräuchen auf der Erde und von unseren Werten im Vergleich zur degenerierten Erde erzählen.

☾

Anneliese benahm sich bei den Treffen der Jugend mit der gleichen entwaffnenden Unbekümmertheit, mit der sie sich als Kind Spielkameraden gesucht hatte. Sie wartete nicht, bis man sie ansprach, sondern marschierte mitten in ein plauderndes Grüppchen hinein und schaltete sich geschickt und schnell ins Gespräch ein, als würde sie einen Ball auffangen, der ihr im Kreis zugeworfen wird. Sie lachte lauthals über den geringsten Scherz, war neugierig auf jedes Gerücht und gestikulierte beim Reden und fasste die neben ihr Stehenden am Arm an, wenn sie ihren Worten Nachdruck verleihen wollte. Sie war so quicklebendig, dass sie jedes Gespräch anfachte, und in ihrem Kielwasser wagte ich es, zu lachen und ab und zu ein Wort anzubringen.

An die ersten Worte, die ich mit Klaus Adler wechselte, kann ich mich immer noch erinnern.

Wir unterhielten uns nach dem Filmabend in einer kleinen Gruppe Jugendlicher über *Fest der Schönheit* und die Ästhetik des arischen Körpers. Wir befanden uns wohl gerade in der Phase des Teenageralters, in der man nicht mehr losprustet, wenn man nackte Haut sieht, sondern versucht, sich erwachsen und reif zu geben, und darum taten wir so, als wäre der Anblick spärlich bekleideter durchtrainierter Körper ein alltägliches Phänomen, dem man trocken analytisch zu begegnen hatte. Klaus Adler, der mit Anneliese darüber diskutierte, ob der Bewegungsablauf beim Hochsprung prachtvoll oder doch leicht amüsant zu nennen war, blickte zufällig an Annelieses lachendem Gesicht vorbei und schien mich zum ersten Mal wahrzunehmen.

»Und was sagt das stille Fräulein Richter?«, fragte er. »Was für ein Typ Mann gefällt *Ihnen* persönlich?«

Ich war so verwirrt, dass ich ohne zu überlegen ehrlich und offen antwortete.

»Nichts könnte mich weniger interessieren.«

In Adlers Augen blitzte etwas auf, und er schaute mich jetzt länger an – ich könnte schwören, dass Erstaunen in seinem Blick lag. Dann warf er den Kopf zurück und lachte bellend.

»Kleiner Frechdachs, wie?«

Ich wurde rot bis zum Hals, und Anneliese sah mich an, als wäre ich eine Bekloppte, fasste sich aber schnell wieder. »Renate meint es nicht böse, sie ist eine kleine Leseratte! Sie liest so viel allein für sich, dass sie noch als Hitlers Braut enden wird, wenn sie nicht aufpasst.«

Adler musterte mich erneut, nun von Kopf bis Fuß. »Das glaube ich nicht. Dafür ist sie viel zu hübsch.«

Anneliese gefiel Adlers Antwort nicht, aber sie tat ihr Bestes, um das Plaudern fortzusetzen. »Ach, Renate interessiert sich mehr für die Kreaturen auf der Erde als für junge Männer!«, rief sie scherzhaft aus und drückte zur Beglaubigung ihrer Worte Adlers Arm. »Wenn Sie wüssten, wovon sie manchmal redet. Von Schmetterlingen! Von Vögeln! Von fliegenden Tieren!«

Das amüsierte auch die anderen sehr. »Tiere« waren für sie fremde Wesen, fern und abstrakt. Im Grunde waren sie zur Hälfte Fabelwesen, ebenso wenig real wie die Dinosaurier für die Erdlinge. Meiner Meinung nach gab es bei dem Thema nichts zu lachen, und wieder verteidigte ich mich instinktiv, ohne weiter nachzudenken.

»Herr Adler sollte sich besser auch dafür interessieren! Schließlich haben wir letztes Mal in *Siegfried* die Traumszene gesehen, in der zwei Vögel miteinander kämpfen. Der Name Adler bezeichnet einen Vogel wie aus *Siegfried*, einen der größten und stolzesten und imposantesten auf der Erde. Unser Wappen zeigt ebenfalls einen Adler, auch wenn niemand dabei an ein Tier von der Erde denkt.«

Für einen Moment war es still. Adler sah mich an, nun mit neuem Interesse. »Einer der imposantesten, ja?«

»Renate hat damit also eine ziemlich genaue Beschreibung von Herrn Adler geliefert!«, rief Anneliese kühn aus und brachte die Mädchen zum Kichern und die Jungs dazu, sich peinlich berührt zu räuspern. Adler lächelte Anneliese an und Anneliese lächelte zurück, schaute ihm direkt in die Augen und strich sich anmutig eine Locke aus der Stirn.

☾

Donnerstag, 13. September 2012

Ich verstehe nicht, warum Anneliese sich so in Klaus Adler verguckt hat. Er ist schrecklich alt und wäre bestimmt längst zum Erbgutvergleich gegangen, wenn er ernsthaft eine Frau suchen würde! Und je mehr sich ein Mädchen für ihn begeistert, umso schneller verliert er das Interesse, meine ich beobachtet zu haben. Adler ist wie einer, der zur Wasserjagd aufbricht und dann, wenn er Eis entdeckt hat, keine Lust mehr hat, den Brocken in die Festung zu schleifen, weil das Jagen das Interessante ist und nicht so sehr die Beute. Heute kam Anneliese nach der Englischstunde, um mir ihr Herz auszuschütten. Sie hatte Tränen in den Augen, als sie mir erzählte, dass Klaus (sie hatten angefangen, sich zu duzen, was schon ein Zeichen für sehr ernstes gegenseitiges Interesse ist!) so tue, als sehe er sie nicht mehr, obwohl sie ihm deutlich zu verstehen gegeben habe, dass sie zu einer noch näheren Bekanntschaft bereit sei. Anneliese sagte das irgendwie komisch, und ich hakte nach, was sie damit meine. Sie sagte mir, sie hätten mehrere „zärtliche Stunden" gehabt. Natürlich war ich entsetzt – erst letzte Woche hatte ich Gerüchte über ein Mädchen in unserem Alter gehört, ein gewisses Gretchen, das ich nicht besonders gut kenne. Sie war ohne Kompatibilitätstest und Verlobung schwanger geworden! Und es stellte sich heraus, dass ihr Erbgut keine Kompatibilität mit dem Erbgut des Vaters (ich weiß nicht, wer es ist) aufwies und der Jüngling auch unter anderen Umständen nicht gewillt gewesen wäre, sie zu heiraten. Gretchens Kind besitzt also keine akzeptierte Verwandtschaftslinie und nicht die offizielle Staatsbürgerschaft des Mondreichs. Das Kind (es ist ein Junge) wurde darum vom Disziplinarkomitee zum Untermenschen erklärt. Gretchen darf es großziehen, bis es sechs ist, aber dann wird der Junge in einen der Wohnbereiche der Untis verbracht und nach und nach mit den Arbeitsaufgaben, die für Untis vorgesehen sind, vertraut gemacht.

Klar habe ich gewusst, dass es in der Schwarzen Sonne Untis gibt, schließlich hat es sie schon immer gegeben. Als ich klein war, glaubte ich, sie würden Untermenschen genannt, weil sie in den unteren Gängen der Festung wohnen und arbeiten. Dann lernte ich in Geschichte, dass sie auf der Erde die falsche Rasse gehabt hatten oder sonst wie minderwertig waren. Natürlich übten die Untis auch in Germania oft körperliche Tätigkeiten aus, die die Angehörigen der teutonischen Rasse als nicht angemessen für sich betrachteten, aber nicht die Arbeit machte sie zu Untis, sondern ihr Falschsein. Die körperlichen Tätigkeiten waren eine Folge des Untermenschentums, und nicht dessen Ursache. Das erinnerte mich daran, dass ich mich einmal beiläufig gefragt hatte, warum man überhaupt Untis mit auf den Mond genommen hatte. Hatte niemand Rassenschande befürchtet? Es ist schon ein bisschen seltsam, dass sich die Untermenschen der Festung im Aussehen nicht von uns unterscheiden. Keiner hat dunkle Haut oder schräge Augen, und eigentlich heben sie sich nur durch das „U" auf ihren Arbeitsoveralls von uns ab.

Nun, erst jetzt ist mir klar geworden, dass die Untis in der Schwarzen Sonne nur von der Definition her Untis sind, nicht von der Rasse her. Jeder von ihnen war einmal Deutscher oder zumindest Nachkomme deutscher Nazieltern. Entweder sind sie außereheliche Kinder oder sie haben ein Verbrechen gegen das Mondreich begangen und sind deswegen zu Untis erklärt worden. Auf dem Mond ist das Untermenschentum eine Entscheidung und keine ursprüngliche Eigenschaft.

Ich habe nur einmal mit einem Unti gesprochen, weil ich eigentlich nichts mit ihnen zu tun haben sollte. (Sie erhalten ihre Anweisungen von den Vorarbeitern der Kulturen, Bergwerke und Werkstätten.) Das ist viele Jahre her. Anneliese bat mich, mit ihr zum Arbeitsplatz der Älterfrau zu kommen, zu den Chlorellakulturen. Dafür gab es selbstverständlich einen Grund, an den ich mich nicht mehr genau erinnern kann. Sollte Anneliese der Älterfrau etwas bringen? Ich war noch nie in den Kulturen gewesen, darum bat ich meine Mutter um Erlaubnis und bekam sie auch. Die Kulturen liegen tief unter der Mondoberfläche, weil es dort leichter ist, die Temperatur in den großen Hallen auf gleichmäßigem Niveau zu halten. Ich weiß immer noch, dass Anneliese ihre Angelegenheit mit der Älterfrau erledigen ging und ich irgendwann genug davon hatte, in der feuchten und auch ein bisschen heißen Chlorellabeckenhalle zu warten. Ich schaute mir eine zweite Halle an, und die war beeindruckend: Dort wuchs mannshoher Hanf, und ich hatte noch nie so viele und so große Pflanzen gesehen. Die ganze Halle roch wundersam. Plötzlich erschrak ich fürchterlich, weil ich merkte, dass sich die Hanfpflanzen weiter hinten wie von selbst bewegten und die Bewegung näherkam, obwohl niemand zu sehen war, und sofort fielen mir sämtliche Geistergeschichten ein. Aber dann tauchte zwischen den Hanfhalmen ein

Mädchen in meinem Alter auf, das einen U-Overall trug und ein Werkzeug in der Hand hielt, das an eine Schöpfkelle erinnerte, und mit dem sie die Wipfel der Hanfpflanzen anstieß. Das sah sonderbar aus und ich fragte sie, ohne weiter nachzudenken, was sie da tue. Sie sagte nur: „Ich bestäube den Hanf" und ging weiter. Sie hatte mich nicht einmal angelächelt, und ich dachte, alle Untis seien unverschämt und unangenehm, aber jetzt frage ich mich, was sie für einen Grund gehabt haben sollte, mich anzulächeln.

Irgendwie sind die Träger der U-Overalls vollkommen unsichtbar für mich geworden. Es gibt sie eben, es hat sie immer gegeben, und sie sind nützlich wie Wände und Möbel oder Lampen, aber niemand unterhält sich oder schließt Freundschaft mit einer Wand oder einer Lampe.

Aber jetzt verstehe ich, dass sie alle Kinder von jemandem sind.

☾

Manchmal bilde ich mir ein, dass ich Lehrerin geworden bin, weil ich es selbst wollte. Dass ich durch die Anspielung meines Vaters auf die Idee kam, als ich sechs war, und bestimmte Filme später mein Interesse für die englische Sprache verstärkten. Lange glaubte ich, dass meine eigenen Wünsche und Interessen, meine hervorragenden Noten und mein reger Verstand mich bewegt hatten, die Lehrerinnenlaufbahn einzuschlagen.

Nun muss ich zugeben, dass das eine Illusion war. Auf dem Mond entscheidet niemand selbst über sein Schicksal.

In meinem Fall dürfte der Einfluss von Klaus Adler den Ausschlag gegeben haben.

Mein Enthusiasmus für die Geschichte und die Kultur der Erde wurde durch Annelieses Geplapper auch außerhalb meines engsten Freundeskreises bekannt. Klaus Adler war der Sohn eines hochrangigen Offiziers und hatte sich in seinen auf die Militärlaufbahn ausgerichteten Studien als begabt erwiesen. Da er beschlossen hatte, sich auf den Bereich Feindaufklärung zu spezialisieren, interessierte ihn alles, was mit der Erde zu tun hatte. Ich bin sicher, dass nicht einmal mein eigener Vater unbedingt gewusst hätte, wie umfassend ich über die Dinge der Erde im Bild war (oder für wie wertvoll ich mein Wissen hielt, bis ich am eigenen Leib erfahren musste, wie jämmerlich dürftig es in Wirklichkeit war), und wie brennend meine Leidenschaft für das Thema.

In den von Nebel verhüllten Sälen, die ich im Nachhinein aus meiner Vorstellung heraus errichte, kann ich sehen, wie sich Informationstechnikoberführer Klaus Adler mit seinem Vater, der sowohl im Kultur- als auch im Propagandakomitee aktiv tätig war, unterhält. Dabei meint der junge Klaus knapp, er habe die etwas eigentümliche Tochter von Herrn Doktor Richter kennengelernt, ein junges Fräulein, das aus reiner Leidenschaft verblüffend vielseitige Informationen über die Erde ausgegraben habe. Ich kann fast hören, wie es daraufhin im Gehirn des älteren Adlers zu rattern beginnt.

Ein gewisses anderes Gehirn ratterte damals in Sachen Eheschließung.

☾

Samstag, 12. Januar 2013

Anneliese fragt mich immer wieder, was man für die Arbeit im Nachrichtenzentrum braucht und was für Fertigkeiten verlangt werden. Heute hatte ich genug davon und forderte sie auf, direkt mit meiner Mutter zu reden. (Ich glaube, ein gewisser K. Adler, der sich der Feindaufklärung und der Nachrichtentechnik zugewandt hat, hat keinen allzu geringen Anteil an Annelieses Drang zu dieser Tätigkeit.) Meine Mutter redet gern von ihrer Arbeit, und weil Anneliese ein kluges und schlagfertiges Mädchen ist, könnte sie meiner Meinung nach durchaus ins Nachrichtenzentrum passen. Meine Mutter sagte ihr: „Solche Tätigkeiten werden oft innerhalb der Familie weitergereicht, aber ich glaube, dass Renates Interesse ganz woanders liegt. Und als beste Freundin von Renate gehörst du ja praktisch zur Familie. Ich nehme dich gern mal mit, damit du die Arbeit im Zentrum kennenlernen kannst, ich muss nur das Bildungskomitee um Erlaubnis bitten. Renate wird mir das doch nicht übelnehmen, oder?" Im Gegenteil, ich fühlte mich dadurch richtig mondleicht! Anneliese darf wohl schon nächste Woche bei meiner Mutter ein Praktikum machen, und durch das Ganze sind wir noch bessere Freundinnen geworden, denn jetzt muss Anneliese mit mir zusammen zusätzliche Englischkurse besuchen! (Ich weiß allerdings, dass Klaus Adler auch lange Englisch studiert hat, vielleicht will Anneliese ihn irgendwann bitten, mit ihr die Grammatik durchzugehen, hihi!)

☾

Englisch zu lernen war nicht für alle selbstverständlich. Für diejenigen, die aufklärerische Tätigkeiten anstrebten, war es natürlich Pflichtfach, denn in der Festung hatte man erkannt, dass es sich aus irgendeinem Grund fast zu einer Allgemeinsprache der Erde herausgebildet hatte. Das erstaunte unsere Experten, wussten wir doch, was für ein logisches und mathematisch genaues Instrument die deutsche Sprache war, wohingegen es in der englischen Grammatik von Ausnahmen wimmelte, und die Ausspracheregeln einen Dschungel aus Widersprüchen darstellten. Auch hierin zeigte sich das schwache Urteilsvermögen der Erdlinge. Nur wenige Frauen in der Festung konnten Englisch, jene nämlich, die es aus irgendeinem Grund als zusätzliches Unterrichtsfach belegen wollten. Die meisten von ihnen werteten Aufklärungsbänder des Funkverkehrs aus. Im Nachrichtenzentrum – in dem traditionell Frauen arbeiteten – musste zumindest eine Frau pro Schicht über englische Grundkenntnisse verfügen, zum Beispiel für den Fall der überraschenden Invasion eines amerikanischen Raumschiffs. In der Schwarzen Sonne gab es immer auch wenigstens zwei Aufklärungsoffiziere, die leidlich Russisch sprachen, und in jeder Generation wurden Nachfolger für sie ausgebildet. Man vergaß in der Hakenkreuzfestung nie den Schock, als die erste Sonde der Erde im Jahr 1959 auf der Mondoberfläche zerschellte. War doch jener Angriff auf den Frieden unseres Verstecks nach so vielen Jahren, in denen wir uns sicher gefühlt hatten, das Werk der feindlich gesinnten Sowjets.

Damals erschien auf dem Mond hin und wieder eine Zeitung, die, um Papier zu sparen, nur in wenigen hundert Exemplaren gedruckt und in Volkssälen verteilt und an Mitteilungstafeln aufgehängt wurde. Noch immer finden sich einzelne Ausgaben der Zeitung im Mondarchiv, ansonsten sind sie eingesammelt worden, um das Papier wiederzuverwerten.

☾

Mondischer Beobachter,
14. September 1959

SKRUPELLOSE AGGRESSION DER ERDE
Mondführer ermuntert das Volk zu Mut und Wachsamkeit

Am gestrigen Tag ist ein von feindlichen Staaten ausgesandtes primitives, unbemanntes Spionageraumschiff auf die Mondoberfläche geprallt. Laut unserer Funkaufklärung sind dafür die bolschewistischen Staaten der Erde verantwortlich. Die Bolschewiken beabsichtigen, noch in diesem Jahr ein weiteres Raumschiff der gleichen Art auf den Mond zu schicken, mit dem Ziel, die von uns bewohnte Seite des Mondes durch Fotografieren auszuspionieren.

Es wird versucht, die Überreste des zerschellten Raumschiffs sobald wie möglich mit der nötigen Vorsicht zu untersuchen.

Aufgrund der außergewöhnlichen Luftraumverletzung treten ab sofort folgende Bestimmungen in Kraft:

1. Die TTT-Tarnung der Schwarzen Sonne und unserer Bergwerke wird möglichst schnell vollendet und nach Fertigstellung der Anlage unverzüglich in Gebrauch genommen. Die Spuren der Wasserjagden und anderen Maßnahmen auf der Mondoberfläche werden mit Mondstaub überdeckt, der von Flugschiffen abgeworfen wird.

2. Von den Aufklärungs- und Frachtraumschiffen werden 80 Prozent auseinandergebaut und die Materialien unverzüglich dem militärischen Gebrauch zugeführt. Das Wissenschafts- und Verteidigungskomitee sowie die Mondwehr beginnen mit sofortiger Wirkung mit der Entwicklung von Nahkampfraumschiffen der Walküre-Klasse, die mit Projektilgeschützen ausgerüstet sind. Zum Zweck eines von der Erdumlaufbahn aus zu führenden Angriffskriegs wird mit dem Bau einer Raumzeppelinflotte begonnen. Diese Schiffe werden als Siegfried-Klasse bezeichnet.*

3. Die Operation Götterdämmerung wird gestartet.

4. An den obermondischen Fenstern der Schwarzen Sonne sind bei Langnacht ausnahmslos Verdunkelungsvorhänge anzubringen.

5. Für jeglichen Gebrauch von Metall für andere als militärische Zwecke sind von nun an gesonderte Anträge mit Begründungen beim Wissenschafts- und Verteidigungskomitee einzureichen.

6. Volksangehörige über 12 Jahre haben an zusätzlichen Übungen teilzunehmen, deren Zeiten noch bekannt gegeben werden. Die Behörden stellen die Einberufung zur Übung den Haushalten und Arbeitsplätzen zu.

7. Die Anzahl der den Gemeinschaftsgeist hebenden Singstunden wird in der gesamten Schwarzen Sonne erhöht.

* Die nationalsozialistische Forschung feiert mit der Entwicklung des anti-irdischen Angriffssystems Siegfried einen weiteren Triumph. Die Waffe ist von teutonischer Effizienz, einfach, Ressourcen sparend, aber äußerst vernichtungsfähig. Sie basiert auf der Erkenntnis, dass man für das Erzielen einer bedeutenden Explosionskraft nicht unbedingt eine große Menge entzündliches oder expandierendes Material benötigt. Die Zerstörungskraft wird erreicht, indem man von außerhalb der Erdatmosphäre Materiemasse auf die Erde fallen lässt, wie einen Brocken Mondgestein, sodass dessen Beschleunigung hoch genug wird. Der in die Gravitationslücke des Planeten abzuwerfende Brocken muss groß genug sein, damit der Schlund der Atmosphäre ihn nicht verbrennt oder zu klein werden lässt. Wenn ein solches Steingeschoss mit einer Geschwindigkeit von zehn Kilometern pro Sekunde auf der Erde aufschlägt, kann ein Brocken von dreißig, vierzig Metern Durchmesser dieselbe Zerstörung bewirken wie die Atombombe der Kapitalisten

in Hiroshima. Es wird unverzüglich damit begonnen, Steingeschosse auf Vorrat abzubauen. In einer Angriffssituation werden die Steine mit Siegfried-Raumzeppelinen in die Erdumlaufbahn gebracht.

☾

Schon in der Ära der Tunnel hatten wir verborgene Aufklärungsstationen auf der erdzugewandten Seite des Mondes (also auf der Erdseite, wie wir sie nennen) aufgestellt. Die wichtigste trug den Namen »Hitlers Auge«. Sie empfing Radio- und Fernsehsendungen und zeichnete sie auf. Damit verfolgten wir die Nachrichten auf der Erde ebenso wie den Funkverkehr ihrer Weltraumflüge.

Die bemannten Flüge der Kapitalisten begannen Ende der 1960er-Jahre und sorgten in der Festung für ziemliche Unruhe. Meine Mutter erinnerte sich, dass sie drei Jahre alt war, als der erste bemannte Flug – Apollo 11 – auf der Mondoberfläche landete. In der Schwarzen Sonne hatte man bis zuletzt gehofft, das Raumschiff würde nie sein Ziel erreichen. Niemand glaubte daran, dass es sich um einen Zivilflug handelte.

Das Apollo-Programm setzte eine weitere Metall-Rationierung und Einschränkungen in Gang. Unser Volk lebte ziemlich kärglich, und das nur, weil ein paar Personen von der Erde mit einem quasi aus Balsaholz und Alufolie zusammengeschusterten wackligen Ding gekommen waren, um zwei Tage lang Steine zu sammeln. (Ich weiß, dass sich das nach müder Ironie anhören mag, aber in unseren Geschichtsbüchern war Apollo 11 eine hochgradige Invasion, eine Grenzverletzung, eine Aggression, die man fast mit einem Besatzungsversuch vergleichen konnte. Sie löste sowohl die Mobilmachung aus als auch eine mehrtägige Kavalkade von anspornenden Reden und patriotischen Gesangsvorführungen. Ob Neil Armstrong je geahnt hat, dass er sich im Sucher unserer Waffen befand, als er von dem großen Schritt für die Menschheit sprach?)

Durch die Beobachtung des Funk- und Fernsehverkehrs waren wir also in der Lage gewesen, wenigstens ein Stück weit die Flüge unbemannter Sonden wie auch das bemannte Apollo-Programm vorauszusehen, aber in den 1990er-Jahren vollzog sich in unserer Feindaufklärung eine überraschende Wende. Während wir dem Jahr 2000 entgegengingen, änderten sich nach und nach die Objekte unseres Interesses, die Funk- und Fernsehsendungen der Vereinigten Staaten und Europas. Seit Jahrzehnten schon hatte es sie in unbeherrschbarer Fülle gegeben, weshalb wir ohnehin nicht allen darin enthaltenen Informationen nachgehen konnten. Wir wollten trotzdem über die politischen Hauptnachrichten unserer wichtigsten Feinde auf dem Laufenden bleiben und waren selbstverständlich besonders an Informationen über Weltraumflüge interessiert. Hitlers Auge schnappte weiterhin Radiowellen auf, aber ein immer größerer Teil der Sendungen war äußerst effektiv kodiert. Das Phänomen bot Anlass zu politischer Sorge, denn die Kodierung deutete stark darauf hin, dass die Funk- und Fernsehsendungen geheime Informationen enthielten.

Einige Leute gingen davon aus, dass die Spannungen zwischen den für uns interessantesten feindlichen Staaten derart zugenommen hatten, dass sie gegenseitig ihren Nachrichtenverkehr störten. Andere vermuteten, wir seien entdeckt worden, und nun trachte die Erde mit allen Mitteln danach, unsere Feindaufklärung zu stören. Der Mondführer beruhigte das Volk jedoch und gab eine Verlautbarung heraus, der zufolge wir, die Nazis, die den unknackbaren Enigma-Kode geschaffen hatten, über kurz oder lang fähig sein würden, eine solch dürftige Verschlüsselung aufzulösen.

Inzwischen wissen wir, dass die Übertragungen damals digitalisiert wurden.

27. Februar 2047

Liebe Kitty,

in meinem letzten Eintrag bin ich weit von dem abgeschweift, worüber ich eigentlich schreiben wollte. Ich wollte nämlich von meiner Filmleidenschaft erzählen.

Zum Teil waren die Filme im *Kraft durch Freude*-Programm im Hinblick auf ihren Bildungswert ausgewählt worden. Den Studenten der englischen Sprache wurden besonders Filme empfohlen, in denen entweder durchweg oder teilweise Englisch gesprochen wurde. Ich erinnere mich gut daran, dass *Professor Unrat* des uns als deutscher Regisseur vorgestellten Josef von Sternberg unwiderruflichen Eindruck auf mich machte, als ich fünfzehn war. (Auf der Erde war der Film besser unter dem Namen *Der blaue Engel* bekannt.) Dafür gab es zwei Gründe. Der eine war der, dass die männliche Hauptfigur als Englischlehrer in meinem Traumberuf tätig war.

Der zweite Grund war Marlene Dietrich.

Professor Unrat war in all seiner Fremdartigkeit faszinierend. So widersprachen zum Beispiel das ständige Rauchen und der unverhohlene Genuss alkoholischer Getränke in jeder Hinsicht den Benimm- und Gesundheitsregeln, die der Ur-Führer aufgestellt hatte. Ich konnte auch nicht recht erkennen, worauf das Ensemble des Films aus war, oder was das Ensemblemitglied Lola-Lola, das von der Dietrich gespielt wurde, eigentlich wollte und warum. Aber nach der Vorführung hielt Propagandaunterführer Meier, der *Kraft durch*

Freude-Aufseher, einen Vortrag, in dem er über die tiefere Symbolik des Films sprach. Die von der Dietrich verkörperte Lola-Lola ist eine Allegorie der Germania, der vergötterten, schönen und starken Frauengestalt. Alle wollen die Germania für sich haben, alle wollten sich mit Germania vereinigen. Professor Immanuel Rath wiederum symbolisiert den fremden Staat, der von der in jeder Hinsicht großartigen Germania geblendet wird und vehement Teil von ihr werden will, so wie es Polen, die Tschechoslowakei und viele andere Länder einst gewollt hatten. Propagandaunterführer Meier hob ganz besonders hervor, dass Professor Rath – wie schon sein Vorname vermuten lässt – einen von der jüdischen Verschwörung gelenkten Staat darstellt, vielleicht die Schweiz, dessen Absicht darin besteht, durch geschickte Intrigen Germania zu unterwandern. Aber ein starkes, tugendhaftes Volk braucht keine untauglichen Verbündeten, und so verschmäht Lola-Lola den Professor, wie der Ur-Führer die Schweiz verschmäht hatte, sie wählt sich einen neuen, starken, arischen Gefährten und versklavt und demütigt den verrückten Untermenschen in einem Maße, dass er dem elenden Tod anheimfällt. Propagandaunterführer Meier verwies auf mehrere Einzelheiten im Film, die diese Interpretation stützten, etwa auf den Willen des intriganten Professors, junge, fähige Männer, also starke Verbündete, daran zu hindern, sich Lola-Lola zu nähern, oder auf das von Lola-Lola vorgetragene Lied von der Überlegenheit der blonden arischen Frauen – also Germanias.

In ihrer politischen Rechtschaffenheit war die Interpretation faszinierend, aber ich starrte nur auf Marlene Dietrich.

Diese Haltung. Dieser Blick. Diese Lippen, die nicht lächelten, wie Frauenlippen lächeln sollten, offen fröhlich und den anderen zum Gefallen, sondern die allein sich selbst billigend zu lächeln schienen. Und die unhörbar flüsterten: »Ich habe ein aufregendes Geheimnis, das auch du gerne kennen würdest … aber ich weiß nicht recht, ob ich es dir verraten werde.«

(Und der Schmetterling, der Verzweigungen von Welten hervorbringt, und von dessen Existenz ich noch nichts wusste, zuckte mit den Flügeln – einmal, sich träge lockernd.)

Nachdem ich *Professor Unrat* gesehen hatte, stellte ich mir an vielen Abenden beim Schlafengehen vor, dass Marlene Dietrich auf dem Mond lebte und von Kind an meine Freundin gewesen war. Auch wenn sie erwachsen war, suchte sie mich bisweilen auf und spielte mit uns. Marlene und ich versteckten uns beim Kommandospiel an denselben Stellen, an denen ich mich mit Anneliese versteckt hatte. Marlene lag neben mir in den dunklen Winkeln der Mondgänge, an mich gedrängt, und lachte heiser und aufgeregt, wenn sich die Suchenden näherten. Ich spürte ihren Atem auf meiner Wange. Sie kam im Volkssaal zu mir und unterhielt sich mit mir, und ihre Schönheit und ihr Lächeln blendeten alle so sehr, dass ein geheimnisvoller Abglanz davon auch auf mich fiel.

Ich musste mehr über Marlene Dietrich erfahren.

Gleich beim nächsten Filmabend fragte ich Propagandaunterführer Meier, ob es in den Archiven der Schwarzen Sonne noch mehr Filme des Herrn von Sternberg gab, am liebsten welche, in denen Marlene Dietrich die begehrte und beneidete Germania verkörperte. Er freute sich über meine Frage und lobte meinen Eifer, mich mit den grundlegenden Werken des nazistischen Triumphzugs vertraut machen zu wollen. Er sagte, im Archiv gebe es zumindest den nur wenige Minuten dauernden Kurzfilm *Marokko,* bei dem von Sternberg Regie geführt habe. Der Name verweise auf das Land in Nordafrika, wohin die symbolische Germania in Gestalt der Dietrich einen Feldzug unternahm und so filmisch dem geliebten Rommel sowie der Landung unserer tapferen Armee auf einem von Untermenschen bevölkerten Kontinent Ehre erwies.

Propagandaunterführer Meier versprach, sich beim Propagandakomitee zu erkundigen, ob es wünschenswert wäre, den Film zu zeigen. Zwei Wochen später erfuhr ich, dass *Marokko* beim nächsten Filmabend zusammen mit einigen längeren Klassikern zu sehen sein würde.

Marokko war sehr kurz, nur etwa vier Minuten, aber dafür umso eindrucksvoller.

Ich werde ihn nie vergessen. Auch wenn ich inzwischen von Flüchtlingen, die auf den Mond gekommen sind, erfahren habe, dass er bereits 1930 gedreht wurde, als deutsche Kriegshandlungen in Nordafrika womöglich noch ein diffuser Traum des künftigen Ur-Führers waren. Und dass von Sternberg und die Dietrich den

Film auf feindlichem Boden gedreht hatten, nämlich in den Vereinigten Staaten.

In *Marokko* rauchte die Dietrich wieder – ich konnte einfach nicht verstehen, wie man diese Luftverpestung, dieses vom Ur-Führer besonders verabscheute Laster, in Aufklärungsfilmen zeigen konnte, aber Propagandaunterführer Meier erklärte nach der Vorführung, zur Zeit der Entstehung des Films sei das Rauchen eine weit verbreitete Angewohnheit gewesen, und darum habe man es eingesetzt, um Zeit- und Lokalkolorit zu erzeugen.

Wieder stellte Marlene Dietrich eine Sängerin dar. Aber jetzt, auf atemberaubende Weise, in Männerkleidern!

Sie trug lange Hosen, ein weißes Hemd, eine schwarze Jacke, eine Fliege am Hals. Sie hatte einen Zylinder auf – den ich bis dahin am ehesten als Symbol des Ausbeutungskapitals gekannt hatte –, den sie immer wieder spielerisch hin- und herrückte. Als sie die Bühne betrat, brach die Menge, die das Publikum darstellte, in lautes Geschrei aus, das geradezu zurückweisend wirkte.

Die Dietrich sang mit heiserer Stimme ein Lied, von dem ich nichts verstand (die gesprochenen Dialoge waren zum Glück in klarem Englisch), aber das spielte keine Rolle. Ich konnte die Augen nicht von ihr lassen. Ein Zuhörer bot der Dietrich nach dem Lied ein Getränk an. Sie trank es, gab das leere Glas zurück und wurde auf eine Frau aufmerksam, die in der Gesellschaft saß. Sie schnappte sich die Blume, die sich die Frau hinters Ohr gesteckt hatte.

Dann küsste Marlene Dietrich die Frau auf den Mund.

Die letzten zehn Sekunden des Films blieben für mich im Dunkeln. Mein Herz pochte heftiger als je zuvor, es schien das Blut anderswohin zu schicken als ins Gehirn, denn ich spürte Schwindel im Kopf und Hitzewallungen in den geheimsten Falten meines Körpers. Wie aus der Ferne hörte ich, dass im Film gelacht wurde, ich sah, dass die Dietrich die Blume irgendeinem Mann zuwarf, und dann war der Film zu Ende.

Propagandaunterführer Meier fing an, einen Vortrag zu halten, der mindestens dreimal so lang dauerte wie der Film selbst. Er erklärte weitschweifig, wie die Sängerin, die Germania symbolisiert, zunächst auf die Befremdung und Angst des Publikums, welches die fremden Staaten darstellt, stößt, bald aber jedes Volk unweigerlich für sich gewinnt. Das ihr dargebotene Getränk ist ein bildhafter Vergleich dafür, dass auch jene Staaten, die noch nicht Teil von Germania sind, freigebig und freiwillig ihre Bodenschätze und ihr sonstiges Eigentum dem Reich überlassen. Die Szene mit der Blume, die hinter dem Ohr der Frau gepflückt und einem Mann zugeworfen wird, symbolisiert wiederum das Recht der Germania, anderen Völkern abzunehmen, was sie will und braucht, und den Wohlstand an ihre starken Verbündeten zu verteilen.

Plötzlich hörte ich meine Stimme fragen, was der Kuss symbolisiere. Propagandaunterführer Meier schwieg einen Moment und sagte dann: »Er kündet natürlich davon, dass Germania allen ihren Untertanen gerecht und unter Anerkennung ihrer Gleichwertigkeit begegnet. Germania belohnt die Zusammenarbeit mit einem Gunstbeweis, und wenn Germania belohnt, dann sind Männer und Frauen gleich wertvoll. Sie haben ja gemerkt, wie im Film das ganze Publikum seiner Freude und seiner Billigung des Handelns Germanias Ausdruck verlieh, indem es in fröhliches Lachen ausbrach.«

Ich bedankte mich für die Antwort.

Als ich am Abend ins Bett ging, stellte ich mir nicht mehr vor, dass Marlene Dietrich mir im Volkssaal oder bei Kinderspielen begegnete. Nein, sie kam zu mir ins Bett, flüsterte mir mit heiserer Stimme etwas zu, summte mich in den Schlaf.

Als ich sechzehn wurde, durfte ich zum zweiten Mal im Leben einen Geschenkwunsch an das Mondreich richten. Mein Vater übermittelte ihn an das Volkseigentumskomitee der Schwarzen Sonne. Wie der Geschenkwunsch der Sechsjährigen bot auch das an der Schwelle zum Erwachsenwerden erbetene Geschenk dem Reich die Möglichkeit, sich ein Bild der Vorlieben, Bestrebungen, des Augenmaßes und der Absichten der Jugend zu machen. Die meisten Jungen wünschten sich eine persönliche Schusswaffe oder ein Qualitätswerkzeug, das mit ihrem künftigen Beruf zu tun hatte, die Mädchen wünschten sich traditionell Bettwäsche und Küchenzubehör. Ich bat darum, dass bei einem Künstler der Propagandaabteilung des Kulturkomitees ein Bild von Marlene Dietrich als Germania in Auftrag gegeben wurde. Und zwar als Germania, die der Landung Rommels in Nordafrika die Ehre erwies.

Mein Wunsch wurde im Volkseigentumskomitee als

geradezu rührend hitleristisch gedeutet und als beispielhafter Treuebeweis verstanden.

Seitdem wacht Marlene Dietrich an meiner Wand mit geheimnisvollem Lächeln auf den Lippen über meinen Schlaf. Nur ihre Zigarette ist auf dem Gemälde nicht übernommen worden.

16. März 2047

Liebe Kitty,

seit dem folgenden Eintrag sind auf den Tag genau dreißig Jahre vergangen!

☾

Donnerstag, 16. März 2017

Ich kann einfach nicht glauben, dass es wahr ist. Heute habe ich eine Stelle als Lehrerin bekommen! Ich werde Mondjugendführerin!

Ich werde eigene Schüler haben. Ich bekomme die Dienstuniform für Lehrerinnen! Meine Mutter ist sehr stolz auf mich, denn nicht sehr viele Frauen sind als Lehrerin tätig, schon gar nicht so junge, und meine Uniform muss von Grund auf neu angefertigt werden, denn in den Magazinen gibt es derzeit keine, die einer Frau meiner Größe passt.

Der Erhalt der Stelle ist freilich mit etwas sehr Unangenehmem verbunden, denn Herr Bauer muss seine Tätigkeit als Englischlehrer der Südostwabe aufgeben. Das muss man sich einmal vorstellen, dass ausgerechnet ich seine Nachfolgerin bin. Wo er mich doch selbst unterrichtet hat! Es war eine zusätzliche Überraschung, denn ich war im Begriff, meinen Abschluss nur als Geschichts- und Erdenkunde-Lehrerin zu machen, aber ich habe wohl die besten Noten für meine zusätzlichen Englischstunden bekommen. Herr Bauer darf in den Walhallagarten, er hat irgendein Geschwür.

Ich gebe Englisch für fortgeschrittene Schüler, die für Aufklärungsaufgaben ausgebildet werden, und kleine Kinder unterrichte ich in Geschichte und Erdenkunde. Ich habe mir vorgenommen, beim Bildungskomitee zu beantragen, auch den Kleinen schon einige Englischstunden geben zu dürfen. Das schadet bestimmt nichts, und ich kann die Kinder dadurch für die Erde begeistern. Wenn wir die Erde erobern, wird es ihnen sicherlich nützen, wenn sie den Erdlingen sagen können: „We come in peace!"

☾

Beim Anprobieren der Uniform zog ich zum ersten Mal ein vollkommen unbenutztes Kleidungsstück aus neuem Stoff an. Wir benutzten unsere haltbaren Hanfstoffe nämlich immer und immer wieder. Kleider für Erwachsene wurden zu Kleidern für Kinder umgenäht, bis der Stoff zu dünn war oder nach dem Zerschneiden nur noch so kleine Teile übrig blieben, dass sie lediglich zum Polstern von Möbeln oder als Rohmaterial für Wasch- und Putzlappen verwendet werden konnten, oder als Mondblutbinden für Frauen. Das funkelnagelneue Gewand fühlte sich anfangs aufregend steif auf der Haut an. Ich wusste freilich, dass es nach einigen Waschgängen angenehm weich sein würde.

Als die Uniform angepasst wurde, sah ich mich zum

ersten Mal im Leben in einem Spiegel. Ganzkörperspiegel waren strikt rationiert – als Arbeitsgeräte für die Schneider, denn wir hatten auf dem Mond so gut wie kein Silber. Hochrangige Männer durften manchmal kleine Spiegel zum Rasieren verwenden, die Frauen wiederum lernten von klein auf, durch Tasten mit den Fingern und das Erfragen der Meinung anderer festzustellen, ob ihre Frisur in Ordnung war. Spiegelnde Flächen waren keineswegs verboten, schließlich gab es in der Festung Fenster zur Mondoberfläche, und in den Scheiben konnte man sein Spiegelbild sehen, wenn die Verdunkelungsläden geschlossen waren. Es gehörte einfach nicht zu unserer Kultur, sich im Spiegel zu betrachten.

Ich würde das Ganze vielleicht nicht einmal erwähnen, wenn die Fülle an Spiegeln nicht zu den sonderbarsten Dingen auf der Erde zählen würde. Am ehesten leuchten sie mir als Mittel ein, um für mehr Weite in der Inneneinrichtung zu sorgen. Bei Herrn Kleidungsgeschickunterführer Althaus glaubte ich zuerst, sein großer Spiegel sei die Tür in ein anderes Zimmer. Als ich begriff, worum es sich handelte, träumte ich kurz davon, in meiner kleinen Wohnkammer auch einen Spiegel zu haben, durch den der Raum viel größer aussehen würde. Aber die Zwangsvorstellung, immer wieder sein eigenes Bild betrachten zu müssen, oder einen Blick auf sich zu werfen oder sich gar anzustarren, verstehe ich immer noch nicht.

Sich im Spiegel zu betrachten, ist bei den Erdlingen etwas Intuitives.

Das erinnert mich an unsere Singstunde. Es war ebenso schändlich, nicht auf die Singstunde zu reagieren, wie es schändlich war, den Nazigruß zu unterlassen, wenn man jemandem begegnete. Ich erinnere mich an eine gewagte Mondanekdote, in der ein frisch gebackener Ehemann ein Schäferstündchen mit seiner Frau verbrachte, als die Singstunde losging. Weil der Mann weiterhin versuchte, sich mit seiner Frau zu vereinigen, obwohl es sich gehört hätte, in das Lied einzustimmen, erstattete seine Frau beim Disziplinarkomitee Bericht über ihn. James erzählte mir später, er habe insgeheim über die Singstunde gelacht. Seiner Meinung nach war es ein völlig sinnloser Brauch, der sich in keiner westlichen Demokratie durchgesetzt hätte. Ich weiß noch, was ich ihm antwortete: Dass ich den Brauch nicht für weniger sinnvoll hielt als den Brauch auf der Erde, bei Rot an der Ampel stehenzubleiben, obwohl weit und breit kein Verkehr zu sehen ist. Die Erdlinge benahmen sich, als wäre vor ihnen ein unsichtbarer Schlagbaum oder ein Tor herabgelassen worden, obwohl lediglich Buntlicht an einem Pfosten brannte.

Der zwanghafte Blick in den Spiegel war für die Erdlinge ein Ritual wie für uns die Singstunde und hatte den Charakter eines unbewussten Reflexes. Gab es irgendwo einen Spiegel, musste man hineinschauen, wenigstens verstohlen. Nachschauen, wie man in den Augen anderer aussah. Das Spiegelbild speichern, falls es so aussah, wie man wollte, dass es in den Augen der anderen aussah.

Aber du kannst nie wissen, wie du für die anderen

aussiehst, wenn du dabei weißt, dass du in einen Spiegel schaust.

Oder, Kitty?

19. März 2047

Liebe Kitty,

ich hatte wieder sehr viel zu tun. Bei einem Besuch in der Schule erzählte ich den Kindern von der Geschichte des Mondes. Ich sah deutlich, dass sie aufgeregt waren, mich zu sehen, da ich an so vielen bedeutenden Ereignissen beteiligt gewesen war. Es machte mich auch wehmütig, wieder vor einer Klasse zu stehen und in die jungen, unschuldigen Gesichter zu blicken, auf denen der naive Glaube an die Zukunft leuchtete. Der Besuch weckte lebhafte Erinnerungen an die Zeit vor dreißig Jahren.

☾

Dienstag, 28. März 2017

Heute hielt ich meine erste Sonderstunde für kleine Kinder! Das Bildungskomitee war meiner Idee sehr gewogen, Erdenkunde und Geschichte mit etwas Englisch zu verbinden. Für die Geschichtsstunde habe ich mir einen lustigen Dialog ausgedacht, für den wir üben, in einfachen Sätzen auf Englisch zu sagen, von wo wir auf den Mond gekommen sind und wann. Außerdem unterrichte ich die Grundlagen der Erdenkunde auf Englisch: Ich zeige auf einer Karte, wo die Kapitalisten und wo die Bolschewiken leben und so weiter. Ich habe eine regelrechte Starschülerin: die kleine Hannelore Lehmann. Sie ist wie ich als kleines Mädchen – ein bisschen schüchtern, aber schnell von Begriff, und, ach, wie sie mich bewundert! Sie meldet sich eifrig und kommt gern nach vorne, um mit dem Kartenstock zu zeigen, wo auf der Erde Untermenschen wohnen.

☾

Mit raketenartiger Geschwindigkeit fing der zum Offizier aufgestiegene Klaus Adler nach meinem Abschluss an, mich ernsthaft zu bestürmen. Er dürfte kaum der einzige junge Mann gewesen sein, der daran dachte, mich auf seine Vorzugsliste zu setzen, aber er war mit Sicherheit der hartnäckigste.

Ich begriff zunächst nicht einmal, dass er mich für sich gewinnen wollte. Ich bildete mir ein, die Tatsache, dass er ständig unsere Gesellschaft suchte, hätte mit seinem Interesse für Anneliese zu tun.

Hätte ich es mir zu Gewohnheit gemacht, mich nach den Filmabenden im Volkssaal in die dunklen Ecken der Festungsgänge zu verziehen, um dort mit Jünglingen hastige feuchte Küsse zu tauschen und Abwehr vorzutäuschen, wenn die schweißigen Hände der Jungmänner unter meine Bluse wandern wollten, wäre vielleicht auch Klaus Adler irgendwann an der Reihe gewesen. Aber solche Abenteuer reizten mich nicht, und seine äußeren Qualitäten, von den Zukunftsaussichten ganz zu schweigen, garantierten ihm auch so nach Belieben eifrige Gesellschaft für zärtliche Stunden. Anneliese benutzte findig die raffinierten Verstecke, die sie von mir beim Kommandospiel gelernt hatte, als sie versuchte, sich den Weg auf Klaus' Vorzugsliste zu ebnen.

Von mir bekam Klaus am ehesten ausweichendes, bestenfalls neutrales Verhalten zu spüren. Wie auch alle anderen Jungen. Ich wies sie nicht kokett zurück und deutete auch nicht an, ein andermal eventuell gewogener zu sein, und versuchte auch nicht, die für Frauen in der Festung höchst seltenen Augenblicke der Macht auszunutzen, indem ich sie ärgerte oder herabsetzte. Wenn die Jünglinge einen Spaziergang vorschlugen oder mich baten, sie zu einer Veranstaltung zu begleiten, verhielt ich mich, als hätten sie mich zum Bällewerfen in die Turnhalle eingeladen. Mein Beruf war ein großartiger Vorwand. »Nein, danke, ich habe gerade ein bisschen viel mit den Hausaufgaben meiner Schüler zu tun.« Oder: »Eine schöne Idee, und ich bin froh, dass du mich gefragt hast. Ich möchte jedoch meine Freizeit ganz zum Wohle der Mondreichkinder einsetzen.«

Aber die Gleichgültigkeit gegenüber Klaus Adler war ein großer Fehler.

Meine Interpretation von früher war richtig gewesen: Klaus Adler gehörte zu den Menschen, die von der Herausforderung fasziniert und von der Jagd erregt sind.

Mich beschäftigt auch die Frage, ob das Dietrich-Lächeln, das ich mir beigebracht hatte, Klaus' Eifer befeuert haben könnte: Das langsame Heben des Blicks unter schweren Lidern, die vom Selbstbewusstsein getönte zarte Regung der Mundwinkel, die nichts verriet, aber ein Geheimnis andeutete.

Als mein Vater eines Abends aus dem Labor nach Hause kam und meine Mutter auf die Wange küsste, verstand ich sofort, dass etwas Besonderes geschehen war. Ich konnte mich nicht erinnern, je gesehen zu haben, wie mein Vater meiner Mutter vor meinen Augen Zärtlichkeitsbezeigungen erwies. Er bebte geradezu vor Zufriedenheit und bat uns beide, am Tisch Platz zu nehmen, denn er habe große Neuigkeiten.

»Ihr ratet nie, wer mich heute aufgesucht hat.«

Meine Mutter sagte nichts. Ich hatte schon als kleines Mädchen gemerkt, dass sie in Vaters Gegenwart normalerweise nur sprach, wenn sie angeredet wurde. Waren wir beide allein, war sie hingegen lebhaft, gesprächig und humorvoll. In meiner Kindheit kannte ich darum zwei Mütter: meine Lotte, die mir Kinderlieder beibrachte und vorsang, die lachte und mit ihren Freundinnen plapperte, und Vaters Lotte, die nickte, einsilbig antwortete und mit exakten, überlegten, sparsamen Bewegungen die Hausarbeit verrichtete.

Weil mein Vater so guter Dinge war, wollte ich an seiner Begeisterung teilhaben. »Ich rate. War es Herr Mondführer Kortzfleisch persönlich?«, fragte ich.

»Nein, Renatchen. Aber du kennst sie, die Person, die mich besucht hat.«

Ich hatte keine Ahnung, um wen es sich handeln könnte. Wer von meinen Bekannten hätte meinen Vater aufsuchen sollen? Ich kannte viele Freundinnen meiner Mutter und natürlich junge Leute in meinem Alter, aber der Herr Doktor Richter, der seine Zeit mit komplizierten Experimenten und Geräten im Labor oder auf der

Baustelle der Götterdämmerung verbrachte, verkehrte mit ganz anderen Menschen.

Mein Vater merkte, dass keine weiteren Versuche kommen würden, weshalb er seine Bombe platzen ließ. »Bei mir war Informationstechnikoberführer Klaus Adler.«

Ich hob die Augenbrauen, denn natürlich erinnerte ich mich an den Burschen, der sich ständig in unsere Gesellschaft drängte. Klaus Adler war Aufklärungsoffizier, weshalb er mit meinem Vater entweder über die Fortschritte der Götterdämmerung oder über eine neue Information bezüglich des derzeitigen Stands der Rüstung auf der Erde hatte sprechen wollen. (Unsere Feindaufklärung hatte einige Jahre zuvor herausgefunden, dass einige Staaten der Erde freiwillig die Anzahl ihrer Atomwaffen verringert hatten, und diese Entwicklung wurde auf dem Mond hoffnungsvoll und auch mit einem gewissen Lachen zur Kenntnis genommen: Wie dumm diese Erdlinge doch sein konnten!) Aber warum nur wollte mein Vater uns so enthusiastisch über seine beruflichen Beratungen mit einem Aufklärungsoffizier berichten?

Ich sah Schreck und Sorge auf dem Gesicht meiner Mutter aufblitzen, als mein Vater die Arme ausbreitete, als wollte er die Welt umarmen, und sagte: »Uns ist große Ehre widerfahren. Informationstechnikoberführer Adler hat um die Erlaubnis gebeten, einen Erbvergleich mit Renate vornehmen zu lassen.«

Klaus Adler wollte mich heiraten.

Mein Vater erklärte wortreich und großtuerisch, dass Herr Adler zunächst auf meine Begeisterung für die Erde aufmerksam geworden sei. Mein umfassendes Wissen und mein Wille, unseren Feind gründlich kennenzulernen, hätten tiefen Eindruck auf den Aufklärungsoffizier gemacht. Adler habe gesagt, mein Aussehen gefalle ihm, ich mache den Eindruck einer fruchtbaren jungen Frau, und auf der Grundlage unserer Gespräche habe er von mir das Bild eines außergewöhnlich zurückhaltenden und sittlichen Charakters gewonnen. Ich war also perfektes Ehegattinnenmaterial.

»Ich glaube nicht, dass es einen Hinderungsgrund für die Ehe gibt, oder, Lotte?«

Meine Mutter schwieg weiterhin. Auch mir fiel nichts ein.

»Selbstverständlich werde ich mir die Erbschemata ansehen. Freilich kann ich schon jetzt sagen, dass wir kein Verwandtschaftsverhältnis zu ihm haben, das Probleme bereiten könnte.«

»Ja. Das reicht aber nicht unbedingt.«

Die Antwort meiner Mutter kam ungewöhnlich schnell und entschlossen, und mein Vater merkte das. »Ja, ja, selbstverständlich benötigen wir auch einen psychologischen Test, und Adler muss Renate an die erste Stelle seiner Vorzugsliste setzen, falls er das noch nicht getan hat. Aber es wird bestimmt alles gut gehen. Ich weiß doch, was für ein kluges Mädchen du bist, Renatchen.«

Meine Mutter schwieg. Mein Vater tätschelte ihr den Arm. »Denk nur, was für eine Ehe! Adler gehört in jeder

Hinsicht zur Elite der Schwarzen Sonne. Du bist sprachlos vor Glück, nicht wahr, Lotte?«

Anstatt zu antworten, bekam meiner Mutter einen Hustenanfall.

»Stimmt etwas nicht, Lotte?«, fragte mein Vater scharf.

Meine Mutter schüttelte den Kopf. »Nein, nein, ich habe nur etwas in den falschen Hals bekommen. Ich mache gleich das Abendessen. Hilfst du mir, Renratte?«

Sie benutzte den Kosenamen, den ich mir als kleines Mädchen selbst ausgedacht hatte. Als wollte sie mich ihres besonders tiefen Wunsches versichern, mich zu schützen.

Renratte. In irgendeinem Buch über die Erde war ich darauf gestoßen, dass die Ratte dort ein besonders bewundertes Kleinsäugetier war. Intelligent, mutig und unnachgiebig bis zur Aufdringlichkeit, raffiniert, fähig, überall Nahrung zu finden und sich die dunkelsten Winkel als Verstecke zu suchen.

Ich wollte die Ratte des Mondes sein. Ich wollte die verborgenen Kanäle des Mondes kennen (viele kannte ich auch), ich wollte eine clevere kleine Spionin sein und mich überall durchschlagen. Ich wollte Renratte sein, auch wenn nur meine Mutter und ich diesen Namen benutzten.

Ich weiß doch, was für ein kluges Mädchen du bist, Renatchen.

Mein Vater hatte nicht die geringste Ahnung, wie klug ich tatsächlich war.

Ich war Renratte, das raffinierteste Wesen auf dem ganzen Mond.

Klaus Adler und ich durften vor den zwei anderen Paaren, die im Gang warteten, in den Kompatibilitätsraum. Das war mir peinlich, aber Klaus schien es für selbstverständlich zu halten.

Der Testaufseher erklärte uns, den ersten Test habe Hermann Rorschach, ein berühmter deutscher Psychiater, bereits Anfang des 20. Jahrhunderts erstellt. (Heute weiß man, dass er kein Deutscher war.)

Er hieß uns an einem großen Tisch gegenüber voneinander Platz zu nehmen. Dann legte er uns beiden eine Reihe mit kleinen Kreidetafeln hin. Auf jeder war mit einem Stück Klebeband eine Karte befestigt. Auf den Karten befanden sich seltsam symmetrische, fleckenhafte Formen. Wir sollten auf die Tafel unter der Karte schreiben, was die Bilder unserer Meinung nach jeweils darstellten. Der Aufseher ließ sich am Kopfende des Tisches nieder. Er wirkte nicht besonders interessiert daran, uns zu überwachen, es sah eher danach aus, als solle seine Anwesenheit verhindern, dass wir während des Tests miteinander sprachen. Wenn das wichtig war, dann frage ich mich heute noch, warum die Tests nicht in verschiedenen Räumen durchgeführt wurden. Vielleicht sollte der Aufseher aber auch unser Verhalten beobachten, daraus seine Schlussfolgerungen ziehen und darüber berichten. In der Festung konnte man nie wissen.

Klaus konzentrierte sich mit unübersehbarem Eifer auf seine Aufgabe. Ich sah, wie seine Zungenspitze immer wieder zwischen den Lippen hervorlugte, wenn er ernsthaft darüber nachdachte, was auf dem Bild zu sehen war. Seine Kreide ratterte gleichmäßig über die Tafeln, und wenn er mit einer fertig war, legte er sie auf den sauberen Stoß rechts von sich.

Ich zerbrach mir fieberhaft darüber den Kopf, was ich tun sollte. Mir fiel zu den Bildern alles Mögliche ein, aber was sah Klaus in ihnen? Würde es mir etwas nützen, das zu wissen?

Ich ließ die Kreide fallen. Das Geräusch ließ sowohl Klaus als auch den Aufseher zusammenzucken, und Klaus hörte kurz auf zu schreiben.

Die Kreide rollte genau dahin, wo ich sei haben wollte, zu Klaus.

Ich stand auf, bat wortreich um Verzeihung und machte einen Schritt auf die Kreide zu. Klaus, Gentleman wie immer, bückte sich, um sie aufzuheben. Als ich einen weiteren Schritt auf ihn zu machte, um die Kreide in Empfang zu nehmen, genügte es mir, für den Bruchteil einer Sekunde die oberste Tafel auf seinem Stoß zu sehen.

Das regelmäßige Lesen von Mikrofilmen hatte mich zu einer schnellen Erfasserin von Wörtern und Sätzen gemacht. Es gelang mir zu entziffern, was Klaus zu Bild Nummer 9 geschrieben hatte, obwohl der Text lang war und auf dem Kopf stand.

Nachdem Klaus mir mit einer Verneigung und einem Zusammenschlagen der Hacken die Kreide überreicht hatte, setzte ich mich auf meinen Stuhl und zog Bild Nummer 9 zur mir heran. Es war rot, grün und gelblich (nicht alle Karten zeigten Farben, diese aber schon), und die Farben bildeten ein symmetrisches Muster, das sich nach oben und zur Seite fetzenartig ausbreitete. Klaus hatte auf seine Tafel Nummer 9 geschrieben: TROTYLBOMBE VERNICHTET BOLSCHEWIKISCHES BATAILLON.

Ich schrieb unter Karte Nummer 9 natürlich: SCHMETTERLING.

Auf jede Tafel schrieb ich ein Wort oder einen Satz über die Erde. Ich dachte an *Heidi* zurück und suchte in meinem Gedächtnis nach Wörtern und Begriffen, die Klaus möglichst fern und fremd sein mussten. Mein heimliches Spicken hatte mir verraten, dass diese Flecken in Klaus garantiert keine Vorstellungen von etwas Zartem, Zerbrechlichem, Schönem wecken würden. Also schrieb ich auf Tafel Nummer 1: KATZENJUNGES. Auf Tafel Nummer 4: ORCHIDEE. Auf Tafel Nummer 7: SPITZEN.

Der Aufseher sammelte die Tafeln ein. Wir blieben auf unseren Plätzen sitzen, weil er noch Schädelmessungen durchführte und feststellte, ob durch den Schlag mit einem Hämmerchen unters Knie das Bein ausschwang. Dann bat er uns, dass wir uns mit dem Rücken zu ihm aufstellten, und rief unerwartet »Sieg Heil!«. Mit erkennbarer Zufriedenheit schrieb er auf, dass beide Arme schnell und instinktiv zum Gruß nach oben schossen.

Die letzte Phase des Tests überraschte mich. Jeder, der den Kompatibilitätstest je durchlaufen hatte, hätte mir sagen können, was auf mich zukommt, aber ich war gar nicht auf die Idee gekommen, jemanden zu fragen. Ich wusste sofort, dass es sich um etwas Wichtiges handelte, als der Aufseher uns beiden ein Blatt Papier anstatt einer

Tafel aushändigte und dazu einen Stift, dessen Schrift man nicht radieren konnte.

»Eure Aufgabe besteht darin, dem anderen einen Brief zu schreiben. Darin erklärt ihr möglichst klar und kompakt, was ihr über den anderen denkt. Was für gute Seiten und was für Schwächen ihr an ihm seht. Ob ihr ihm etwas Wichtiges zu sagen habt, was ihr noch nicht laut geäußert habt. Ihr schreibt keine Kreidetafelbotschaften, denn wir wollen ein bleibendes Dokument eurer Gedanken haben und behalten.«

»Und wer wird den Brief zu Gesicht bekommen?«, fragte Adler. Es war die Frage eines fähigen Aufklärungsoffiziers. Mir wäre sie gar nicht eingefallen. Die Briefe sollten schließlich persönlich sein.

»Selbstverständlich dürft ihr die Briefe zuerst lesen. Danach bringe ich sie mit dem übrigen Testmaterial zur Untersuchung ins Rassenkomitee. Sobald die Entscheidung gefallen ist, erhaltet ihr die Originalbriefe zurück. Für viele Ehepaare sind sie wichtige und liebe Erinnerungsstücke.«

Ich wusste, dass mein Vater als einer der renommiertesten Wissenschaftler der Festung im Rassenkomitee saß.

Nach allem, was geschehen ist, habe ich natürlich das persönliche Archiv von Klaus auf dem Mond durchgesehen (das zum Glück erhalten geblieben ist), weshalb sich die Briefe nun in meinem Besitz befinden. Ich hänge hier Fotografien davon an.

☾

Hochverehrter Informationstechnikoberführer Klaus Adler,

ich kann mit Worten nicht beschreiben, wie verwirrt ich war, als ich von Ihrem Wunsch erfuhr, den Erbgutvergleich mit mir zu machen. Ich schätze Sie und Ihre fortgeschrittene Laufbahn sehr, und die Einladung zum Kompatibilitätstest ist natürlich eine große Ehre für mich. Aber um der »kleine Frechdachs« zu sein, als den Sie mich einmal im Volkssaal bezeichneten, sage ich Ihnen ohne Umschweife, dass Sie und ich nicht glücklich zusammen wären. Wir sind zu verschieden.

Ich weiß, dass Sie meinen Vater als erfolgreichen Wissenschaftler verehren und zweifellos der Ansicht sind, seine Tochter nehme in der Schwarzen Sonne eine Position ein, der auch Ihrem Rang entspricht. Darum möchte ich Sie daran erinnern, dass ich meinem Vater nicht ebenbürtig bin. Ich würde mich selbst ein unbedeutendes kleines Dummchen nennen. Vorerst bin ich auch nicht daran interessiert zu heiraten, denn meine Arbeit als Lehrerin wird der Festung mit Sicherheit um ein Vielfaches nützlicher sein.

Ich glaube, dass Sie nach genauerer Überlegung verstehen werden, dass Ihre Auffassung von meiner Kompatibilität als Ihre Ehefrau eventuell reine Einbildung ist. Sie könnten eine viel bessere Frau finden. Haben Sie bemerkt, mit welcher Bewunderung Anneliese Harz Sie anschaut? Anneliese ist eine großartige junge Frau: schön, lebhaft, gewandt, von zärtlicher Natur. Ich weiß, dass es ihr großer Traum ist, mit einem verdienstvollen, anziehenden jungen Mann wie Ihnen eine Familie zu gründen.

Ich wünsche Ihnen alles Gute und viel Glück bei der Partnersuche. Möge Hitler Sie beschützen. Sieg Heil!

Ihre Renate Richter

☾

Niemand, der unsere Briefe gelesen hat, wird meine Behauptung, wir seien verschieden, bestreiten, denn Klaus schrieb folgendermaßen:

☾

Liebe Renate,

Sie haben mich betört. Ich lege Ihnen mein Herz zu Füßen. Ihre urarische Schönheit, Ihre keusche, geradezu scheue Natur und Ihre drolligen Steckenpferde sind eine unwiderstehliche Kombination. Bei unseren hochwertigen Erbfaktoren werden wir mit Sicherheit sogar die Lizenz für drei Kinder bekommen. Den ersten Jungen nennen wir Horst.

Sieg Heil!
Informationstechnikoberführer Klaus Adler

☾

Ich hatte den kurzen Brief von Klaus viel schneller gelesen als er den meinen. Es war erleichternd festzustellen, dass unsere Absichten und Gefühle so auffällig widersprüchlich waren. Überdies halfen mir zwei nicht in Frage zu stellende Aspekte: Klaus Adlers Stolz und die Vernunft meines Vaters. Klaus würde es äußerst schwerfallen, seine Begeisterung aufrechtzuerhalten, wenn sie so unumwunden zurückgewiesen wurde; und mein Vater würde nach der Lektüre der Briefe verstehen, wie unangenehm mir eine Verbindung mit Klaus Adler wäre. Als Mann der Wissenschaft würde er logisch denken. Auch das beste Erbgut könnte nicht den Verlust ersetzen, wenn meine mit Mühe erworbenen Kenntnisse und Fähigkeiten nicht zugunsten der Zukunft der Festung eingesetzt würden. Außerdem konnte er nicht wollen, dass ich unglücklich würde.

Ich beobachtete Klaus' Miene, während er meinen Brief las. Ich sah seine Stirn sich runzeln und seine Hand den Brief so gewaltsam fassen, dass das teure Papier an den Rändern knickte. Endlich blickte er auf und musterte mich. Ich wunderte mich, als eine Art Lächeln über sein Gesicht huschte – ein freudloses, ungläubiges, nachdenkliches Lächeln.

Der Aufseher kam und streckte die Hand aus. Wir übergaben ihm die Briefe.

Klaus stand als Erster auf, schlug die Hacken zusammen, salutierte rasch und marschierte ohne weiteren Abschied aus dem Raum. Ich freute mich, denn ich hätte mich wirklich nicht weiter mit ihm unterhalten wollen.

Ich verweilte kurz im Wartebereich, für den Fall, dass Klaus im Flur auf mich wartete, und ging sicherheitshalber nicht gleich in meine Wohnkammer, sondern holte zuerst Aufgabentafeln meiner Schüler zum Korrigieren aus der Klasse, um einen Vorwand zu haben, einen Umweg zu machen.

Aber der Abstecher ins Klassenzimmer erwies sich als keine gute Idee.

☾

Samstag, 7. April 2018

Alles ist wieder ein einziges Wirrwarr. Zuerst die schreckliche Einladung zum Erbgutvergleich mit Klaus Adler, und kaum war ich ihn losgeworden, traf ich auf Anneliese. Ich sammelte gerade in meiner Klasse die Hausaufgabentafeln der Kinder ein, als die Tür aufging und Anneliese hereinkam. Sie wirkte aufgebracht, geradezu wütend.

„Anneliese, was ist?", fragte ich, als ich ihren Gesichtsausdruck sah.

Sie kam direkt zur Sache. „Stimmt das Gerücht?"

Klaus Adler ist offensichtlich neben allem anderen auch ein unerträglicher Schwätzer, der in der ganzen Festung mit seiner Heiratsabsicht aufschneidet! Ich hätte versuchen können, das Gerücht zu entkräften, denn noch handelte es sich ja um ein Gerücht, aber ich beschloss, ehrlich zu sein. Trotzdem wollte ich nicht zugeben, direkt vom Erbgutvergleich und Kompatibilitätstest zu kommen, weil ich mir sicher war, meinen Teil so absolviert zu haben, dass aus unserer Verlobung nichts würde.

Ich sagte also offen, wie es sich verhielt: „Anni, ich verstehe nicht, was in seinem Kopf vorgeht. Männer sind manchmal unfassbar! Ich schwöre, dass ich ihm keinen Anlass zum Erbgutvergleich gegeben habe. Du weißt, dass ich ihn nicht einmal mag."

„Das Gerücht ist also wahr?", fragte Anneliese.

Ich murmelte etwas in der Art, dass Adler sich bestimmt wegen der hohen Position meines Vaters etwas in den Kopf gesetzt hatte, und dass er sich meiner Ansicht nach gar nichts aus mir machte. Sicherheitshalber sagte ich: „Mach dir keine Sorgen, ich habe ihm in jeder Hinsicht deutlich gemacht, dass wir nicht zusammen passen."

Auf Annelieses Gesicht machte sich ein zögerliches Lächeln breit, und sie fragte: „Du hast also nicht versucht, ihn dir zu angeln?"

Es fiel mir leicht zu lachen, denn allein der Gedanke war unmöglich. „Nein. Wirklich nicht. Du weißt doch, wie sehr ich unterrichten und selbst noch mehr über die Erde lernen will. Ich muss noch viele Jahre lang nicht an die Erfüllung der Vermehrungsquotenbestimmungen denken oder daran, Hitlers Braut zu werden. Und bis dahin habe ich bestimmt einen Mann kennengelernt, bei dem sowohl das Erbgut als auch die Gedanken passen."

Anneliese wirkte noch immer nicht überzeugt, also beschloss ich, die Wahrheit etwas bunter auszumalen. „Du kennst doch Erich? Erich Wolf? *Er* interessiert mich. Weißt du noch, wie ich mich einmal mit ihm über die Symbolik des Films *Der heilige Berg* unterhielt und ihm erzählte, dass mich die Alpenpanoramen an *Heidi* erinnerten? Er ist nur so schüchtern, dass er Zeit braucht, Frauen kennenzulernen."

Annelieses Erleichterung war nicht zu übersehen, Mondlicht schien aus ihren Augen. „Renatchen! Warum hast du mir das nicht früher gesagt! Erich – na klar!

Er redet die ganze Zeit über Literatur und Goethe und Schiller, wenn er mal ein Wort herausbringt. Ich würde mich nicht wundern, wenn er heimlich Gedichte fabrizieren würde!"

Wir versöhnten uns, und nun fühle ich mich mondleicht.

☾

Dieser Eintrag war der letzte in meinem Jugendtagebuch, denn der Verlauf der Ereignisse beschleunigte sich bald so sehr, dass ich ganz andere Dinge im Kopf hatte.

Ich schrieb nicht ins Tagebuch, dass Anneliese mich lange umarmte und mit aller Kraft an sich drückte. Ich erwiderte die Umarmung, ruhte eine Weile in ihren Armen, nahm den Duft ihrer Haare auf, spürte die süße Wärme ihres Körpers.

Ich schrieb auch nicht auf, dass Erich Wolf zwei Tage später mit ramponiertem Gesicht im Volkssaal erschien, die Hand in einem Stützverband und mit Lücken in den Zahnreihen. Es wurde über eine Rauferei unter Männern gemunkelt, ein ganz gewöhnliches Kräftemessen, wie es in der Festung für vollkommen erlaubt gehalten wurde, ja sogar für eine erwünschte Nahkampfübung und einen Beweis von Männlichkeit. Erst viel später brachte ich Erich Wolfs Verletzungen mit meiner Notlüge in Verbindung und damit, dass diese Lüge – offenbar dank Anneliese, die sie eifrig verbreitet hatte – flugs an Klaus Adlers Ohr gedrungen war. An die Prügel, die Erich bezogen hatte, erinnerten später, nachdem die Hämatome und Brüche verheilt waren, zwei Goldzähne in seinem Gebiss, mit denen die ausgeschlagenen Vorderzähne ersetzt worden waren. Sie ließen sein schüchternes Lächeln schockierend erscheinen, denn Goldzähne waren bei jungen Menschen ziemlich selten. Die hatten alte Menschen, deren durch Mondstaub verursachte Zahnabnutzungen und Zahnschmelzschäden mit Goldplomben repariert wurden.

Am Abend kam mein Vater nach Hause.

»Ich wusste ja, was für ein kluges Mädchen du bist, Renatchen.«

Sein Gesicht strahlte geradezu vor Zufriedenheit. Ich spürte, wie Erleichterung meine Glieder durchlief. Mein Vater hatte meinen Brief gelesen und mich verstanden. Ich war frei.

Er zog eine braune Mappe hervor, die einige Papiere enthielt. Als er sie durchblätterte, erhaschte ich einen kurzen Blick auf ein Blatt und erkannte es sofort als den dümmlichen Brief, den Klaus geschrieben hatte. Mein Vater räusperte sich.

»Ich muss sagen, dass ich geradezu gerührt war, als ich eure Briefe las.«

Meine Erleichterung nahm zu. Natürlich war mein Vater ein wenig traurig, weil aus der Verbindung nichts wurde. Er musste aber trotzdem auch zufrieden sein: Ich hatte genügend Rückgrat, mich einer Ehe zu verweigern, die trotz aller Schmeichelei unglücklich enden würde.

Er zog zwei Blätter heraus und legte sie vor sich auf

den Tisch. »Ihr habt sogar den gleichen Namen für euer künftiges Kind ausgesucht.«

Nun verstand ich nichts mehr.

»Renatchen, dies ist ein großartiger Brief – respektvoll, nicht geschwätzig, offen und ehrlich. Er gereicht dir als Frau und Nazi zur Ehre. Ich gratuliere dir. Nun bist du offiziell die Braut von Klaus Adler.«

Mir wurde schwindlig.

Ungläubig blickte ich auf die Blätter auf dem Tisch. Einen der beiden Briefe zog ich an mich heran.

☾

Lieber Klaus,

ich bin so froh, dass Sie unsere verdienstvollen Familien zusammenbringen wollen, und es wird eine große Ehre für mich sein, die Kinder eines echten Informationsoberführers zu tragen. Für mich sind Sie ungemein stattlich, tapfer und intelligent. Wir werden sehr glücklich sein. Eine Familie zu gründen, ist mein großer Traum, und wissen Sie was? Einer meiner Lieblingsnamen ist schon immer Horst gewesen. Sollten wir unseren ersten Sohn nicht so nennen?

Sieg Heil!

Mit äußerster Dankbarkeit, Ihre künftige Braut

Renate Richter

☾

Ich richtete den Blick auf meinen Vater und sah, wie er strahlte.

»Euer Erbgut passt nahezu hundertprozentig zusammen. Was die psychologische Seite betrifft, gibt es nach Auffassung des Rassenkomitees bei euren Rohrschach-Tests einen leichten … wie soll ich sagen … Mangel an Kongruenz … aber immerhin hattest du eine Anspielung an die Operation Schmetterling drin.«

Ich fluchte innerlich. Vor lauter Begeisterung für meine Intrige hatte ich nicht daran gedacht, dass der Schmetterling für uns nicht nur ein fernes, zerbrechlich schönes Tier war. Mein Vater achtete nicht auf meine Miene, als er fortfuhr: »Ich habe den anderen Mitgliedern des Komitees erklärt, dass man in dem Rohrschachtest deine Neigung erkennt, wie die große Leni Riefenstahl nach der Ästhetik in der Kulturgeschichte der Erde zu suchen. Da verstanden sie, wie gut ihr euch auch geistig ergänzt. Weil eure Briefe so verblüffend gut zusammenpassen und Adler dich selbstverständlich an die erste Stelle seiner Vorzugsliste gesetzt hat, kann ich dir nur noch einmal gratulieren.«

Ich schaute auf den Brief, der von mir stammen sollte. Natürlich wusste ich, dass ich nichts dergleichen geschrieben hatte. Aber die unerschütterliche Ansicht aller Parteien, dass er aus meiner Feder stammte, das erfreute Gesicht meines Vaters und seine freundliche Billigung brachten mich dazu, mit einem Teil meines Gehirns darüber nachzudenken, ob ich ihn nicht doch geschrieben hatte. Vielleicht hatte ich mir den höflich ablehnenden Text nur zurechtgelegt und mich dann doch anders entschieden? Hatte ich den Wunschtraum gehabt, Adler zurückzuweisen und den Traum mit der Wirklichkeit verwechselt, ein wenig so, wie ich in der Nacht nach dem Singstunden-Streich mit Anneliese geträumt hatte, dieses schreckliche Delikt gar nicht begangen zu haben? In meinem Kopf drehte sich alles. Was sollte ich glauben?

Ich erinnerte mich deutlich daran, wie Klaus Adler schockiert den Brief so fest anfasste, dass er am Rand etwas knitterte.

Das Papier des Scheinbriefs war tadellos glatt.

Bevor ich dazu kam, ihn mir genauer anzusehen, schnappte mein Vater ihn sich, legte ihn in die Mappe zurück und legte mir den Brief vor, den Klaus mir geschrieben hatte. »Verwahre ihn so sorgfältig wie Informationstechnikoberführer Adler den erinnerungsreichen Schatz, den er von dir bekommen hat, verwahren wird, nachdem er ihn von mir zurückerhalten hat …«

Beim Blick auf die weiterhin strahlende Miene meines Vaters brachte ich kein Wort heraus.

»Die Handschrift ähnelt meiner, und jemand von außerhalb der Familie könnte sie durchaus mir zuordnen«, sagte ich meiner Mutter unter vier Augen. »Die Handschriften auf dem Mond sind einander sehr ähnlich, ich bringe den Kindern ja selbst bei, möglichst standardgemäß zu schreiben. Aber es besteht kein Zweifel daran, dass der Brief eine Fälschung ist. So etwas Blödsinniges würde ich nie schreiben.«

»Ich habe den Brief nicht einmal gesehen. Meinst du, er ist aus Versehen vertauscht worden?«

»Sofern ich überhaupt etwas verstehe, hat Klaus Adler ihn selbst verfasst.«

Meine Mutter schien skeptisch. »Renratte, manchmal kann es passieren, dass ein Mädchen etwas bereut …«

»Mutter! Hör auf! Ich habe so direkt geschrieben wie ich konnte – beinahe unhöflich –, dass wir viel zu verschieden sind und ich kein bisschen daran interessiert bin, zu heiraten. Und ist es nicht auch deiner Meinung nach eine zu große Koinzidenz, dass wir angeblich an den gleichen Namen für unser Kind gedacht haben sollten? Mutter, habe ich je von Kindern geträumt? Natürlich werde ich irgendwann Kinder haben, das ist ja unsere Pflicht, aber ich sehe dafür noch lange keinen Anlass. Hätte ich nicht dich nach Namen in der Verwandtschaft gefragt, wenn ich von der Gründung einer Familie geträumt hätte?«

»Wenn du ein Mädchen bekämst, würdest du es Heidi nennen, hast du einmal gesagt, das weiß ich noch.«

»Das ist etwas anderes. Da war ich sechs.«

Ich bekam eine Tochter, aber sie heißt nicht Heidi.

Obi ist nur ihr Kosename. Ihr offizieller Vorname lautet Obianaju, und das war unsere gemeinsame Entscheidung. Der Name ist nigerianischen Ursprungs und bedeutet wohl so etwas wie »Befreierin«. Ich weiß, dass James anfing, die Obi-Variante zu benutzen, weil sie ihn an eine Filmserie der Erde erinnerte, die ihm sehr gefiel, und an die weise, fast prophetische Gestalt, die darin vorkam.

Als Obi geboren wurde, war mir schon klar, dass

sie nicht Heidi heißen würde. Die sechsjährige Renate hatte Heidi sein wollen, und weil sie nicht Heidi werden konnte, bestand die zweitbeste Möglichkeit darin, davon zu träumen, dass es in ihrer künftigen Familie eine Heidi geben würde. Bei Obis Geburt hatte ich zum Glück bereits verstanden, dass Kinder keine Gefäße sein sollen, in die die Eltern ihre unerfüllten Träume gießen.

Meiner Mutter fiel es sehr schwer, mit Klaus' Betrug umzugehen. Sie hatte den Brief nicht gesehen, glaubte und vertraute mir aber. Und so kam in ihrem Kopf – wie auch in meinem Kopf – ein beispielloser, quälender Kampf in Gang. Die Hakenkreuzfestung war ein makelloser, ordentlicher, gerechter Ort, an dem alles gut war und man sich um alle kümmerte, zu ihrem wie zum Vorteil der Allgemeinheit. Wie konnte da ein Fehler passiert sein, der einer von uns großes Unrecht zufügte und den selbstgefälligen Einbildungen eines anderen von Nutzen war?

»Bist du dir ganz sicher? Zum Beispiel dass du nicht zwei Briefe geschrieben hast? Zuerst einen Entwurf und danach das, was du wirklich gemeint hast? Vielleicht ist aus irgendeinem Grund der falsche Brief ans Komitee gegangen.«

»Mutter, hast du bei deinem Test etwa zwei Blatt Papier bekommen, damit du eines davon vergeuden kannst?«

Meine Mutter konnte nur seufzen. Natürlich nicht.

Ich sagte geduldig, obwohl es mir kalt über den Rücken lief: »Auch ich würde an eine Verwechslung glauben. Daran, dass der Brief von einer ganz anderen Person stammt und aus Versehen in unserer Mappe gelandet ist. Aber es stehen unsere Namen darauf.«

Ich empfand herzzerreißende Liebe für meine Mutter, die sich so viel Mühe gab, niemanden der bösen Absicht bezichtigen zu müssen.

»Liebe Mutter, immerhin kann ich mir ganz sicher sein, dass den Brief ein anderer als ich geschrieben hat.«

Sie sagte zögernd: »Ich kenne eine Sekretärin des Rassenkomitees. Nicht besonders gut, aber ihre beste Freundin im Nachrichtenzentrum ist eine gute Bekannte von Bibliothekarin Müller. Ich kann versuchen, mich hinten herum zu erkundigen, ob es möglich ist, einen Blick ins Archiv zu werfen. Vielleicht ist der Brief, von dem du behauptest, er sei der echte, nur an eine falsche Stelle geraten.«

Ein kleiner Stern der Hoffnung leuchtete im pechschwarzen Universum der Angst in meinem Herzen auf.

Einige Tage nach unserem Gespräch kam meine Mutter später als gewöhnlich von der Arbeit nach Hause. Sie wirkte ernst und still. Als ich sie fragte, ob etwas nicht stimme, erzählte sie mir, sie habe die Sekretärin des Rassenkomitees aufgesucht. Es sei schwer gewesen, die Fragen so zu formulieren, dass nicht der Eindruck eines Vorwurfs entstand. Die Sekretärin sei rot geworden und ausgewichen, habe angeblich nicht verstanden, wovon »die liebe Frau Richter« spreche, und meine Mutter unter Berufung auf ihre viele Arbeit rasch davongescheucht.

»Renratte, ich bin mir fast sicher, dass die Sekretärin etwas über die Briefe weiß. Wüsste sie nichts, hätte sie mir versprochen, der Sache nachzugehen und sich nicht so gewunden. Ich weiß, was von den Sekretärinnen des Rassenkomitees erwartet wird: Sie sind geschult, Fehler zu hassen, und es ist Ehrensache für sie, Irrtümer zu berichtigen und für arische Zucht und Tadellosigkeit zu sorgen.«

Ich wusste nicht, ob ich zuversichtlich oder enttäuscht sein sollte. »Sie hat also nichts zugegeben?«

»Ich glaube nicht, dass sie selbst beteiligt gewesen ist, aber vielleicht ist ihr etwas aufgefallen ... ein kleiner menschlicher Fehler, oder ein geringfügiges Versäumnis. Und jetzt bereut sie vielleicht, dass sie die Sache nicht gleich bereinigt hat. Was glaubst du, sollten wir das Rassenkomitee um genauere Klärung ersuchen? Dein Vater sitzt im Rassenkomitee. Wenn wir beide ihm das Ganze in allen Einzelheiten erklären, versteht er es vielleicht. Er kennt dich ...«

»Mutter. Er kennt ja nicht einmal die Handschrift seiner Tochter.«

Wie vom Schicksal bestimmt, trat mein Vater in diesem Moment in unsere Wohnkammer, wo mein respektloser, bitterer Satz noch nachhallte. Sein Gesicht war auf die vertraute Art rot vor Eifer. Er näherte sich meiner Mutter, um sie wieder auf die Wange zu küssen, aber sie trat zur Seite, um das kleine Zierdeckchen auf dem Tisch zurechtzurücken, und der Kuss landete in der Luft. Ich konnte meinen Vater nicht anschauen, sondern starrte auf das Deckchen – ich hatte es in der Handarbeitsstunde in der Schule gemacht und den Rand des gebleichten Hanfstoffs mit hübschen Hakenkreuzen bestickt.

Meinem Vater schien die angespannte Stimmung

nicht aufzufallen. Er verkündete, wir bekämen in Bälde einen hohen Gast, und die Frauen müssten etwas zum Anbieten auf den Tisch stellen. Der Gast sei – wer sonst – Klaus Adler, weshalb ich zusehen solle, dass ich sauber angezogen und frisiert sei.

Zu den unendlich vielen verblüffenden Besonderheiten der Erde gehörte das Essen als Form der Geselligkeit. Wollte man einen anderen Menschen kennenlernen – auf romantische Art, in geschäftlicher Hinsicht oder auch weil er ein neuer Nachbar war –, lud man ihn zum Essen ein. Die Entwicklung der Bekanntschaft oder Freundschaft erkannte man daran, wie oft man gemeinsame Mahlzeiten einnahm. Essen und Trinken setzten auf der Erde weder Hunger noch Durst voraus, es konnte lediglich ein Vorwand sein, sich zu treffen, zusammen zu sein und sich zu unterhalten. Manchmal war es eine Art Ritual, wie der »Businesslunch«, manchmal reiner Zeitvertreib, wie »einen Kaffee trinken gehen«. Auf dem Mond war von diesen Gepflogenheiten der Erde noch ein Überrest zu erkennen: Wenn ein Gast in die Wohnkammer kam, musste man ihm Wasser und geröstete Hanfsamen anbieten, die üblichste Zwischenmahlzeit in der Festung. Wasser war Leben, und ein so kostbares Getränk anzubieten, war eine uralte Art, dem Besucher Ehre zu erweisen. Die gerösteten Hanfsamen wiederum symbolisierten die Vollkommenheit der Nazi-Ideologie, die Autarkie der Festung und durch sie die Gastfreundschaft, denn sie enthielten fast alles, was ein Mensch brauchte, um gesund zu leben.

Kaum hatten wir die Erfrischungen auf den Tisch gestellt, da klopfte Adler schon an unsere Tür. Ohne zu zögern trat er ein. Wir hoben die Hand zum Gruß, und er stiefelte auf mich zu, ergriff meine zum Nazigruß ausgestreckte Hand und führte sie an seine Lippen. Ich lief rot an vor Rage; er glaubte garantiert, mit seiner ritterlichen, doch intimen Geste das Rot auf meinen Wangen verursacht zu haben.

Mein Vater führte Adler zum Tisch, zog einen Stuhl für ihn hervor und klopfte ihm männlich auf die Schulter, wobei er ihn immer wieder willkommen hieß. Er benahm sich, als stünde Adler im Rang über ihm, und bedeutete meiner Mutter, unserem Gast Wasser einzuschenken und die Schale mit den Hanfsamen in seine Reichweite zu rücken.

»Das ist eine große Ehre, Herr Informationstechnikoberführer Adler. Wir wissen, dass Sie gute Nachrichten mitbringen. Ich habe es meiner Familie gegenüber bereits erwähnt.«

»Ja. Das Rassenkomitee hat unsere Tests untersucht, und auch wenn die offizielle Kompatibilitätsprozentzahl noch errechnet wird, sind mir vorab bereits Anspielungen auf meine hohe Kompatibilität mit dem reizenden Fräulein Richter zu Ohren gekommen.«

Ich konnte mich nicht beherrschen. »Auch im Rohrschach-Test?«, fragte ich.

Adler zeigte eine amüsierte Miene. »Dem Komitee ist besonders aufgefallen, wie ähnlich unsere Antworten waren: Wir haben beide eine Leidenschaft für die Erde. Für Sie, Fräulein Richter, ist sie ein inspirierendes Forschungsobjekt; für mich ist es das interessanteste Invasionsobjekt.«

Mein Vater brach in Gelächter aus. »Herr Adler, Sie sind äußerst geistreich! Nicht wahr, Lotte?«

Meine Mutter schluckte und machte dann den Mund auf. »Herr Adler, ich weiß, dass Sie in vieler Hinsicht sehr, sehr fähig sind. Aber ich glaube … wir glauben, Renate und ich, dass es womöglich zu einer Verwechslung gekommen ist. Zu einer Verwechslung der Briefe, die Sie sich gegenseitig geschrieben haben.«

Im Nu verschwand der amüsierte Ausdruck aus dem Gesicht meines Vaters. Adler wiederum ließ sich überhaupt nichts anmerken. Er sah uns kühl und gelassen an. »Ach, ich weiß, worauf Sie anspielen, verehrte Frau Richter. Die Welt ist nicht ohne Fehler; wäre sie es, bräuchte man uns Nazis nicht. Wäre die Welt fehlerlos, würden wir nicht auf dem Mond leben, sondern auch in dieser Stunde streng und gerecht über unseren Mutterplaneten herrschen. Die Welt ist voller Fehler, die über alle Zeiten hinweg verhindert haben, dass Recht geschieht, und der Nationalsozialismus ist entstanden, um diese Fehler zu korrigieren. Im Nationalsozialismus weiß man, was gut für die Volksangehörigen ist. Selbstverständlich kommt es auch vor, besonders aus sehr engem Blickwinkel betrachtet und bei geringfügigen Dingen, dass einzelne Maßnahmen nicht allen gefallen. Dennoch zielen sie auf das größere, allgemeine Wohl. Wenn der menschliche Körper eine kleine Wunde bekommt, mag deren Behandlung schmerzhaft sein, wird aber die Wunde nicht versorgt, entzündet sie sich und der ganze Körper kann in Gefahr geraten. Unsere Pflicht als Nazis, liebe Frau Richter, besteht darin, das Ganze im Auge zu behalten und dafür zu sorgen, dass das allgemeine, die Interessen des Individuums übersteigende Wohl in die Tat umgesetzt wird.«

Klaus Adler saß in unserer Wohnkammer, als wäre nichts vorgefallen, warf sich eine Handvoll Hanfsamen in den Mund und zermalmte sie zufrieden, während mir aufging, dass er gerade mehr oder wenig direkt zugegeben hatte, meine Briefe gefälscht und vertauscht zu haben.

Er schluckte, bis sein Mund leer war, dann richtete er den Blick auf meine Mutter, die ebenso verstummt war wie ich. »Frau Richter, erlauben Sie mir zu sagen, dass Ihre rührende Besorgtheit um Ihre Tochter fast schon die Grenzen des Schicklichen überschreitet. Ich bin mir der Tatsache bewusst, dass Sie Kontakt zum Rassenkomitee aufgenommen haben, um sich mit Weitsicht zu vergewissern, ob es der zukünftige Schwiegersohn ernst mit Ihrer Tochter meint. Ich habe großen Respekt vor einem solchen Engagement im Hinblick auf das Wohlergehen des Nachwuchses, ob es nun begründet ist oder nicht. Liebe Frau Richter, eine derartige Besorgtheit muss Sie viele Kräfte gekostet haben. Mir ist zu Ohren gekommen, dass Sie Atembeschwerden haben. Sie haben hart für das Reich gearbeitet, haben sich für die Erziehung Ihres Kindes – das zum Glück inzwischen volljährig ist – aufgeopfert und sich nun unnötig angestrengt, indem Sie sich weiterhin so emsig um sie gekümmert haben, obwohl Sie selbst ernstlich krank sind.«

Adler schob die Hand in die Innentasche seiner Jacke und zog ein Blatt Papier hervor. An dessen oberem Rand war das mir bereits bekannte Emblem des Volksgesundheitskomitees zu sehen.

»Frau Richter, ich habe die Freude, Ihnen mitteilen zu dürfen, dass Ihnen als Belohnung für ihre lange berufliche Laufbahn im Dienste des Reiches ein Platz im Walhallagarten zugesprochen worden ist. Sie haben ein paar Wochen Zeit, sich zu entscheiden, was Sie mitnehmen wollen und um sich von Ihrer Familie und Ihren Freunden zu verabschieden – allerdings werden Sie im Walhallagarten neue Freunde finden und viele alte gute Bekannte wiedersehen. Meinen Glückwunsch, Frau Richter!«

Adler schob das Blatt auf dem Tisch meiner Mutter zu, die mit zitternder Hand danach griff.

Mein Vater warf einen kurzen Blick auf Adler und sagte: »Lotte, was für eine großartige Nachricht!«

Ich wusste nicht, was ich denken sollte. Ich konnte mich gut an die Fotos von den herrlichen hellen Sälen und den hübschen, gemütlichen Schlafkammern im Walhallagarten erinnern, die mir Anneliese gezeigt hatte. Wie gut es meine Mutter dort hätte! Aber ich wäre dann getrennt von ihr, wir würden uns vielleicht nie wiedersehen. Trotzdem würde ich ihr nicht sagen können, was für eine riesige Sehnsucht ich nach ihr hätte, denn das wäre egoistisch und gemein. Sie sollte ihr Privileg aus vollem Herzen genießen dürfen, ohne denken zu müssen, wie traurig sie mich damit machen und wie sehr ich sie vermissen würde.

Ich drückte sie mit aller Kraft an mich. »Oh, wie schön! Herzlichen Glückwunsch, Mutter!«

Sie umarmte mich, als würde sie mich nie mehr loslassen wollen.

Offensichtlich war an meiner Verlobung mit Adler nichts mehr zu ändern. Ich musste sie einfach hinnehmen. Offenbar besaß Adler noch mehr Einfluss, als ich mir vorgestellt hatte. Wenn er in der Lage war, einen gefälschten Brief durch sämtliche Kompatibilitätsphasen zu bringen und mir nichts, dir nichts meiner Mutter einen Zugang zum Walhallagarten zu beschaffen, dann war er mit Sicherheit im Stande, sich in nahezu jeder anderen Angelegenheit über die Regeln hinwegzusetzen. Und falls Adler so sehr in mich verliebt war – oder sich einbildete, es zu sein –, dass er deswegen gegen die Bestimmungen verstieß oder sie zumindest umging, dann würde er das womöglich auch in Zukunft tun. Gewiss könnte mir mein Bräutigam einen Besuch im Walhallagarten ermöglichen, damit ich meine Mutter sehen konnte, auch wenn das angeblich unmöglich war. Ich wusste, was für ein Kettenfahrzeug die Alten und Kranken bestiegen, bevor dieses, mit einem Unti am Steuer, loskroch und bald hinter dem Mondhorizont verschwand. Es sollte eigentlich nicht so schwer sein, dort einmal – nachdem Klaus die notwendigen Weichen gestellt hätte – zuzusteigen und später an Bord des leeren Fahrzeugs zur Schwarzen Sonne zurückzukehren. Wenn Klaus Adler in unseren strengen Regeln Abkürzungen fand, die ihm gefielen, dann konnte auch ich mit seiner Hilfe welche finden und benutzen. Vielleicht würde ich eines Tages sogar lernen, Klaus zu mögen.

Sehr bald nach der offiziellen Bekanntgabe unserer Verlobung geschah zweierlei:

Anneliese grüßte mich nicht mehr.

Und ich begegnete zum ersten Mal einem Erdling.

TEIL ZWEI

Washington

25. März 2047

Liebe Kitty,

an einem Dienstag im Mai 2018 gab ich meiner Klasse ein wenig zerstreut Englischunterricht, weil ich an die Abreise meiner Mutter in den Walhallagarten denken musste. Zum Glück hatte Klaus Adler übertrieben, was die Eile zum Aufbruch betraf: Meine Mutter musste erst Anneliese als Nachfolgerin an ihrem Arbeitsplatz einarbeiten. Die unersetzliche Lotte Richter würde man mit Sicherheit nicht gehen lassen, bevor man im Nachrichtenzentrum sicher war, dass Anneliese alles Nötige gelernt hatte. Außerdem wurden die Transporte zum Walhallagarten aus Effizienzgründen nur mit vollen Kettenfahrzeugen vorgenommen, weshalb die Stunde der Abreise auch davon abhing, wie viele Alte und Kranke zur gleichen Zeit den erleichternden Brief erhalten hatten.

Die künftige Lebensveränderung beschäftigte mich. Obschon ich mich ehrlich über das Glück meiner Mutter und die ihr ihn Aussicht gestellte Ruhe freute, wusste ich, dass ich als Frau in der Familie die Verköstigung meines Vaters, die Wäsche und die sonstigen täglichen Hausarbeiten zu übernehmen hatte. Nach meinem Unterricht würde ich mich beeilen müssen, nach Hause zu kommen, um die Mahlzeiten zuzubereiten und nachzusehen, ob mein Vater frische Kleider benötigte. Und wenn ich Klaus heiratete? Dann bliebe mein Vater allein. Klaus hatte den Hochzeitstag noch nicht festgesetzt, aber üblicherweise wartete man nach der Verlobung ein halbes Jahr ab, damit man eben solche Dinge regeln und eine Braut Hitlers einweisen konnte, meinen Vater zu versorgen. (Eine Heirat sehr bald nach der Verlobung hieß normalerweise, dass das Paar bereits ein Kind erwartete.) Nach der Trauung bliebe mein Vater ohne die tägliche Gesellschaft eines Familienmitglieds zurück. Ob er sich sehr verlassen fühlen würde?

An jenem Dienstag klopfte es mitten im Unterricht (und meiner Überlegungen abseits vom Beruf) laut, und noch bevor ich »herein« sagen konnte, ging die Tür auf. Klaus Adler betrat die Klasse, grüßte die Schüler und teilte mir mit, er brauche eine Erd-Expertin. Etwas vollkommen Unerwartetes sei eingetreten.

Ein feindliches Raumschiff der Vereinigten Staaten war auf dem Mond gelandet. Das Raumschiff war zerstört und einer der Spione lebendig gefangen genommen worden.

Klaus erläuterte, er und zwei weitere Aufklärungsoffiziere verstünden und sprächen zwar glänzend Englisch, aber stellenweise seien die Aussagen des Gefangenen wirklich schwer zu deuten. Der Mann verwende fremde Wörter und Formulierungen, die zum Beispiel einem den Offizieren unbekannten Dialekt entstammen konnten. Man benötige in dieser Situation möglichst umfassende Erdkenntnisse, weshalb Klaus Adler meine innige Vorliebe für allerlei Trivialitäten der Erde eingefallen sei. Und darum sollten wir nun sogleich in den Hangar eilen, in dem der Eindringling verhört wurde.

Ich erinnere mich noch gut, wie mein Herz einen

Schlag aussetzte, als ich die Neuigkeit hörte. Es war der absolut aufregendste Moment meines bisherigen Lebens. Mein erregtes Herz schwoll bei dem Gedanken an, dass ausgerechnet ich, Fräulein Richter, das alberne Mädchen, das sich in seiner Freizeit mit Erdenkunde beschäftigte, so wichtig für das Mondreich war. Ich würde einem echten Erdling begegnen dürfen! Es kümmerte mich nicht, dass er unser Feind war, wahrscheinlich ein sonderbarer und abstoßender brutaler Kerl, Kapitalist, Bolschewik oder Asiate; man wusste, zu welchen heimtückischen Taten diese Rassen im Stande waren. Vielleicht war er gar Jude! Das fand ich ein kleines bisschen unheimlich, aber ich riss mich zusammen: Er war trotzdem ein echter Erdling, und es war sowohl meine Pflicht als auch mein Vergnügen, tapfer Informationen über den feindlichen Planeten zu beschaffen.

Als wir in einem leeren, hauptsächlich zur Versorgung bestimmten Gang der Festung, der unseren Weg etwas abkürzte, forsch auf den Hangar zugingen, fragte ich Klaus nach allerlei nebensächlichen Dingen und überlegte dabei, wie eine solche Invasion so unvorhergesehen hatte stattfinden können. Hatte sich der Mond zu sehr in der Sicherheit gewiegt, von der Erde seien keine weiteren Mondexkursionen zu erwarten, jedenfalls nicht mit bemannten Raumschiffen? Aus bruchstückhaften Analysen des Funkverkehrs hatten wir geschlossen, dass die Nationen der Erde, die früher bemannte Raumschiffe ins All geschickt hatten, sich solche Projekte »nicht mehr leisten konnten«. Damals amüsierte mich das sehr, denn ein solches Denken war typisch für

Kapitalisten. Obwohl wir kein Geld benutzten, konnten wir uns die Götterdämmerung leisten, die mächtigste Kriegsmaschine aller Zeiten. Verfügte man auf der Erde denn überhaupt noch über Mittel für gewöhnliche Waffen?

Als ich meine Gedanken so weit geordnet hatte, dass ich auf die Idee kam, Klaus zu fragen, ob ich auch korrekt gekleidet sei, tat es neben mir einen Schlag.

Ich sah Klaus zusammenbrechen. Etwas Schweres war von der Decke gefallen und hatte ihn direkt im Nacken getroffen. Ich erschrak gewaltig, denn nicht alle Schauergeschichten, die unter den Kindern flüsternd verbreitet wurden, hatten von Gespenstern erzählt, denen es nach Flüssigkeiten durstete. Wir hatten uns auch damit gegenseitig Angst gemacht, dass die Gänge jederzeit einstürzen konnten. In der Ära der Tunnel sei das angeblich noch vorgekommen. Ich schrie auf, drückte mich an die Wand und war im Bruchteil einer Sekunde bereit, mich auf den Boden zu werfen und meinen Kopf mit den Händen vor Steinbrocken zu schützen.

Die Decke des Ganges war jedoch nicht am Einstürzen, sondern ein Belüftungsgitter hatte sich gelöst. Und der durch die Öffnung auf Klaus gefallene schwere Gegenstand war ein Mann.

Ein Mann, der wirklich sonderbar gekleidet war. (Mit einer Schicht, die man unter dem Raumanzug trug.)

Ein Mann mit einem schwarzen Gesicht.

Eigentlich war die Hautfarbe ein sehr dunkles Braun, aber ich wusste sofort, dass der Mann zu der Rassenkategorie der Erde gehörte, die man als »Schwarze« bezeichnete. Es war ein lebendiger Erdling, aber dazu ein Untermensch!

Es konnte niemand anderer sein als das Besatzungsmitglied des Raumschiffs, dem es gelungen war, vor unseren Vernehmern zu fliehen. Ich war sicher, jeden Moment zu sterben. Der groß gewachsene Mann sah stark aus, und ich verfügte über keinerlei Waffe. Klaus, mein einziger Schutz, schien bewusstlos zu sein, und die Parabellum, die zu seiner Uniform gehörte, lag unter ihm. Ich würde sie nicht rechtzeitig hervorziehen können, bevor der brutale Kerl sich auf mich gestürzt und mit bloßen Händen erwürgt hätte. Ich riss mich zusammen, um meine Nahkampfkenntnisse zu aktivieren.

Zu meiner großen Verblüffung fragte mich der Mann hastig und keuchend auf Englisch, wie man hier herauskam. In meiner Verwirrung nahm ich die Frage wörtlich und deutete auf die nächste Druckschleuse, wie es sie in dem Versorgungsgang in regelmäßigen Abständen gab. Der Mann antwortete mit ein paar rätselhaften Phrasen, die ich als höflichen Dank interpretierte, und stürzte auf die Druckschleuse zu.

Als mein klammes Gehirn endlich wieder funktionierte, begriff ich einige äußerst zentrale Dinge.

Er trug keinen Raumanzug!

Und die Druckschleusen in dem stillen, fast menschenleeren Teil der Schwarzen Sonne waren sehr altmodisch – sie wurden eigentlich gar nicht mehr benutzt, denn sie hatten keine separaten Staubkammern.

Ich hatte die einzigartige Gelegenheit, einen lebenden Erdling kennenzulernen, und er war im Begriff, Selbstmord zu begehen! Er wollte natürlich lieber sterben als verhört zu werden. Nein, diese Gelegenheit würde ich mir nicht entgehen lassen!

Ich dachte kaum an meine eigene Sicherheit, als ich den Mann die innere Tür der Druckschleuse aufdrehen sah. In der Ferne hörte ich eilige Schritte – offenbar die Verfolger. Gut, ich würde Verstärkung bekommen und ihn nur kurz aufhalten müssen.

James gestand mir später ziemlich verlegen, er sei in seiner Panik gar nicht auf den Gedanken gekommen, die Tür könne eine Druckschleuse zur Mondoberfläche gewesen sein. Neben ihr stand in großen Buchstaben auf Deutsch eine Warnung, aber die verstand er ja nicht. Und selbst wenn er sie verstanden hätte, wäre ihm nicht unbedingt bewusst gewesen, in welche Gefahr er sich bereits begeben hatte. Die Astronautenausbildung, die er erhalten hatte, war nur ein gut einmonatiger Schnellkurs gewesen, in dem er gelernt hatte, wie das Raumschiff funktionierte und wie man einen Mondspaziergang machte. Die zwei anderen Besatzungsmitglieder des zerstörten Raumschiffs waren Profis gewesen, James Washington bloß ein Mondtourist.

Und als der Mondtourist und das alberne Mädchen vom Mond, das ihm zu Hilfe eilt, in dem Raum, der sich zum Vakuum hin öffnet, in ein Handgemenge geraten, entsteht eine Situation, an die ich nicht gern zurückdenke. Wir machten beide primitive Fehler, und ich wäre beinahe gestorben, denn in dem Moment, in dem James Washington – jener schwarze Mann war natürlich er – die Tür der äußeren Schleuse einen Spaltbreit offen hatte, hielt ich mich nirgendwo fest. Die Luft entwich aus der Kammer, und ich wäre um ein Haar auf die Mondoberfläche geschleudert worden und hätte das Leben verloren. Mir kam in dem Moment auch ein Teil meiner Kleidung abhanden, was die Situation zu einer peinlichen Farce gemacht hätte, wäre sie nicht so ernst gewesen.

Sobald er begriffen hatte, was los war, hätte mich James vom Vakuum aufsaugen lassen und selbst versuchen können, sich zu retten. Doch er setzte sein Leben aufs Spiel, zog mich herein und schaffte es dann, die Schleuse wieder zu schließen.

Zehn Sekunden im Vakuum hätten genügt, um das Bewusstsein zu verlieren. Wir wären nicht in Stücke gerissen worden, auch wenn das in den Lieblingsschauergeschichten der Festungskinder erzählt wurde. In der Schule hatten wir gelernt, wir würden in solch einer Situation aufquellen, und unsere Körperflüssigkeiten würden sich gewaltsam aus unseren Körperöffnungen entladen. Der unschöne Tod würde über eine Minute dauern.

Mir laufen noch immer Schauer über den Rücken. Ich habe den Kuss des Vakuums auf der Haut gespürt, und so etwas vergisst man nicht.

Ich landete also halbbekleidet auf dem Boden der Druckschleuse, und neben mir – oder eigentlich auf mir – lag ein fremder, keuchender schwarzer Mann.

Meine Verwirrung und meine Scham waren kolossal. Meine erste Begegnung mit einem Erdling hätte ganz und gar anders verlaufen sollen! Zur Krönung des Ganzen schlug er auch noch vor, ich sollte meine Kleidung ein wenig richten. Bestimmt hatte ich ein feuerrotes Gesicht, als wir uns aufrappelten.

Meine Verlegenheit war so immens, dass ich für einen Moment sogar eine gewisse Erleichterung spürte, als ich die innere Tür der Druckschleuse aufgehen und Klaus' Faust das Kinn des schwarzen Mannes treffen sah. Als würde er sich an meiner Stelle an dem Mann rächen, ihn für meine kribbelnde Erniedrigung bestrafen. Dennoch kam mir der Schlag sehr ungerecht vor. Immerhin hatte der Mann Klaus' Braut vor einem entsetzlichen Tod gerettet.

Die Verstärkung war bereits eingetroffen, aber ungeachtet dessen zog Klaus seine Parabellum und richtete sie auf den Gefangenen, der durch die Kraft des Schlages zu Boden gegangen war. Der schwarze Mann geriet sichtlich in Panik und gab einen Schwall kaum verständlicher englischer Wörter von sich. Ich verstand immerhin, dass er sich darauf berief, den Präsidenten der Vereinigten Staaten von Amerika persönlich zu kennen, und ich glaube, dass er damit die Bewegung von Klaus' Finger am Abzug endgültig stoppte. An sich war die Freundschaft eines Gefangenen mit dem Anführer eines feindlichen Staates eher ein belastendes Element für uns, aber im Hinblick auf die Feindaufklärung konnte es wichtig sein.

Klaus befahl, den Untermenschen zum Verhör ins Labor meines Vaters zu bringen. Ich fragte mich, warum gerade dorthin, aber Klaus hatte im Hangar bereits von den Plänen gehört, die mein Vater mit dem Gefangenen hatte. Und später erwies sich die Tatsache, dass man ihn gerade dorthin brachte und nicht in ein isoliertes Verließ, als eine ausgesprochen gute Lösung für mich.

Je nachdem wie man es sieht.

☾

Mondischer Beobachter
22. Mai 2018

GEFÄHRLICHER SPION VON DER ERDE VERHAFTET
Mondinvasion tapfer abgewehrt – Mondführer dankt seinen wachsamen Aufklärungsoffizieren

Von unserem erhabenen Mondführer befehligten SS-Einheiten ist es heute gelungen, ein Raumschiff der Vereinigten Staaten von Amerika, das auf dem Mond gelandet war, zu eliminieren. Ein Mitglied der Besatzung wurde gefangengenommen. Der Gefangene wird einem gründlichen Verhör unterzogen, damit unsere Militärführung die Gründe und möglichen Folgen der feindlichen Invasion erfährt.

Unter den heutzutage von den feindlichen Mächten erschwerten Aufklärungsbedingungen wurde das Raumschiff erst erspäht, als es bereits landete. Unverzüglich wurde eine bewaffnete SS-Patrouille an die betreffende Stelle geschickt.

Das Raumschiff landete auf der erdabgewandten Seite,

in der Nähe von Helium-3-Bergwerk Nr. 16. Das Besatzungsmitglied des feindlichen Raumschiffs bewegte sich zu Fuß auf der Mondoberfläche und bekam direkte Sicht auf das Bergwerk, was von der TTT-Tarnung nicht verhindert werden konnte. Unsere Patrouille eliminierte den Augenzeugen sofort, ebenso das Raumschiff und ein zweites Besatzungsmitglied. Infolge dieses raschen Handelns ist es den Spionen aller Wahrscheinlichkeit nach nicht gelungen, von ihren Beobachtungen an die Erde zu berichten. Der Stab des Mondführers geht davon aus, dass der Feind zumindest vorerst annimmt, das Raumschiff sei durch eine Störung oder einen Defekt der bekanntermaßen primitiven Raumfahrttechnik der Kapitalisten zerstört worden.

Bei der bemannten Invasion durch die Vereinigten Staaten handelt es sich um die erste seit Dezember 1972. Seitdem hat die Erde den Mond nicht mehr mit Grenzverletzungen bedrängt. Vor der feigen Verschlüsselung der irdischen Funk- und Fernsehsendungen waren wir in der Lage, uns auf ein solches Vordrängen einzustellen, wie in den 1960er- und 1970er-Jahren bei den Invasionsversuchen der Vereinigten Staaten im Rahmen der Operation Apollo. Damals handelte es sich jedoch nicht um eine derart krasse Form der Spionage und spitzte sich auch nicht zu einem militärischen Konflikt zu wie dieses Mal.

Aufgrund der außergewöhnlichen Aggression treten unverzüglich folgende Bestimmungen in Kraft:

1. Die Operation Götterdämmerung wird ohne Verzögerung mit zusätzlichen Ressourcen ausgestattet.

2. Die Kriegsbereitschaft der Schwarzen Sonne wird von

Niveau II auf Niveau VI erhöht, und die Siegfried-Klasse wird in Abflugbereitschaft gebracht.

3. Alle Volksangehörigen über 12 Jahre haben zusätzlich zu den vormals angekündigten zusätzlichen Übungen an weiteren zusätzlichen Übungen teilzunehmen. Die Behörden stellen die Einberufungsbescheide den Haushalten und Arbeitsstellen zu.

4. Die Zahl der Singstunden zum Heben des Gemeinschaftsgeistes wird in der gesamten Schwarzen Sonne erhöht.

Sieg Heil! Heil Hitler! Heil Kortzfleisch!

☾

Mein Leben hatte bereits durch Klaus' Heiratsantrag eine Umwälzung erfahren, aber die Ankunft des Gefangenen verwandelte es in einen sonderbaren Traum. Ich bekam den Fremden nicht aus dem Kopf. Was hätte er mir alles erzählen können? Warum war sein Englisch so schlecht zu verstehen? Hatte sich die Sprache auf der Erde in eine unerwartete Richtung entwickelt, seit wir nicht mehr in der Lage waren, Funk und Fernsehen richtig zu verfolgen, oder sprach er womöglich das gebrochene Englisch eines Untermenschenstaats?

Seit der Gefangennahme waren zwei, drei Tage vergangen, und die ganze Schwarze Sonne brodelte vor Gerüchten über den schwarzen Erdling, da erschien Klaus unmittelbar nach Feierabend in unserer Wohnkammer. Wie zufällig schaute er gerade in einem Moment vorbei, als mein Vater noch bei der Arbeit war. Meine Mutter war bereits zu Hause. Ihre Arbeitstage waren mit der Überstellung in den Walhallagarten verkürzt worden, damit Anneliese Gelegenheit zum praktischen Üben erhielt. Sie führte Klaus in mein Zimmer.

Klaus schien sogar ein Anliegen zu haben: Er erklärte, mit mir über den Zeitrahmen sprechen zu wollen, innerhalb dessen wir unser Verlobungsverhältnis in die Ehe umwandeln würden, damit er meinen Eltern die endgültigen offiziellen Papiere des Rassenkomitees zur Unterschrift vorlegen könne. Unsere Kompatibilität war rekordverdächtig hoch eingestuft worden, mit 97 Prozent. Ich konnte der Versuchung nicht widerstehen, ihn zu fragen, ob es sich nun um den eigentlichen Heiratsantrag handle. Zu meiner Enttäuschung reagierte er weder amüsiert noch verärgert, obwohl der Sinn meiner Frage darin bestand, ihn darauf aufmerksam zu machen, dass niemand (abgesehen von meiner Mutter) je *mich* nach meiner Bereitschaft zur Eheschließung gefragt hatte.

Die Begegnung hinterließ in mehrfacher Hinsicht einen unangenehmen Nachgeschmack. Ich versuchte, das Gespräch auf den Umfang meiner Erdkenntnisse zu lenken, ich wollte von dem Gefangenen sprechen und von der Möglichkeit, mich mit ihm zu unterhalten. Ich kam jedoch nicht über die ersten Worte hinaus, da Klaus mich in meinem Zimmer zum Fenster führte und die Metalljalousie öffnete. Wegen des hohen Rangs meines Vaters lag unsere Wohnkammer an der Außenwand der Festung, und darum gab es ein Fenster zur Mondoberfläche, aber es war streng verboten, bei Langnacht die Jalousie zu öffnen. Auch wenn uns die TTT-Tarnung ziemlich effektiv vor den feindlichen Sonden der Erde verbarg, konnte schon der geringste Lichtschein das Risiko mit sich bringen, entdeckt zu werden. (Die Fenster waren in den Wohnungen eigentlich nur ein Ersatzsystem für den Fall eines Stromausfalls. Dann wurde zumindest ein Teil der Festung, nämlich die Wohnungen der wichtigsten Personen und einige wesentliche Arbeitsräume, bei Langtag mit natürlichem Licht versorgt.)

Selbst wenn ich nicht schon durch Klaus' dreiste Unvorsichtigkeit verstummt wäre, hätte ich beim Öffnen der Jalousie wegen der Schönheit der Aussicht kein Wort herausgebracht. Die Langnacht ging gerade zu Ende, und der Terminator, die jähe Grenze zwischen Tag und Nacht, näherte sich – die Sonne war im Begriff über der Dunkelseite aufzusteigen. Bald würde kein spionierendes Auge mehr Licht in unserem Fenster erkennen können, denn unsere gesamte Mondhälfte würde in der enormen Helligkeit der Sonne baden. Am Horizont tanzte leuchtender Nebel, vom Sonnenwind aufgewirbelt – elektrisch aufgeladener Mondstaub, dessen Partikel von der jähen Temperaturänderung in Bewegung gesetzt wurden.

»Eines Tages, Renate, wird das alles uns gehören.«

Damit begann Klaus zu sprechen, und ich hörte teils verblüfft, teils beängstigt, teils mit widerwilliger Bewunderung zu – so unverhohlen trug er seine Sache vor.

Er werde die Erde erobern, aber zuvor werde er neuer Mondführer werden.

Klaus bezeichnete Mondführer Kortzfleisch als altes müdes Relikt, das ihm nur im Weg stehe. Besonders schien ihn der Wunsch des Mondführers zu stören, mit den Worten »Heil Kortzfleisch« begrüßt zu werden, anstatt dass wir »Heil Hitler« oder den Standardgruß »Sieg Heil« ausriefen. Seiner Meinung nach betrieb Kortzfleisch geradezu Blasphemie, indem er sich auf eine Stufe mit dem Ur-Führer oder sogar über diesen stellte.

Mich erfasste Entsetzen. Warum erzählte Klaus mir von seinen gewagten Ambitionen? Wenn man ihn belauschte, könnte man glauben, ich wäre in seine Pläne eingeweiht, wenn nicht gar an ihnen beteiligt. Ich mochte Mondführer Kortzfleisch nicht. Er hatte etwas Fahles und Furchterregendes an sich, aber ich hatte nie gedacht, dass man den Führer mögen müsse. Dem Führer folgte man.

Meine Gefühle gingen rasch von Entsetzen in Ekel über, als Klaus – offenbar in der Vorstellung, sein offenes Bekenntnis hätte uns einander näher gebracht – mich zu behandeln begann, als wären wir schon verheiratet. Allem Anschein nach trachtete er nach einer der von Anneliese oftmals erwähnten »zärtlichen Stunden«. Allerdings war seine Art, sich mir zu nähern, alles andere als »zärtlich«. Er ging mit meinen Brüsten um, als wären seine Hände Baggerschaufeln, und ich musste ziemlich strikte Worte und Griffe zur Anwendung bringen, um ihn zum Zurückweichen zu bewegen. Vielleicht hatte er sich insgeheim ausgerechtet, dass eine Unfallschwangerschaft bei 97 Prozent Kompatibilität kein großes Problem darstellen würde.

Was ihn zur Vernunft brachte, war vielleicht mehr der Ehrenkodex des Offiziers als meine energische Abwehr. Er hörte mit der Annäherung auf, drückte mir ein Büchlein in die Hand, forderte mich auf, mich damit vertraut zu machen, anstatt in nutzlosem Wissen über die Erde zu stochern, schlug die Hacken zusammen und entfernte sich.

Auf dem Umschlag des Büchleins stand: *Handbuch des nationalsozialistischen Geschlechtsverkehrs.*

Klaus hatte einige Seiten markiert.

Während ich in dem Buch blätterte, errötete ich. Marlene Dietrich an der Wand schien sich über mich lustig zu machen.

Klaus' nächster Besuch fiel wesentlich interessanter aus. Er hatte seine Lehren aus meiner Abwehr gezogen und sie seinem männlichen Selbstwertgefühl gewiss auf angemessene Art erklärt: Ich war eine keusche, dem Reich gehorsame, anständige Nazi-Frau, die sich gewissenhaft an die Vorschriften hielt. Er kam am Abend, als meine Eltern zu Hause waren, grüßte sie höflich, unterhielt sich kurz mit ihnen über Kleinigkeiten und bat dann um die Erlaubnis, mich in meinem Zimmer aufsuchen zu dürfen.

Diesmal ließ er die Zimmertür wie aus Achtlosigkeit einen Spaltbreit offen. Offenbar wollte er nach der Aufdringlichkeit beim letzten Mal nun erneut mein Vertrauen wecken. Ich hatte mich schon wieder darauf eingestellt, einer Situation zu begegnen, in der seine Pläne und meine Wünsche in Widerspruch zueinander standen, aber stattdessen gelang es ihm, mich ehrlich zu erfreuen.

Vorsichtig nahm er einen kleinen, länglichen Gegenstand mit abgerundeten Ecken aus der Tasche. Er war von einem Rahmen oder einer Hülle aus Metall eingefasst. Die eine Seite des Gegenstandes bestand aus schwarzem, glänzendem Glas.

»Wir haben bei dem Gefangenen dieses Gerät sichergestellt.«

Klaus drückte mit dem Finger aufs Glas. Der flache Gegenstand leuchtete auf, und auf dem Glas erschien ein farbiges Bild – eine betörend schöne, grüne Insellandschaft auf der Erde. Er ließ den Finger übers Glas gleiten, und nun erschienen kleine bunte Bilder, irgendwelche Symbole. Es war ganz und gar magisch.

»Der Gefangene behauptet, dies sei ein Computer und ein Telefon in einem. Wahrscheinlich lügt er, schließlich nehmen elektronische Datenverarbeitungsanlagen ganze Räume ein. Sie sind viel zu groß für Raumschiffe.«

Im Nachhinein habe ich mir den Kopf darüber zerbrochen, wie wenig Klaus Adler – immerhin ein hochrangiger Aufklärungsoffizier – damals über die Entwicklungsstufen der Technik auf der Erde wusste. Vielleicht hatte sich unsere Feindaufklärung zu sehr auf die Bewaffnung und die Raumfahrt der Erde konzentriert, zielten die meisten technischen Fortschritte der Erde unserer Meinung nach doch auf Zeitvertreib, Faulenzerei, kapitalistische Gewinnmaximierung und Volksverdummung ab.

»Was es auch sein mag, es ist darin unbestreitbar Text- und Bildmaterial gespeichert worden, vielleicht ungefähr so, wie wir seit Jahrzehnten den Fernsehverkehr der Erde aufnehmen. Wenn man auf diese Symbole drückt, erscheinen alle möglichen Texte, Bilder und Listen. Der größte Teil davon ist unbegreiflich und hängt offenbar mit den Funktionen des Geräts selbst zusammen, aber sehr wahrscheinlich lassen sich auch persönliche und berufliche Informationen des Gefangenen finden. Weil du derzeit eine der am besten informierten Personen bist, was die nichtmilitärischen Fakten der Erde betrifft, fordere ich dich auf, das Gerät gründlich zu untersuchen und über alles, was du findest und was aufklärungstechnisch brauchbar sein könnte, Bericht zu erstatten. Es kann bedeutsame militärische Informationen enthalten, denn ohne einen geheimen Kode kann man das Gerät nicht benutzen.«

»Wie habt ihr das herausgefunden?«

Klaus schnaubte. »Als wir feststellten, dass man für das Gerät ein Passwort braucht, fragten wir selbstverständlich den Gefangenen danach. Er wagte es jedoch, uns ins Gesicht zu lachen und zu sagen, ›das glaube ich, dass ihr das wissen wollt!‹ Es hätte nicht viel gefehlt, und ich hätte an ihm die Verhörmethoden angewendet, die ich gelernt hatte, aber dein Vater verbot mir, dem Gefangenen Schaden zuzufügen.«

Insgeheim atmete ich vor Erleichterung auf. Ich hatte befürchtet, mein aufbrausender Bräutigam hätte genau so etwas ausprobieren können.

»Wie habt ihr es dann herausgefunden?«

Klaus machte einen höchst selbstzufriedenen Eindruck. »Die intellektuelle Elite des Vierten Reichs benötigte dafür nicht mehr als einige Stunden.«

Er nannte mir die benötigte Ziffernfolge und erklärte mir, was ich zu tun hatte, wenn ich nach dem Kode gefragt wurde.

Meine Hände zitterten, als Klaus mir den Gegenstand übergab. »Kann ich auch bestimmt damit umgehen?«

»Es ist ein ziemlich einfaches Gerät. Darum glaube ich nicht, dass es all das sein kann, was der Gefangene behauptet. Aber ein drahtloses Telefon … es hat ja nicht einmal eine Antenne! Selbst wenn es bloß ein unnützes Spielzeug zum Zeitvertreib sein sollte, findet dein Vater, stecke darin trotzdem ein großes Potential an Rechenleistung. Wir können es vielleicht beim Steuerungssystem für das Gyroskop der Götterdämmerung benutzen, wo wir derzeit die größten Herausforderungen zu bewältigen haben. Aber bevor wir den Apparat für unseren eigenen Gebrauch nutzen, müssen wir alle möglichen Informationen, die darin enthalten sind, festhalten. Du erstattest deinem Vater Bericht, er berichtet dann direkt an mich.«

»Diese Aufgabe ist mir eine große Freude und Ehre«, brachte ich heraus. »Ich stimme gerne zu.«

»Ansonsten würde ich ein so wertvolles Gerät auch keiner Person überlassen, die keine militärische Ausbildung besitzt, aber wir haben nicht viel Zeit. Falls die Theorien des verehrten Doktor Richter bezüglich der Rechenkapazität und der Gyroskopsteuerung zutreffen, sollten wir mindestens ein weiteres entsprechendes Gerät von der Erde holen. Allerdings wird uns auch dieses kleine Gerät schon enorm voranbringen.«

Bekämen wir also ein zweites solches Gerät, würde die Götterdämmerung vielleicht innerhalb weniger Wochen fertig werden, anstatt innerhalb mehrerer Jahre, und es beständen keine Hindernisse mehr, die Pläne, an denen wir seit Jahrzehnten feilen, zu verwirklichen! Ich holte tief Luft, denn erst jetzt begriff ich vollkommen, was Klaus gesagt hatte.

»Aber … aber … wir wissen doch alle, dass es seit der Ära der Tunnel kein Zurück mehr von der Erde gegeben hat. Die Erde ist lebensgefährlich, eine Reise dorthin Selbstmord. Und was ist mit der Gefahr, entdeckt zu werden? Sie stellt ein entsetzliches Risiko dar.«

»Auf der Erde dürfte man schon jetzt vermuten, dass die Vernichtung ihrer Expedition nicht aus gewöhnlichen Gründen erfolgt ist. Wir müssen uns beeilen, bevor sie dazu kommen, den Fall zu genau zu untersuchen und vielleicht Gegenmaßnahmen ergreifen. Manchmal muss man es wagen, auch gefährliche Schritte zu machen. Und wenn man diese Schritte macht, verändert sich die Welt.«

Ich verstand, was er meinte. Würde das kühne Vorhaben, Technologie von der Erde zu holen, gelingen, würde das den Ausbruch des lange erwarteten Krieges bedeuten. Und jemand musste den Mond in den Krieg führen. Früher oder später würde Kortzfleisch schon allein wegen seines Alters abtreten (er war mindestens siebzig, denn auf dem Mond hielt sich hartnäckig das Gerücht, er sei auf der Erde geboren worden, im Stützpunkt Antarktis). Wenn Kortzfleisch wich, war klar, dass man als Mondführer einen jungen, hungrigen und skrupellosen Mann brauchte. Einen wie Klaus Adler.

Klaus beugte sich zu mir herüber. Ich spürte seinen Atem heiß und fordernd an meinem Ohrläppchen. »Liebe Renate, einem unserer alten Sprichwörter zufolge gewinnt man aus Eis kein Wasser ohne Schmelze – um Resultate zu erzielen, muss gehandelt werden. Beseitigt man einen Mondführer, der Hitler Unseren Herrn herabwürdigt, zugunsten eines rechtgesinnten, dem Ur-Führer treuen und starken Führers, ist das nicht falsch. Aber selbst wenn es das wäre: Manchmal kann man aus den richtigen Gründen das Falsche tun. Hoffen wir also auf einen baldigen Krieg.«

Klaus richtete sich wieder auf, schlug die Hacken zusammen und hob die Stimme. »Heil Hitler, Fräulein Richter!«

Unsere Hände hoben sich. Klaus drehte sich um und war fort.

Ich hörte wie von fern seine höflichen Abschiedsfloskeln aus dem Nebenzimmer, während ich gebannt auf den glänzenden kleinen Gegenstand schaute, der auf wundersame Weise sein Licht gelöscht hatte, ohne dass ihn jemand berührt hätte. Ich tippte ihn an. Das glitzernde Wasser der Erdlandschaft, der weiße Sandstrand und die Bäume mit den büschelartigen Wipfeln vor dem Himmel leuchteten mich wieder auf der handflächengroßen Glasscheibe an.

Die kleine Platte aus Glas und Metall war ein Fenster zur Erde.

Als ich auf die bunten Bilder drückte (die offenbar Zeichen oder Symbole waren), führten mich die meisten nirgendwohin. Auf dem Glas blinkte lediglich die Mitteilung auf, das Gerät habe kein »Mobilfunknetz« oder keine »Internetverbindung«, was immer das auch bedeuten mochte. Aber hinter einem bunten Symbol ging eine Reihe fingerkuppengroßer Bilder auf, und ich merkte, dass ich mit einem leichten Streifen des Glases immer neue Bilder gewissermaßen hervorwischen konnte, und das einzelne Bild ließ sich mit einem Fingerdruck auf das ganze Format des Glases vergrößern. In dieser Hinsicht hatte das Gerät große Gemeinsamkeiten mit dem Mikrofilm.

Die Bilder waren erstaunlich.

Es waren Hunderte. Ich sah blinkende, seltsam geformte Fahrzeuge und schwindelerregend hohe Häuser, die aussahen, als würden ihre Fassaden nur aus Fenstern bestehen. Ich sah Bäume, Wasserregionen, Blütenpracht, glücklich lächelnde Kinder und Erwachsene. Alles war von Licht und Grün erfüllt. Ich sah sogar ein Bild von einer Mahlzeit auf einem Teller. Zuerst verstand ich nicht, dass es sich um eine Essensportion handelte, so bunt und kompliziert war sie, wie eines der abstrakten Gemälde, die ich auf Mikrofilmen über die entartete Kultur der Erde gesehen hatte. Ich fand keinen einzigen Grund, warum jemand den Wunsch haben sollte, seine Mahlzeit zu fotografieren, oder warum Essen überhaupt dekorativ sein sollte. Auf einem Bild fuhr eine Frau Auto! Viele Schwarze und Asiaten kamen vor, und zuerst dachte ich, in einem kapitalistischen Land mochte eine solche Mischung der Rassen darauf hindeuten, dass die Sklaverei weiterhin andauerte, aber die andersrassigen Personen schienen auf den Bildern so wohlhabend zu sein wie die weißen. Auf keiner einzigen Aufnahme sah ich Verfall und Chaos, obwohl ich sehr wohl wusste, dass sie auf der Erde herrschten. Sollte ich etwa glauben, dass es sich um Bilder aus dem alltäglichen Leben des Gefangenen handelte? Obwohl er schwarze Haut hatte und aus einem ausbeuterischen kapitalistischen Land kam? Handelte es sich bei den Fotografien um raffinierte Propaganda? Hatte die Expedition, die von der Erde ausgesandt worden war, von unserer Existenz gewusst, hatte man eine Sammlung von Propagandabildern an die Besatzung verteilt, die uns in die Hände geraten sollten?

Etliche Bilder waren mit langen, klein gedruckten Texten versehen; offenbar waren sie ursprünglich den Seiten eines Buches oder einer Zeitung entnommen worden. Einige zeigten neben dem Text ein winziges Porträtfoto des Gefangenen. Auch in voller Scheibengröße war die Schrift so klein, dass sie, abgesehen von den Überschriften, ohne Vergrößerungsglas unmöglich zu lesen war.

Am Ende des Archivs glitt ein besonderes Bild hervor, auf dem ich wieder das Gesicht des Gefangenen erkannte. Er trug einen aufgeblähten Anzug aus glänzendem Stoff. Ich wusste, dass es ein historischer Raumanzug der Erdlinge aus den 1960er- und 1970er-Jahren war, als die Raumschiffe der Vereinigten Staaten den Mond so bedrohlich oft besuchten, dass das Leben in der Festung ein einziger hysterischer Ausnahmezustand war. Der Anzug unseres Gefangenen war allerdings etwas schmäler und stromlinienförmiger als bei den Invasoren der Operation Apollo. Den großen, kugelförmigen Helm hielt der Mann unterm Arm und er lächelte breit. Als Hintergrund war mit erkennbarer Absicht die Flagge der Vereinigten Staaten und der Text »Cape Canaveral« gewählt worden. Rechts und links des Gefangenen standen zwei Frauen. Die eine war vielleicht vierzig oder fünfzig Jahr alt. Sie trug fast uniformartige Kleidung, eine Brille und ein entschlossenes, kaltes Lächeln auf den Lippen. Die Frau auf der anderen Seite war jünger und sah bezaubernd aus.

Ich verstand nicht, warum die Frauen mit dem Astronauten fotografiert worden waren. Seine Mutter und seine Schwester konnten sie nicht sein, auch wenn es vom Alter her gepasst hätte, denn sie waren beide weiß.

Mein Blick richtete sich immer wieder auf die Jüngere. Sie lächelte wie Marlene Dietrich und schien von der Glasoberfläche des kleinen Geräts direkt in mein Herz zu schauen.

Es gab mehrere gestellte Fotos mit dem Gefangenen und den zwei Frauen, danach sah man auf zwei Bildern den Gefangenen mit zwei Männern in einem kleinen, mit sehr komplizierten Geräten ausgestatteten Raum. Es waren die letzten Bilder, und sie stammten vermutlich aus dem Inneren des Raumschiffs.

Wenn das stimmte, wer hatte die Fotos dann gemacht, entwickelt und als Mikrofilm auf das Gerät übertragen? In so kurzer Zeit?

Mit dem Gerät waren auch einige sehr kurze Filme aufgezeichnet worden, wackelig und zwischenzeitlich unscharf (auf einem nahm ein Erdsäugetier, das man Eichhörnchen nennt, einem Menschen etwas aus der Hand, zwei enthielten Ausschnitte einer schnell hämmernden und lauten Musikvorführung). Sie machten mich nachdenklich und fast sogar ängstlich. Das war etwas anderes als ein Mikrofilm. Natürlich konnten auch wir bei Bedarf zum Beispiel Fernsehbilder der Erde per Bairds Phonovision auf Magnetofonband aufnehmen und sie wieder zu Bildern werden lassen, aber die Vorführung eines Farbfilms auf einem handtellergroßen Gerät war vollkommen unmöglich.

Mir tat der Kopf vom vielen Denken weh.

Mir war aufgefallen, dass immer dieselben rätselhaften Symbolreihen auf die Glasscheibe zurückkehrten, wenn man den kleinen Knopf an dem Gerät berührte. Sie schienen wichtig für den Benutzer zu sein. Als ich die Glasscheibe betastete, merkte ich halb aus Versehen, dass ein Teil der Symbole versteckt war und man sie mit einer wischenden Fingerbewegung hervorrollen konnte.

Weil ich gerade noch inständig über das Rätsel der Fotos, die in dem Apparat enthalten waren, gestaunt hatte, zuckte ich förmlich zusammen, als ich ein Symbol erblickte, das an eine Kamera erinnerte. Ich wusste, wie Kameras aussahen, wir hatten auch in der Festung welche, aber es wurde so gut wie nie außerhalb von großen feierlichen Veranstaltungen fotografiert. Wir hatten nicht genug Silber für die Herstellung der lichtempfindlichen Glasplatten und nicht die richtigen Materialen für Zelluloidfilme.

Ich drückte mit dem Finger auf die Kamera. Obwohl mich bei all den Wundern in dem kleinen Ding schon nichts mehr aus der Fassung bringen konnte, war ich doch verblüfft, als ganz von selbst ein neues Bild auf der Scheibe erschien. Ich sah den Schreibtisch aus Aluminium, vor dem ich in diesem Augenblick stand. Am unteren Rand der Glasscheibe war ein runder Fleck aufgetaucht. Weil mir nichts Besseres einfiel, drückte ich darauf. Das Gerät gab ein kurzes Geräusch von sich, und am unteren Rand schoss ein Miniaturbild der Szenerie hervor, die ich gerade auf dem Glas gesehen hatte.

Ich richtete das Utensil auf die Zimmerwand und blickte gewissermaßen durch es hindurch auf mein Dietrich-Plakat. Ich drückte auf den Fleck, hörte das kurze Geräusch, und jetzt tauchte am unteren Rand der Scheibe ein Miniaturbild von Marlene Dietrich auf.

Hitler behüte, dachte ich, dieses Kästchen ist in der Tat neben allem anderen auch eine Kamera.

Ich suchte die ursprüngliche Symbolauswahl und dort das bunte Zeichen, durch dessen Berührung ich das Bilderdepot des Gefangenen sichtbar gemacht hatte.

Unter den Bildern waren, ganz am Ende, zwei neue aufgetaucht. Mein Schreibtisch und Marlene.

Mir wurde schwindlig.

Ich hatte bereits genug zu staunen damit, dass die Erdlinge überhaupt mit ihren dürftigen, dürren Apparaten bis hierher kamen, mit äußerst primitiven Dingern, wenn man sie mit unserer Weltraumtechnik verglich.

Wie konnte es also möglich sein, dass sie ohne die geheime Technologie und die unvergleichlichen Erfindungen der Nazis etwas so Beeindruckendes und Großartiges entwickelt hatten?

Ich musste mit jemandem über meine Erkenntnisse sprechen. Alles, was ich über die Erde gelernt hatte, schien ins Schwanken geraten zu sein.

Später bin ich mehrfach zu diesem Augenblick zurückgekehrt.

Natürlich wusste ich um unsere ehrenvolle Geschichte und kannte die Gründe für das Verlassen der Erde auswendig. Ich wusste, wie schlecht man uns behandelt hatte und wie sehr wir berechtigt waren, die Erde zurückzubekommen. Mir war klar, wie recht wir in unserem Denken hatten: War nicht jeder vernünftige Mensch stolz auf seine Rasse und Volkszugehörigkeit? Schreckte nicht jeder aus gutem Grund vor den barbarischen Sitten weniger entwickelter Rassen und Völker zurück? Jeder wusste, dass die nationalsozialistische Idee immer und überall im Vordergrund stand, dass es unumgänglich war, sich auf den Krieg vorzubereiten, dass es ehrenhaft war, im Kampf zu sterben, dass die Anweisungen befolgt werden mussten, dass Schwäche und Verhätschelung nicht geduldet werden durften, dass es wichtig war, asketisch zu leben und dass Männer und Frauen in der Gesellschaft unterschiedliche Pflichten zu erfüllen hatten.

Die Bilder, die ich sah, erschütterten an sich nicht die Grundfesten meines Denkens – sie kündeten bloß vom

Werteverfall auf der Erde. Meine größte Sorge bestand darin, dass unsere Informationen über die Erde so offensichtlich mangelhaft waren.

Wir wussten viel zu wenig. Hitlers Auge war kurzsichtig geworden.

Wir waren im Begriff, eine unbekannte Welt anzugreifen, deren Ressourcen womöglich vollkommen unberechenbar waren.

Der von Klaus erwähnte tollkühne Technologieraubzug, der eventuell zur Erde unternommen würde, könnte ein neues Ziel ins Auge fassen. Warum holte man aus dem gewaltigen Risiko, das er bedeutete, nicht alles heraus? Wir würden uns Rechenkapazität beschaffen und gleichzeitig unser Wissen über die Erde aktualisieren. Das Erreichen beider Ziele würde unsere künftigen Expansionsbestrebungen in großem Umfang voranbringen.

Die Aktualisierung des Wissens wäre dann am fruchtbarsten, wenn man vorab schon möglichst viel darüber wusste, worauf man zu achten hätte. Wie frustrierend wäre es, wenn einer, der sich mit der Erde nicht auskannte, von dort zurückkehrte und ich auf die Fragen, mit denen ich ihn empfinge, als Antwort nur ein »ich weiß nicht« oder »habe ich nicht herausgefunden« bekäme, oder gar ein »mir war nicht klar, warum ich mich dafür hätte interessieren sollen«.

Nein, es müsste jemand zur Erde geschickt werden, der die richtigen Informationen zu beschaffen wusste, jemand, der bereits die richtigen Fragen im Sinn hatte. Mit den richtigen Antworten auf die richtigen Fragen könnten wir das Reich weiter ausbauen und es dabei unterstützen, sein Endziel zu erreichen.

Wir hatten das Recht auf eine bessere Zukunft.

Wir hatten das Recht auf Lebensraum.

Ich ließ die Bilder über das Glas des kleinen Geräts rollen und kehrte zu demjenigen zurück, auf dem die dunkelhaarige Frau lächelte, als hätte sie unzählige prickelnde Geheimnisse. In ihren Augen las ich eine Einladung. Mir war, als spürte ich eine weltallüberbrückende schwesterliche Seelenverwandtschaft.

Renate, du musst zur Erde reisen.

Ich fertigte einen sorgfältigen Bericht über die Eigenschaften des kleinen Gerätes und das Material, das ich darin entdeckt hatte, an. Auch alle Unfassbarkeiten schrieb ich nieder, wie etwa die Reihe von Kurzfilmen, die man selbst steuern musste, in denen seltsam aussehende Vogelköpfe auf grüne Köpfe, die offenbar Schweinetieren gehörten, geschleudert wurden (unter gewaltigen Verlusten, wenn ich das so sagen darf). Ich nahm an, dass es sich um eine Übung handelte, um sich mit einer bestimmten militärischen Strategie vertraut zu machen.

Ich füllte mehr als zehn Nachrichtentafeln mit meinen Beobachtungen. Als ich meinem Vater sagte, ich sei fertig, wollte er, um Zeit zu sparen, Informationstechnikoberführer Klaus Adler rufen, damit dieser sich meinen mündlichen Bericht anhörte. Wir vereinbarten, uns im Labor meines Vaters zu treffen. Ich war damit sehr zufrieden, denn es drängte mich, mit dem Gefangenen zu sprechen.

Ich übergab meinem Vater und Klaus meine Aufzeichnungen und zeigte ihnen, wie man mit dem Gerät fotografierte. Die Kameraeigenschaft machte auch auf sie ziemlichen Eindruck. Ich erzählte von den Bildern, die ich entdeckt hatte – auch von ihnen hatte ich ein genaues Verzeichnis angelegt – und brachte die ernste Sorge zum Ausdruck, dass wir möglicherweise nicht genug über die Erde wussten. Mein Vater und Klaus machten sich deswegen überhaupt keine Sorgen. Sie hatten einen Gefangenen, der die Erde durch und durch kannte. Und einen Plan, wie man die Informationen des Mannes nutzen könnte, hatten sie auch schon. Als ich vorsichtig anfragte, was sie von dem Gefangenen erfahren hatten, schüttelten beide den Kopf und zuckten mit den Schultern und tauschten auf ärgerliche Weise über meinen Kopf hinweg Blicke, als wäre ich ein Kind im Warum-Alter mit einem Hirngespinst. Sie meinten, der Gefangene zeige sich vorläufig noch nicht kooperationsbereit. Immerhin brachte ich aus ihnen heraus, dass der Gefangene immer wieder zwei vollkommen widersprüchliche Behauptungen aufstellte: Er bestritt, in militärischer Absicht zum Mond gekommen zu sein, bestand aber darauf, vom Präsidenten der Vereinigten Staaten geschickt worden zu sein. Außerdem warf er den Vernehmern vor, seine Astronautenkameraden kaltblütig ermordet zu haben. Das war im Großen und Ganzen alles, was mein Vater und Klaus herausgefunden hatten, aber das würde sich ändern, wiederholten sie immer wieder bis zum Überdruss.

Ich überlegte laut, dass es eventuell helfen würde, andere Vernehmungsmethoden auszuprobieren. Ihre Art, sich der Sache zu nähern, musste nicht unbedingt die fruchtbarste sein. Vielleicht war das eigentümliche Englisch des Gefangenen ein Grund für die spärlichen Informationen oder erzeugte sogar Missverständnisse. Es konnte auch sein, dass der Gefangene eine Frau nicht für so bedrohlich halten würde wie Männer und ihr leichter etwas Nützliches verriete. Ich schlug vor, dass man mich mit dem Gefangenen reden ließ.

Klaus sah mich an, als hätte ich zum ersten Mal den Mund aufgemacht.

»Das kommt nicht infrage.«

»Womöglich vertraut er mir. Er hat sich auch vorher nicht feindselig mir gegenüber verhalten«, sagte ich und verstand sofort, dass ich damit einen Fehler gemacht hatte. Ich sah Klaus' Augen auf die gleiche Weise aufblitzen wie in dem Moment, als er mich in der Druckschleuse halb bekleidet unter dem Gefangenen fand.

»Damit ist der Fall erledigt.«

Klaus schwenkte nachlässig den Arm schräg nach oben aus. »Sieg Heil und auf Wiedersehen, Fräulein Richter. Ich danke Ihnen für die Dienste, die Sie dem Reich erwiesen haben.«

Mir blieb nichts anderes übrig als zu gehen, ohne auch nur einen Blick auf den Gefangenen geworfen zu haben.

Manchmal kann man aus den richtigen Gründen das Falsche tun.

Klaust hatte das gesagt, nicht ich.

Ich wusste, wo der Gefangene inhaftiert war.

Ich wusste, wo mein Vater die Schlüssel zum Labor

aufbewahrte. Ich wusste, dass sich mein Vater während der vom Ernährungskomitee vorgeschriebenen festen Mittagsessenszeit nicht im Büro aufhielt. Ich wusste, dass ich meine Schüler einige Minuten lang allein mit einer Aufgabe beschäftigen konnte.

Ich konnte nicht vergessen, dass der dunkle Fremde mir das Leben gerettet hatte, ohne mich gekannt zu haben. Er hatte mir geholfen, obwohl ich zu den Feinden gehörte, die ihn verfolgten und gefangen nehmen wollten.

Damit begründete ich für mich, warum ich das volle Recht hatte, ihm wenigstens zu danken. Vielleicht bekäme ich bei der Gelegenheit heraus, wieso man einen Untermenschen zum Mond geschickt hatte. Ich erinnerte mich schwach an die frühen Stadien in der Geschichte der Raumfahrt der Kapitalisten und Bolschewiken, als sie Hunde und Affen auf die Erdumlaufbahn geschossen hatten. Handelte es sich hier um etwas Vergleichbares? Waren auch die anderen Besatzungsmitglieder Untermenschen gewesen? Ich wusste es nicht, denn sie waren mit dem Raumschiff vernichtet worden. Aber wenn der Gefangene ein Versuchstier war, warum befand er sich dann im Besitz von Spitzentechnologie?

Nachdem ich James Washington näher kennengelernt hatte, schämte ich mich jedes Mal, wenn ich mich an meine anfänglichen Überlegungen zurückerinnerte.

Das Foto in dem angehängten Zeitungsartikel stammt aus dem beschlagnahmten Telefon. Es ist all die Jahre auf dem Mond geblieben. James hatte den Artikel aus der

Zeitung seiner Heimatstadt mit dem Telefon geknipst. Er war leicht zu lesen, weil man das Bild mit bestimmten Fingerbewegungen vergrößern konnte. Ich schäme mich, wenn ich mich daran erinnere, dass ich einmal geglaubt hatte, man brauche ein Vergrößerungsglas, um den abfotografierten Text auf dem Telefonbildschirm lesen zu können. Aber warum schäme ich mich eigentlich dafür? Dass ich damals so viel aus dem Telefon herausholte, war eine große Leistung, denn das Gerät mit seinen zahllosen Nutzungsmöglichkeiten war mir so fremd gewesen wie einem Neandertaler das Auto. Was ich geleistet hatte, könnte man mit einem Neandertaler vergleichen, der von sich aus auf die Idee gekommen ist, dass man sich in einem Auto gut vor Regen schützen kann.

☾

Metro New York,
18. März 2018

VOM CATWALK ZUM MOND
Der Aufstieg des James Washington aus der brennenden Bronx zum Gesicht der Präsidentschaftswahlkampagne

Ich besuche mit James Washington einen seiner Lieblingsplätze, den Franz Sigel Park in der südlichen Bronx, unmittelbar neben dem Yankee Stadion. Er deutet auf die vertrauten Stellen, unter anderem auf das etwas heruntergekommene Mietshaus in der Walton Avenue, in dem er seinerzeit mit seinen Eltern wohnte. »Vor zwei Jahren habe ich ihnen ein Haus in Florida gekauft, jetzt haben sie es nicht weit nach Cape Canaveral, um mir Glück für die Reise zu wünschen.«

Man kann im Gesicht des charismatischen Coverboys die Wehmut und die Anspannung lesen. Bald wird das sechswöchige Training in Cape Canaveral starten, und er wirft nostalgische Blicke auf die Nachbarschaft, in der er seine ungestüme, wilde Jugend verbrachte. In Washingtons Worten hallt noch immer der lässige Straßenslang jener Zeit wider, obwohl das Kind aus dem Viertel inzwischen Chinos und Mokassins von Hiromi Nakamura und ein T-Shirt mit Vintage-Aufdruck von Bottega Veneta trägt – und warum sollte er das auch nicht tragen, hat er doch als Model ein Vermögen gemacht. Als Nächstes wird er im Kreuzfeuer der Blicke und Blitzlichter in einem ziemlich seltenen Outfit über den Laufsteg gehen: im Weltraumanzug. James Washington wird mit 33 Jahren der erste schwarze Astronaut der Vereinigten Staaten sein, der einen Fuß auf den Mond setzt.

Washington ziert sich jedoch, sich als Astronaut bezeichnen zu lassen und lacht: »Ich bin den Jungs von der NASA total ausgeliefert, sie sitzen an den Sticks, ich fahre nur mit. Aber weil ich jeden einzelnen Star-Wars-Film sechs Mal gesehen habe, werde ich mich im Weltraum bestimmt wie zu Hause fühlen. Ich bin Finn im richtigen Leben. Wir beide besteigen ohne zu zögern den Millennium Falcon!«

Ein Mechaniker hat Glück

Wie wurde aus dem eingeschworenen Star-Wars-Fan – der zum Glück nicht in den Krieg der Sterne zieht, sondern nur zu einem friedlichen Zivilflug aufbricht – ein Promi, der zum Mond fliegen darf? War das mehr Zufall oder das Resultat einer zielstrebigen Bemühung?

»Glück und Erfolg gehen Hand in Hand. Auch ich bin entdeckt worden, wie man so sagt, aber erst nachdem ich bereits selbst einige Entscheidungen getroffen hatte. Meine Familie konnte es sich nicht leisten, mir zu einer Ausbildung zu verhelfen, und damals wäre es in der Bronx leicht gewesen, eine Laufbahn als Dealer, Dieb oder Straßenräuber einzuschlagen. Aber ich wollte in eine Autowerkstatt und bekam dort auch stundenweise Arbeit, weil ich schon als Teenie viel an Motoren herumgeschraubt hatte. Sogar den uralten Schrott-Chrysler meines Vaters hatte ich immer wieder zum Schnurren gebracht. Einmal brachte ein Fotograf seinen Wagen zur Reparatur, und als er mich in meinem verschmierten Overall sah, fragte er mich, ob ich für ein paar Fotos posieren würde. Er schoss Werbefotos für ein extrastarkes Waschmittel. Das Bild kam in die landesweite Kampagne und bei mir meldeten sich massenhaft Leute. Angeblich besaß ich ein auf moderne Art raues, männliches und erdnahes Gesicht. Die Medien hatten wohl genug von den jungen, glatthäutigen und androgynen männlichen Models, wie man vornehm sagt. Mit meinem Gesicht kann man Werbung für Produkte machen, die auch ein gewöhnlicher Mann kauft. Und dann merkten sie wohl, dass dieser mit der Axt geschnitzte große schwarze

Kerl auch mit einer Patek Philippe am Handgelenk gut aussah. Oder mit einem Weltraumhelm auf dem Kopf.«

Der Flug zum Mond als Wahlkampfgag?

Als offizieller Zweck der Reise im Mai ist eine Kartierung zukünftiger Energiequellen auf dem Mond angegeben worden. Darum ist es interessant, dass dabei ein Mann mitgenommen wird, der in letzter Zeit eher als Werbegesicht für Kreationen von Top-Designern und neuester Elektronik bekannt geworden ist. Handelt es sich um eine gezielte Maßnahme der amtierenden Präsidentin, an dunkelhäutige Wähler zu appellieren, bei der Wahl im Herbst erneut für sie zu stimmen? Als ich diese Frage stelle, zögert Washington zunächst, bevor er feststellt: »Weil die ganze Nation an der Finanzierung der Mondflüge beteiligt ist, hat man vielleicht gedacht, man könnte ein Gesicht mitschicken, das das ganze Volk kennt. Es ist eine große Ehre, die Vereinigten Staaten auf diese Weise repräsentieren zu dürfen, und die Entscheidung der Präsidentin, zum ersten Mal seit den 1970er-Jahren auf den Mond zurückzukehren, ist meiner Meinung nach wirklich anerkennenswert und zeigt der ganzen Welt, wozu wir fähig sind. Dass wir nicht nur wegen der Ölkriege in den Nachrichten auftauchen.«

Und ein lockerer Typ aus der Bronx, der als Model gearbeitet hat, passt in diese Rolle? Warum nicht zum Beispiel ein renommierter Wissenschaftler oder ein Spitzensportler? Washington lacht erneut. »Vielleicht hat es mit meiner Herkunft zu tun. Manche sehen mich als Typen, der es geschafft hat, die Grenzen seiner miesen Voraussetzungen zu sprengen. Als ich geboren wurde, war meine Gegend das reinste Schlachtfeld. Die Leute zündeten ihre Häuser an, weil sie auf die Versicherungssumme hofften. Die südliche Bronx war ein Slum, ein Zentrum des Drogenhandels und sonstiger Kriminalität. Aber sieh sie dir jetzt an!«

Man muss zugeben, dass die Veränderung, die nach der Ära Reagan stattgefunden hat, erstaunlich ist. Die südliche Bronx ist geradezu trendy geworden und wird schon als das neue Brooklyn gesehen. In dieser Hinsicht trifft Washingtons Vergleich ins Schwarze.

Gerüchte sagen, dass Washington trotzdem nicht die Politik der Präsidentin unterstützt. Stimmt das?

Washington kommentiert das nicht, sondern sagt bloß, seine Ansichten seien Privatsache. Er räumt jedoch ein, dass man ihn selbstverständlich für den Flug bezahlt, so wie für jedes lange Shooting. »Ich dachte, es reicht, wenn ich die Reisekosten in Rechnung stelle. Meinetwegen einen Dollar pro Meile.«

Washingtons Lachen ist entwaffnend, vielleicht auch eine Spur nervös. Ich muss ihn natürlich unbedingt fragen, ob er aufgeregt ist. Ob die Mondflugtechnik der NASA nach einer so langen Pause wohl auf der Höhe der Zeit ist?

»Was sollte schief gehen? Wir sind oft auf dem Mond gewesen, und nach allem, was ich weiß, haben sich die Verhältnisse dort nicht geändert«, meint Washington lässig. »Und ich habe natürlich eine Lebensversicherung vom Staat, denn ich glaube nicht, dass man die von vielen normalen Versicherungsgesellschaften für einen Mondflug kriegen würde. Wenn mir was passiert, werden wenigstens meine Eltern reich.«

Wäre James Washington nicht jetzt schon ein allseits bekanntes Gesicht, wäre er es nach dem Flug garantiert. Also frage ich ihn zum Schluss, wie seine Pläne für danach aussehen, ob man ihn weiterhin auf dem Catwalk sehen wird.

»Ich glaube nicht – ich bin ja jetzt schon ein bisschen zu alt dafür. Ich denke, dass ich als Nächstes eine Filmkarriere ins Auge fassen werde.«

☾

Ich fand James in halb liegender Position auf einem Untersuchungsstuhl fixiert, den Kopf auf einer Stütze, die Hände unter dem Stuhl gefesselt. Im Raum tönte in ohrenbetäubender Lautstärke eine Archivaufnahme – wohl eine Rede von Joseph Goebbels oder vom Ur-Führer persönlich. Mir erschloss sich nicht, warum sie ihn das anhören ließen, und ich stellte das Grammofon ab.

James freute sich sichtlich, als er mich sah, auch wenn er sich durch und durch unwohl fühlen musste. Wieder war unsere Kommunikation nur tastend, sogar seinen Namen verstand ich beim ersten Hören nicht ganz richtig. Ich begriff ganz und gar nicht, was er meinte, als er sagte, er sei Model. Ich nahm an, dass er sich für eine Art Modell-Bürger hielt. Er wandte auf sich auch das Wort *hot* an, und ich fragte mich, warum ihm heiß war, obwohl im Raum normale Temperaturen herrschten. Er fragte mich, ob ich je einen *brother* gesehen hätte, und ich antwortete, ich sei Einzelkind. Jetzt, da ich mit dem Straßenenglisch, das in den Vereinigten Staaten gesprochen wird, wesentlich besser vertraut bin, weiß ich natürlich, was er meinte, aber damals konnte ich zum Beispiel absolut nicht verstehen, worauf er anspielte, als er von seinem Körperbau sprach und dabei den Begriff Sixpack benutzte.

Nach wie vor kann ich seine Art zu reden nicht nachahmen. Mein Wortschatz ist, was die englische Straßensprache betrifft, eher passiv, weshalb ich in diesen Aufzeichnungen versuche, den Inhalt seiner Rede festzuhalten, nicht die Ausdrucksweise. Auch wenn ich in der Lage bin, mir viele andere Gespräche fast wortwörtlich ins Gedächtnis zu rufen, erinnere ich mich an James Washingtons Aussagen am ehesten in Form von Assoziationen. Seine Absicht war meistens leicht zu erfassen, aber die einzelnen Wörter oder Formulierungen waren mir fremd, oder er benutzte mir bekannte Wörter in fremden Bedeutungen. Der Rhythmus seiner Rede war ebenfalls seltsam – die Wörter kamen nicht in einer gleichmäßig betonten Reihe, so wie in der deutschen Sprache, sondern schnell und gelenkig, fast als liedartiger Schwall.

Es blieb bei einem unbefriedigend kurzen Gespräch, weil ich es nicht wagte, lange zu bleiben. Ich musste das Grammofon wieder plärren lassen, damit mein Besuch nicht auffiel.

Ich schlich mich mehrmals zu James Washington. In meinem Kopf vermischte sich alles, worüber wir jeweils sprachen, aber eines erwähnte er immer wieder: Er beklagte sich, Tag und Nacht das Geschrei der Archivaufnahmen anhören zu müssen. Ich erklärte ihm, dass es sich um Reden unserer historischen Helden handele und ich selbst nicht verstünde, warum mein Vater ihn damit beschallte.

Er fragte, ob wir wirklich Nazis seien, und schien von dem Gedanken entsetzt zu sein.

Ich sagte, er solle uns nicht kindisch begegnen, als wären wir irgendwelche furchterregenden Märchengespenster.

James Washington schüttete mir auch in vielen anderen Dingen das Herz aus. Dass man ihm ständig Spritzen verabreiche, nach denen es ihm weder schlechter noch besser gehe. Dass man ihm im After herumfuhrwerke und offenbar Proben entnehme. Er sagte, allmählich verstehe er, woher die Leute, die behaupteten, von fliegenden Untertassen entführt worden zu sein, das Material für ihre Geschichten nahmen. Ich hatte mich bereits daran gewöhnt, einzelne Wörter zu verstehen, konnte aber nicht immer ihren Bedeutungszusammenhang für ihn einschätzen, weshalb ich auch diesen sonderbaren Hinweis auf Kaffeegeschirr überging.

Aus irgendeinem Grund war der Raum, in dem man ihn gefangen hielt, immer halb dunkel. Ich traute mich nicht, Licht zu machen, weil es mir schon gewagt vorkam, während unserer kurzen Gespräche das Grammofon zum Schweigen zu bringen. Bei dem schwachen Licht sah er jedes Mal etwas anders aus, seine Haut wirkte quasi bleicher. Ich machte ihn darauf aufmerksam, aber er schien mich nicht zu verstehen. Trotzdem verlief unsere Kommunikation von Tag zu Tag besser.

Nach dem Krieg sprach ich oft mit James über seine Gefangenschaft. Er hatte vom Raumschiff Liberty aus den Mond betreten, bereit, sich mit der Flagge der Vereinigten Staaten fotografieren zu lassen, als einer der Astronauten, Sanders, auf eine nahegelegene Erhebung kletterte. Dort wollte er wissenschaftliche Messungen vornehmen, die mit dem eigentlichen Zweck des Fluges zu tun hatten. Als er jedoch oben angekommen war, hatte er auf der anderen Seite etwas Ungewöhnliches gesehen und gerade noch eine Warnung ins Funkgerät rufen können, bevor sein Weltraumhelm zerschmettert wurde. Im selben Moment war Liberty explodiert, und James fand sich bald darauf inmitten einer seltsamen Gruppe von Personen in weltraumanzugähnlicher Kleidung wieder, die ihre Waffen auf ihn richteten. Man hatte ihn in die Schwarze Sonne geschafft, aber nachdem man ihm den Weltraumhelm abgenommen hatte, war es James gelungen, in einem Moment der Verwirrung, die seine Hautfarbe ausgelöst hatte, zu flüchten. Er war gerannt so schnell er konnte, hatte es geschafft, in einen Belüftungskanal zu gelangen, aus dem er dann direkt auf Klaus Adler fiel. Von da an kannte ich den Verlauf der Ereignisse.

Ich weiß noch, wie er mir die Situation schilderte. »Es war natürlich ein furchtbarer Schock, dass es auf dem Mond Menschen gab. Und dann waren es auch noch Menschen, von denen ich gelernt hatte, sie für die schlimmsten zu halten, die je auf der Erde gelebt hatten. Das war entsetzlich, lähmend, ein Albtraum. Gerade das Gefühl, zu träumen, sich von der Wirklichkeit gelöst zu haben, im Absurden gelandet zu sein, war extrem stark. Ein paarmal hatte ich den Verdacht, in die teuerste Versteckte-Kamera-Sendung der Welt geraten zu sein.«

Im Labor meines Vaters erzählte mir James Washington, dass er im Zuge der Kampagne zur Wiederwahl des amtierenden Präsidenten der Vereinigten Staaten auf dem Mond gelandet sei. Der Präsident hatte einen Schwarzen auf den Mond schicken wollen, um zu unterstreichen, dass alle Menschen die gleichen Chancen auf große Taten haben sollten. Für mich hinkte die Logik dieses Gedankens. Inwiefern hatte James Washington etwas Großes getan, wenn man ihn auf Wunsch eines anderen in ein Raumschiff setzte? Ich fragte, ob er Beweise für seine Verbindung zum Präsidenten der Vereinigten Staaten habe. James (ich werde fortan meistens seinen Vornamen benutzen, weil es mir verrückt vorkäme, über einen Menschen als »Mr. Washington« zu schreiben, den ich später sehr gut kennenlernte und der eine wesentliche Rolle in meinem Leben spielt) fluchte kurz und sagte, Liberty habe so gut wie nichts anderes an Bord gehabt als Reklame-Krimskrams des Präsidenten und Gegenstände, die man später als Souvenirs verkaufen wollte, nachdem sie auf dem Mond gewesen waren, um damit die Wahlkasse zu füllen. Aber aus irgendeinem Grund hätten wir es ja für klug gehalten, die ganze Scheiße in die Luft zu sprengen (ich versuche hier, seine drastische Ausdrucksweise nachzubilden, die ich nur mit Mühe und Not verstand). Nachdem er sich etwas beruhigt hatte, erwähnte er das Telefon-Kamera-Gerät, das man ihm abgenommen habe. Darauf seien Beweismittel zu sehen: Fotos von ihm mit dem Präsidenten und dessen Wahlkampfmanager.

James wirkte verlegen. »Ihr habt es also aufbekommen? Ich hätte nicht das Passwort 1-2-3-4-5-6 behalten sollen.«

Ich sagte, ich hätte die Bilder auf dem Ding gesehen. Ich sagte, seine Behauptung über den Präsidenten könne nicht zutreffen.

James wurde beinahe wütend und sagte, falls niemand die Bilder gelöscht habe, seien sie garantiert noch drauf.

Ich erklärte, niemand von uns wäre auch nur in der Lage, die Bilder zu löschen, denn wir hätten keine Vorstellung davon, wie die Bilder dorthin gelangt waren.

James erzählte, er habe mit dem Präsidenten und dessen Manager in Cape Canaveral posiert, kurz bevor er das Raumschiff bestiegen habe, im Raumanzug.

Ich erwiderte, ich hätte ein entsprechendes Bild gesehen, aber darauf seien zwei Frauen zu sehen gewesen.

Nun lachte James zum ersten Mal. Er lachte so sehr, dass er anfing zu husten.

»Der Präsident der Vereinigten Staaten ist eine Frau«, sagte er. »Es ist die mit der Brille. Die andere Tussi ist ihre Medienzauberin und Pressesprecherin. Sie ist auf die Idee mit dem Mondflug gekommen. Sie heißt Vivian Wagner.«

Vivian Wagner.

Der Nachname des großen Komponisten – und auch noch des Lieblingskomponisten von Hitler Unserem Herrn! Meiner Meinung nach war es der schönste Name, den ich je gehört hatte. Die anderen Worte, die sich auf sie bezogen, verstand ich damals nicht.

»Wie kann eine Frau Präsident sein?«

»Im freiesten Land der Welt kann jeder Präsident werden. Vor zehn Jahren wäre fast ein schwarzer Mann Präsidentschaftskandidat geworden.«

»Er wurde es aber nicht?«

»Nein. Die Vereinigten Staaten waren damals noch nicht so weit.«

Man könnte sagen, dass wir uns bei diesen kurzen Begegnungen auf absurde Weise angefreundet hatten. Seine Hautfarbe war meiner Meinung nach immer blasser geworden, aber ich erwähnte das nicht mehr, denn zur Abwechslung hatte James angefangen, mir Fragen zu stellen. Er wollte wissen, wie und wann wir auf den Mond gekommen waren, wie wir zurechtkämen, wer der Offizier mit dem kalten Blick sei, der sich oft bei meinem Vater blicken lasse. Ich erzählte in wenigen Worten unsere Geschichte, als stünde ich vor einer Schulklasse, und erklärte, prahlte vielleicht sogar ein wenig, der barsche Mann, der sich dann und wann mit meinem Vater im Labor aufhalte, sei mein Bräutigam Klaus Adler, der künftige Führer des Mondes.

Damals hätte ich ebenso gut in einem dunklen, schicksalhaften Schmetterlingskostüm stecken und stolz mit den Flügeln schlagen können, sodass die Luft nicht bloß erzittert wäre, sondern schon in dem Moment, in dem sie in Bewegung geriet, geheult und gewimmert hätte wie ein Orkan in den Tunneln der Hakenkreuzfestung.

2. April 2047

Liebe Kitty,

als ich mich mit Klaus Adler verlobte, hätte ich mir nicht vorstellen können, meinen Bräutigam einmal zu vermissen. Aber so kam es. Schließlich war er neben meinem Vater der direkte Weg zu allem, was mit dem Gefangenen zu tun hatte. Zum Glück nahm Klaus seine Pflichten als Bräutigam ernst und besuchte mich fast jeden Tag, kam nach dem Abendessen kurz in unserer Wohnkammer vorbei oder begleitete mich nach dem Unterricht von der Schule nach Hause. Ich versuchte, ihm Informationen darüber abzupressen, wie die Planungen der Erdreise vorangingen, aber Klaus begegnete meiner Neugier mit überheblicher Belustigung, die vermittelte, ich solle mir nicht den kleinen, hübschen Kopf über solche Dinge zerbrechen. Seine Haltung brachte mich an den Rand der Raserei. Allmählich verstand ich, dass meine Erdkenntnisse in seinen Augen nur niedliche Spielerei gewesen waren, als wäre ich ein altkluges Kind, das sich als Hitler verkleidet hat und nun rührend die auswendig gelernten Bruchstücke aus dessen Reden herlispelte, während er der Erwachsene war, der das Kind lachend lobte. Für einen Moment durfte es im Mittelpunkt stehen, ja seine frühreife Unternehmungslust weckte sogar einen gewissen Stolz bei den Zuschauern, aber dennoch wussten alle, dass es nie ein neuer Hitler werden würde.

Manchmal versuchte ich, beim Abendessen meinem Vater etwas darüber zu entlocken, was mit dem Gefangenen gemacht wurde. Die Haltung meines Vaters war nicht viel besser als die von Klaus, aber wir waren es immerhin gewohnt, uns miteinander zu unterhalten, und er hatte mir auch früher schon von seiner Arbeit und seinen Errungenschaften erzählt. Stück für Stück bekam ich so die entscheidende Information aus ihm heraus: An James wurde ein wissenschaftlicher Versuch durchgeführt.

Mein Vater hatte sich immer besonders für Rassenhygiene interessiert, darum saß er auch im Rassenkomitee. Ihn beschäftigte im Speziellen, worauf die teutonische Überlegenheit gegenüber minderen Rassen eigentlich beruhte. Natürlich waren die Unterschiede zum Beispiel an der Farbe der Haut, der Augen, der Haare und so weiter erkennbar; er benutzte den Begriff »Phänotyp«, womit die äußere Erscheinung gemeint war. Aber gab es einen Zusammenhang zwischen dem Phänotyp der Untermenschen und der Unterentwicklung des Gehirns? Was würde geschehen, wenn man einen Untermenschen, in diesem Fall einen Neger, von den Fesseln seines Phänotyps befreien und gleichzeitig sein Gehirn schulen würde, die nationalsozialistische Ideologie in ihrer ganzen Pracht aufzunehmen und sich zu eigen zu machen? Indem man den Probanden einer großen Dosis korrekten Denkens aussetzte, reinigte man sein Gehirn gewissermaßen von der zum Untermenschentum gehörigen Schlacke des Aberglaubens, der Abartigkeit und der angeborenen Faulheit. Die Reden von Hitler und Goebbels dienten dabei als effektive Fleckentferner. Entfernte man die degenerierende Wirkung des Phänotyps und verband man diese Maßnahme mit positiver Indoktrination, könnte das Resultat ein nützlicher, semi-arischer Mensch sein. Nach der Eroberung der Erde würde reichlich Arbeitskraft benötigt, und es war nicht sinnvoll, jedenfalls nicht sofort, sämtliche andere Rassen auszurotten, so abscheulich sie auch sein mochten. Durch Arisierung bekäme man Scharen loyaler Bediensteter, die unsere Ideologie dankbar verinnerlicht hatten und sich etwa hervorragend als Soldaten in der untersten Militärhierarchie eignen würden. Die wichtigen und begehrten Offiziersämter könnte man an die ursprünglichen Stamm-Arier vergeben.

Mein Vater hatte seiner Technik den Namen »Hakenkreuzigung« gegeben. Bis dahin hatte es ihm nur an einem genetisch echten Untermenschen gefehlt, an dem er den Hakenkreuzigungsversuch vornehmen könnte.

Für mich klang die Arisierungstheorie meines Vaters ziemlich glaubwürdig. Ich hatte im Labor eine Arznei gesehen, deren Etikett sagte, sie wirke albinisierend. Mein Vater hellte also die Haut und die Haare des Gefangenen auf und modifizierte gleichzeitig dessen Denken durch gezielte Verabreichung starker Propaganda. Als gut erzogener Nazi verstand ich, welche Bedeutung es für das Fundament unseres Weltbildes hatte, das Denken von Hitler, Goebbels und anderen großen Vorbildern zu kennen und ihre Reden auswendig zu lernen.

Die wichtigste Information bestand jedoch darin, dass die eilige Arisierung des Gefangenen nicht nur ein Versuch war, sondern ein Ziel hatte: Man wollte für die Expedition einen ortskundigen Führer haben, der kein

Gefangener mehr wäre, sondern ein gehorsamer Knecht, ein treuer Diener, der unsere Werte teilte.

Und wenn das Experiment scheiterte?

Dann gäbe es für das Versuchskaninchen keine Verwendung mehr. Man würde es vernichten.

Endlich ergab sich für mich eine Gelegenheit, meine Schulden bei James zu begleichen. Es gelang mir, in einem Moment ins Labor zu schlüpfen, in dem mein Vater austreten war. Ich hatte vielleicht eine Minute Zeit.

Ich registrierte, dass James inzwischen geradezu frappierend hell geworden war, aber ich wollte keine Zeit darauf verschwenden, mit ihm darüber zu reden. Ich schaffte es lediglich, ihm bei dem hallenden Propagandalärm ins Ohr zu flüstern, er solle den Arisierungsversuch wirken lassen und nicht versuchen, sich ihm zu widersetzen. Seine Rettung, seine einzige Chance am Leben zu bleiben und zur Erde zurückzukehren, wäre es, sich gemäß der Erwartungen meines Vaters zu verändern. Ich konnte nicht einmal abwarten, wie er auf meine Botschaft reagierte, denn ich musste rasch das Labor verlassen.

Jetzt ruft man mich zu irgendeiner überflüssigen Sitzung. Komischer Gedanke, dass Renate, das kleine alberne Mädchen, das in den 2010er-Jahren auf den Gängen Kommando gespielt hat, jetzt eine hochgeachtete Entscheidungsträgerin ist. Was immer auch geschieht, die Menschen wollen meine Meinung zu den Angelegenheiten der Festung hören. In gewisser Weise ist es schmeichelnd, dass mich ein Teil der Mondbewohner noch immer für eine zuverlässige Kennerin von allem hält, was mit der Festung zu tun hat. Allerdings gibt es inzwischen selbstverständlich eine neue Generation, die mich eher als Kuriosität sieht, vielleicht sogar als ein Relikt, das sich insgeheim nach der alten Ordnung zurücksehnt.

Diesen Menschen habe ich klipp und klar gesagt, dass ich auf keinen Fall für die ehemaligen Werte des Mondes stehe. Aber es ist auf traurige Weise verständlich, dass einige meiner auf dem Mond geborenen Altersgenossen mitunter unserer alten, direkten, nicht infragezustellenden Denkweise nachhängen. Aus ihrer Perspektive ist aus der guten alten Festung eine ganz neue Welt geworden, ein Chaos aus verschiedenen Überzeugungen und Ansichten. Manche Menschen sehnen sich schlicht und einfach nach einer von oben vorgegebenen Wahrheit, und in gewisser Weise erkenne ich ihr Bedürfnis an. Natürlich haben die Flüchtlinge ein ziemliches Sortiment unterschiedlicher ideologischer Auffassungen mitgebracht, aus denen sich jeder etwas aussuchen kann.

Und wieder klopft es an der Tür. Ich werde wohl gehen müssen, Kitty. Das ist der Preis des Macht: Ständig muss man sichtbar und verfügbar sein.

3. April 2047

Liebe Kitty,

als ich gestern an den Unterschied zwischen der jungen Renate und meiner jetzigen Position dachte, fiel mir auf, dass dieses Thema gewissermaßen mit der nächsten Wendung in meinen Memoiren zu tun hat. Heute besitzen meine Taten und Worte eine Bedeutung für die anderen, man kennt mich auf den Gängen, meine Anwesenheit und meine Meinung sind wichtig. Es sind nicht mein Alter und mein Geschlecht, die sich auf meine Sichtbarkeit auswirken, sondern meine Kompetenz und Erfahrung.

Zur Zeit der Schwarzen Sonne war eine Frau über fünfzig im Grunde unsichtbar.

Als Frau interessierte sie keinen mehr, weil sie nicht mehr im fortpflanzungsfähigen Alter war. Sie interessierte auch nicht als Person, weil sie keine Macht hatte, deren Geringschätzung zu Schwierigkeiten führen konnte.

Man nahm sie nicht wahr, weil sie in jeder Hinsicht ungefährlich war.

So konnte man es sich jedenfalls vorstellen.

Da meine Mutter – die vor dem Krieg auch schon über fünfzig war – über eine lange Berufserfahrung im Nachrichtenzentrum verfügte, war sie für den so genannten Offiziersverkehr zuständig. Sie stellte bei den wichtigsten und eiligsten Telefonanten die Verbindungen her, und hin und wieder beförderte sie auch Brieftafeln zwischen Personen der höchsten Administration der Festung hin und her.

An dem Tag, an dem ich James gewarnt hatte, kam meine Mutter nervös von der Arbeit nach Hause. Von Zeit zu Zeit machte sich die bevorstehende Abreise in den Walhallagarten in ihrem Verhalten bemerkbar, dann wurde sie still und wehmütig. Schließlich sollte sie den Rest ihres Lebens getrennt von ihrer Familie verbringen, wenn auch in angenehmer Umgebung und bei guter Versorgung. Aber diese Wehmut erklärte nicht ihre Aufregung und Unsicherheit, darum fragte ich sie, ob etwas Ungutes vorgefallen sei.

Mein Vater war nicht zu Hause. Meine Mutter druckste eine Weile herum, brachte aber schließlich über die Lippen, was ihr Sorgen bereitete.

Sie hatte dem Mondführer persönlich eine Brieftafel von der Aufklärungsabteilung überbracht. Da die Brieftafeln in verschlossenen Behältern transportiert wurden, konnte sie den Inhalt der Nachricht natürlich nicht kennen. Sie hatte an die Tür geklopft und die Erlaubnis erhalten, einzutreten. Im Zimmer des Mondführers waren Offiziere der höchsten Militärführung des Mondes versammelt. Meine Mutter hatte gegrüßt und die Tafel auf Herrn Kortzfleischs Tisch gelegt, und noch bevor sie wieder an der Tür war, hatte der Mondführer den Nachrichtenbehälter bereits aufgerissen und den Anwesenden gegenüber einen in der Nachricht enthaltenen Namen erwähnt, den auch meine Mutter sehr gut kannte. Darum hatte sie der Versuchung nicht widerstehen können, kurz auf dem Gang stehenzubleiben und als unsichtbarer grauer Schatten an der Tür ihres Führers zu lauschen.

Der Inhalt der Brieftafel hatte gelautet, man werde die Erdexpedition bereits am nächsten Tag auf die Reise schicken.

Und als Kommandant des Raumschiffs würde Informationsoberführer Klaus Adler fungieren.

Meine Mutter machte sich Sorgen. Nicht weil sie eine geheime Information gehört hatte, denn in den nächsten Tagen würde die Neuigkeit ohnehin allen Bewohnern des Mondes bekannt gemacht werden. Vielmehr beunruhigte sie, wie der Mondführer Klaus' Namen ausgesprochen hatte, geradezu mit Erregung. Er hatte dabei wütend und triumphierend zugleich geklungen.

Darum machte sich meine Mutter Sorgen um mich. Weil im Nachrichtenzentrum alle Gerüchte des Mondes zusammenliefen, hatte sie schon, bevor Klaus um meine Hand angehalten hatte, gehört, der Mondführer sei Klaus gegenüber argwöhnisch. Jetzt ließ der Tonfall des Mondführers keinen Irrtum mehr zu – er war nicht nur argwöhnisch, sondern geradezu böswillig. Meine Mutter hatte sofort angefangen, sich darüber den Kopf zu zerbrechen, ob das für mich als Klaus' Braut Unannehmlichkeiten mit sich bringen könnte.

Meine Mutter, die liebe Lotte – sie wollte immer nur das Beste für mich. Auch wenn sie wusste, dass ich mir die Verlobung nicht gewünscht hatte, war es bestimmt nicht einfach gewesen zu hören, dass sich mein Bräutigam womöglich auf direktem Weg in den Rachen des

Todes befand. Und wie sonderbar es ihr vorkam, dass der Mondführer bereit war, das Risiko einzugehen, einen so wichtigen, begabten Offizier zu verlieren!

Ich weiß noch, wie rot ich wurde. Ich hatte geglaubt, die Einzige zu sein, der Klaus von seinem Plan erzählt hatte, neuer Mondführer zu werden. Sollte meine Mutter Spannungen zwischen den beiden ahnen, konnten Klaus' Absichten auf wer weiß was für Wegen zu Herrn Kortzfleisch durchgesickert sein.

Plötzlich begriff ich, dass ich zumindest einen Menschen in der Festung kannte, der Gerüchte über Klaus' Pläne hätte in Umlauf bringen können.

Dieser Mensch war ich.

Ich hatte es dem Kriegsgefangenen gegenüber erwähnt.

Hitler behüte, dachte ich. Natürlich hatte der Mondführer oder einer seiner engen Ratgeber den Gefangenen verhört. Und dieser konnte dabei durchaus etwas Unbedachtes gesagt haben, etwa dass er wisse, wer neuer Mondführer wird. Hatte ich dem Gefangenen gegenüber den Namen von Klaus genannt? Ja, das hatte ich.

Meine Gedanken überschlugen sich. War Klaus nur aufgrund seiner aufklärerischen Verdienste an die Spitze der Expedition berufen worden, oder ahnte der Mondführer tatsächlich etwas von Klaus' Umsturzabsichten und wollte ihn deshalb loswerden? Was hatte der Gefangene alles gesagt? Hatte er von meinen Besuchen bei ihm berichtet? Der Mondführer hegte doch wohl nicht den Verdacht, dass mein Vater an der Intrige beteiligt war? Oder ich?

Andererseits.

Mein Vater war für die Götterdämmerung zu wichtig. Selbst wenn der Mondführer Klaus im Verdacht haben sollte, umstürzlerische Pläne zu hegen, konnte er es sich auf keinen Fall leisten, meinen Vater zu verlieren.

Und auch wenn der Mondführer glauben sollte, ich würde zusammen mit meinem Bräutigam Ränke schmieden, würde er wahrscheinlich keine Maßnahmen gegen mich ergreifen lassen, bevor Klaus weg war.

Ich tröstete meine Mutter und sagte, es sei eine Ehre, die Braut eines Mannes zu sein, der als so wertvoll für das Mondreich angesehen wurde. Sollte der traurige Fall eintreten, dass er nicht zurückkäme, würde unser Leben weitergehen, als hätte es die Verlobung gar nicht gegeben. Das Lächeln meiner Mutter wirkte zum ersten Mal seit Wochen natürlich, als sie sagte: »Renratte, du bist so tapfer. Ich bin sicher, alles wird sich zu unserem Besten und zum Wohl des Mondes wenden.«

Wir umarmten uns. Wie gut mich meine Mutter doch kannte – und wie wenig sie andererseits ahnte, was in mir vorging.

12. April 2047

Liebe Kitty,

zufällig ist mir zu Ohren gekommen, dass laut dem Erdkalender heute Karfreitag wäre, der zu dem religiösen Fest gehört, das die Christen Ostern nennen. Als ich die Feste der Erdlinge kennenlernte, fand ich es sonderbar, dass zum Beispiel Weihnachten ein festes Datum hatte, Ostern jedoch hin- und hergeschoben wurde. Ich erfuhr, dass nach den Phasen des Mondes bestimmt wird, auf welche Stelle im Kalender Ostern fällt!

Obwohl wir hier den Erdkalender benutzen, begehen wir keine gemeinsamen religiösen Feiertage. Es gibt hier neuerdings Menschen, die nach so vielen verschiedenen Glaubensrichtungen erzogen worden sind und auch viele, die an gar nichts glauben, dass jeder seinen Seelenfrieden und seinen Lebenssinn und das Objekt seiner Anbetung dort suchen darf, wo er am besten Trost und Ermutigung findet. Aus rein beruflichem Interesse habe ich viele verschiedene Weltanschauungen kennengelernt. Oft haben sie etwas vom Reiz der Märchen oder Schauergeschichten an sich. Ein bisschen wie die Vorstellung vom Schmetterling des Chaos, der mein junges Ich so in Bann geschlagen hatte und dessen spielerischer Flügelschlag dafür gesorgt hatte, dass meine Mutter stehengeblieben war, um heimlich die Besprechung beim Mondführer über die Erdexpedition zu belauschen.

Kaum hatte ich die Information von meiner Mutter erhalten, rannte ich los, um Klaus zu suchen. Er war nicht in der Aufklärungsabteilung des Generalstabs, und einer seiner Untergebenen, der sehr viel zu tun zu haben schien, sagte, Klaus habe seine Wohnkammer aufgesucht. (Männer über dreißig in hohen Positionen bekamen auch ohne Heirat eine eigene Kammer.) Ich war bislang noch nie dort gewesen, denn ein Besuch bei einem allein lebenden Mann schickte sich nicht für eine unverheiratete Frau, nicht einmal, wenn man verlobt war.

Ich klopfte an und Klaus öffnete. Ich kümmerte mich nicht darum, was den guten Sitten entsprach und was nicht, und schlüpfte unter seinem Arm hindurch in die Wohnung. Er schien es mir nicht übel zu nehmen. Genaugenommen nahm er mein schlechtes Benehmen erstaunlich gelassen hin.

»Wie komme ich zu dieser Ehre?«

In seinem Tonfall lag ein wenig Spott. Ich sah eine offene, größere Aktentasche, in die er gerade Unterwäsche, ein Uniformhemd zum Wechseln und seine Parabellum packte. Außerdem fiel mein Blick kurz auf eine Reihe kleiner Glasflaschen in der Tasche.

Ich verschwendete diesmal keine Zeit darauf, ihn mit seinem Titel anzureden: »Herr Adler! Sie reisen zur Erde.«

Klaus nickte und schaute mir in die Augen, und jetzt lag in seinem Gesicht ein Hauch von Neugier. »Anscheinend verbreitet sich die Nachricht schnell. Sind Sie gekommen, um sich von Ihrem Bräutigam zu verabschieden? Ich dachte, Sie wären bei der Abschiedsfeier dabei.

Eine solche wird nämlich gerade unter Hochdruck organisiert.«

»Ich werde sehr wohl zum Abschiedsfest kommen«, sagte ich und holte tief Luft. »Denn, Herr Adler … Klaus … ich werde mit Ihnen reisen.«

Ich hatte mich nie für einen besonders witzigen Menschen gehalten, aber innerhalb kürzester Zeit zweimal festgestellt, dass ich zumindest Männer leicht amüsierte. Zuerst war James in Gelächter ausgebrochen, und jetzt tat es Klaus.

»Sie sind entzückend«, brachte er über die Lippen, als er mit dem Lachen aufhörte. »Ich weiß ja, wie sehr Sie in mich verliebt sind, aber Ihre Opferbereitschaft übersteigt alle meine Erwartungen. Ich verstehe, dass Sie mich tief und innig vermissen werden, aber glauben Sie mir, Fräulein Richter, meine Gedanken werden bei Ihnen sein, wenn mich die Gefahren der Erde umgeben.« Er verneigte sich leicht und legte die Hand aufs Herz.

Es war klar, dass er sich über mich lustig machte.

»Sie brauchen eine Erdexpertin …«, fing ich an, aber er legte mir die Fingerspitze mit einer nachdrücklichen Gebärde auf die Lippen, die mich zum Schweigen brachte. Ein Ton des Überdrusses schlich sich in seine Stimme, als er sagte: »Wir haben schon einen Erdexperten. Den bestmöglichen. Er hat sein ganzes Leben lang auf der Erde verbracht. Und die Reise wird sehr gefährlich werden.«

»Ich weiß.«

Ich konnte der Versuchung nicht widerstehen, hinzuzufügen: »Auch der Mondführer weiß es.«

Klaus legte den Kopf schief und lächelte mit verengten Augen. »Fräulein Richter, für eine junge Frau sind Sie sehr scharfsinnig. Ja, ich bin mir seiner Art zu denken und seiner möglichen verborgenen Absichten bewusst. Er leidet unter Verfolgungswahn und verdächtigt inzwischen bestimmt jeden. Aber ich bin nicht dumm. Ich habe meine eigenen Pläne. Ich habe immer eigene Pläne. Wenn eine Tür zugeht, geht eine andere auf, wie man in der von mir zutiefst geliebten englischen Sprache zu sagen pflegt. Ich habe selbst um diesen Auftrag gebeten und weiß, was ich tun werde.«

Er fasste mich an den Schultern, drehte mich um und schob mich von hinten zur Tür. »Wir sehen uns morgen beim Abschiedsfest, sofern Sie sich öffentlich von mir verabschieden wollen.«

Auf dem Gang biss ich mir so fest auf die Lippen, dass Blut hervorquoll.

Am liebsten wäre ich am nächsten Tag nicht zum Abschiedsfest im Hangar gegangen. Aber einige Personen hätte sich zu viele Gedanken machen können, wenn ich mich nicht spektakulär von meinem Bräutigam verabschiedet hätte. Insbesondere der Bräutigam selbst.

Vor der abflugbereiten Rheingold wechselten wir in etwa die gleichen Repliken wie in seiner Wohnung. Noch einmal fragte ich der Form halber, warum ich nicht mitkommen durfte, er machte wieder einen Scherz daraus und – damit hatte ich nicht gerechnet – nutzte die Situation aus, um mir einen sehr öffentlichen, sehr zudringlichen, sehr klaushaften Kuss zu geben.

Das Publikum der Feier bestand aus einer großen Schar Bewohner der Schwarzen Sonne, denen es möglich war, ihre Arbeit wenigstens kurz zu verlassen. Den Kindern hatte man den ganzen Tag schulfrei gegeben. Die Nationalhymne erklang. Es wurden begeisterte Motivationsreden gehalten. Dann wurde das Publikum still, weil mein Vater eine im Rollstuhl sitzende, mit einem Tuch bedeckte Gestalt nach vorne schob. Er hatte auch ein relativ kleines technisches Gerät mit einem Lautsprecher dabei, das er allen präsentierte.

Er hielt eine lange Rede, in der er sein Experiment beschrieb: Wie er mit der von ihm entwickelten Hakenkreuzigungsmaschine aus seinem primitiven und gefährlichen Untermenschen einen stattlichen, gehorsamen Arier gemacht habe. In der Maschine sei der Inhalt der historisch einflussreichsten Reden der ruhmvollsten Nazis zu einer Lautgarbe von zwei Sekunden verdichtet worden. Werde man dieser ausgesetzt, vollziehe sich die unverzügliche Bekehrung zum nationalsozialistischen Denken. Die Arisierung des Untermenschen sei vervollkommnet worden, indem man seine unangenehme äußere Hülle verändert habe, damit sie der neuen inneren Reinheit entspreche.

Es folgte der Höhepunkt seines Vortrags. Er riss das Tuch von der Gestalt im Rollstuhl.

Ich hörte den gemeinschaftlichen Seufzer des Staunens im Publikum und merkte, wie ich selbst den Atem anhielt. Im Rollstuhl saß ein Mann mit weißer Haut und blauen Augen, der blonde, glatte, kurz geschnittene Haare hatte. Auch ich hätte James Washington unmöglich an etwas anderem als den Gesichtszügen erkannt. Man hatte ihm eine komplette Nazi-Uniform mit Handschuhen und allem Drum und Dran angezogen.

Mein Vater machte eine dramatische Pause, schaute ins Publikum und hob die Hand zum Gruß.

»Heil Hitler!«, rief er.

Ich sah James etwas im Publikum suchen, dann entdeckte er mich, und in seinen Augen blitzte das Wiedererkennen und ein Funke von Komplizenschaft auf. Ich sah, wie sich seine rechte Hand wie von selbst regte, wie die Bewegung stärker wurde und die Hand sich hob und schließlich schräg nach oben schoss. »Sieg Heil!«, brüllte James männlich.

Das Publikum applaudierte und stieß begeisterte Rufe aus. Mein Vater überreichte Klaus feierlich die Hakenkreuzigungsmaschine.

Ich konnte mir ein kleines Lächeln nicht verkneifen. Das Experiment war gelungen, James Washington hatte meine Anweisung begriffen und sich vollkommen der psychischen Arisierung unterworfen. Ich hatte meine Schulden bei ihm beglichen und konnte gehen. Klaus musste die Rheingold ohne einen letzten Blick auf seine Braut betreten.

14. April 2047

Liebe Kitty,

sich in einem Raumschiff von der Größe einer Rheingold zu verstecken, war nicht einfach.

Ich hatte meinem Vater dafür zu danken, dass ich den Aufbau der meisten unserer Raumschiffe ziemlich gut kannte. Ich wusste, wo sich die Ladeluken befanden. Ich wusste, wie man über die Versorgungsgänge in die Hangars kam. Alles wusste ich jedoch nicht, und das beunruhigte mich.

Darum nahm mein Plan auch erst endgültige Gestalt an, als ich von meinem überflüssigen Besuch in Klaus Adlers Wohnkammer zurückkehrte. Meine Mutter war kurz zuvor von der Arbeit nach Hause gekommen. Sie sah mir die Erregung an, aber ich hätte ihr wahrscheinlich ohnehin das Herz ausgeschüttet. Mit ihr konnte ich über alles reden.

»Ich will zur Erde fliegen«, stieß ich aus, bevor ich es bereute.

Der sonst so ruhige Gesichtsausdruck meiner Mutter wurde entsetzt und ungläubig, aber lag nicht auch eine Spur erstaunter Stolz darin?

Ich fuhr fort: »Aber Herr Adler will mich nicht mitnehmen. Dabei habe ich mein ganzes Leben lang für eine solche Gelegenheit studiert.«

»Das ist ein militärischer Flug«, sagte meine Mutter vorsichtig.

»Wir fliegen hin, um Rechenkapazität sicherzustellen,

nicht um den Planeten zu erobern«, erwiderte ich. »Und wenn du sagst, Frauen haben bei einem Aufklärungsflug nichts zu suchen, dann sage ich dir, dass auf der Erde eine Frau Präsident der Vereinigten Staaten ist.«

»Renratte, ich kann da nichts für dich tun. Ich würde es gar nicht wollen.«

»Das erwarte ich auch nicht. Ich kann mich auf eigene Faust ins Raumschiff schleichen, ich muss nur den richtigen Zeitpunkt abpassen, wenn alle Leute beim Abschiedsfest sind. Der Flug mit der Rheingold zur Erde dauert nicht länger als sechs oder sieben Stunden. Ich weiß, dass noch nie jemand von der Erde zurückgekehrt ist, aber Klaus Adler ist raffiniert, stark und geschickt. Wenn es jemand schafft, dann er, und ich mit ihm.«

Der Gesichtsausdruck meiner Mutter änderte sich. »Ich sollte dir das wohl nicht sagen, aber …«

Sie zögerte. Ich sah sie mit erhobenen Augenbrauen an. Sie räusperte sich. »Ich will nicht, dass du mitfliegst, Renratte. Aber wenn du dich trotzdem dafür entscheidest, möchte ich nichts für mich behalten, was dir helfen könnte. Es stimmt nicht, dass nach der Ära der Tunnel niemand von einer Expedition zur Erde zurückgekehrt ist.«

Ich erstarrte. »Was?«

»Oder … wie soll ich das sagen … jetzt stimmt es natürlich. Es ist zu gefährlich, die Erde zu besuchen, und darum haben wir beschlossen, erst wieder hinzufliegen, wenn die Götterdämmerung fertig ist. Du hast selbst Geschichte unterrichtet. Ihr zufolge waren wir schon 1949 autark. Nun, mein Vater war deinem Vater sehr ähnlich, auch er erzählte seiner Familie gern von seiner Arbeit. Er überholte die Rheingolds, mit denen in der Ära der Tunnel noch regelmäßig Nitrate für die Stickstoffproduktion von der Erde geholt wurden und natürlich weitere Stoffe und Verbindungen, die auf dem Mond selten waren. Auch Nahrung. Erst 1959, als die meisten Rheingolds ausgeschlachtet und in Walküre- und Siegfried-Kriegsgerät für die Mondwehr umgebaut wurden, mussten die regelmäßigen Erdflüge beendet werden. Ich erinnere mich aber, dass hin und wieder welche stattfanden, als ich noch ein kleines Mädchen war, also in den 1960er- und 1970er-Jahren.«

Es war eine sonderbare Vorstellung, dass auch meine Mutter einmal einen Vater gehabt hatte. In der Festung gab es so wenige alte Menschen, dass man solche Dinge einfach vergaß.

Meine Mutter erzählte weiter, jene Jahrzehnte seien eine Zeit der Experimente in der Lebensmittelproduktion gewesen. Die Mondführung habe neben verschiedenen Samen und Schösslingen auch Tiere von der Erde geholt. Zeitweise sei ernsthaft erforscht worden, ob man in der Festung Rinder halten könne. Man habe mehrere Exemplare von der Erde geholt, aber festgestellt, dass es unwahrscheinlich aufwändig war, sie zu füttern und zu versorgen.

»Ein Rind hätte am Tag so viel Pflanzen verzehrt wie viele Menschen zusammen, und sie nahmen enorm viel Platz weg. Aber als die Tiere hergebracht wurden, stellte man auch fest, dass sie lauter Kleinlebewesen mitbrachten, gegen die wir nicht mehr unbedingt die nötige Widerstandskraft besaßen. Auf der Erde verändern sich die Bakterien schnell, und es gibt sie überall.«

Ich war irritiert und auch ein wenig empört, aber nicht wegen der Kleinlebewesen.

»Rinder? Meinst du Kühe? Warum? Wir essen doch gar kein Fleisch von Tieren. Wir leben doch rein wie Hitler Unser Herr. Der keinem lebendigen Wesen etwas antun wollte.«

»Von den Kühen hätte man Milch und diverse auf Milch basierende Nahrungsmittel wie Käse bekommen können. Die enthalten nämlich bestimmte Vitamine, deren Bedeutung wir in den ersten Jahren der Tunnel-Ära noch nicht begriffen hatten. Das Phänomen wurde untersucht, als in der Kolonie erste Mangelerscheinungen auftauchten. Vor der Erfindung der Lebensdauerpille bekam man das Vitamin B-12 am leichtesten aus Milch. Und man könnte es wohl auch aus Fleisch extrahieren. Außerdem wären die Ausscheidungen der Rinder effektiver Stickstoffdünger gewesen, und nach dem Tod eines Tieres hätten wir seine Haut nutzen können. Leder war besonders begehrt, denn du weißt ja, wie sehr die Offiziere an ihren glänzenden Stiefeln hängen, und aus imprägnierter Hanffaser kann man einfach kein Schuhwerk herstellen, das genauso aussieht, auch wenn man es noch so sehr einölt. Wir hätten kein Rind gegessen, Hitler bewahre.«

Ah, Käse, ein vertrauter Begriff aus *Heidi*. Im Buch wird auch ständig Milch getrunken. Aber das war ein Brauch der Erde, entsetzlich und fremdartig. Schließlich war die Milch ursprünglich für die Jungen der Kühe oder

Ziegen bestimmt. Warum sollten Menschen überhaupt Absonderungsstoffe von Tieren trinken? Mir wurde schlecht. Man hatte mir erklärt, die Ziegen in *Heidi* seien Symbole für die Untermenschen, weil sie den Ariern untergeordnet waren und von diesen mit sicherer Hand geführt wurden. Sie spendeten ihrem Herrenvolk »Milch«, also im übertragenen Sinne Wohlstand und Gesundheit. Darum war *Heidi* für mich auch nur ein Märchen gewesen, eine Geschichte, in der nicht alles wahr zu sein brauchte. Eine Kuh war für mich ein ebenso sagenhaftes Wesen wie der Drache in Fritz Langs *Siegfried*. In Märchen aßen die Menschen allerlei seltsame Sachen, so wie in *Hänsel und Gretel* zuerst das Haus, und dann sich gegenseitig. Es überraschte mich, dass in der Schwarzen Sonne überhaupt an so etwas Schreckliches wie Milch und Käse gedacht worden war.

Meine Mutter fuhr fort: »Die Tesla-Tarnungs-Technik verhindert, dass unsere Raumschiffe auf dem Radar der Erde gesehen werden. Den direkten Sichtkontakt verhindert sie jedoch nicht. Einige Erdlinge sahen bereits Ende der 1940er-Jahre für einen Moment unsere Schiffe, und das sorgte wohl auch für etwas Aufregung. Und gerade in den 1960er- und 1970er-Jahren, als wir Pflanzen und Rinder holten, gab es viele Meldungen über uns in den Medien der Erde. Die Rheingolds wurden ›fliegende Untertassen‹ genannt.«

Ich erschrak. Auch James Washington hatte von fliegenden Untertassen gesprochen.

»Aber wir sind nicht entdeckt worden?«

»Vereinzelt wurden unsere Schiffe gesehen, aber die

Flugzeuge der Erde konnten in den 1940er-Jahren noch nicht mit ihrem Tempo mithalten. Nun, bald entwickelte sich das Fluggerät der Erde, und die Erdlinge waren geradezu scharf darauf, den Himmel nach fliegenden Untertassen abzusuchen. Dann gingen Gerüchte um, Augenzeugen hätten unsere Rinderbeschaffungsflüge beobachtet. Darum beschloss der Mondführer in den 1980er-Jahren, die Aufklärungs- und Rohstoffflüge abzubrechen, und allen wurde zu verstehen gegeben, es sei lebensgefährlich, zur Erde zu fliegen.«

Was meine Mutter mir da mitteilte, musste ich erst einmal verdauen. Sie sah meinen Gesichtsausdruck und beeilte sich zu erklären: »Es entspricht absolut der Wahrheit, dass diejenigen, die hinfliegen, heute wahrscheinlich tödlich an Mikrobeninfektionen erkranken würden, die für Erdlinge harmlos sind. Darum hätte es auch für die Teilnehmer der früheren Expeditionen nicht die geringste Verlockung gegeben, sich länger als nötig auf der Erde aufzuhalten. Sämtliche Beschaffungsmaßnahmen wurden mit Atemschutzmasken und Mondanzügen durchgeführt. Es war also aus mehreren Gründen ganz richtig, zu behaupten, von der Erde gäbe es kein Zurück. Aber heute sagt der Mondführer, dass man mithilfe des Kriegsgefangenen viele Gefahren vermeiden kann.«

»Ein Flug zur Erde ist also nicht unbedingt Selbstmord, wenn man sich richtig darauf vorbereitet?«

»Ja. Gefährlich ist es trotzdem. Aber ich habe die Rinderbeschaffungsflüge auch aus einem anderen Grund zur Sprache gebracht. Hast du dir schon überlegt, wo du dich im Raumschiff versteckst?«

Durch Mutters Frage schämte ich mich für meinen Übereifer, wegen dem eine so klaffende Lücke in meinen Plänen offengeblieben war. Ich kannte den Aufbau unserer Schiffe tatsächlich nicht bis ins Kleinste. Ich hatte mir einfach zuversichtlich vorgestellt, dass ich schon irgendwo einen geeigneten Schrank oder Winkel zum Verstecken finden würde.

»In den Aufklärungsschiffen des Typs Rheingold gibt es einen Frachtraum für den Transport lebender Pflanzen und Tiere. Aber Renratte, ich werde bald schon in den Walhallagarten umziehen. Anneliese lernt schnell, ihre Einarbeitung wird nicht mehr länger als einige Wochen dauern, höchstens zwei Monate. Selbst wenn du zurückkommen solltest, kann es sein, dass wir uns nicht mehr sehen werden.«

Mein Herz schwoll an vor Hoffnung und neuer Kraft. »Wir werden nicht lange auf der Erde bleiben, vielleicht nur einige Stunden, höchstens ein, zwei Tage. Und denke nur, Mutter, wenn wir Erfolg haben! Wenn wir dank unserer Reise die Götterdämmerung zum Abheben bringen! Dann wird alles anders werden! Wenn wir die Erde erobern, wird das unsere gesamte Lebensweise umwälzen. Dann kommen die Alten und Kranken aus dem Walhallagarten zum Ausruhen auf die Erde!«

Meine Mutter entgegnete nichts.

»Du wirst Vater doch nichts verraten?« Meine Stimme war nur ein Flüstern.

Sie schüttelte den Kopf. »Keinen Mucks. Wenn du diese Entscheidung triffst, dann tust du es für dich. Vielleicht beneide ich dich sogar ein bisschen. Du bist mutig und eigensinnig.«

»Mutter. Ich verspreche dir eines: Ich komme zurück. Ich komme ganz bestimmt zurück zu dir. Ich schwöre es. Ich schwöre es bei allem, was mir lieb und teuer ist.«

Ich weiß nicht, was passiert wäre, wenn man mich vor der Landung auf der Erde an Bord der Rheingold entdeckt hätte. Hätte Klaus den Befehl zum Umkehren gegeben? Nein, das glaube ich nicht, nicht im Licht meiner heutigen Auffassungen.

Er wusste, dass der Mondführer alles zu Ende gedacht hatte. Entweder Klaus würde sofort mit der Rechenkapazität für das Steuerungssystem zurückkehren, oder mit seiner Besatzung an den Mikroben der Erde zugrunde gehen.

Ohne das Zaubergerät der Erdlinge gab es keine Rückkehr. Und selbst nach der Rückkehr konnten anstatt einer Beförderungsfeier die Tunnel der Untermenschen auf Klaus warten.

Klaus war nicht dumm.

Er musste noch etwas in petto haben. Und das hatte er auch.

TEIL DREI

Die Erde

17. April 2047

Liebe Kitty,

ich erinnere mich an meine Ankunft auf der Erde, als wäre es gestern gewesen.

Ich hörte die Maschinen verschnaufen, leiser werden, spürte, wie sich der Bodenkontakt beim leichten Aufsetzen auf den Rumpf der Rheingold übertrug. Die Schwerkraft ging von künstlich auf echt über. Der Flug schien länger als sechs Stunden gedauert zu haben.

Die einzige Polsterung auf dem blanken Fußboden des Frachtraums war ein Mondanzug, den ich mir aus dem Rettungsspind im Hangar geschnappt hatte, weil ich davon ausging, ihn auf der Erde zu brauchen. Auch sonst beschränkten sich die Annehmlichkeiten meines Verstecks auf das Nötigste: Druckausgleich, mattes Licht, Belüftung und Beheizung. Zusätzlich hatte ich ein Gefäß mitgenommen, das ich zum Urinieren benutzen konnte. In den Raumschiffen der Rheingold-Klasse gab es keine Toiletten, und meine Mutter hatte erzählt, den Besatzungsmitgliedern der Erdflüge habe man routinemäßig ein Medikament verabreicht, das die Harnausscheidung verlangsamte.

Dass der Flug so quälend lange dauerte, hatte auch mit einem unerwarteten Spannungsfaktor zu tun. Im Frachtraum gab es einen Lautsprecher, dessen Zweck darin bestand, die Kommandos von der Brücke zu übertragen. Als wir einige Stunden geflogen waren, hörte ich aus dem Lautsprecher, wie Klaus seine Mannschaft zur

Vorbereitung der auf der Erde auszuführenden Tätigkeiten instruierte.

Er begann, indem er kurz unseren Pilot, Aufklärungsfluguntersturmführer Rust – der mit fast regelwidriger Unförmlichkeit darum bat, ihn im Sinne der Effizienz während der Operation einfach Uwe zu nennen – ansprach sowie drei Mitglieder der SS-Sondereinheiten, die als Leibwächter abgestellt waren. Klaus sagte, wegen des Einschleusungscharakters der Operation könnten sie auf der Erdoberfläche keine Schutzausrüstung wie Mondanzug und Atemschutz verwenden, sondern müssten sich andere Sicherheitsmethoden zu Nutze machen. Und damit müssten sie rechtzeitig beginnen.

Diese Information überraschte mich. Ich verstand durchaus, dass die Teilnehmer der Expedition Schwierigkeiten haben würden, den Kleincomputer, den sie brauchten, zu suchen, wenn sie sich in voller Schutzausrüstung unter den Erdlingen bewegten, aber wie konnten sie den Kleinlebewesen der Erde aus dem Weg gehen?

Als Klaus mit seiner Erklärung fortfuhr, dämmerte mir allmählich, wie sein Plan aussah.

Es gab Medikamente an Bord, die nicht nur vor dem großen, vitalen und sich pausenlos wandelnden Bakterienbestand auf der Erde schützen sollten, sondern auch vor Partikeln, die in der Atmosphäre der Erde schwebten, vor Blütenstaub zum Beispiel.

Nun gab es eine Erklärung für die kleinen Glasflaschen in Klaus' Aktentasche.

Klaus erklärte seinen Männern, solche Gegenmittel seien ständig entwickelt worden, da wir ja bald wieder auf der Erde wohnen wollten. Unser Problem sei es gewesen, die zeitgemäße Widerstandskraft zu erlangen. In dieser Hinsicht sei unser Kriegsgefangener äußerst nützlich gewesen. Dem Organismus von James Washington, insbesondere dem Darm, war biologisches Material entnommen worden. Durch die Kultivierung des daraus gewonnenen Mikrobenbestands war es gelungen, immunisierende Stoffe herzustellen. Entsprechende Darmpräparate waren auch früher schon von der Erde geholt worden, bis der Führer die Besuche verbot.

Als ich Klaus zuhörte, erkannte ich, dass der Mondführer wahrscheinlich nicht einmal etwas von den Medikamenten, die auf der Basis von James Washingtons Kleinfauna hergestellt worden waren, wusste. Der Mondführer war sich also sicher gewesen, dass der nach seiner Position trachtende Klaus mit seiner Mannschaft den Auftrag entweder in Sicherheitsausrüstung ausführen und rasch zurückkehren oder aber als Opfer der Erd-Mikroben eines elenden Todes sterben würde. Es war klar, dass mein Vater seine Finger im Spiel gehabt hatte. Darum hatte man James Washington im Labor festgehalten und nicht in einen Kerker gebracht. Mein Vater hatte seinem Schwiegersohn mit allen Mitteln helfen wollen, sein Ziel zu erreichen, und damit mir, seiner geliebten Tochter, so weit aufzusteigen, wie es auf dem Mond möglich war: zur Frau des Mondführers.

Aus Klaus' Anweisungen an seine Mannschaft ging hervor, dass die Abwehr der biotischen und anderen Unreinheiten in der Erdatmosphäre nur der Anfang war. Sie brauchten Augentropfen, sonst würden sie vorübergehend erblinden, weil das gnadenlose Sonnenlicht die Hornhaut schädigen würde. Jeder musste sich mit Schutzcreme einreiben, damit sich die Haut an die ultraviolette Strahlung gewöhnte. Ich fragte mich, ob diese Anweisung auch für den gebleichten James Washington galt, aber offenbar war man der Ansicht, dass er als gebürtiger Erdling solche Vorsichtsmaßnahmen nicht benötigte.

Ich hoffte, dass Klaus wenigstens ein paar Medikamente zu viel dabei hatte. Ich hoffte es so sehr, dass mir der Kopf schmerzte.

Nachdem das Raumschiff gelandet war, wartete ich ab, bis ich keine Geräusche mehr hörte und davon ausgehen konnte, dass alle ausgestiegen waren. Ich verließ mein Versteck und fand den Kasten mit den Immunmedikamenten. Meine Erleichterung war unermesslich, als ich sah, dass man sich auf urdeutsche Art auf alles vorbereitet hatte: Es waren einige zusätzliche Arzneidosen vorhanden. Ich befolgte genau die Anweisungen, die ich heimlich gehört hatte und war dann endlich bereit, die Ausstiegrampe zu betreten.

Es war Nacht.

Der Schock wäre für einen Erdling nicht zu begreifen gewesen.

Bis dahin hatte meine Erfahrung mit Atemluft in der nach totem Gestein riechenden trockenen Sauerstoffmischung in den Tunneln der Festung bestanden. Die Luftfeuchtigkeit wurde minimal gehalten, weil die Trockenheit unsere Apparaturen vor Korrosion schützte und weil kein kostbares Wasser zuerst verdunsten und dann an den Wänden und Decken der Gänge kondensieren sollte.

Als ich zum ersten Mal die Luft der Erde einsog, war sie so üppig und reich an Feuchtigkeit und Düften, dass es mir vorkam, als versuchte ich, einen halb festen, geleeartigen Stoff einzuatmen.

Wer das Wirrwarr der Düfte, das in der Erdluft herrscht, nicht kennt, kann nicht verstehen, was für einen Kurzschluss es in meinen Geruchsrezeptoren auslöste. Ein geborener Erdling kann sich vielleicht die Situation vorstellen, in der wir, die zwischen grauem Stein und schwarzen Uniformen aufgewachsenen Höhlenmenschen, zum ersten Mal die schwindelerregende Farbigkeit der Erde zu Gesicht bekommen. Aber was es heißt, den Angriff der Düfte zu erleben, dürfte für sie schwer zu fassen sein. Ich überlegte lange, wie ich es beschreiben würde, bis ich in den Archiven der Flüchtlinge auf einen interessanten Artikel über die Sinne stieß. Darin hieß es, wenn bei einem Menschen, der von Geburt an taub gewesen sei, das Gehör wiederhergestellt werde, müsse er das Hören eigens lernen.

Die Geräuschwahrnehmungen stürzen als unnachgiebiges Chaos auf das Trommelfell ein, und der neue Hörer weiß nicht, welche Töne wesentlich sind und welche nicht. Er weiß nicht, welche Signale bloß Hintergrundgeräusche sind, was gesprochene Rede ist, welche Laute Bedrohung bedeuten und welche – wie die Musik – als angenehm wahrgenommen werden sollen. Ein Mensch, der gerade erst seinen Gehörsinn zurückbekommen hat, wäre nicht in der Lage, zum Beispiel Vogelgesang, das Geräusch eines auf ihn zu fahrenden Autos, das Rauschen des Meeres oder das Weinen eines Kindes zu verarbeiten und in verschiedene Wahrnehmungen und Bedeutungen zu gliedern und zu entscheiden, ob sie neutral oder harmlos sind oder ob man darauf reagieren müsse. Sie sind alle nichts anderes als ein einziges, das Ohr angreifende und das Lautzentrum des Gehirns extrem belastendes, dröhnendes Durcheinander.

Und jetzt stürzten sich Hunderte oder Tausende Düfte auf mich, die ich zuvor nicht gerochen hatte. Das Aroma feuchter Erde. Der Duft von Laub, Rinde und Nadeln. Die wild konkurrierenden Geruchssignale, die Blumen in der Luft verbreiteten. Das Gras, das sich unter unserem Raumschiff erhitzt hatte. Das Stechende, von dem ich jetzt weiß, dass es ein vorübergehender Ozonausstoß war, den der Stromspeicher unseres Schiffs verursacht hatte. Ich war sicher, Düfte und Gerüche wahrzunehmen, die jemand, der sein ganzes Leben auf der Erde verbracht hatte, nicht bewusst gerochen hätte – geschweige denn, dass er das Aroma des Gefieders eines auf seinem Ast hüpfenden Blauhähers oder den Gestank der Ausscheidungen einer Waldmaus unter einem Busch wahrgenommen hätte – einfach, weil sie neu für mich waren und mein Gehirn mir befahl, mich für sie zu interessieren.

Ich hatte Zeit, mich von der ersten Sturzflut der Sinne zu erholen, weil die Besatzung des Raumschiffs mit dem Rücken zu mir auf der Rampe stand und mich noch niemand bemerkt hatte. Klaus sprach mit James über das Treffen mit der Präsidentin, und ich erkannte, dass der

Augenblick günstig war. Ich räusperte mich und fragte, ob ich bei dem Treffen dabei sein dürfe.

Sie drehten die Köpfe. Ihre Mienen waren sehenswert.

James wirkte erfreut, aber Klaus wusste mit Sicherheit nicht, ob er sich mehr darüber ärgern sollte, dass ich dabei war, oder darüber, das ich mich seinem ausdrücklichen Verbot widersetzt hatte. Mir stand nur ein Mittel zur Verfügung, mit dem ich glaubte, das Brennen, das der Schlag gegen seinen Stolz verursacht hatte, wenigstens etwas lindern zu können. Ich trat zu ihm und küsste ihn. Ich hatte von seinen Küssen gelernt, befahl meinen Lippen also, seinen Mund geradezu zu zermalmen, schuf saugenden Unterdruck und wies meine Zunge an, möglichst zudringlich zu werden.

Als ich meine Lippen von seinen löste und seinen fast schon konfusen Blick sah, suchte ich nach einem Tonfall warmer Entschlossenheit und sagte, mein Platz sei an der Seite meines Mannes. Man konnte Klaus am Gesicht ablesen, dass sein dadurch gestütztes männliches Selbstwertgefühl mit seinem Ärger rang und im Begriff war, den Sieg davonzutragen.

Aus irgendeinem Grund hatte sich James während des Kusses darauf konzentriert, die Vegetation am Landeplatz in Augenschein zu nehmen, besonders die dichte Pflanzengruppe, die eine Anpflanzung zu sein schien, wie die regelmäßigen Abstände zwischen den einzelnen Pflanzen vermuten ließen. Wir versammelten uns alle bei den uns nur zu bekannten Gewächsen.

Klaus schmunzelte. »Hanf? Sie sind zivilisierter, als wir geglaubt haben.«

Der Erdhanf war etwas anders als der, der auf dem Mond wuchs, die Blätter waren breiter und dunkler, und die Pflanze wirkte im Ganzen buschartiger. Aber ansonsten konnte mich das allzu heimische Gewächs nicht weiter interessieren, denn hinter der Hanfkultur – die sich auf einem kleinen Hügel befand – sah ich etwas Erstaunliches. Als wäre gerade am dunklen Nachthimmel eine helle, aus bunten Lichtern erbaute glitzernde Galaxie hinter dem Horizont aufgegangen.

»Metropolis!«, seufzte ich ungewollt.

Klaus blickte auf James. »New York? Deine Heimat?«

James nickte.

In dem Moment fiel ein Schuss.

Der tückische Schmetterling des Chaos betrat in Gestalt einer reifen Frau die Bühne, die plötzlich mit einem Gewehr in der Hand zwischen den Pflanzen, die so groß waren wie sie, hervortrat und Drohungen ausstieß. Ich weiß nicht, ob sie uns für Diebe oder Vertreter der Behörden hielt. Einer unserer SS-Männer zielte auf sie, die Frau schoss zuerst, wir sahen den SS-Mann fallen, und auch der zweite SS-Mann bekam einen Treffer ab. Uwe zog sich zur Tür des Raumschiffs zurück, Klaus rief »Rückzug antreten!«, und dann rannten wir um unser Leben.

Wir flohen durch Dickicht und Gestrüpp.

Mir wurde übel bei dem Gedanken an die zwei gefallenen SS-Leute. Ich hatte sie noch nicht einmal richtig begrüßen können, sondern nur ihre Namen aus dem Lautsprecher in meinem Versteck gehört und wusste nicht, welcher Name zu wem gehörte. Jetzt waren sie tot, Verstorbene auf einem fremden Planeten.

Aufgrund meiner Erschütterung kam ich nicht einmal dazu, mich darüber zu wundern, warum Klaus nicht geblieben war, um die Rheingold zu verteidigen. Ich hätte mich fragen müssen, ob es nicht ein gewaltiges Risiko darstellte, das Schiff zurückzulassen, damit die Erdlinge es untersuchen konnten. Inzwischen kenne ich gleich mehrere Gründe, warum er sich keine besonderen Sorgen um die Rheingold machte.

Er war der Einzige, der seine Sachen bei sich hatte: Er trug die Aktentasche, die ich ihn in seiner Wohnkammer hatte packen sehen. Unsere SS-Männer hatten nur ihre Handfeuerwaffen bei sich, James und ich nichts weiter als die Kleider am Leib.

Als wir einigermaßen sicher sein konnten, uns außerhalb der Reichweite der Kugeln zu befinden, hielten wir an, um zu verschnaufen. Meine Haut juckte und meine Augen tränten. Das Atmen fiel mir etwas schwer, und das lag nicht nur an der panischen Flucht auf unebenem, unzuverlässigem, viel zu weichem Boden. Ich hatte die Schutzmedikamente Stunden später als die anderen eingenommen, weshalb sie noch nicht voll wirksam geworden waren.

Als sich mein Atem beruhigte, wich allmählich die von den Düften verursachte Sinnesüberlastung, und mein Gehirn fing an, andere Reizbereiche zu verarbeiten, die mich ihrer verschwenderischen Vielförmigkeit und Reichhaltigkeit ebenfalls schwindlig werden ließen.

Die Töne. Als wir uns im Gelände fortbewegten und unsere Füße auf dem Erdboden aufsetzten oder unsere Beine Gräser oder Zweige von Sträuchern berührten, versursachten wir so viele Varianten von Knacken, Knistern, Krachen, Rascheln in unterschiedlichen Tonhöhen, dass ich in einem fort zusammenzuckte. Die Vögel, deren Zwitschern und Zirpen ich bis dahin nur in Filmen und Tonaufnahmen gehört hatte, überraschten mich mit ihren abrupt einsetzenden Melodien. Ich hörte sonderbares Sirren und Surren, das von Insekten stammte, wie ich später verstand. Irgendwo weiter weg, am Rand des Hörbereichs, war ein monotones Brausen zu vernehmen, das von grellen Aufschreien gebrochen wurde und das ich damals noch nicht als den von gelegentlichem Hupen gesprenkelten Lärmwall der Autobahn identifizieren konnte. Allein das unablässige Rauschen in den Bäumen – ein Geräusch, das Heidi in Frankfurt am meisten vermisste – schien eine ständige Überbeanspruchung für mein Trommelfell zu sein.

Mein Sehsinn befand sich ebenfalls im Chaos. Der Tag brach an, und als das Licht zunahm, geschah das zunächst trügerisch gradweise, aber als die Sonne schließlich am Himmel stand, verursachte die Lichtmenge fast Schmerzen. Obwohl die direkte Sonneneinstrahlung auf dem Mond während des Langtages noch heller ist als auf der Erde, sehen wir das Licht doch immer durch die verdunkelten Fenster der Festung oder durch das Visier des Mondanzugs.

Ich war berauscht von den Farben des Himmels. Zuerst war er dunkel, dann hell rötlich, später unfassbar blau. Auch herrschte am Himmel ständig bestürzende Bewegung: dahintreibende, in einem fort unmerklich die Form wechselnde, dreidimensionale weiße Hügel und dünne, pinselstrichartige Wolkenfetzen. Im Verlauf des Tages wurden die Farbtöne der Umgebung immer kräftiger, erdrückendes Grün in sämtlichen Schattierungen schien überall zu herrschen. Am schlimmsten waren die Bäume: Das braune und grüne, mit seinen Blättern und Nadeln in alle Richtungen verzweigte Geflecht, das sich in beängstigender Höhe über uns ausbreitete, war an sich schon schwer genug zu begreifen, aber als der Wind die Bäume schüttelte, verwandelte sich das Geäst in blankes visuelles Rauschen und machte mit seinen Schatten die Erdoberfläche zu einem beweglichen Mosaik aus hellen und dunklen Flecken, das zu betreten einem geradezu gefährlich vorkam. Meine Wahrnehmungsschwierigkeiten wurden von den ständig schwankenden und wackelnden, in unterschiedlicher Größe aus der Erde ragenden Pflanzen noch verstärkt. Ich ging durch ein Kaleidoskop, das sich bei jedem Schritt umbildete und nicht einen Moment lang einen Zustand des Einhaltens, des Gleichgewichts und der Klarheit zu erlangen schien. Es fiel mir schwer, Entfernungen abzuschätzen. Ich wusste nicht, was klein und nah war und was groß und fern.

Ich sah einen Schmetterling. Er war rötlich braun und unscheinbar, kein blendend buntes fliegendes Juwel wie auf vielen Bildern, aber dennoch ein echter, lebender Schmetterling. Er flatterte im Zickzack durch mein Blickfeld und setzte ohne es zu wissen Orkane in Gang.

Die Sinnessattacke wurde von den Wahrnehmungen meines überdrehten Tastsinns gekrönt. Aus den Filmen hatte ich gelernt, wie sich der Wind zeigt: Er bringt

Bäume zum Schwanken und wirbelt trockene Blätter und Schnee von der Erde auf. Aber niemand hatte mir gesagt, dass meine Sinne das Gefühl des Windes auf der Haut aufnehmen und verarbeiten mussten, wie auch den ständigen Wechsel der Wärme, je nachdem, ob uns das Sonnenlicht gerade traf oder ob wir uns im Schatten der Bäume befanden. Die Beine und mit ihnen die ganze Muskulatur wunderten sich über den weichen Boden und dessen Unebenheit, es war, als ginge man durch ein gemachtes Bett. Und als ich auf Bildern Bäume, Büsche und Gräser gesehen hatte, hatte ich keine Ahnung gehabt, dass sie wehtun konnten. Zweige stechen, Nadeln pieksen, Reisig und Dornen kratzen, ein Grashalm ritzt die Haut auf.

Ich begriff, dass sie sich auf ihre Art verteidigten. In der Mondfestung beherrschten wir die Pflanzen, den Hanf, den Grünkohl und die Chlorella. Sie existierten nur für unsere Bedürfnisse, sie waren gedemütigt und erniedrigt, zu Fügsamkeit und Wehrlosigkeit domestiziert worden. Die Pflanzen der Erde rächten sich, wenn man sie störte.

Für einen Moment wollte ich keinen weiteren Schritt mehr tun. Nicht weil ich befürchtet hätte, mir Kratzer zuzuziehen oder über einen Grashügel zu stolpern. Ich wollte nichts Lebendiges niedertrampeln und zertreten.

Da verstand ich noch nicht, dass es in jedem Winkel der Erde nur so brodelte vor Leben, von den Berggipfeln bis in die Tiefen der Ozeane, und wenn ich einen Grashalm platt trat oder mit dem Schuh ein Blümchen zermalmte, reckten sich bald zehn neue Pflanzen gierig dem Sonnenlicht entgegen. Das Leben kopierte sich selbst und breitete sich in Überfülle aus, mit verschwenderischer, geradezu bombastischer Großzügigkeit. Ein Baum säte Hunderttausende Samen, ein Fisch laichte Millionen Eier, und es genügte, wenn nur einige davon zur Geschlechtsreife gelangten. Ich wusste nicht, dass das Leben auf der Erde von einer so trotzigen Beharrlichkeit war, dass es schwieriger war, das Leben von etwas fern zu halten, als es endgültig zu vernichten – was die noch beharrlichere Menschheit auf der Erde ebenfalls versucht hatte, stellenweise mit Erfolg.

Die Erde war schön und grausam. Sie war maßlos, sie war zu reich und zu unberechenbar. Und all das war erst der Anfang.

Das von grellen Tönen zerschnittene Rauschen im Hintergrund wurde immer durchdringender, je weiter wir vorankamen. Obwohl es bedrohlich klang, schritten wir ihm entgegen, denn die andere Möglichkeit hätte darin bestanden, in Richtung Hanfhof zurückzukehren. Als der Lärm schon fast ohrenbetäubend war, traten wir aus dem Wald ins Sonnenlicht, auf einen offenen Wall. Unter uns lag eine gewaltige Straße.

Ich sah, wie sogar Klaus' starke Schultern erbebten. Unserem SS-Mann fiel die Waffe aus der Hand.

Wir hatten alle an Schulungsfahrten auf der Mondoberfläche teilgenommen, die Männer außerdem an Wasserjagden und sonstigen Außentätigkeiten. Aber aus irgendeinem Grund war der schwarze, von Sternen gepunktete Himmel des Mondes wie ein dauerhaftes, schützendes Dach im Vergleich zu der blauen Tiefe des Erdhimmels, an dem die langsam dahinsegelnden Wolken den Eindruck entsetzlicher Ferne nur noch verstärkten. Meine Umgebung drehte sich und ich spürte ein alles verschlingendes Grauen, als würde ich in die endlose Leere, die sich über mir wölbte, stürzen oder hineingezogen werden. Der Himmel war ein riesiges Auge, das uns ohne zu blinzeln anstarrte, und dessen Blick man unmöglich entkommen konnte.

Der Einzige, dem nicht übel zu sein schien, war James.

Erst als ich den Blick auf die Landschaft vor und unter mir richtete, wischte das Staunen und eine neue Art von Verwunderung und Schreck den Übelkeit erregenden agoraphobischen Schub beiseite. Denn um die Angst vor offenen Stellen hatte es sich gehandelt, wie mir später klar wurde. Auf dem Mond befindet sich der Horizont stets in sicherer Nähe, ein paar Kilometer entfernt.

Vor uns lag eine Autobahn.

Ich hatte Bilder von den Autobahnen unserer Erdgeschichte gesehen. Hitler hatte sie geliebt und hätte immer mehr davon bauen lassen, wenn ihn die Kapitalisten und Bolschewiken mit ihrer Aggression nicht gezwungen hätten, die Ressourcen des Reichs in den Kampf für unsere Idee zu leiten. Aber diese Autobahn – beziehungsweise dieses Geflecht – hätte die Mutter aller deutschen Autobahnen sein können.

Die einzelnen Straßen waren von imposanter, ja übertriebener Breite. In jede Richtung verliefen sechs

Spuren, wohingegen es auf den Autobahnbildern, die ich gesehen hatte, nur zwei gewesen waren, und sie erstreckten sich in jede Richtung bis zum Horizont. Die Straßen bildeten hochaufragende Brückenkonstruktionen und daran angeschlossene Knoten, und auf den Dutzenden von Bahnen, die man sah, bewegte sich eine endlose Zahl von Fahrzeugen, kleine und große in unterschiedlichen Formen, manche grell bunt. Überall blitzte in den Scheiben und auf den Metalloberflächen die gnadenlose Sonne auf. Über dem Straßensystem war die Luft getrübt. Die Geräuschmasse war betäubend, wie auch die Geruchsmasse: Es war eine Mischung aus verschiedenen, chemisch anmutenden Düften, die ich ebenso schwer erkennen und auseinanderhalten konnte wie das, was ich im Wald wahrgenommen hatte. Die Gerüche des Straßengeflechts hatten jedoch nichts Frisches und Interessantes an sich, sondern nur Schmutz und Bedrohlichkeit. Sie erinnerten mich daran, wie ich einmal mit meinem Vater die Baustelle der Götterdämmerung besucht hatte und etwas an den Verschaltungen oder an der Isolation schief gegangen war. Es waren Gerüche, die von brennendem Material kündeten, von der Anwesenheit giftiger, gefährlicher Gase.

Wie konnten sie mit einem solchen Ungeheuer in ihrer Mitte leben? Die Euphorie, die ich im Wald erlebt hatte, ging in den grausigen Gedanken über, dass wir uns inmitten dessen befanden, was man mir immer von der Erde erzählt hatte: Chaos und Verfall. Die vertraute, freundliche, praktische deutsche Autobahn hatte sich in einen Drachen verwandelt, in eine Missgeburt, die alles aus dem Weg räumte und den Gestank des Grauens verbreitete.

Die unfassbare Menge an Fahrzeugen hatte jedoch keineswegs etwas von Degeneration an sich. Es waren Tausende Autos, die sich in verschiedene Richtungen bewegten, sie waren alle unterschiedlich, und der Strom schien nicht für einen Moment zu pausieren. Zuerst hatte ich gedacht, die Fahrzeugmenge müsse mit einer außergewöhnlichen Alarmsituation zu tun haben. Die Fahrer flohen womöglich vor einer Gefahr oder beeilten sich, um einen Angriff abzuwehren. Für dergleichen waren jedoch keine Anzeichen in Sicht, außerdem fuhren die Fahrzeuge mit gleicher Hast und Zielstrebigkeit in beide Richtungen.

Klaus bellte ein Kommando, der SS-Mann hob seine Waffe auf, und wir stiegen zu viert die steile Böschung hinunter. Das Dröhnen der Motoren und der Geruch der sonderbaren Gase wurden immer betäubender, je näher wir der Straße kamen.

Ich stelle fest, dass ich außer Atem und erschöpft bin, nur weil ich versucht habe, mich in meine ersten Stunden auf der Erde hineinzuversetzen. Für diesmal muss ich aufhören, denn es sticht in der Brust. Nicht bloß wegen der Anstrengung, sondern auch wegen heftiger Sehnsucht. Nach dem Blau des Himmels. Dem Duft des Waldes.

Nach James.

Nach Vivian.

24. April 2047

Liebe Kitty,

der vorige Eintrag liegt nun schon eine Woche zurück. Bisweilen kann es überraschend anstrengend sein, sich zu erinnern. Weißt du, Kitty, was das für ein Leben ist, in dem die ganze Geschichte nichts anderes ist als ein Wenn, das dem anderen folgt, der ewig gleiche Flügelschlag des unheimlichen Schmetterlings des Chaos? Wie viele Wenn passen in meine Vergangenheit? Wenn ich dieses und jenes getan hätte, wenn ich mich nicht so entschieden hätte, wenn sich ein anderer so verhalten hätte, wenn wir nicht alle geglaubt hätten, recht zu handeln?

Ich weiß noch, wie angetan ich von der Chaostheorie war, und wie müde ich jetzt bin beim Gedanken an das Chaos, auch wenn es eine noch so echte und unwiderstehliche Naturkraft ist. Ich möchte eine Denkweise finden, in der Einfachheit, Schlichtheit, innere Harmonie herrschen. Vielleicht wird eine solche eines Tages für Abgeklärtheit in meinem brodelnden Kopf sorgen. Vielleicht wäre jetzt eine solche zu finden. Zumindest scheinen einige Menschen, die von der Erde kommen, in ihren Überzeugungen Gelassenheit und Frieden zu finden. Auch ich möchte zur Abwechslung so gern an Vernunft und Ordnung glauben.

Inzwischen bin ich fähig, mich sogar mit bitterer Belustigung an die Dürftigkeit meiner damaligen Pläne zurückzuerinnern. Ohne die zum Abdrücken bereite Frau vom Hanfhof hätte Klaus mich von Uwe auf der Stelle in die Festung zurückbringen lassen und mit diesem einfach vereinbaren können, wo er Klaus abholen sollte, wenn die Rechenkapazität gefunden worden war.

Der Schmetterling des Chaos traf jedoch eine andere Entscheidung, und Klaus hatte als Taktiker mit schnellem Verstand vermutlich sofort angefangen, den möglichen Nutzen meines unerwarteten Auftauchens abzuwägen. Zu den Grundlagen seiner Offiziersausbildung gehörte es, sich bei der Einwirkung überraschender Faktoren auf die eigenen Pläne nicht aufzuregen oder zu grämen, sondern darüber nachzudenken, wie man die Situation zum eigenen Vorteil umkehren konnte. Wäre Klaus im Krieg gewesen und hätte die Hälfte der Soldaten seiner Einheit bei einem Überraschungsangriff verloren, hätte er nicht um die Gefallenen getrauert, sondern ausgerechnet, wie man die nun überzähligen Waffen und Proviantvorräte am besten nutzte, von der leichteren Beweglichkeit einer verkleinerten Einheit ganz zu schweigen.

Er mochte gedacht haben, dass unser Trupp mit einer Frau weniger bedrohlich wirkte, falls wir unerwünschte Aufmerksamkeit erregen sollten. An Bord der Rheingold hatte es allerdings eine Kiste mit Verkleidung gegeben. Man hatte sich an den Bildern in James' Kamera ein Beispiel genommen und versucht, aus den Werktagsuniformen einiger Männer eilends Kopien von Erdlingskleidern zu machen. Sie waren für den Fall eines Überraschungsangriffs im Raumschiff geblieben. Unsere Uniformen konnten also ins Auge springen, aber wenn eine junge Frau wie ich dabei war, würde man uns nicht unbedingt für feindlich gesinnt halten. Jedenfalls nicht sofort.

Und natürlich wusste Klaus, dass man mein Verschwinden auf dem Mond bemerken würde. Ich hatte Eltern, ich hatte Schüler, ich hatte meine Arbeit. Andererseits kann jeder eine Gleichung lösen, in der ein gut aussehender Bräutigam, ein durch und durch verliebtes Mädchen und eine tragische Trennung vorkommen. Man würde zwar über den krassen Disziplinverstoß lamentieren, aber alle wüssten, wohin ich verschwunden war.

Oder sollte ich aufhören, an Klaus als Taktiker mit schnellem Verstand zurückzudenken? Er war es natürlich, freilich nur bis zu einem gewissen Punkt.

Obwohl er selbst aus den sogenannten rechten Gründen gewisse Bestimmungen brechen oder umgehen konnte, glaubte er doch prinzipiell, dass Regeln und Befehle befolgt werden mussten. (Das Befolgen von Befehlen war ihm besonders wichtig, wenn er sie selbst erteilte.) Er sah seine Autorität als etwas an, das sich weit um ihn herum erstreckte, wie ein Kraftfeld. Wenn er einen Untergebenen mit einer Anweisung losschickte, wog diese so schwer, als hätte Klaus Adler selbst vor Ort das Kommando erteilt.

Und weil er an die Regeln glaubte, ging er stets von dem Gedanken aus, dass sich auch die anderen daran hielten. Verboten widersetzte man sich nicht. Untergebene trafen keine eigenen Entscheidungen.

Aus seiner Sicht hatte jeder die wichtigsten Regeln im Rückenmark, und wer seinen Reflexen folgte, traf die richtige Entscheidung. Später wurde dieser Zug zu seinem Verderben, aber da waren die Dinge bereits zu weit fortgeschritten.

Ich will für dieses Mal nicht mehr schreiben. Der Schmetterling, der bereits mehrere, schläfrige Male die Flügel bewegt hatte, als wäre er gerade erst zu Bewusstsein gekommen, fing bald an, immer schneller und immer energischer damit zu schlagen.

27. April 2047

Liebe Kitty,

wie es aussieht, rede ich um den heißen Brei herum. Ich müsste in meiner Erzählung nach New York kommen, bleibe aber dabei hängen, meine Sinneswahrnehmungen aufzulisten und über Schmetterlinge und Klaus' taktische Intelligenz beziehungsweise deren Fehlen zu schwadronieren.

Wir traten an den Rand der Autobahn. Der Verkehrslärm war so stark, dass man schreien musste. Wenn kolossale Transportfahrzeuge an uns vorbeidonnerten, warf uns ihr Luftstrom beinahe um.

Es wäre unmöglich gewesen, die Straße zu überqueren. Zum Glück war das Klaus' Meinung nach nicht nötig.

»Wir brauchen ein Fahrzeug!«, rief er. Der SS-Mann nickte.

»Halte ein Auto für uns an. Freie Auswahl!«

Der SS-Mann nickte erneut knapp, trat vor einem Lastauto auf die Fahrbahn und hob die Hand zum international bekannten Stoppzeichen.

Wir hörten den gleichzeitigen Aufschrei von Bremsen und Hupe sowie ein feuchtes, krachendes Geräusch, das ich lieber nicht näher beschreibe.

Auch den Namen dieses Mannes hatte ich nicht erfahren.

Mir wurde schlecht. Kurz zuvor hatte ich darum getrauert, einen Grashalm zertreten zu haben, jetzt war ich schon zum zweiten Mal innerhalb kurzer Zeit Zeugin geworden, wie ein Mensch starb. Bis dahin hatte ich noch keinen Toten gesehen. Alle Verstorbenen aus meinem Bekanntenkreis hatten im Walhallagarten gewohnt.

Der Verlust unseres letzten SS-Mannes hatte eine überraschende Konsequenz.

Das Lastauto, das ihn überfahren hatte, hatte schon vor dem Aufprall stark zu bremsen versucht. Jetzt stand es fast, setzte den Blinker und rollte auf den Seitenstreifen.

Klaus berührte instinktiv seine Waffe. James brach in einen Wortschwall aus, dem man entnehmen konnte, der Fahrer habe angehalten, weil ein solcher Unfall immer eine Untersuchung von Seiten der Behörden verlangte.

Klaus' Stimme klang kalt. »Keine Polizei. Keine fremden Leute. Wenn ein Polizist kommt, stoßen Sie ihn vor ein Fahrzeug.«

James wusste wahrscheinlich gar nicht, dass er rot wurde. Sein Blick richtete sich kurz auf Klaus' Waffe. »Okay, alles klar. Ich versuche es, ich versuche es.«

Aus dem Führerhaus des Lastwagens sprang ein Mann, schwitzend und übergewichtig, mit einer Miene des Entsetzens im unrasierten Gesicht.

James ging auf ihn zu und erklärte ihm etwas wortreich und gestikulierend und immer wieder auf uns deutend. Nach und nach nahm das Entsetzen im Gesicht des Mannes ab, dann seufzte er auch schon auf und nickte, legte die Hand aufs Herz zum Zeichen der Erleichterung, drückte zum Schluss noch James die behandschuhte Hand, stieg wieder in seinen Lastwagen und lenkte diesen auf die Straße zurück.

Außer Atem kam James zurück.

»Ich habe ihm erklärt, dass sein Wagen den Mann nur berührt hat, dass er okay ist uns sich nur mal kurz ausruhen muss.«

Die ramponierte Leiche des Leibwächters lag auf der Böschung im Gras. Aus der Entfernung konnte man sicher meinen, da hätte nur jemand eine Ruhepause eingelegt.

»Und ich habe ihm gesagt, wir hätten ein Auto auf einem Rastplatz in der Nähe stehen und würden ihn selbst zur ärztlichen Untersuchung bringen. Ich habe gesagt, der Junge sei ein Fall aus der Offenen, der ein bisschen spazieren gehen wollte und dann auf die witzige Idee kam, einen Laster zu stoppen. Und dass wir Glück gehabt haben und mit dem Schrecken davongekommen sind.«

Ich verstand nicht, was James mit dem Wort »Offene« meinte, begriff aber dank seiner Geste die ungefähre Bedeutung: Er ließ den Finger neben der Stirn kreisen.

Klaus runzelte die Stirn. »Und er hat es geglaubt?«

James breitete die Arme aus. »Manchmal will jemand so sehr vermeiden, Stress zu kriegen, dass er sogar einem unbekannten Schwarzen auf dem Seitenstreifen einer Autobahn glaubt.«

Auf Klaus' Gesicht schien ein bestürzter Ausdruck auf. Er fauchte: »Sie sind vollkommen arisiert, Herr Washington! Hören Sie sofort auf, uns und sich mit diesem Untermensch-Gerede herabzusetzen!«

James erschrak. »Ja, ja. Schon gut. Sieg Heil und so weiter. Und jetzt?«

»Die Leiche kann hier bleiben. Wir rollen sie nur tiefer in den Graben. Und wir hinterlassen nichts, was helfen könnte, der Herkunft der Leiche auf die Spur zu kommen.«

Ich überließ es gern Klaus und James, die Angelegenheit zu regeln. Als sie wieder heraufkamen und Klaus die Waffe des SS-Mannes, die Erkennungsmarke und die von der Uniform entfernten Abzeichen in seine Aktentasche packte, sagte James, er glaube, dass relativ bald eine Autobahnausfahrt komme, von der aus wir zu der Brücke kämen, die nach Manhattan führe. Zuerst müssten wir jedoch zur Ausfahrt gelangen.

Klaus erklärte, wir würden den Weg marschierend fortsetzen.

Als hätten wir eine Alternative gehabt.

Wir fanden die Ausfahrt tatsächlich und gingen weiter in Richtung Brücke. Die hohen Gebäude von New York schienen überhaupt nicht näherzukommen.

Aus den vorbeifahrenden Autos wurden wir angestarrt, denn unsere tadellosen Uniformen und die unvergleichlich aufrechte Haltung sorgten zweifellos für Aufmerksamkeit. Fußgänger gab es entlang der stark befahrenen Straße verblüffend wenige, wir trafen nur eine sehr unförmlich gekleidete männliche Person, die versuchte, uns etwas zu fragen, jedoch lediglich undefinierbare Laute herausbrachte. Klaus tastete schon nach der Waffe, aber James schob den Mann nur freundlich und entschlossen zur Seite, und dieser schien eine solche Form des Umgangs gewohnt zu sein.

Wir schwitzten in unseren Hanfanzügen. Der schreckliche Lärm, die üblen Gerüche und das rücksichtslose Brennen der Sonne machten uns das Leben schwer. Klaus wirkte noch gereizter als sonst. Endlich führte uns James von der stark befahrenen Straße weg und wir kamen in eine Gegend, in der es Gebäude gab und zwischen ihnen Bahnen mit weniger Verkehr und sogar einige Bäume. Das ohrenbetäubende Dröhnen wurde deutlich gedämpft, und anstatt auf einer unebenen Böschung konnten wir auf einem eigens für den Fußgang vorgesehenen, gegenüber der Fahrbahn liegenden, leicht erhöhten Streifen im Schatten der Häuser gehen.

Auf einmal erblickten wir auf einem asphaltierten Platz etwas Interessantes. Das Fahrzeug war ein uns sehr vertrauter und zugleich doch seltsam fremd aussehender Volkswagen Kleinbus! (Wir hatten einige Volkswagen auf dem Mond, sie wurden unter anderem für Transporte innerhalb der Festung benutzt. Der Mondführer hatte einen eigenen für sich.) Das auf dem Platz stehende Auto schien gelitten zu haben und sah verbeult aus, und man hatte es mit bunten Zeichen bemalt oder besser beschmiert.

Eine Schar junger männlicher Personen, die ich damals automatisch als Untermenschen klassifizierte, spielte Korbball. Wir näherten uns dem Auto, und Klaus bemerkte, dass der Schlüssel im Zündschloss steckte.

Offenbar gehörte das Fahrzeug den jungen Untis. Klaus erklärte, er könne Volkswagen fahren und werde den Kleinbus ins Volkseigentum überführen.

James mischte sich rasch ein. Ich deutete seine wortreiche Erklärung so, dass wir uns bei den Übernahmeverhandlungen auf seine Ortskenntnisse verlassen sollten. Die jungen Männer könnten sonst Schwierigkeiten machen. Unverzüglich näherte sich James den Spielern, und zu meiner Verwunderung sah ich, dass er seinen Gang in schaukelnder Weise veränderte und seltsam gestikulierte, in einer Art, die an Zeichensprache erinnerte.

Sogleich erkannte ich, was für einen Fehler er beging. Ich erinnerte mich, was er an der Autobahn gesagt hatte: er sei ein schwarzer Mann.

Er wusste nichts von seiner neuen Hautfarbe.

Wenn man es jetzt bedachte, war das vollkommen verständlich. Er hatte auf dem Mond fast die ganze Zeit in einem halbdunklen Raum verbracht, katheterisiert, die Hände am Untersuchungsstuhl gefesselt. Dann hatte man ihn in einen Anzug gesteckt, zu dem Handschuhe gehörten.

Und wir hatten keine Spiegel.

James hatte das Spiel der jungen Männer unterbrochen, und ich sah, wie er auf sie einredete und dabei die Schultern und Arme übertrieben bewegte, aber ich hörte nicht, was er sagte.

»Falls er sich weiterhin einbildet, denen zu gleichen und zu ihnen zu gehören …«, konnte Klaus noch sagen, als James auch schon zurückgerannt kam und rief, wir sollten uns besser beeilen.

Klaus und ich waren lange vor James im Kleinbus. James schaffte es erst in letzter Sekunde hinein, mit einem Satz durch die Schiebetür an der Seite. Klaus gab Gas, und ich hörte Schüsse und Knallgeräusche, als die Kugeln gegen das Blech des Kleinbusses schlugen.

Der Korbballplatz lag bereits weit hinter uns, als James sich im hinteren Teil des schwankenden Autos aufrappelte und seine Haut und seine Haare im Rückspiegel sah.

Das ruhige und gewissenhafte arische Wesen, das wir ihm eingepflanzt hatten, war wie weggeblasen. Er tobte, wetterte und drohte uns. Als alle Hinweise auf die Anforderungen eines korrekten nationalsozialistischen Benehmens nicht verfingen, musste Klaus ihn beruhigen, indem er daran erinnerte, noch immer der Anführer dieser Expedition und als Einziger bewaffnet zu sein. James kehrte dann auch unverzüglich zu akzeptablem Verhalten zurück, aber ich weiß noch, dass ich aufgrund seiner primitiven Reaktion beunruhigt war. Er wirkte nicht wie ein Teutone, der seine Gefühle im Griff hat und schien den Wert seiner Wandlung nicht zu verstehen.

Klaus befahl ihm, uns zu seinem Führer zu bringen.

Während wir auf die Silhouette von Manhattan zufuhren, empfand ich fast die gleiche Überfrachtung durch Sinneseindrücke und Empfindungen wie nach unserer Landung im Wald.

Die Gegensätze machten einen konfus.

Das Sonnenlicht spielte auf den Fassaden der gigantischen, funkelnagelneuen Häuser. Die Straßen säumten bis zu mehrere Meter hohe Bildtafeln, die vor luxuriösen Anblicken, unerklärlichen technischen Produkten und seltsam schönen Menschen geradezu überquollen.

Als Gegengewicht sah ich auch schmutzige Häuser, kaputte Fenster, Flecken von Land, auf denen kümmerliches, staubiges Gesträuch und Gras zwischen verrostetem Schrott und dubiosen Fetzten und Wrackteilen zu gedeihen versuchten. Ich sah sogar Autoruinen. Unwillkürlich musste ich denken, wie viele für uns Mondbewohner unersetzliche, kostbare Rohstoffe hier kreuz und quer in der Gegend herumlagen, und dass auf dem ganz offensichtlich fruchtbaren Boden ungeordnet Büschel von Pflanzen wuchsen, die anscheinend nicht genutzt wurden, nicht einmal zur Zier. Die Wände der heruntergekommenen Gebäude waren mit Bildern und Mustern bemalt, ähnlich wie der Kleinbus, manche bunt und schön und gekonnt gemacht, manche nichts als Geschmier. Zu meiner Freude und Verwunderung sah ich mehrere Hakenkreuze, allerdings ziemlich achtlos an die Wände gepinselt, gerade so, als hätte man ihren Wert nicht voll und ganz verstanden.

Ich weiß noch, wie mein Herz vor Glück und Hoffnung anschwoll. Die Nazi-Idee war gar nicht verschwunden! Sie war nicht weggewischt worden! Irgendwo hier, in dieser Wiege des Kapitalismus, gab es Gesinnungsgenossen – vielleicht hielten sie sich versteckt, waren untergetaucht und kamen nachts heimlich heraus, um das Zeichen des Fortschritts und der Ordnung an die Wände zu malen, um zum Ausdruck zu bringen, dass die Erde noch Hoffnung hatte.

Wir überquerten die Brücke und waren in Manhattan. Der Verkehr rief wieder die Degeneration und das Chaos der Erde in Erinnerung: Hupen ertönten, Motoren brüllten, grauenhaftes Geheul erscholl, von dem James sagte, es werde von Rettungsfahrzeugen ausgestoßen.

»Wo fahren wir hin?«, fragte ihn Klaus.

»Zu welcher Adresse wollt ihr?«

»Wir wollen die Präsidentin treffen«, antwortete Klaus. »Ich dachte, das sei klar.«

James schüttelte den Kopf. »Die Präsidentin ist nicht hier, sondern in Washington, im Weißen Haus.«

»Nicht hier? Und die andere Frau? Die auf demselben Bild war? Die scheint eine direkte Verbindung zur Präsidentin zu haben.«

»Das kann man wohl sagen. Ms. Wagner ist die Wahlkampfchefin der Präsidentin.« »Ihr Büro ist hier, mitten in Manhattan.«

James sagte, er könne uns die Stelle zeigen und versuchen, uns einen Gesprächstermin mit Ms. Wagner zu besorgen, unterstrich aber, das sei alles, wozu er in der Lage sei. Er könne Ms. Wagner keine Vorschriften machen, etwa die, uns zur Präsidentin zu bringen. Ms. Wagner entscheide selbst, was auf das Treffen mit uns folgen würde.

Leider verlief der Besuch in dem Gebäude, auf dessen Fassade in großen Buchstaben VIVIAN WAGNER PUBLIC RELATIONS stand, nicht ganz wie erwartet.

James wurde nicht einmal am Pförtner vorbeigelassen.

Man erkannte ihn nicht – was aufgrund seiner Metamorphose vielleicht kein Wunder war – und er hatte natürlich keine Ausweispapiere. Warum hätte er die entsprechenden Dokumente mit zum Mond nehmen sollen? Und selbst wenn er es getan hätte, würde er jetzt seinem eigenen Bild nicht mehr gleichen.

Es war überraschend, dass unsere sauberen, Autorität ausstrahlenden Werktagsuniformen nicht mehr Vertrauen erweckten. Allerdings konnte ich nicht übersehen, dass von den Menschen, die uns auf der Straße begegneten, niemand gekleidet war wie wir. Die Kombination von Rock und Jacke mancher Frauen erinnerte ein wenig an meine, aber sie waren farbiger und wurden durch Schmuck und Blusen aus glänzendem Stoff ergänzt. Die meisten Kleider unterschieden sich krass von unserer. Die Röcke waren bisweilen grauenhaft kurz und die Schuhe unpraktisch. Sogar die Polizisten trugen kurzärmelige Hemden und keinerlei Waffenrock.

Nicht einmal Klaus' massive Autorität zeigte beim Versuch, zu Vivian Wagner vorgelassen zu werden, Wirkung. Seine mit lauter Stimme vorgetragene Forderung, unverzüglich eintreten zu dürfen, rief lediglich zwei großgewachsene Männer auf den Plan, die wenigstens so etwas Ähnliches wie Uniformen trugen. Sie entfernten uns unnötig energisch aus dem Gebäude. Klaus kam nicht einmal dazu, die Aktentasche zu öffnen, in die er seine Waffe gelegt hatte.

Als wir uns in ziemlicher Verwirrung zu unserem in der Nähe geparkten Kleinbus begaben, blieb James plötzlich stehen, stieß einen Ruf aus und deutete auf eine große Reklametafel an einem hohen Gebäude. Ich blickte nach oben und sah James Washington so, wie ich ihn kennengelernt hatte. Dunkelhäutig, die schwarzen Haare dicht gelockt. Das Bild war gekonnt gemacht, sehr ästhetisch – jetzt verstand ich, was er meinte, als er sagte, er sei »Modell« gewesen. Ich hatte mir nicht vorstellen können, dass einem ein Untermensch so gut gefallen konnte, aber James Washington sah unglaublich gut aus. Rassische Untis hatte ich zuvor nur auf der Leinwand und auf Mikrofilmen in der Festungsbibliothek gesehen. Letztere waren zum Großteil Werke über Rassenlehre, für die man natürlich ganz bestimmte Bilder ausgesucht hatte: Sie mussten ohne jede Anziehungskraft sein und besonders deutlich jene Züge hervortreten lassen, die in der Bildunterschrift genannt wurden. Erinnert diese platte Nase nicht an einen Affen? Kündet diese Oberlidfalte nicht von einer niedrigen Entwicklungsstufe? Mit anderen Worten, man leitete uns an, auf den Bildern die Züge zu suchen, die sich vom Arischen unterschieden, und über die Gemeinsamkeiten hinwegzusehen, von denen es mehr gab als Unterschiede.

Auf dem wandgroßen Bild strotzte James Washington – mit strahlendem Lächeln, im Weltraumanzug, Helm unterm Arm, Sternenhimmel und Mond im Hintergrund – geradezu vor Schönheit und maskuliner Kraft. Licht und Perspektive verliehen seinen Gesichtszügen etwas Fesselndes, sein Blick war tief und atemberaubend. Als ich kurz zu ihm hinüberschaute, zu dem weißhäutigen, blonden, müden, verzweifelten Mann, erkannte ich, dass es kein Wunder war, wenn er nicht erkannt wurde. Er war nur noch ein blasser Schatten seiner selbst.

Über dem Bild stand: JAMES WASHINGTON, EIN AMERIKANISCHER HELD. WIR WERDEN IHN NIE VERGESSEN. Unter dem Bild sah man viele Reihen mit Symbolen. Ich begriff, dass es sich dabei um Markenzeichen handelte. An letzter Stelle stand das von Vivian Wagner Public Relations.

Das Ganze war eine Art Todesanzeige.

James begriff womöglich erst in diesem Moment vollkommen, was die Veränderung seines Äußeren bedeutete. Die Aggression von ein paar jungen Untis war eine Kleinigkeit gegen die Tatsache, dass die Leute, von denen wir gerade auf die Straße gesetzt worden waren, ihn nicht als James Washington erkannt hatten. Für sie war er nicht mehr James Washington. Er war ein Niemand.

Wir werden ihn nie vergessen.

James murmelte wütende Worte vor sich hin, aber Klaus schien an den Ansichten seines Gefangenen nicht interessiert zu sein. Er berührte seine Aktentasche und erinnerte somit an die Existenz seiner Waffe. James verstummte. Klaus gab den Befehl abzuwarten.

Also warteten wir ab.

Ich beobachtete die Leute auf der Straße. Fast jeder Zweite hielt einen Kleincomputer in der Hand. Viele schienen hineinzusprechen, es waren also tatsächlich auch Telefone. Manche nutzten jeden Moment – etwa wenn sie darauf warteten, dass die Lichter, die das Überqueren der Straße regelten, wechselten –, um auf ihren Apparaten herumzudrücken und auf die Glasscheibe zu starren. Ich versuchte, Klaus' Aufmerksamkeit darauf zu lenken, dass es um uns herum geradezu vor Rechenkapazität wimmelte und es meiner Meinung nach unglaublich leicht wäre, uns ein Gerät zu beschaffen. Klaus hätte nur vor jemanden hintreten und ihm sachlich die Anweisung erteilen müssen, ihm das Telefongerät auszuhändigen, denn gewiss würden sie einem Offizier gehorchen, aber Klaus schien nicht an meinem Vorschlag interessiert zu sein.

Mehrmals mussten wir mit dem Kleinbus den Platz wechseln. Die Regeln, wo man in den Straßen von New York ein Fahrzeug abstellen durfte und für wie lange, schienen sehr kompliziert zu sein.

Klaus fragte James, ob er Kenntnis darüber habe, wann Frau Wagner das Gebäude verlasse und auf welchem Weg. James war sich nicht sicher. Soweit er wisse, verließ Ms. Wagner den Arbeitsplatz normalerweise zu Fuß, da ihre Wohnung nicht weit vom Wahlkampfbüro entfernt liege, und wenn sie anderswo hinwolle als nach Hause, nehme sie wahrscheinlich ein Taxi. James hatte ein gefaltetes Stück Papier von der Straße aufgelesen, das sich als fleckiger Plan von Manhattan entpuppte (es kam mir zunächst wie ein Zaubertrick vor, aber innerhalb von zwei Tagen ging mir auf, dass solche groben Pläne an Hotelrezeptionen kostenlos an die Gäste verteilt wurden, weshalb man sich ihrer auch hemmungslos entledigte). Er zeigte Klaus auf dem Plan, wo wir waren und wo Ms. Wagner wohnte. Klaus fragte etwas und ließ seinen Finger über verschiedenen Gegenden von Manhattan kreisen, und James schüttelte den Kopf oder nickte, und dann deutete James auf eine Stelle, die Klaus zu akzeptieren schien. Ich konnte nicht genau erkennen, ob sie überhaupt auf der Insel Manhattan lag.

Klaus' Tasche enthielt einige Nahrungsbriketts, Chlorella als Einmannpackung und eine Feldflasche mit Wasser. Das alles teilten wir uns.

Das Abwarten dauerte. Ich blickte mich neugierig um und machte ständig neue Beobachtungen. Bis dahin hatte ich nicht gewusst, dass es auch in Städten Tiere gab. Ich wusste, dass sich die Menschen Haustiere hielten, glaubte aber, sie würden im Inneren der Gebäude leben. Nun starrte ich gebannt auf die Hunde, die an Leinen geführt wurden. Es gab unglaublich viele verschiede davon, von furchterregend großen bis hin zu bemitleidenswert kleinen. Ein Hund konnte aus einer Handtasche hervorspitzen, ein anderer reichte seinem Leinenführer bis zur Hüfte. Überdies gab es auch wilde Tiere: Anfangs zuckte ich vor den großen Vögeln zurück, die so furchtlos waren, dass sie den Menschen fast zwischen den Füßen herum liefen.

Auch die Menschen waren verblüffend vielförmig. Ich meine nicht nur die Kleider, die Hautfarbe und die Haare, sondern auch, dass viele einen gewaltigen Umfang hatten. Sie waren auf der Straße so stark vertreten, dass ich dachte, sie repräsentierten eine eigene, mir unbekannte Rasse. Später erfuhr ich, dass die meisten von ihnen Opfer einer Zwanghaftigkeit waren, die in den reichen Staaten der Erde herrschte und mit unmäßigem Essen zu tun hatte. Das Wirtschaftssystem unterstützte diese Zwanghaftigkeit mit allen Mitteln.

Der Abend brach an. Auch das war magisch und unerwartet. Wenn auf dem Mond der zweiwöchige Langtag von der Langnacht abgelöst wurde, ging die Veränderung schnell vor sich: Der Terminator kroch in der gleichen Geschwindigkeit auf die Festung zu, wie die Sonne hinter unseren gebogenen Horizont rückte. Auch wenn von der untergehenden Sonne nur weniger als die Hälfte über dem Horizont stand, war das Licht auf der Mondoberfläche praktisch genauso stark wie bei voller Sonne, und wenn der letzte helle Streif hinter dem Horizont verschwand, erlosch abrupt das Licht. Nur der durch die elektrische Aufladung schwebende Mondstaub war kurz als matter Schein am Horizont zu sehen. Hier wurde das Licht zuerst rötlich, und die Luft trübte sich seltsam. Weiter weg liegende Einzelheiten waren immer schwerer zu erkennen, weil die Farbe des Himmels zunehmend dunkler wurde. Es war sehr faszinierend und fast unheimlich, aber bald schon gingen wie durch einen Schlag mit dem Zauberstab überall an den Gebäuden und über den Straßen helle, bunte, ja grelle Lichter an. Das war in gewisser Weise schön, auch wenn es so viele Lichter waren, dass man am vertrauten Schwarz des Himmels keine Sterne mehr erkennen konnte.

Stattdessen sah ich den Mond. Er ging kurz vor Mitternacht auf.

Der Mond war eine Überraschung für mich, aber auch eine kleine Enttäuschung. Aus irgendeinem Grund hatte ich erwartet, unsere Welt dort oben würde den Himmel groß, leuchtend und farbig beherrschen, aber sie war schlicht und einfach eine halbe Scheibe, eine schmutzige Lampe am Himmel.

Endlich ging ein weiteres Mal die Tür an dem Haus, das wir beobachteten, auf.

Eine Frau trat auf die Straße und zündete sich eine Zigarette an. Genau wie Marlene Dietrich in ihren Filmen.

Ich hätte sie überall und jederzeit erkannt. Dieses Gesicht.

»Vivian Wagner«, flüsterte ich. James blickte auf, und ich sah den Schrecken in seinen Augen. Mittlerweile verstehe ich, dass er Vivian wahrscheinlich vorbeigehen gelassen hätte, als hätte er sie nicht bemerkt. Aber ich hatte sie erkannt, selbstverständlich.

Auf den ersten Blick.

Alles ging ganz schnell. Klaus gab mit der Waffe in der Hand scharfe Kommandos, James gelang es, die Frau ins Auto zu zerren, Klaus fuhr wie ein Besessener los und vergewisserte sich, während er Gas gab, bei James, dass wir die richtige Person hatten. Nachdem er die gewünschte Information erhalten hatte, bog er in eine dunkle Nebenstraße ein und bremste.

Plötzlich wurde mir Vivian Wagner in die Arme gestoßen, und Klaus beförderte James mit wenigen forschen Bewegungen, aber auch mit Tritten aus dem Wagen. Die Tür knallte zu und Klaus brauste erneut los. Ich konnte nur noch einen Ruf ausstoßen und durch das Fenster sehen, wie sich James auf der schmutzigen

Straße aufrappelte, überrascht, aber vielleicht auch ein wenig erleichtert.

Vivian versuchte, sich strampelnd aus meinem Griff zu befreien und gab abwechselnd Hilfeschreie, Verwünschungen und Forderungen, sie freizulassen, von sich. Klaus reichte mir beim Fahren seine Parabellum.

»Sieh zu, dass sie stillhält.«

Als sie die Parabellum sah, schluckte Vivian und dämpfte die Stimme. »Nehmt meine Handtasche«, sagte sie und machte eine Kopfbewegung in Richtung des kleinen, glänzenden Gegenstands, der auf dem Boden lag. »Ich habe viel Bargeld. Ich melde es nicht der Polizei, wenn ihr mich gehen lasst. Ich habe einfach keine Zeit für so etwas wie das hier. Nehmt das Geld und rennt, dann sind alle zufrieden.«

Klaus lachte kalt auf. »Zuerst müssen wir uns unterhalten.« Auf Deutsch sagte er zu mir: »Renate, halte ihr die Waffe an den Kopf. Und zwar so, dass man es nicht von außen sieht.«

»Ich glaube, es ist das Beste, wenn Sie ruhig bleiben und still sind, Ms. Wagner«, sagte ich. Dabei zitterte meine Stimme wie die Waffe in meiner Hand. Vivian roch erstaunlich gut, und der Stoff ihrer Kleider war glatter als alles, was ich je angefasst hatte. Unter dem Stoff konnte ich die wachsame Spannung ihrer Muskeln spüren.

Sie verstummte. Mein Herz hämmerte.

Da Klaus immer weiter fuhr und zwischendurch einen Blick auf den fleckigen Plan warf, den er auf dem Armaturenbrett ausgebreitet hatte, fragte ich ihn auf Deutsch, warum er James Washington so achtlos und unfreundlich ausgesetzt habe. Hätte er uns nicht noch von Nutzen sein können? Klaus fand, er sei unnütz für uns geworden, weil das neue Aussehen offenbar jeglichen früheren, ohnehin schon geringen Einfluss des Gefangenen ausgelöscht hatte. Er würde uns am meisten nutzen, wenn er in seiner neuen Erscheinungsform und mit neuen erhabenen Gedanken als Leitsterne von sich aus die Botschaft des Nationalsozialismus unter den Einwohnern New Yorks verbreitete.

Der letzte Dienst, den James uns erwiesen hatte, war gewesen, dass er Klaus auf dem Plan eine Stelle am Rand von New York City gezeigt hatte, wo sich nach Einbruch der Dunkelheit kein Mensch mehr aufhielt. Klaus steuerte das verlassen wirkende Areal an, dessen Gebäude heruntergekommen und ohne Licht waren, die Fenster kaputt, die Straße voller Risse und mit Müll übersät. Während der Fahrt hatte ich mich darauf konzentriert, Vivian Wagner ruhig zu halten, weshalb ich unsere Position nicht kannte, aber offenbar hatten wir Manhattan verlassen. Klaus bemerkte ein Gebäude, möglicherweise ein leeres Lagerhaus, dessen ehemalige Maschendrahtumzäunung niedergerissen worden war. Es war schmutzig und voller Schmierereien. In der Wand klaffte eine Öffnung, die groß genug war, dass ein Auto hindurchpasste. Klaus fuhr hinein, stieg aus, um sich zu vergewissern, dass sich niemand im Gebäude befand, und bedeutete mir dann, mit Vivian aus dem Wagen zu kommen.

Als wir ausstiegen, fing Vivian an zu schreien.

Ich begriff nicht sofort, warum sie das tat, denn die Waffe war noch immer auf sie gerichtet und ihr war befohlen worden, still zu sein, aber dann sah ich das Tier, das an einer Wand kauerte. Anscheinend erschrak Vivian davor fast zu Tode. Ich hatte keine Ahnung, warum, denn das Tier war wesentlich kleiner als die meisten Hunde, die ich auf der Straße gesehen hatte, und nicht viel größer als die meisten Vögel, die in Scharen auf den Straßen von New York lebten. Wahrscheinlich hätte man es mit einem Tritt töten können. Ich stieß Vivian leicht mit dem Lauf der Pistole an, damit sie aufhörte zu schreien, und das tat sie dann auch. Aus ihrem stoßweisen Wimmern konnte ich zwei Wörter klar und deutlich heraushören: »Eine Ratte!«

Eine Ratte! Ich freute mich, als sie auf uns zulief, und beinahe vergaß ich, die Waffe auf Vivian zu richten, weil ich mich bückte, um mir die Ratte genauer anzuschauen. Vivian jaulte auf, wich zurück und klammerte sich an meinen Arm, als das Tier näherkam. Zu meinem Bedauern war es auf dem Weg zu den leeren Kisten und ausrangierten Möbeln hinter uns und verschwand erstaunlich flink zwischen ihnen. Vivian starrte mich ungläubig an.

Wir fanden im Müll einen abgenutzten, schmutzigen Stuhl, an den Klaus Vivian sicherheitshalber fesseln wollte. Sie fing erneut an zu schreien, und da stopfte ihr Klaus sein Taschentuch in den Mund. Als er dann die Aktentasche öffnete, war ich mir sicher, dass Vivian annahm, er werde etwas unwahrscheinlich Beängstigendes herausnehmen, denn ihre Versuche, durch das Taschentuch hindurch Töne von sich zu geben, verstummten für einen Moment vollkommen, und ich sah, wie ihr feine Schweißtropfen auf die Stirn traten. Klaus nahm die Hakenkreuzigungsmaschine aus der Tasche und setzte sie in Betrieb.

Ich sah, wie sich Vivians Augen weiteten, als der imposante Ausbruch destillierter Propaganda in dem nackten Gebäude erscholl.

Klaus ließ die Lautgarbe sich einige Male wiederholen, schaltete den Apparat aus und trat an Vivian heran. Er stellte sich ihr vor und erklärte ruhig, wir seien Vertreter des Vierten Reichs auf dem Mond und wollten mit der Präsidentin sprechen.

Um unsere Friedfertigkeit zu betonen, sagte ich: »Es tut uns wirklich leid, was mit Ihrem Mondflug passiert ist.«

Obwohl mich Klaus verärgert anfunkelte, schien meine Aussage positiv auf Vivian zu wirken. Als wir ihr das Taschentuch aus dem Mund nahmen, zeigte sie sich bereit, zuzuhören und vielleicht auch zu verhandeln, und versuchte, nicht mehr zu schreien. Die Hakenkreuzigungsmaschine entfaltete im Zusammenspiel mit meinem höflichen Bedauern eine effektive und schnelle Wirkung.

Klaus erläuterte, wir hätten einen Auftrag auf der Erde zu erfüllen. Wir wollten die widerspenstigen, bösen Kräfte aus dem Weg räumen, das falsche Denken zerstören und den Kampf um die richtige Idee aufnehmen. Darum müsse Frau Wagner uns zur Präsidentin bringen.

Ich wollte ihn unterbrechen, denn in mir stiegen Frustration und Angst auf. Warum konzentrierte er sich immer auf Kriegsgerede anstatt auf das, was friedlich und gut an uns war!

Schließlich beschloss Klaus (so behauptete er jedenfalls im Nachhinein mir gegenüber), dass Vivian Wagner aufgrund ihres begrenzten weiblichen Intellekts eine andere Frau besser verstehen würde. »Renate, vielleicht erklärst du ihr, was wir wollen.«

Mein Herz pochte heftig. Ich hatte gespürt, dass alles in die falsche Richtung lief. Ich hatte wochenlang davon geträumt, diese Frau kennenzulernen, und da diese erstaunliche Gelegenheit nun eingetreten war, durfte sie mich nicht bloß für eine unbedeutende Helferin von Klaus halten, die möglicherweise ebenso schroff und unhöflich war. Ich würde keine Frau an einen Stuhl fesseln und ihr auch kein Taschentuch in den Mund stopfen. Ich wollte tatsächlich mit ihr von Frau zu Frau reden, wies uns doch schon unser Geschlecht an, warm und fürsorglich zu handeln und offen für gutes Zureden zu sein.

Außerdem wollte ich Eindruck auf Vivian Wagner machen. Ich spürte intuitiv, dass wir beide, Klaus und ich, ihr auf seltsame Weise unterlegen waren. Obwohl sie unsere Gefangene war, entschied sie über unser Schicksal, und ich suchte nach Kraft in mir, in dem Stoff, aus dem meine Identität gemacht war, der Grundfels meiner ganzen Existenz.

Die Lautgarbe der Hakenkreuzigungsmaschine enthielt unsere Ideologie in verdichteter Form. Auch wenn ich wusste, dass diese bereits unweigerlich angefangen hatte, auf das Gehirn der Zuhörerin zu wirken, beschloss ich, zusätzlich als Dolmetscherin aktiv zu werden, Vivian Wagner unsere Gedankenwelt zu öffnen, sie ihr gründlich mit den Worten und Sätzen, die ich kannte und die ohne nachzudenken und unaufhaltsam meinem Gedächtnis entströmten, zu beschreiben.

Ich erzählte Vivian, warum wir hier waren und was wir vorhatten. Unser Ziel sei es, die ganze Erde wieder zu einer einfachen, klaren, richtigen, aufrechten, Wohlstand und Glück bringenden gesellschaftlichen Auffassung zurückzuführen.

In Vivian Wagners Augen trat ein abschätziger Blick. Etwas war in ihrem Kopf eindeutig neu eingerastet, genau wie wir es erhofft hatten. Besonders genau musterte sie unsere Kleidung. Ich sagte ihr, wir träten für die Sache des Volkes ein, eines Volkes, das nach Glück, Wohlstand und Harmonie strebe, sonst nichts. Wir wollten auf die Erde zurückkehren, um die Botschaft des Friedens zu bringen, welcher nur mit Stärke erreicht werden könne, die Botschaft der Eintracht und der Bruderliebe, deren Voraussetzungen das reine Denken, die Kraft des Beispiels und die warme, aber unnachgiebige Anleitung des Volkes sei. Ich erzählte ihr, dass uns das Streben nach Gesundheit des Körpers und der Seele leite, nach Mut, Wahrheit, Kraft und Disziplin. Dass unsere einheitliche Kleidung allen vermittle, dass wir *ein* Volk waren, derselbe unerschütterliche Stamm. Wir schützten und hüteten die Gleichgesinnten und lehnten die falschen und niederen Menschen und Ideologien ab. Darum werde unsere Art zu leben siegen, denn sie werde von der Größe des vergangenen Goldenen Zeitalters getragen, vom Gemeinschaftsgeist und einer Idee diktiert, und diese müsse wieder zu Ehren kommen. Ein dünner Zweig allein könne leicht brechen, aber hundert dünne Zweige zusammen bildeten eine Rute, die auch die stärksten Hände nicht mehr brechen könnten. Indem man auf uns höre, entstünden ein Volk und ein Reich mit einem starken Führer.

Ich erinnerte mich an das, was mein Vater über eine Rede von Goebbels gesagt hatte, die dieser am Datum meines Geburtstags im Jahr 1933 anlässlich der Verbrennung von nazifeindlicher Literatur gehalten hatte: »Das Neue wird aus der Flamme unseres eigenen Herzens wieder emporsteigen«. An Vivians Miene erkannte ich, dass ihr der Satz gefiel. Die Wirkung der Hakenkreuzigungsmaschine wurde immer offensichtlicher! Als ich aus Hitlers *Mein Kampf* die Sätze zitierte »Die Psyche der breiten Masse ist nicht empfänglich für alles Halbe und Schwache. Die Masse liebt mehr den Herrscher als den Bittenden« und darauf eine andere Stelle, an der Hitler sagt: »Unsere Urahnen haben das Land, in dem wir jetzt leben, nicht als Geschenk des Himmels bekommen, sondern sie mussten es erobern, indem sie ihr eigenes Leben einsetzten«, sah uns Vivian immer mehr mit anderen Augen an. Sie entspannte sich, der Ausdruck eines festen Interesses war in ihrem Blick erschienen, und sie nickte mehrmals. Auf ein Zeichen von Klaus hin befreite ich sie von ihren Fesseln und erlaubte ihr aufzustehen.

Sie holte tief Luft und musterte uns. Wieder betrachtete sie unsere Kleidung, ihr Blick verweilte auf Klaus' aufrechter Haltung, und dann lächelte sie, lächelte mich direkt an und sagte einige bescheidene Worte, deren Inhalt jedoch mein Herz zum Singen brachte.

Sie brauchte uns, sie wollte uns.

Ich hatte Erfolg gehabt. Wir hatten Erfolg gehabt. Die Hakenkreuzigungsmaschine und ich, beides Geschöpfe meines Vaters, wir hatten etwas Erstaunliches vollbracht.

Vivian Wagner würde bei der Eroberung der Erde mit uns zusammenarbeiten.

Wir waren kaum zwei Häuserblocks von dem Lagerareal weggekommen, als der Kleinbus aufhörte zu funktionieren. Er stotterte, der Motor ging aus und sprang nicht mehr an. Möglicherweise war das Benzin ausgegangen.

Vivian seufzte augenscheinlich vor Erleichterung auf und sagte, wir würden mit dem Taxi weiterfahren und unser miserables Fahrzeug irgendwann später aus der Wildnis hier fortschaffen. Wir verließen also den Kleinbus (ich weiß noch, dass ich hoffte, dieses edle Produkt deutscher Konstruktion werde noch einen Benutzer finden) und fuhren mit einem gelben Auto weiter, das Vivian einige Straßenecken weiter anwarb, indem sie einfach auf die Fahrbahn trat und winkte. Mein Respekt vor ihr stieg noch mehr, denn das Fahrzeug hielt gehorsam an und überfuhr sie nicht, wie den armen SS-Mann, der den gleichen Trick auf der Autobahn ausprobiert hatte.

Während der Taxifahrt warf ich einen Blick auf Klaus und versuchte, in seinem Blick oder seinem Verhalten Hinweise darauf zu finden, ob er ebenfalls nicht begriff, was eigentlich vorging und was wir als Nächstes tun müssten, aber er setzte seine soldatischen Instinkte ein: Weil die Instanz, mit der man in den Verhandlungen Fortschritte erzielen musste, äußerst kooperationsfähig und aktiv wirkte, bestand kein Anlass, durch zu viele Fragen für Unruhe zu sorgen.

Als das Auto schließlich vor dem Wahlkampfbüro anhielt, sah uns Vivian kurz an, als erwartete sie, dass wir etwas unternahmen. Da wir nicht verstanden, was wir tun sollten, sprach sie kurz mit dem Fahrer übers Zahlen, reichte ihm eine kleine Karte, bekam einen Zettel zurück und schnaubte beim Aussteigen: »Verstehe, ihr seid vom Mond. Wahrscheinlich habt ihr euer letztes Geld in eure Kostüme gesteckt und in den abgewrackten VW-Bus. Dem Akzent nach seid ihr aus der Gegend von Minneapolis oder von noch weiter weg. Habt ihr wenigstens was, wo ihr übernachten könnt?«

Ich schüttelte den Kopf. Vivian schmunzelte. »Klar, ihr seid pleite und hofft anscheinend, dass ich euch ein Hotel bezahle. Na, das Geld dafür wird sich im Etat schon auftreiben lassen, aber das ziehe ich euch vom Lohn ab.«

Wir verstanden in dem Stadium nichts von dem, was sie sagte. Das Wort *broke* für pleite verstand ich erst viel später. Ich dachte, weil wir nach der langen Reise müde oder schmuddelig aussahen, hätte sie uns als »gebrochen« bezeichnet.

Nicht einmal ich als Erdkennerin war auf den Gedanken gekommen, dass wir auf der Erde Zahlungsmittel brauchten. Man darf allerdings nicht vergessen, dass Klaus ursprünglich die Anweisungen des Mondführers befolgen sollte. Er hätte lediglich das Telefon des erstbesten Erdlings in Volkseigentum überführt und wäre dann ohne weiteres Zögern zum Mond zurückgekehrt. Wofür hätte er da Geld gebraucht? Als Klaus seinen eigenen Plan entwickelte (der sich mir bald offenbarte), verließ er sich eindeutig darauf, mit seiner bloßen Autorität und mithilfe der Hakenkreuzigungsmaschine voranzukommen. Wir hatten nicht wissen können, dass man im kapitalistischen System ohne Geld kaum aus dem Haus treten konnte, geschweige denn hinein.

In ihrem Büro machte Vivian Wagner mit ihrem kleinen Telefon-Computer-Gerät, das mir sehr bekannt vorkam, Fotos von uns und unserer Garderobe, schickte die Bilder direkt – wieder eine neue, bestürzende Eigenschaft dieses Dings – an irgendwelche Personen, die sie Artdirectors nannte, und rief begeistert eine Menge Leute an, von denen sie einige wahrscheinlich aus dem Schlaf weckte. Sie wollte, dass ich möglichst genau wiederholte, was ich in dem Lagerhaus gesagt hatte, und nahm auch das mit ihrem Telefonapparat auf, als wäre es ein Magnetophon.

Sie erkundigte sich nach unseren Kleidern und war vollkommen hingerissen, als sie hörte, dass die Modelle ursprünglich von Hugo Boss und seinen Untergebenen entworfen worden waren. Ich hatte gar nicht gewusst, dass jene Person, die in den 1940er-Jahren unter anderem Uniformen für die Hitlerjugend entworfen hatte, noch immer auf der Erde bekannt und beliebt war.

Auch wenn ich wusste, dass die Nacht auf der Erde nur ungefähr zwölf Stunden dauerte und auf der nördlichen Halbkugel in der Zeit, die Sommer genannt wurde, noch weniger, war ich erstaunt, als ich am zunehmenden Licht vor den Fenstern erkannte, dass der Sonnenaufgang näher rückte. Vivian war endlich zufrieden mit dem vorläufigen Material, das sie bekommen hatte. Sie drückte Klaus ein Bündel Scheine in die Hand und begleitete uns auf die Straße, winkte ein gelbes Auto heran und erklärte dem Fahrer, in welches Hotel er uns bringen solle. Das Wort Hotel kannte ich. Hotels waren kostenpflichtige Unterkünfte, und in einer solchen waren für uns nun zwei Einzelzimmer reserviert, »so lange unser Consulting-Verhältnis besteht«. Vivian wollte, dass wir am nächsten Tag kamen und die Kleider, die wir jetzt anhatten, vorbeibrachten, damit sie »von einer Kostümbildnerin genauer betrachtet« werden könnten, aber auch, um darüber zu reden, wie es weitergehen sollte, denn allmählich eilte es schon mit dem Termin bei der Präsidentin. Als ich fragte, wie wir unsere einzigen Kleider hergeben sollten, seufzte sie tief, murmelte wieder etwas von pleite und kramte ein paar weitere Scheine aus ihrer Tasche. Sie riet uns, gleich am Morgen in einem Geschäft nahe des Hotels ein paar Garnituren Kleidung und was wir sonst noch brauchten zu kaufen und die Quittungen aufzuheben. Dann sollten wir dem Pförtner nur sagen, wir wären Klaus Adler und Renate Richter und hätten einen Termin mit Vivian Wagner. Später bekämen wir Zugangskarten, was immer das auch war.

Das Hotelzimmer war ungefähr so groß wie die gesamte Wohnkammer unserer Familie auf dem Mond. Allein das Bett hatte die Größe meines Schlafzimmers und war ungesund weich. Die schimmernde Glätte der Bettwäsche fühlte sich fast unangenehm schlüpfrig an. Überdies lagen dicke, erstickend bauschige Decken auf dem Bett. In der Hakenkreuzfestung benutzen wir über und unter uns bloß Laken.

Weil ich an die exakt auf zwanzig Grad regulierte Temperatur in der Festung gewöhnt war, hatte ich die Luft draußen als geradezu drückend heiß empfunden. Erst nach Sonnenuntergang war es angenehm auf den Straßen gewesen. Die Luft im Hotelzimmer fühlte sich jedoch eisig auf der Haut an. Meine einzige Erfahrung mit so kalten Innenräumen stammte aus den verlassenen Tunneln, die sich tief unter der Festung durch den Mondboden schlängelten, in denen noch niemand wohnte und in denen nichts Wertvolles aufbewahrt wurde, so dass man sie daher auch praktisch nicht beheizte.

Hätte ich im Freien geschlafen, wäre es mir nach Sonnenuntergang unter dem bloßen Laken angenehm gewesen, aber weil das Hotelzimmer heruntergekühlt worden war, brauchte ich eine dicke Decke. Wie unfassbar unlogisch! Allein die Vorstellung, unter die armdicke Decke zu kriechen, war beklemmend. Ich rollte sie am Bettrand zusammen.

Ich hätte quer im Bett schlafen können, und trotzdem hätte kein Körperteil hinausgeragt. Nie zuvor war ich auf die Idee gekommen, was es für einen Luxus bedeutete, Platz zu haben. Hätte uns Vivian Wagner ein gemeinsames Zimmer reserviert, hätte ich theoretisch mit Klaus Adler in einem Bett schlafen können, denn zwischen uns wäre trotzdem noch Platz von der Größe eines herkömmlichen Mondbettes, wie sie für zärtliche Stunden gebraucht wurden, gewesen.

Nun musste ich aber unbedingt urinieren. Das Bedürfnis war schon lange vorhanden gewesen, aber die Aufregung und die Fülle der Ereignisse hatten es in den Hintergrund gedrängt. Mich entsetzte die Vorstellung, in den Kellern des fremden Gebäudes nach einem Abort zu suchen, aber fast aus Versehen machte ich eine Tür in meinem Zimmer auf, hinter der ich einen Schrank vermutete. Stattdessen tat sich dahinter ein großer Raum auf, dem man sofort ansah, dass er mit Wasserleitung und Abfluss ausgestattet war, wie die Waschkammern auf dem Mond. Zu meiner Freude gab es darin auch einen Wasserklosettsitz, wie ich ihn auf Bildern gesehen hatte, und von dem ich wusste, dass er auf der Erde üblich war.

Offenbar hatte jeder, der im Hotel wohnte, sein eigenes Klosett und seinen eigenen Wasserhahn. In der Schwarzen Sonne befanden sich die Waschkammern und die Wasserzapfstellen auf den Gängen.

Ich nahm an, dass es irgendwo einen Hinweis gab, ob das Klosett für Urin oder für feste Ausscheidungen bestimmt war, aber ich sah kein Schild und keine Schemazeichnung. Ich musste davon ausgehen, dass dieser Abort für Urin gedacht war, weil die Ausscheidung von flüssigen Rückständen im Lauf eines Tages um ein Vielfaches häufiger war als die von festen Fäkalien. Die Ortsansässigen wussten gewiss auch ohne gesonderte Hinweise, wo die Kammern mit den Donnerbalken lagen.

Nachdem ich uriniert hatte, suchte ich nach einem Toilettentuch, um mich zu reinigen. Der riesige Klosettraum war voller Textilien aller Art, aber kleine Handtücher sah ich in Reichweite meines Sitzplatzes nicht. Stattdessen befand sich an einer Halterung neben mir eine Rolle, von der man weiche Papierstreifen lösen konnte.

Ich weiß noch, wie ich vor Scham die Augen schloss, als ich ein Stück Papier von der Rolle riss und damit die Urintropfen von meinen Schamhaaren wischte. Papier. Das nahezu wertvollste Material in der Festung – und so wird es benutzt! Ich erinnerte mich an das Notizbuch, das ich zum sechsten Geburtstag geschenkt bekommen hatte, wie kostbar es war. Im Nachhinein denke ich mir, dass ein Bewohner New Yorks vielleicht ein ähnliches Gefühl hätte, wenn er sich den Hintern mit Hundert-Dollar-Scheinen abwischen würde. Ich nahm an, dass das Spülwasser im Klosett bereits einmal benutzt worden war, zum Beispiel zum Putzen, ansonsten wäre die Verschwendung ja vollkommen irrsinnig gewesen.

Es gab es noch mehr Rätselhaftes in dem Raum. Sehr sonderbar fand ich, dass man Abort und Waschraum zusammengelegt hatte. Ich konnte darin keinerlei Sinn erkennen. Warum wurden an einem Ort, an dem man sich reinigte, auch geruchsintensive Ausscheidungen verarbeitet?

Die Dusche war über einem großformatigen weißen Becken angebracht, das eine Abflussöffnung hatte, die man mit einem Pfropfen schließen konnte. Ich nahm an, dass es dem Bewohner dadurch möglich war, größere Wäsche wie Laken zu waschen.

Die Regulierung des Wasserflusses und der Temperatur der Dusche verstand ich schnell, aber ich erschrak fast, als ich begriff, wie heiß man das Wasser stellen konnte, wenn man wollte. Was für einen Sinn hatte das? Warum konnte aus der Dusche kein Wasser in Körpertemperatur kommen, so wie auf dem Mond? Warum hätten wir das Duschwasser auf über vierzig Grad erhitzen sollen, auch wenn wir dank Helium-3 mehr Energie hatten, als wir vergeuden konnten? Es wollte sich doch wohl niemand selbst kochen?

Als ich das Wasser auf die richtige Wärme reguliert und mich innerhalb von genau einer Minute gewaschen hatte, wartete ich darauf, dass der Duschstrahl versiegte. Dies geschah jedoch nicht. Ich dachte, die Standarddauer auf der Erde würde vielleicht anderthalb oder zwei Minuten betragen, aber das Wasser floss weiter.

Nachdem ich bestimmt mehr als drei Minuten das Fließen des Wassers betrachtet und belauscht hatte, drehte ich den Hahn zu.

Erstaunlich.

Geradezu unheimlich.

In dem Waschraum-Abort gab es so viele unterschiedlich große Handtücher, dass ich annahm, sie sollten für mehrere Wochen reichen. Ich benutzte eines. Es gab auch eine Art Mantel aus weißem, dickem, flauschigem Stoff, für den ich dankbar war, denn die eisige Luft im Schlafzimmer wäre mit nackter, feuchter Haut wirklich scheußlich gewesen. Ich zog den Mantel an und kehrte in den Schlafbereich zurück. Obwohl ich Deckenlicht und Nachttischlampe ausschaltete, drang noch Licht ins Zimmer, und ich hörte weit unten Motorengeräusche und Hupen.

Das Fenster hatte keinen Laden aus Metall, sondern Verdunkler aus Stoff, die man von der Seite her zur Mitte zog. Sie dämpften auch die Geräusche ein wenig. Ich legte den dicken Mantel auf einem Stuhl ab, schlüpfte zwischen die glatten Stoffe ins Bett, und obwohl ich dachte, ich wäre zu aufgeregt, um schlafen zu können, schlief ich offenbar im selben Moment ein, in dem ich den Kopf aufs Kissen legte.

Ich wachte von einem Klopfen auf. Ich wusste nicht, wo ich war. Im Halbdunkel erkannte ich, dass die Decke zu hoch, und die Wände zu weit weg von mir und voneinander waren. Dann spürte ich die gekühlte Luft auf der Haut und erinnerte mich, dass ich mich auf der Erde befand. Freude und Aufregung erfüllten mich.

Das Klopfen wiederholte sich, und ich hörte Klaus' Stimme: »Renate?«

»Moment!«, rief ich. Ich hatte selbstverständlich nackt geschlafen, obwohl ich aus Büchern und Filmen wusste, dass es auf der Erde Brauch war, spezielle Nachtgewänder anzulegen. Jetzt brauchte ich jedoch etwas zum Überziehen. Wie konnte ich mich schneller sittsam verhüllen, als mühsam die Uniform anzuziehen? Da fiel mir der flauschige Mantel aus dem Waschraum ein. Den konnte man in einer Sekunde anziehen. Ein großartiges

Kleidungsstück, bei der täglichen Arbeit jedoch vielleicht etwas unpraktisch.

Ich öffnete die schwere Tür. Klaus sah äußerst seltsam aus. Er hatte blaue Hosen mit vielen sichtbaren Säumen und Nähten sowie ein elastisch wirkendes schwarzes Hemd ohne Kragen an, das vorne bedruckt war. Darüber trug er eine Jacke, die leicht an eine Offiziersjacke erinnerte, die er aber nicht zugeknöpft hatte. Anscheinend wollte er, dass man das Bild auf seinem Hemd sah, denn er deutete darauf und sagte: »Ich hätte nicht damit gerechnet, auf der Erde ein so erfreuliches Kleidungsstück zu finden. Adler, Helm und dazu auch noch das Totenkopf-Symbol!«

Tatsächlich war das Hemd mit dem Wappenadler der Nazis und einem Totenschädel bedruckt, der einen historischen Helm deutschen Modells aufhatte! Auch Spritzer waren zu erkennen, die wohl Farbe oder Blut darstellen sollten. In großen, groben Buchstaben stand darüber das Wort SLAYER, wobei der Buchstabe S ein wenig an das Symbol unserer SS-Einheiten erinnerte. Statt Stiefeln trug Klaus Schuhe ohne Schaft. In der Hand hielt er zwei biegsame, aus dünnem, glänzendem Material gemachte bunte Taschen, die ebenfalls mit Buchstaben und Bildern bedruckt waren. Ohne um Erlaubnis zu bitten, marschierte er an mir vorbei und stellte die Taschen aufs Bett.

»Ich war auf Aufklärungstour, wie es sich für meine Arbeit gehört. Dabei habe ich eine provisorische Garderobe für uns beide beschafft. Wenn wir unsere Kleider von Frau Wagner zurückbekommen, ziehen wir uns wieder ordnungsgemäß an.« Er schüttete einen Stoß Kleider aus einer Tasche aufs Bett. »Wenn die nicht die richtige Größe haben, kann man sie umtauschen oder zurückgeben. Frau Wagners Rat, die so genannten Quittungen aufzubewahren, ist in diesem System offenbar ein Schlüsselfaktor. In diesen Dingen nimmt sich der Kapitalismus überraschend flexibel aus, und wie es aussieht, werden nicht alle Geschäfte von Juden geführt.«

Ich ging mir die Kleider ansehen. Der Rock war etwas kürzer und enger, als ich es von meiner Werktagsuniform gewohnt war, ansonsten aber erstaunlich ähnlich – zumal Klaus ein eher dunkles Grau gewählt hatte. Die weiße Bluse aus glattem Stoff erinnerte vom Schnitt her an meine, ebenso die dunkelgraue Jacke. Ich riet, dass die Packung, auf der Beine abgebildet waren, Strümpfe enthielt. Was ich darin fand, war etwas Hauchdünnes und Hautfarbenes. Aber es handelte sich nicht um zwei getrennte Strümpfe, sondern sie waren oben miteinander verbunden wie eine Hose.

Klaus schaute weg, und ich meinte zu sehen, dass sich seine Wangen etwas röteten.

»Leider kann man Unterwäsche weder umtauschen noch zurückgeben. Das … Kleidungsstück dort … hatte jedoch einen sehr günstigen Preis, weshalb ich es wagte, es zu kaufen. Von nun an könntest du derlei Einkäufe selbst tätigen, sofern Bedarf entsteht. Ich kann dir dafür ein paar Geldmittel überlassen.«

»Danke. Und jetzt … würdest du …«, sagte ich unbestimmt, aber Klaus verstand mich. Er schlug die Hacken zusammen, grüßte und ging. Das sah ohne glänzende

Stiefel und Schulterriemen fraglos etwas sonderbar aus, vor allem weil er diese komischen, hässlichen Hosen anhatte, die »Jeans« genannt wurden.

Wir brauchten Nahrung. Klaus und den SS-Männern waren Chlorella-Rationen und Wasser für den Hin- und Rückflug und die für den Auftrag veranschlagte Zeit mitgegeben worden, doch diesen knappen Proviant hatten wir uns beim Warten auf Vivian geteilt. Klaus hatte herausgefunden, dass es im Erdgeschoss unseres Hotels einen Speisesaal gab, in dem man essen konnte wie die Familienlosen in der Schwarzen Sonne in der Volkskantine. Es genügte, die Papphülle der Schlüssel (seltsame Plättchen, die in einen Schlitz in der Tür gesteckt wurden) vorzuzeigen, um eine Mahlzeit zu erhalten.

Es waren viele Leute im Speisesaal und es herrschte Stimmengewirr. Im Hintergrund lief sonderbare Musik mit schnellem Rhythmus. Man brachte uns ein auf glänzende Pappe gedrucktes Verzeichnis, aus dem wir auswählen mussten, was wir essen wollten. Die Luft war voller unbekannter, durchdringender Gerüche, die vermutlich aus der Zubereitung von tierischen Proteinen stammten. Daraus schloss ich, dass die meisten Kunden Portionen vor sich hatten, die Zutaten wie »Würstchen« oder »Speck« enthielten, die mir aus Büchern bekannt waren. Zum Glück erkannte ich auf der Liste einige Speisen auf Pflanzenbasis und bestellte für uns beide Haferbrei und Obstsalat. Die Person, die nach unseren Wünschen fragte, schlug vor, zum Essen auch Kaffee zu bringen. Ich erinnerte mich, von diesem beliebten Getränk gelesen zu haben und stimmte zu, denn soweit ich wusste, war es ebenfalls rein pflanzlich. Als ich bereits bestellt hatte, merkte ich, dass einige Gäste flache, helle Brotstücke aßen und bedauerte, dass ich die Gelegenheit verpasst hatte, etwas zu essen, das Heidi so gern gemocht hatte. Ich beschloss, es bei der nächsten Mahlzeit zu probieren.

Bald bekamen wir riesige Tassen mit einer schwarzen Brühe vorgesetzt und ein kleines Gefäß mit weißen Würfeln. Nach dem, was ich aus den Filmen schließen konnte, handelte es sich bei den Würfeln um Zucker, wie er sich in kleinen Mengen auch bei den von uns kultivierten Pflanzen bildete. Meines Wissens haben wir nie daran gedacht, dieses für die Zähne äußerst gefährliche Konzentrat zu extrahieren. Dasselbe Gefäß enthielt winzige Papierhüllen, in die man einzelne runde Tabletten gepackt hatte. Die rührte ich nicht an. Auf den Tisch wurde außerdem eine kleine Kanne mit weißer Flüssigkeit gestellt. Ich begriff, dass es sich dabei um das Sekret weiblicher Rinder handelte und schob sie angewidert zur Seite. Die schwarze Brühe selbst schmeckte bestürzend schlecht, ich konnte lediglich zwei Schlucke trinken. Aber der Brei war schmackhaft und ein interessantes Gericht. Von der Konsistenz her erinnerte er an einige unserer Chlorella-Speisen, wobei er einen milden, nicht direkt unangenehmen, leicht stechenden Geschmack hatte, der, wie ich später verstand, von der recht großen Menge Salz herrührte. Über den Brei waren winzige farbige Früchte gestreut, dem Rationsverzeichnis nach »Beeren«, von denen ich schon mal gelesen hatte. Sie waren betörend köstlich, und als ich den Obstsalat aß, nahm ich im Mund die Konsistenz der unterschiedlichen feuchten Stückchen und die Grade von Süße und Säure ebenso überfordert wahr, wie mein Sehsinn die blendenden Farben der Früchte verschlang. Bei beiden Gerichten war Süße die vorherrschende Geschmackswahrnehmung, was mich damals überraschte, aber mit der Zeit stellte sich heraus, dass es auf der Erde üblich war, auch solchen Speisen und Getränken süßende Stoffe zuzuführen, die bereits natürlichen Zucker enthielten. Klaus trank etwas mehr von seinem Getränk als ich von meinem, und plötzlich sagte er mit gedämpfter Stimme: »Ich glaube, man versucht uns zu vergiften.«

Kleine Schweißtropfen waren ihm auf die Stirn getreten. Auch ich fühlte mich seltsam. Einerseits spürte ich einen leichten Schwindel, andererseits wirkte die Welt um mich herum sehr klar und deutlich, und ich fühlte mich so energisch und frisch, dass ich nicht wusste, wohin mit mir. Dennoch schlug mein Herz viel schneller, als wäre ich einer Gefahr ausgesetzt, und das obwohl um uns herum nichts Verdächtiges oder Alarmierendes zu sehen war.

»Vielleicht sollten wir nicht mehr essen und trinken«, flüsterte ich.

Im Nachhinein wundere ich mich nicht, dass wir glaubten, man hätte uns ein Nervengift ins Essen und Trinken geschmuggelt. Wir standen beide auf, ohne unsere Portionen auch nur zur Hälfte verzehrt zu haben und machten uns rasch auf den Weg zu unseren Zimmern. Nie hatte ich Klaus so nervös erlebt, er redete wortreich und schnell und warf immer wieder Blicke über die

Schulter. Ich verstand sein Verhalten, denn ich war ebenfalls angespannt und übertrieben wachsam, und es kribbelte in meinen Fingerspitzen. Die fensterlosen, Tag und Nacht von Kunstlicht erleuchteten Hotelflure waren mir zuvor heimisch und sicher erschienen, da sie mich an die Hakenkreuzfestung erinnerten, aber als sich in einer Ecke plötzlich ein weiblicher Untermensch mit Putzwagen zu uns umdrehte, sprang Klaus einen halben Meter in die Luft und tastete instinktiv nach seiner Waffe. (Die hatte er zum Glück nicht bei sich.) Die Unti-Frau wiederum erschrak wegen Klaus' Reaktion und bat in einem Wortschwall um Entschuldigung. Klaus hörte nicht hin, sondern schritt unruhig weiter und sagte hastig und verlegen, er wolle sofort in sein Zimmer. Gewisse schlichte Empfindungen sagten auch mir, dass Anlass bestand, sich zu beeilen.

Ich war sehr dankbar dafür, dass wir jeweils ein eigenes Zimmer hatten mit einem eigenen Abort, und nun scherte ich mich kein bisschen darum, für welche Ausscheidungen der Klosettsitz gedacht war. Ich hätte auch wirklich keinen Augenzeugen für die Darmreaktionen haben wollen, die ziemlich rasch auf unsere Mahlzeit folgten.

Mein Vater hatte vorauszusagen gewusst, wie unsere Körper auf die Unreinheiten der Luft und auf die Sonne reagieren würden, und darum vorbeugende Medikamente entwickeln können, aber offenbar hatte niemand an das Essen auf der Erde gedacht. Unser Darm enthielt keinen Bakterienbestand, der eine solche Ernährung gewöhnt gewesen wäre. Zum Glück ging diese nahezu gewalttätige Reaktion relativ schnell vorbei. Auch an den leichten Rauschzustand, der vom Zucker, den man dem Koffein, den Früchten und dem Brei beigefügt hatte, ausgelöst wurde, gewöhnten wir uns innerhalb weniger Tage. Dennoch mag ich den Geschmack von Kaffee noch immer nicht und vermisse ihn auch nicht. Darüber bin ich glücklich, denn ich kenne in der Festung zahlreiche Menschen mit Erdhintergrund, die sehnsüchtig vom Kaffee reden, die finden, ohne jenes Lebenselixier wäre es fast unmöglich, morgens aus dem Bett zu kommen, und die bereit wären, alles Erdenkliche zu tun, um etwas davon zu bekommen. Inzwischen weiß ich, dass das im Kaffee enthaltene Koffein ein Stoff mit starker Wirkung auf die Neurochemie ist, der das Gehirn daran hindert, den Ermüdungszustand des Körpers zu registrieren. Es unterscheidet sich also so gut wie nicht von Medikamenten, Rauschmitteln oder gar Giften.

Die Erdlinge schienen am heftigsten von zwei übelriechenden schwarzen Flüssigkeiten abhängig zu sein: Kaffee und Öl.

Nachdem wir uns erholt hatten, fuhren wir mit einem der inzwischen schon vertrauten gelben, Taxis genannten, kostenpflichtigen Autos zu Vivian Wagners Büro (wir ließen uns eine Quittung geben), und es kam so, wie Vivian versprochen hatte. Wir mussten in der Eingangshalle nur unsere Namen nennen, und derselbe Mann, der zuvor sowohl uns als auch James Washington abgewiesen hatte, benahm sich nun, als wären wir vollkommen andere Personen. Vielleicht waren wir das in unseren neuen Kleidern für ihn auch. Er warf nur einen kurzen Blick auf eine Liste, auf der unsere Namen standen, das genügte.

Vivian nahm die Kunststofftaschen mit unseren Uniformen entgegen, versprach, sie uns später zurückzugeben, und gab uns zwei Gegenstände, die wie große Brüder ihres Telefons aussahen. Sie hatten einen metallfarbenen Rahmen, eine schwarze Glasoberfläche und die gleichen Proportionen wie das Telefon, aber sie waren wesentlich größer, fast so groß wie ein Blatt Papier. »Renate, schreib mir noch mehr Redematerial für die Kampagne auf und schick es mir. Ansonsten müssen wir ständig in Kontakt bleiben, weshalb ich uns einen Chat eingerichtet habe. Ihr wisst doch, wie man mit diesem Tablet-Modell und dem neuesten Betriebssystem von Apple umgeht?«

Klaus sagte sichtlich ungehalten: »Sie erinnern sich vielleicht nicht mehr, dass wir vom Mond kommen. Wir haben solche Geräte nicht. Ein kurze Einführung wäre also am Platze.«

Vivian grinste. »Minnesota, hab ich doch gesagt. Ihr habt Nerven.« Sie führte uns in ein leeres Zimmer, das sie »Konferenzraum« nannte, und holte einen jungen Mann, der zu meiner Verblüffung lange Haare hatte und einen Pferdeschwanz trug. Mehrere Stunden lang führte er uns die Wunder des Tablet genannten Gerätes vor. Man konnte damit schreiben wie mit einer Schreibmaschine! Auf dem Bildschirm erschien das Bild einer Tastatur, und wenn man die Bilder der einzelnen Tasten berührte und somit das Maschinenschreiben nachahmte, füllte sich der leere Teil der Scheibe wie durch ein

Wunder mit Schrift. Was man geschrieben hatte, konnte man in den Tiefen des Geräts als »Datei« speichern. Wann immer man wollte, konnte man diese wieder hervorholen und zum Beispiel verändern. Man konnte geschriebene Nachrichten mit dem Gerät verschicken und empfangen und Textdateien oder auch Bilder anhängen. Man konnte damit auch fotografieren, bewegte Bilder konservieren und Ton aufnehmen, genau wie mit einem Telefon. Außerdem konnte man damit »im Internet surfen«. Dieser Ausdruck sagte mir nichts, aber Klaus stellte viele Fragen, und der junge Mann antwortete, so gut er konnte, freilich mit etwas leidendem Gesichtsausdruck.

Als der junge Mann schließlich den Raum verlassen hatte und wir den Umgang mit dem Tablet übten, sagte ich: »In so einem steckt bestimmt noch mehr Rechenkapazität als in Washingtons Telefonkameragerät.«

Klaus sagte nichts, nickte nur und probierte weiter am eigenen Tablet herum. Er drückte konzentriert die Tasten und runzelte die Stirn. »Die Rechenkapazität ist jetzt Nebensache. Sollte all das, was man uns gerade erzählt hat, zutreffen, dann ist dieses ›Internet‹ ein enorm effektives Nachrichtenmittel. Man kann damit mehr Menschen als je zuvor erreichen.«

»Effektiver als der Fernseher?« Ich wusste, dass der Fernseher eine äußerst fortschrittliche deutsche Erfindung war und der Ur-Führer die erste Fernsehrede der Welt gehalten hatte. Später hatten die Kapitalisten aus dem Fernseher am ehesten ein Gerät zur Gehirnwäsche gemacht, dessen Zweck allein darin bestand, das Volk mit Ulk-Sendungen zu verdummen und sinnlose Produkte und Waren zu verkaufen, damit die Ausbeuter noch reicher wurden.

»Viel effektiver. Natürlich können diejenigen, die die Fernsehkanäle kontrollieren, bestimmen, was die Menschen sehen, und manchmal ist es auch ein praktischer Weg, das Volk zu informieren und ihre Ideologie klar zu halten. Doch legt der Fernseher dem Zuschauer einseitig das zu Hörende und zu Sehende in den Schoß, und wenn ein Volksangehöriger aus irgendeinem Grund zu abtrünnigem Denken neigt und zum Beispiel nicht an die Überlegenheit des nationalsozialistischen Systems glauben oder nicht einmal etwas davon hören will, bekommt man ihn nicht zu fassen. Er muss nur den Fernseher ausschalten. Aber wenn sie von sich aus nach Themen suchen, für die sie sich interessieren, sind sie schon zur Hälfte bekehrt. Die Mitteilungen, Gespräche, Filme und sonstigen Materialien, die man mit diesem Gerät studieren kann, unterliegen, wenn ich es richtig verstanden habe, keiner staatlichen Zentralregelung.«

Das klang absolut unglaublich.

»Wie ist das möglich? Da kann ja jeder sagen und behaupten, was er will.«

»Genau. Offenbar überwacht oder prüft niemand die Informationen, die in dieses ›Internet‹ gestellt werden. Ich habe eine Seite gefunden, auf der über Vegetarismus diskutiert wurde. Viele Teilnehmer behaupteten dort, der Mensch könne nicht ausschließlich von pflanzlicher Nahrung leben, ohne das Fleisch von Tieren würde er krank werden und sterben. Und obwohl wir wissen, dass das nicht stimmt, schienen erstaunlich viele Teilnehmer der Diskussion ernsthaft daran zu glauben und vertraten ihren Standpunkt mit Heftigkeit. Es hatte den Anschein, als sei es auf diesem Informationskanal wichtiger zu wiederholen, dass die eigenen Bekannten die Wahrheit sagen, als Aufschluss über etwas zu erlangen.«

Dies alles war sehr interessant, schien aber nicht zu unserer eigentlichen Aufgabe zu gehören. Ich musste darum eine direkte Frage stellen.

»Werden wir gar keine Rechenkapazität auf den Mond bringen?«

In dem Moment kam Vivian mit ihrem eigenen Tabletgerät herein, und wir probierten kurz das Senden und Empfangen von Chat-Nachrichten aus. Vivian bat – oder besser *befahl* – uns, am nächsten Tag wieder um acht ins Büro zu kommen. Dann würden wir uns auf das Treffen mit der Präsidentin vorbereiten.

Ich habe mir die Finger müde geschrieben. Es kommt auch jemand. Ich mache ein andermal weiter, Kitty.

28. April 2047

Liebe Kitty,

endlich mal eine angenehme Unterbrechung! Obi wollte mit mir über James' Geburtstag sprechen (und ich habe den Verdacht, dass sie auch Pläne für meinen Geburtstag hat, bis dahin ist es gerade mal eine Woche, aber davon hat sie als clevere junge Frau natürlich keinen Mucks gesagt). Wir verbrachten eine angenehme Stunde damit, über ihren Vater zu sprechen. Obi ist ein fantastisches Mädchen, temperamentvoll und impulsiv wie James, und von ihrer Mutter hat sie zumindest die Neigung gelernt, ein kleiner Frechdachs zu sein. Sie fragte nämlich ganz plötzlich, was eigentlich in meinem Kopf vorgehe und ob ich im Leben überhaupt nichts gelernt hätte. Ich verstand nicht, was sie mir sagen wollte, und Obi setzte ihre Standpauke fort – sie hatte ihre Geschichtsaufgaben gemacht und wusste angeblich nur zu gut, dass die Menschheit dazu neigt, immer wieder die gleichen Fehler zu machen. Wir auf dem Mond wollten doch aber nicht dieselben Fehler wiederholen.

Da verstand ich, worauf sie anspielte. Sie oder jemand anderes hatte wahrscheinlich gesehen, wie ich lebhaft mit gewissen Ideologieorganisationsführern der Festung diskutiert hatte. Aber meine Güte, das gehört eben zu meinen Aufgaben!

Ich beschwichtigte Obi. Es sei amüsant sich einzubilden, eine der vielen verstreuten Weltanschauungen oder Kulte, die von den Flüchtlingen mitgebracht worden waren, könne mir den Kopf verdreht haben. Doch sie alle seien mitsamt ihren Überzeugungen ganz und gar ungefährlich. Obi beruhigte sich und wir wechselten das Thema, aber im Nachhinein kam mir zugegebenermaßen der Gedanke, dass es in unserer Lage sicher gar nicht so schlecht wäre, an einen allmächtigen Führer oder an eine Gottheit zu glauben. Das würde immerhin für einen Moment die Sorge darüber vergessen lassen, was man selbst tun müsste, um die Dinge zu verbessern. Oder ob das überhaupt möglich wäre.

Aber jetzt komme ich noch einmal auf das schon erwähnte Jahr 2018 zurück.

Wir kehrten zu Fuß zum Hotel zurück. Der Jüngling mit dem Pferdeschwanz hatte uns gezeigt, wie man den Plan von New York auf die Glasscheibe des Tablets holte beziehungsweise nahezu jede Karte des Globus, und wie von Zauberhand erschien ein Punkt auf dem Plan, der sagte, wo sich der Träger des Tablets gerade befand. Ich war bereits ziemlich erschöpft vom vielen Staunen über die magischen Eigenschaften, die endlos aus den Geräten hervorsprudelten.

Der Weg zu unserem Hotel war eigentlich ziemlich kurz. Zu Fuß dauerte es nicht länger oder sogar weniger lang als mit dem gelben Mietauto, denn der Verkehr war auf vielen Straßen eingeschränkt, man musste Umwege machen und konnte nicht immer direkt von einem Punkt zum anderen fahren. Außerdem waren so viele Fahrzeuge auf der Straße, dass der Verkehr jederzeit minutenlang still stehen konnte. Unglaublich, dass es manche trotzdem vorzogen, im Wagen zu sitzen. Mit teutonischer Effektivität hatte das nichts zu tun.

Überdies war es interessant, beim Gehen die Menschen und Autos auf den Straßen zu beobachten, die Vögel und Hunde, die riesigen, vor Waren überbordenden Schaufenster der großen Geschäfte und die verschiedenen Karren und Buden, die unterschiedliche Speisen verkauften. Wenn wir an einer Straßenecke stehenblieben, um uns zu vergewissern, wo wir uns befanden, prägte ich mir die Schilder an den Fassaden und die Formen der Häuser ein, damit ich bei Bedarf auch ohne Tablet von unserem Hotel zu Vivian Wagners Büro gehen konnte.

Klaus, der bereits Erfahrung gesammelt hatte, wollte auch mich ins »Kaufen« einweihen, sprich in den Tausch des von Vivian erhaltenen Geldes gegen Güter. Ich überlegte, was ich brauchte, und kam auf eine Zahnbürste, denn ich verstand, dass der überreich vorhandene Zucker in den irdischen Lebensmitteln ansonsten eine große Gefahr für mein Gebiss darstellen würde. In unserer Hotelwohnung wurden keine Zahnbürsten angeboten, nur Seifen und kleine Flaschen mit Reinigungsmitteln und Cremes. Klaus hatte seine eigene Bürste in der Aktentasche dabei, aber auch er war daran interessiert, die Gebrauchsgegenstände der Erde kennenzulernen. Wir suchten also in einem Geschäft, das darauf spezialisiert war, nach Hygieneartikeln.

Dank der Filme wusste ich, was »Geschäfte« waren. Allerdings war ich nicht auf ihre Größe, auf die unfassbare Menge an Waren, an die eiskalte Raumluft, die pausenlose seltsame Musik, die einen nervös machte, und vor allem nicht auf den entsetzlich stechenden, giftigen Gestank in manchen Abteilungen, von dem man wohl dachte, er sei anziehend, vorbereitet. Mit Hilfe der furchtbaren Gerüche versuchte man, Frauen dazu zu bewegen, künstliche Duftstoffe zu kaufen, die man sich auf die Haut strich oder sprühte.

Zahnbürsten waren zu Hunderten im Angebot, und ich erfuhr, dass es auch maschinelle Modelle gab. Das verstand ich nicht, denn die Bewegung der Bürste im Mund kostete eigentlich keine physische Anstrengung. Schließlich entschied ich mich für eine Bürste, deren Farbe mir am besten gefiel – sie war hellrot –, denn ein besserer Grund für die Wahl fiel mir nicht ein. Ich konnte ohnehin nicht begreifen, warum es in dem Geschäft zig verschiedene Produkte gab, die alle den gleichen Zweck hatten.

Klaus nahm ein Regal mit verschiedenen Sonnenschutzcremes in Augenschein. Offenbar konnte auch die Haut der Erdlinge auf ungefilterte ultraviolette Strahlung reagieren. Wir hatten beide vergessen, unsere eigene Schutzcreme (von der noch ein wenig übrig war) zum Beispiel zwischen den Fingern aufzutragen, und diese Stellen wurden jetzt rot, brannten und juckten. Es war in der Tat sinnvoll, der Sonne mit Respekt zu begegnen, nicht nur auf dem von Sonneneruptionen gebeutelten Mond.

Aber wofür brauchten die Erdlinge so viele verschiedene Sonnencremes? Klaus stellte diesbezüglich Fragen an einen Verkäufer, der die Regale aufräumte, und erfuhr, dass die Zahl auf der Flasche verriet, wie gut der Schutz war, den die Creme bot. Wieder einmal war ich verblüfft. Wenn sie Sonnencreme machen konnten, die guten Schutz bot, warum verkauften sie dann auch schwächere? Wer wollte dafür bezahlen, selbst bei einem geringeren Preis, wenn die deutlich sicherere und wirksamere Creme direkt daneben stand?

Noch mehr durcheinander brachte mich der Umstand, dass es von jeder Wirksamkeitsstärke mehrere verschiedene Flaschen gab, die aber alle ungefähr gleich viel kosteten. Den langen Produktangaben zufolge enthielten sie in etwa die gleichen Inhaltsstoffe und waren als gleich effektiv deklariert. Nur die Farben, Formen und sonstigen Symbole der Flaschen unterschieden sich.

Ich konnte es nicht begreifen.

Warum verschwendeten sie so viele Rohstoffe und Energie, anstatt eine gute Creme herzustellen?

Klaus kaufte eine Flasche der allerstärksten Sonnencreme.

Im Hotel schlug er eine Beratung in meinem Zimmer vor. Dort war jemand gewesen. Das Bett war gemacht, die dicke Decke gerichtet, darüber hatte man eine farbige, glänzende Schutzdecke gebreitet, und das Handtuch, das ich benutzt hatte, war vom Rand der großen weißen Wanne verschwunden und durch ein sauberes ersetzt worden (ich hatte die Handtücher gezählt, darum wusste ich es). Das in einer kleinen Schachtel verpackte, süßlich stechend duftende Stück Seife hatte ich zweimal benutzt, und auch das war verschwunden und durch eine neue, unberührte Schachtel ersetzt worden. Klaus regte sich auf und wollte sein eigenes Zimmer überprüfen. Er war davon überzeugt, dass Vivian Wagner jemanden geschickt hatte, um in unseren Sachen zu schnüffeln. Am meisten Sorgen machte er sich um die Hakenkreuzigungsmaschine. Zum Glück waren auch in seinem Zimmer nur die gleichen Veränderungen vorgenommen worden wie in meinem, alles andere hatte man nicht angetastet. Wir überlegten kurz, warum es überhaupt Schlösser an den Zimmertüren gab und man den Hotelbewohnern zu verstehen gab, ihre Wohnräume seien privat, wenn sie doch jeder X-Beliebige betreten konnte. Die Lösung fand sich mit dem zuvor unbemerkt gebliebenen kleinen Schild, das man offensichtlich an die Türklinke hängen konnte. Auf der einen Seite stand die Aufforderung, den Bewohner nicht zu stören, auf der anderen die Aufforderung, das Zimmer aufzuräumen. Wir kamen zu dem Schluss, dass die Zimmer täglich gereinigt wurden, wenn die Bewohner nicht da waren, und dass man das mit diesem Schild verhindern konnte. Ich hoffte, die Putzfrau durfte die Seife, die ich kaum benutzt hatte, behalten.

»Es muss hier viele Untermenschen geben, wenn für so eine entbehrliche Arbeit das Personal reicht«, knurrte Klaus, eindeutig verlegen, weil er sich so aufgeregt hatte. »Wer könnte nicht selbst sein Bett machen? Das lernt doch jeder, sobald er ein Betttuch halten kann. Die Kapitalisten sind hilfloser, als ich dachte, wenn sie sich sogar die Zähne mit Maschinen putzen. Höchste Zeit, auf die wichtigen Dinge zurückzukommen. Wir werden also bald die Präsidentin treffen.« Klaus lächelte breit und grausam.

»Ich möchte über eine Sache sprechen, die ich heute schon einmal angedeutet habe«, sagte ich vorsichtig und wies auf unsere Tablets. »Soweit ich sehe, verfügen wir mit diesen Geräten über die Rechenkapazität für sechs Götterdämmerungs-Gyroskope. Warum fliegen wir nicht mit ihnen zurück zum Mond, sondern treffen uns mit der Präsidentin?« Ich sah Klaus nicht an, denn ich wusste, wie wenig er die naseweisen Kommentare von Frauen mochte, und fügte vorsichtig hinzu: »Nicht, dass ich schon nach Hause möchte. Hier gibt es so viel Interessantes zu sehen, und die Beobachtungen können uns in der Zukunft sicher von Nutzen sein.«

Klaus lachte auf. »Ich habe dich immer für eine außergewöhnlich, fast schon zu intelligente Frau gehalten. Hast du meinen Plan noch immer nicht erkannt? Als ich sah, wie die Hakenkreuzigungsmaschine und die Arisierungsmedikamente deines Vaters aus dem erbärmlichen Untermenschen einen gehorsamen, stattlichen Nazi machten, wusste ich sofort, dass ich die Möglichkeit habe, den Plan des Mondführers für mich zu nutzen. Dir kann nicht verborgen geblieben sein, wie schnell Frau Wagner uns gewogen war, als ich sie der Lautgarbe der Hakenkreuzigungsmaschine aussetzte. Ich werde damit auch die Präsidentin auf unsere Seite bringen. Und dann verbreiten wir die nationalsozialistische Idee grenzenlos, ohne dass uns jemand daran hindert, unter anderem mit diesem Gerät.«

Klaus tippte auf das Tablet.

»Wofür brauchen wir noch die Götterdämmerung? Lieber nehme ich die Erde heil und unangetastet in meine Hände. Ich werde einen Putsch ohne Blut vollziehen! Warum sollte ich mich damit zufrieden geben, Mondführer zu werden, wenn ich auch der neue Erdführer werden kann?«

Dass sich Vivian Wagner so plötzlich auf unsere Seite gestellt und für unsere Rhetorik erwärmt hatte, hatte auch auf mich großen Eindruck gemacht. Ich musste zugeben, dass Klaus' Worte durchaus Sinn ergaben.

»Es ist, wie ich in deinem geliebten Englisch sagen würde, ein *win-win-scenario*. Selbstverständlich werde ich keine Rechenkapazität auf den Mond bringen, denn ich will ja gar nicht, dass die Götterdämmerung abhebt, bevor ich die Welt unter meiner Kontrolle habe. Sollte mein Putsch ohne Blut aus irgendeinem Grund scheitern, bleibt immer noch der ursprüngliche Plan des Mondführers: Wir kehren zum Mond zurück, haben Rechenkapazität im Gepäck, die Götterdämmerung wird fertig, und wir erobern die Erde spätestens damit. Beide Wege führen zum selben Ziel, und der alte Bilderstürmer Kortzfleisch, der glaubt, größer als Hitler zu sein, muss in beiden Fällen den Platz für mich räumen. Im besten Fall darfst du also, meine liebste Renate, den Rest deines Lebens hier auf der Erde, von der du geträumt hast, verbringen – als meine Frau und Stammmutter eines neuen, noch stolzeren arischen Geschlechts. Dies möge mein Hochzeitsgeschenk für dich sein.«

Der Kauf der Sonnencreme hatte also eine wichtige taktische Bedeutung gehabt. Wir hatten vor, zu bleiben.

Und ich musste auf dem Mond keiner Strafe wegen Disziplinlosigkeit entgegensehen. Denn wenn ich zurückkehrte, würde man die Frau des Erdführers nun wirklich nicht wegen zurückliegender kleiner Vergehen zur Rechenschaft ziehen.

Mein lebenslanger Traum hatte sich erfüllt: Ich war auf der Erde.

Ich dachte an all das, was ich mir aneignen, was ich kennenlernen würde. Ich dachte an Vivian und daran, dass wir Freundinnen sein würden.

Dennoch empfand ich Schmerz. Ich hatte meiner Mutter versprochen, zurückzukehren.

Ich hatte es ihr versprochen bei allem, was mir lieb und teuer war.

Und zu diesen Dingen gehörte Klaus nicht.

Wir saßen in seinem Zimmer an unseren Tablets, er darin vertieft, die Eigenschaften seines Gerätes zu erforschen, ich damit beschäftigt, für Vivian Wagner Propagandatextentwürfe zu erstellen, als ich Klaus auflachen hörte. Das war so selten, dass ich beinahe erschrak. Er schob sein Tablet vor mich hin und berührte die Scheibe. Ich sah einen kurzen Filmausschnitt, in dem ein kleines behaartes Tier versuchte, in ein Glas, das viel kleiner als das Tier zu sein schien, zu kriechen, und es auf unfassbare Weise auch schaffte. Es handelte sich um ein auf der Erde übliches Haustier, eine Katze, die mir aus *Heidi* bekannt war. Heidi hatte der verkrüppelten Klara Katzenjunge mitgebracht, und genau dieser Ausschnitt des Buches war mir eingefallen, als ich auf die Idee kam, beim Kompatibilitätstest aus dem Rohrschach-Muster ein Katzenjunges zu machen. Klaus zeigte mir einen anderen Film: eine Folge kurzer Szenen, in denen Katzen versuchten, verschiedene Stellen zu erklimmen und auf ulkige Weise herabfielen, ziemlich oft ins Wasser, was ihnen offensichtlich überhaupt nicht gefiel.

Ich fand diese Filme wirklich interessant und faszinierend, aber nicht besonders witzig, und das sagte ich auch. Warum hatte jemand kaltblütig unglückliche Haustiere gefilmt, anstatt zu verhindern, dass es zu den unangenehmen Zwischenfällen kam? Klaus tippte mit dem Fingernagel auf eine kleine Zahl am unteren Bildrand. »Diesen Film haben sich zwölf Millionen Menschen im Internet angeschaut.«

Die Zahl war beträchtlich, das gab ich zu.

»Und wenn wir auch so etwas in das weltweite Netz einspeisen und die Lautgarbe der Hakenkreuzigungsmaschine hinzufügen? Dann haben wir zwölf Millionen Menschen auf unserer Seite – einfach so.« Er schnipste mit den Fingern. »Das meinte ich, als ich sagte, dass man diesmal nicht auf Plätzen Reden halten muss. Die Volksangehörigen saugen die Propaganda direkt aus dem Informationsnetz, wenn sie nur eine verlockende Form hat und an der richtigen Stelle platziert ist.«

Ich murmelte etwas Zustimmendes, denn in meinen Gedanken war ich woanders. Ich zählte innerlich die Tage. Meine Mutter konnte jederzeit zum Walhallagarten aufbrechen. Weil ich nicht zurückgekommen war, glaubte sie, ich sei tot. Zum ersten Mal dachte ich aus praktischer Perspektive an die Heimkehr.

Weil Klaus auf eine Antwort zu warten schien, kleidete ich meine Sorge in Worte. »Und … wenn es uns nicht gelingt? Wenn wir zum Mond zurückkehren müssen? Wie fangen wir das an? Wir haben ja nicht einmal mehr ein Raumschiff.«

Klaus blickte kurz vom Tablet auf, wo gerade eine kleine Katze auf sehr menschliche Art die Versuche einer größeren Katze nachahmte, eine steile Treppe hinaufzusteigen, scheiterte und niedlich herunterpurzelte. Er deutete auf seine Aktentasche an der Wand. »Ich habe ein kleines Kontaktgerät dabei. Man darf es nicht unnötig verwenden, denn man kann den Akku auf der Erde nicht aufladen. Sollten wir auf gravierende Probleme stoßen, woran ich große Zweifel habe, können wir Kontakt zum Mond aufnehmen. Dann sagen wir dem Mondführer, wir wären Gefangene gewesen und hätten fliehen können. Daraufhin wird er jemanden schicken, um uns und die Rechenkapazität zu holen. Natürlich nur in dem Fall, dass es Uwe nicht gelungen sein sollte, die Rheingold zu schützen. Aber vorläufig dürfte das Raumschiff noch vorhanden sein.«

Daran hatte ich nicht einmal gedacht.

»Woraus folgerst du das?«

»Hätte Uwe den Selbstzerstörungsmechanismus der Rheingold betätigt, hätte ich mit demselben Gerät ein Signal empfangen. Für einen Piloten gilt die stehende Regel, sein Raumschiff zu verteidigen, es aber, wenn die Gefahr besteht, dass es in Besitz der Erdlinge gerät, zu vernichten und sich selbst ebenfalls. Ich sah Uwe zum Schiff zurückweichen, als wir uns dem Feuergefecht am

Landeplatz entzogen. Der Dank für dieses Kontaktgerät gilt deinem großartig vorausdenkenden Vater, der mir besseres Material überlassen hat, als es der Mondführer selbst für unsere Expedition vorgesehen hatte. Erst gestern habe ich mich vergewissert, dass kein Signal eingegangen ist. Daraus kann man schließen, dass es Uwe wahrscheinlich gelungen ist, die lokalen Bedrohungen zu eliminieren und er in der Rheingold auf Anweisungen wartet. Dort gibt es Wasser und Trockennahrung, und er verfügt über Waffen. Sollte man ihn erneut bedrohen, wird er sich zunächst verteidigen und im hoffnungslosen Fall das Raumschiff zerstören. Ich habe an alles gedacht.«

Aber, wie sich später herausstellte, nicht an absolut alles.

Am nächsten Morgen waren wir um Punkt acht in Vivian Wagners Büro. Vivian wirkte sehr munter und tatkräftig.

»Ich habe das Material bekommen, das du mir geschickt hast, Renate, es ist viel Brauchbares dabei. Wir werden gleich die Präsentation proben. Zieht euch zuerst das hier an.«

Sie wies auf einen Ständer, an dem zwei Garnituren Kleider hingen. Offenkundig hatte man unsere Uniformen als Vorbild dafür genommen, aber sie waren aus wesentlich leichterem und farbigerem Stoff hergestellt. Sie erinnerten an die Kleider, die ich auf der Straße an den Menschen gesehen hatte, aber es war ihnen dennoch gelungen, das aufrecht Soldatische unserer Garderobe dafür zu kopieren. Die Kleidungsstücke gaben ein genaues Bild von dem wider, was unsere Uniformen vermitteln wollten: Wer sie trug, war stolz auf sich und seine Werte, er redete keinen Unsinn, er wusste, was zu tun war, und vor allem strahlte er Autorität aus.

Zur Ausstattung gehörte eine Armbinde mit einem Symbol: ein stilisiertes V, das an eine Schraube erinnerte. Vivian stellte es uns vor: »Die Schraube. Das Symbol der Befestigung und der Zusammengehörigkeit. Auf die Idee hat mich deine Geschichte vom Zweig und der Rute gebracht, Renate.«

Ich wurde rot vor Glück.

»Gleichzeitig ist sie etwas tief Eindringendes und hält ihr Objekt fest im Griff, wie eine gute Ideologie. Die Form erinnert an ein V. V wie *victory*.«

Klaus murmelte mir halblaut zu, er möge keine englischsprachige Symbolik, aber nachdem er eine Weile darüber nachgedacht hatte, kam er darauf, dass ein V ja auch für Vaterland oder Viertes Reich stehen könnte, und war fortan sehr zufrieden mit der Wahl.

Ich dachte, dass der Buchstabe für Vivian stand.

Die Stiefel, die zu meiner Garderobe gehörten, reichten bis über die Knie, und sie hatten irrsinnig dünne und hohe Absätze. Ich schwankte darauf wie im Internet ein Katzenjunges, das gerade laufen lernte. (Wir hatten fast den ganzen vorigen Tag damit verbracht, Katzenvideos auf unseren Tablets anzuschauen. Sie hatten etwas Hypnotisches an sich. Allmählich glaubte ich an Klaus' Theorie, der zufolge es vernünftig wäre, die Propaganda im Internet mit genau einem solchen Angebot zu verbinden. Auch mir fiel es schwer, mich wenigstens so lange von den Katzenfilmen zu trennen, wie es dauerte, in einem Geschäft in unserer Straße Obstsalat in einem durchsichtigen Plastikbehälter zu kaufen. Die Verkäuferin schwor, es sei kein Zucker zugesetzt worden.)

Vivian schaute meine Tracht zustimmend an, zupfte hier und da und gab ein paar kurze Kommentare ab, die an den Mann gerichtet waren, der unruhig hin und her ging und offenbar alles entworfen und genäht hatte.

»Aber im Gesamtbild gibt es noch ein paar Probleme«, sagte Vivian.

Bei den Problemen handelte es sich unter anderem um meine Haare, meine Hände und mein Gesicht.

Kurz darauf saß ich in einem schaukelnden Stuhl mit Armlehnen und man legte mir eine Art Umhang um, der mich vom Hals bis zu den Knien bedeckte. Vivian stand hinter mir, so dicht, dass ich ihren Duft wahrnahm. Meine Aufmerksamkeit lag jedoch auf ihren Händen.

Sie steckten in meinen Haaren, die Finger bewegten sich auf der Haut vom Nacken her auf den Scheitel zu, entschlossen, aber behutsam. Mir liefen klitzekleine Schauder über den Rücken, als ihre Hände durch meine Haare fuhren und sie bauschten und hoben. Die Strähnen glitten durch ihre zielstrebigen Finger, und ab und zu zog sie mich fast an den Haaren, wenn sie dem neben ihr stehenden, kahl geschorenen Mann etwas zeigte. Ich spürte, wie ihre von Seide verhüllte Brust meine Wange streifte, als sie sich über mich beugte und dem Mann gegenüber in dichten Intervallen Wörter auflistete, die ich nicht verstand oder die mir nichts sagten, auch wenn sie bestimmt etwas bedeuteten: *sun-kissed highlights, texturize, point cut, root perm, color bath.* Mit dem Wort *graduation* war garantiert kein Studienabschluss gemeint, und *salt spray* hatte auch nichts mit Meerwasser zu tun.

Vivian beugte sich über mein Gesicht und redete weiter. Ihre sanften Finger berührten meine Augenbrauen, strichen über meine Lider, kreisten auf meinen Wangen. Obwohl ich fest auf dem Stuhl sah, wurde mir schwindlig. Wie in einem Lied kamen noch mehr unbegreifliche Wörter aus Vivians Mund: *curling mascara, cheekbone blush, eyebrow wax. Banana shadow, nude foundation.* Mein Herz pochte. Als Vivians Zeigefinger leicht meine Lippen berührte und sie *generous lip* hauchte, blieb mein Herz beinahe stehen.

Dann war sie weg.

Der kahle Mann, der Vivians Anweisungen entgegengenommen hatte, steckte nun seine Hände in meine Haare, hob und bauschte sie und zog mit dem Kamm mehrere Scheitel. Ich weiß noch, wie ich dachte: Männer mit Pferdeschwanz, Männer, die Frauen die Haare kämmten! Dieser Planet hatte die Nazis wirklich nötig.

In den nächsten zwei Stunden passierte mit meinem Kopf mehr als in meinem ganzen bisherigen Leben.

Wie auch mit meinem Herzen.

In der Zeit, in der die Stoffe, die man mir in die Haare massiert, gekämmt und gepinselt hatte, einwirkten, richteten sich die Aufmerksamkeit und die Maßnahmen auf meine Hände. Zwei Frauen – wenigstens eine Tätigkeit, die mit dem Aussehen von Frauen zu tun hatte, wurde auch auf der Erde noch von Frauen ausgeführt – schliffen, polierten, feilten und bemalten zwei Stunden lang meine Nägel und machten sie mit einem eigentümlichen Verlängerungsmittel länger.

Dann kam der kahle Mann zurück, um sich mit verschiedenen Scheren, Kämmen und einem heiße Luft blasenden Apparat über meine Haare herzumachen. Nach einer Zeit, die mir endlos vorkam, wirkte er endlich zufrieden. Er schob ein Möbel auf Rädern neben mich, das mit einer Menge verschiedener Stifte, Gläser und Döschen beladen war. In flachen Schälchen sah man bräunliche, rötliche und helle Plättchen und Knöpfe. In einer Art Mappe aus stabilem Stoff steckten unzählige Pinsel. Der Mann neigte sich über mein Gesicht und trug mit einem kleinen, porigen Kissen Farbe auf meiner Haut auf, dann strich er mit großen Pinseln helles und rötliches Puder auf mein Gesicht. Das Färben der Wimpern und Lider kam mir sehr aufdringlich und auch physisch so sonderbar und störend vor, dass ich blinzelte und meine Augen anfingen zu tränen, und das regte den Mann sichtlich auf, weil er mir die Tränen von den Wangen wischen und danach neue Schichten Creme und Puder auftragen musste.

Vivian war wieder hinter mir aufgetaucht. Der Mann richtete sich mit dem Pinsel in der Hand auf und schnaufte: »Man könnte meinen, das Mädchen hätte sich noch nie geschminkt.«

Vivians Lachen klang wie ein Klirren. »Vielleicht hat

sie das auch noch nie getan. Sie ist ein geheimnisvolles Mädchen!«

Der Kahlkopf strich mir etwas Zähes auf die Lippen und befahl mir, zu lächeln. Mein Versuch war nicht gut, aber Vivian sagte: »Sieh dir nur diese Zähne an! Fehlerlos, gleichmäßig, weiß. In Minnesota scheint es gute Kieferorthopäden zu geben.«

»Wir essen keinen raffinierten Zucker«, sagte ich. »Was ist ein Kieferorthopäde?«

Vivian und der kahle Mann lachten, als hätte ich etwas Amüsantes gesagt.

Der Umhang wurde abgenommen. Der Kahlkopf schob einen Spiegel auf Rädern vor mich hin.

»So, Frau Richter«, sagte Vivian. »Wie sieht es aus? Jetzt sind wir nicht mehr in Minnesota, was?«

Ich erkannte mich selbst nicht wieder. Ich trug eine Maske über dem Gesicht.

Meine Haut sah gleichmäßig und schimmernd aus. Meine Augen waren größer, ihr Blick war tiefer. Mein Gesicht sah auf seltsame Weise symmetrisch aus. Meine Lippen glänzten, und mein Mund schien das ganze Gesicht zu beherrschen, der Blick richtete sich automatisch auf das glänzende Rot.

Mir kam Marlene Dietrich in den Sinn. Hatte man auch ihr Gesicht so aufgebaut?

War Marlene Dietrich unter ihrer Maske eine gewöhnliche Frau?

Meine Haare hatten nicht viel an Länge verloren. Dafür bogen und wellten sie sich, glänzten und rahmten mein Gesicht mit doppelt so viel Fülle als zuvor ein.

Ich fand mich nicht schön. Ich hatte mich noch nie schön gefunden. Schönheit war für die Frauen in der Hakenkreuzfestung kein Wert an sich. Die Männer waren mehr an ihrem eigenen Äußeren interessiert, am Glanz ihrer Stiefel, an ihrer Haltung und ihrer Breitschultrigkeit. Im Grunde weiß ich nicht einmal, nach welchen Maßstäben die Männer die Frauen auf ihre Vorzugsliste setzten, aber die Schönheit von Haaren und Gesicht musste nicht unbedingt das oberste Kriterium sein. Klaus Adler hatte mich als hübsch bezeichnet und mein Aussehen entzückend genannt. Dennoch könnte ich schwören, dass er mehr auf meinen Busen und meine Hüften geschaut hatte – nach Eigenschaften einer guten Gebärerin.

Man hatte uns gelehrt, Schönheit sei das Ergebnis gesunder Ernährung und Sportlichkeit, und Kosmetik setze die deutsche Fraulichkeit herab. Sie mache Frauen zu Prostituierten und führe die Rasse in den Untergang.

Trotzdem musste ich die Gestalt im Spiegel anstarren. Es war Renate, aber es war auch wieder nicht Renate. Es war ein Phantom von Renate, eine Karikatur von ihr, das Gesicht zum Körperteil reduziert, es war Renate, betrachtet durch einen Mondstaubschleier, die wehende Fahne von Renate, auf der stand: Ich habe mein Bestes getan, um auszusehen wie die Frauen, die man für schön hält, deren Bilder ich in Zeitschriften, im Fernsehen, in Filmen und im Internet sehe, wie jene, für die das Aussehen ein Beruf ist, die Voraussetzung ihrer Position.

Mir fiel James Washington ein, das Berufsmodell.

Wie war es ihm ergangen? War es ihm gelungen, Nutzen aus seinem neuen, stattlichen Aussehen zu ziehen? Einmal hatte ich versucht, mit Vivian über ihn zu reden. Ich sagte, ich würde ihn kennen, und Vivian antwortete mit spielerischer Unbestimmtheit, sie habe daran keinen Zweifel, denn es würde ja wohl auch in Minnesota Zeitung gelesen werden. Aber als ich ihr erzählen wollte, dass ich James schon auf dem Mond kennengelernt hatte und dass er lebte und sich in New York aufhielt, erwähnte ich dabei den Mondflug. Da änderte sich Vivians Gesichtsausdruck. Sie erklärte bedrückt (so hatte ich sie noch nicht gesehen), sie wolle nicht an das verfluchte Mondflugfiasko erinnert werden, und ich schwieg. Vielleicht war es auch besser, nicht alles zu erzählen. Denn dann hätte ich auch zugeben müssen, dass unsere Leute zwei Astronautenkollegen von James umgebracht hatten. Auf der Erde schien man bei solchen Dingen empfindlich zu sein. Falls Vivian und James Washington gute Freunde waren, würde James selbst Kontakt mit Vivian aufnehmen, wenn er es für richtig hielt. Er könnte wieder Arbeit von ihr bekommen und eine neue Modelkarriere mithilfe seines noch vorteilhafteren Aussehens in Angriff nehmen.

James hatte Geld damit verdient, dass man ihn anschaute, so wie ich die Renate im Spiegel anschaute.

In dem Moment begann ich die Vorliebe der Erdlinge für Spiegel zu verstehen. Später vertiefte sich mein Verständnis noch.

Die anderen Menschen sind unsere täglichen Spiegel.

Wir lesen unseren Wert an den Augen der anderen ab.

Die Grundlage von Vivian Wagners Wahlkampagne war letztendlich ziemlich einfach. Sie wusste, dass der Mensch ein hierarchisches Herdentier ist. (Ich erfuhr das erst nach meiner Rückkehr zum Mond, ich lernte es aus den Datenbanken der Flüchtlinge. Manche lernen oder glauben es nie.) Einige evolutive Fakten vergessen wir ganz bewusst, weil wir keine Tiere sein wollen. Wir glauben, wir haben einen eigenen Willen und entscheiden selbst, was wir tun und denken. Aber in Wahrheit brauchen wir Alpha-Individuen. Manchmal wird eines gewählt, manchmal wird es unserer Herde präsentiert, manchmal erklärt sich einer zum Alpha-Tier. Ebenso sehnen wir uns nach jemandem, den wir bewundern können, mit dem wir uns identifizieren können und dem wir nacheifern wollen. Ur-Führer Adolf Hitler und seine engsten Ideologen verstanden das.

Der Mensch braucht einen Platz auf der Werteskala. Er hat eine genetische Neigung dazu, es ist nicht bloß das Resultat der Kultur. Selbst wenn sich zwei Menschen durch Zufall begegnen, entsteht das instinktive, unbewusste Bedürfnis zu bestimmen, wer von ihnen in der Herde der hochrangigere ist. (Bei Hühnern spricht man von Hackordnung. Das lernte ich, als ich mich mit Hühnern beschäftigte, nachdem ich gehört hatte, dass man auf der Erde manchen Tieren die ungeborenen Babys wegnimmt und zum Frühstück verspeist.) Es muss entschieden werden, wer von beiden die Autorität ist. Das geschieht nicht immer bewusst und wird auch nicht unbedingt im alltäglichen Verhalten sichtbar. Das hierarchisch höhere Individuum kann dem Minderwertigen durchaus die Tür öffnen, denn das ist kulturelle Höflichkeit und erschüttert nicht die höhere Position, sondern festigt sie eher.

Indem man sich der Lenkung durch die Autorität unterwirft, entsteht das Gefühl, akzeptiert zu werden: Ich bin ein Mitglied der Herde. Es entsteht auch das sichere Gefühl, geführt zu werden: Jemand trägt an meiner statt Sorge für die wichtigsten Entscheidungen, weshalb ich frei bin, mein eigenes kleines Leben zu führen, ohne über alle möglichen schwierigen Entscheidungen nachdenken zu müssen. Oder ein anderer übernimmt die bewundernswerten Taten, von denen ich geträumt habe: Er gewinnt bei der Olympiade oder lächelt rätselhaft auf der Leinwand, und für einen Moment kann ich das Gefühl haben, dieser andere zu sein.

Begegnen sich zwei Individuen, die sich selbst als Autorität charakterisieren, entsteht ein Machtkampf. Das kann ein sehr kleiner Konflikt sein und sogar von den Individuen selbst unbemerkt bleiben. Dabei muss zum Beispiel entschieden werden, wer zur Seite tritt, wenn man an einer engen Stelle aufeinander zugeht. Es kann sich aber auch um etwas Größeres handeln, eine verbale Auseinandersetzung, ein Faustkampf, ein Putsch oder ein Krieg.

Als Nazis machten wir uns diese Eigenschaft der menschlichen Spezies mit Sorgfalt zu Nutze, aber sie wirkt sich auch in den sogenannten Demokratien aus. Wir Nazis haben immer gewusst, dass die Demokratie in vielerlei Hinsicht eine Posse ist. Auf der Erde haben die Wähler Individuen als ihre Vertreter gewählt, die nicht eine Sekunde an das Wohl des Volkes dachten. Oder Menschen, die nicht einmal unbedingt über den Intellekt verfügten, Gesetze zu erlassen, oder über die Fähigkeit, darüber nachzudenken, welche Entwicklungen die Gesellschaft braucht: Sie waren für ihre sportlichen Leistungen bekannt oder für die Unterhaltung des Volkes oder machten den Wählern Versprechungen, von denen sie genau wussten, dass es unmöglich wäre, sie einzuhalten. Manchmal waren es nur Handlanger von Großkonzernen und sie erhielten nach ihrer Karriere als Entscheider reichlichen Lohn, weil sie Gesetze zugunsten jener Konzerne erlassen hatten. Und auch wenn ihre Intrigen enthüllt wurden, blieben sie zumeist Alpha-Tiere. Man konnte sie bewundern, weil sie so raffiniert waren und so viel Geld verdienten.

Dieses Herdentier-Denken war umso leichter zu verstehen, je länger ich mich mit den Zeitungen und den Fernsehprogrammen der Erde beschäftigte, besonders mit solchen, die »unterhalten« wollten. Sehr oft beruhte deren Grundgedanke darauf, dass sich die Menschen am besten von solchen Geschichten »unterhalten« fühlten, in denen es um Individuen ging, die in der sichtbaren oder unsichtbaren Hierarchie entweder ein tüchtiges Stück über oder unter ihnen standen. Angehörige von Königshäusern, Multimillionäre, außergewöhnlich populäre Schauspieler, Sänger oder sonstige Künstler, Männer und Frauen, die sich durch ihr Aussehen oder durch ihre sportlichen Leistungen abhoben, und erfolgreiche politische Führer stuft man höher ein als sich selbst, und sie sind deshalb interessant, weil die Menschen ihnen gleichen wollen. Andererseits werden auch Geschichten über Individuen verschlungen, die vom Leben oder anderen Menschen außergewöhnlich mies behandelt werden, oder deren missglückte Lebensentscheidungen Gefühle von Beklemmung bis Schadenfreude wecken. Kinder, die jahrelang in Kellern gefangen gehalten wurden, Jugendliche, die wegen Drogenabhängigkeit auf der Straße gelandet sind, Familien, die bei Katastrophen ihr Hab und Gut und ihre Angehörigen verloren haben, Leute, die nach Öffentlichkeit gieren und im Fernsehen ihre Dummheit zur Schau stellen, Schönheitsköniginnen, die seltsame Operationen an sich vornehmen ließen, oder am Altar stehen gelassene Bräutigame oder Bräute sind deshalb interessant, weil die Menschen auf keinen Fall wie sie sein wollen. Aber vor allem faszinieren sie, weil man sie in der Rangordnung niedriger einstufen kann. Die beliebtesten Gattungen von Unterhaltungsgeschichten auf der Erde dürften daher folgende sein: Die Erzählung, in der jemand, der über mir stand, fällt und unter mir landet, denn dann rücke ich selbst einen Grad höher, und ihr Gegenteil, die Vom-Tellerwäscher-zum-Millionär-Geschichte, die einem gefällt, weil man sie sich selbst gönnen würde.

Bei einer Wahl nutzen die Kandidaten diese menschliche Eigenschaft skrupellos aus. Sie versprechen, die Menschen aus ihrer schwachen Position herauszuholen und ihnen mehr Macht und Wohlstand zu geben. Diese Art, Versprechen zu machen – deren Erfüllung allerdings für viele tatsächlich notwendig wäre – wird dadurch komisch, dass sich jeder auf schreckliche Weise diskriminiert fühlen kann, wenn man es ihm lange genug einredet. Ein extrem reicher Mensch, einer der so reich ist, dass er nicht mehr weiß, wofür er sein Geld ausgeben soll, kann sich schlecht behandelt fühlen, weil er Steuern zahlen muss und nicht jeden Groschen seines Milliardenvermögens behalten darf. (Als ich mich mit dem politischen System der Vereinigten Staaten vertraut machte, sah es so aus, als würden nicht einmal die Ärmsten eine Steuererhöhung für Reiche befürworten, damit man zum Beispiel die Mittel für eine günstige Gesundheitsfürsorge der Armen bekäme. Natürlich nicht, denn sie haben alle unverrückbar den Gedanken im Kopf, dass sie selbst eines Tages reich sein können, und warum sollten sie sich da mit ihrem Stimmverhalten selbst das Wasser ihres künftigen Wohlstands abgraben? In der Mondfestung wirkte der exakt gleiche Mechanismus – nur dass es statt Wohlstand nur Macht gab. Niemand hätte in der Schwarzen Sonne für Demokratie gestimmt, denn dann hätten Ellenbogentaktik, qualitativ hochwertige Abstammung und gründliches Buckeln vor den Machthabern keine Funktion mehr gehabt.)

Vivian Wagner spielte erfolgreich mit den Instinkten des Herdentiers. Damit, dass der Mensch zu einer Gruppe gehören und mit äußeren Kennzeichen seine Zugehörigkeit zu seiner Herde und zu seinem Führer zum Ausdruck bringen will.

Dafür brauchte sie uns.

In gewisser Weise ist es amüsant, dass Vivian ausgerechnet von uns eine neue Idee für die Kampagne zur

Wiederwahl der Präsidentin bekam, denn wir hatten, ohne dass sie es wusste, ihr den vorigen Wahlkampfcoup verdorben.

Der erste bemannte Flug zum Mond seit den 1970er-Jahren war eine ungeheuer kühne Idee von ihr gewesen. Die Absicht bestand darin, dass die ganze Nation das spannende patriotische Drama verfolgte und sich dadurch einte, wobei die amtierende Präsidentin als Führerin gezeigt wurde, die zu großen Taten fähig war und das Prestige der Vereinigten Staaten in den Augen der Welt hob. Weil die Wahlen im November stattfanden, war der Coup auf das Frühlingsende gelegt worden, damit die Verbindung zum Wahlkampf nicht so grell ins Auge sprang.

Als das Raumschiff unvermutet zerstört wurde, wendete sich die Kampagne gegen die Präsidentin. Die Medien machten sie für den Tod dreier Männer verantwortlich und dafür, dass sie Millionen Dollar zum Fenster hinausgeworfen habe. Man beschuldigte sie, den Flug nicht gründlich genug vorbereitet zu haben, denn es schien eindeutig zu sein, dass ein unerwarteter technischer Defekt die Unglücksursache war. Der Zweck von James Washingtons Engagement als Besatzungsmitglied hatte darin bestanden, der schwarzen Bevölkerung Anlass zu Stolz und Zufriedenheit zu bieten und dadurch ihr Stimmverhalten zu beeinflussen. Auch das war auf den Kopf gestellt worden: Diejenigen, die schon vorher starke Vorbehalte gegen Afroamerikaner gehabt hatten, freuten sich über den mutmaßlichen Fehlschlag der Mission. Das Internet quoll über vor ordinären Witzen darüber, wie ein blöder Schwarzer einen Weltraumflug vergeigte.

Die Präsidentin verabscheute die Medien ohnehin. Darin erinnerte sie in verdienstvoller Weise an Hitler Unsern Herrn, der die Presse seiner Zeit für lügenden Abschaum und ihre Vertreter für die unehrlichsten Menschen auf der Erde hielt. In der Schule hatte ich gelernt, dass der Ur-Führer die Journalisten als »jüdische Journaille« titulierte, wobei sich das zweite Wort von dem französischen Wort *»canaille«*, Schurke, ableitete. Darum wusste Hitler auch genau, dass man den Medien nicht die Wahrheit zu sagen brauchte. Vernünftiger war es, Dinge zu äußern, die die Menschen hören wollten. Auch die Präsidentin hatte es satt, mit Journalisten darüber zu zanken, was wahr war und was nicht, und sie hatte die Nase voll davon, dass man in fast allem, was sie tat, nach Fehlern und Hintergedanken suchte. Darum durften die Wahlkampfideen nicht so aussehen, als hätte die Präsidentin sie sich persönlich ausgedacht. Man musste ein Phänomen kreieren, das die Werte der Präsidentschaftskandidatin stützte, aber so wirkte, als wäre es dem Volk entsprossen, damit das Volk spontan mitmachte. War die Bewegung groß genug geworden, würde die Präsidentin mit dem Phänomen in Verbindung gebracht werden und auf der so geschaffenen Welle dann ins Weiße Haus surfen.

Vivian brauchte eine Mode.

Eine Mode, die eine einfache Botschaft vermittelte. Eine Botschaft, von der die Präsidentin glaubte, dass die Amerikaner sie hören wollten: Dieses Volk ist das beste und stärkste auf der Welt, und darum kommt ihm dank seiner Geschichte und seiner einheitlichen Werte das Recht zu, die anderen Völker zu führen und zu beaufsichtigen. Außerhalb dieser Herde, die ihrer gemeinsamen, geliebten Führerin folgt, lauern *die Anderen*, die versuchen, das Volk daran zu hindern, in Wohlstand und Frieden zu leben und sein eigenes Kulturerbe zu pflegen.

Für uns waren *die Anderen* die Bolschewiken, die Kapitalisten, die Asïaten, die Untermenschen, insbesondere die Juden. Für das hiesige Volk waren *die Anderen* die illegalen Einwanderer, die Moslems oder sonstigen Falschgläubigen, die Naturschützer, die Gleichheitsbefürworter, die Beschränker des Waffenrechts, die Vegetarier und die Kommunisten. Aber im Prinzip dachten wir auf die gleiche Weise: Wir waren die Guten und wir hatten recht, und *die Anderen* waren übel gesinnte Intriganten. Wir besaßen das Recht auf Wohlstand und Glück, *die Anderen* sollten nur leiden unter den Problemen, die sie selbst verursacht hatten. Wir glaubten an die richtigen Dinge und handelten unseren Werten gemäß, *die Anderen* waren gottlose, degenerierte Barbaren. Wir brachten Menschen um, weil es die Welt besser machte, *die Anderen* töteten aus reiner Niedertracht und Grausamkeit.

Für unsere – Klaus' und meine – Gedanken bestand also Bedarf und Resonanz. Nun mussten sie nur noch Verbreitung finden.

Kitty, mir fällt auf, dass ich ständig von der »Erde« und von den »Bräuchen der Erde« gesprochen habe. Das ist dumm und verallgemeinernd. Meine persönlichen Erfahrungen beschränken sich auf eine der reichsten Ecken der Welt, wo die dauernden Kriege der übrigen Welt, die Epidemien unheilbarer Krankheiten und der ständige Mangel an Nahrung oder Wasser ferne Dinge waren, die anderen widerfuhren. Mein Bewusstsein von den Schattenseiten der Erde wuchs während meines Aufenthalts beträchtlich. Ich hatte gelernt, dass auf der Erde Barbarei und Chaos herrschten, und in vielen Teilen war das tatsächlich der Fall. Darum festigte sich in mir noch mehr der Glaube, dass wir als Retter gekommen waren. Ich glaubte aus tiefstem Herzen daran, dass wir Erlöser waren, Botschafter der Einheit. Wir waren gekommen, um die ganze Welt unter die Fittiche der einzig wahren Idee zu nehmen. Wir würden aus der Erde ein Volk, ein Reich mit einem Führer machen.

Schließlich trafen wir die Präsidentin.

Ich hatte mich mit Klaus über sie unterhalten, und Klaus hatte kühl lächelnd gesagt: »Gut möglich, dass sie gar keinen großen Anstoß in die richtige Richtung braucht. Schon jetzt setzt sie sich für viele Dinge ein, die auch wir für wichtig halten. Sie wendet die Macht genau so an, wie es sich gehört: zur skrupellosen Unterdrückung ihrer Gegner. Sie hasst das übertriebene Verhätscheln des Volks und hält strikt an dem fest, woran sie glaubt, ohne nichtsnutzige Wissenschaftler um Rat zu fragen, die nur das Denken des Volks aufspalten. Es gefällt mir, dass sie das Recht, eine Waffe zu tragen, verteidigt, denn was sollte aus einer Welt werden, in der das

Herrenvolk nicht die Möglichkeit hätte, sich, wenn nötig, mit der Waffe zu verteidigen?«

Klaus zeigte mir Informationen, die er im Internet entdeckt hatte. »Schau mal, hier heißt es, dass die jetzige Präsidentin schon lange vor ihrem Amtsantritt aktiv daran beteiligt war, die Präsidentschaftskandidatur eines schwarzen Mannes zu torpedieren, irgendwann 2007 oder 2008. Ein selten aufrechtes Handeln, wenn man bedenkt, wie lasch die Amerikaner ansonsten in der Rassenfrage sind. Der Plan war ziemlich raffiniert: Fleißig wurde die Behauptung verbreitet, besagter Unti sei gar kein Volksangehöriger der Vereinigten Staaten, wie es ein Präsidentschaftskandidat dem Gesetz nach sein musste. Stattdessen wurde ein weißer Kandidat gewählt, der allerdings eine fast ebenso schlechte Alternative darstellte. Jener Dummkopf namens Edwards schaffte es nämlich, die Wahl zu gewinnen, musste aber mitten in der Amtszeit zurücktreten.«

Einen Präsidenten zu zwingen, sein Amt aufzugeben, schien mir ein sehr extremes politisches Mittel zu sein, und Klaus meinte, er habe sich auch darüber gewundert. »Die Amerikaner scheinen sich schon über Kleinigkeiten aufzuregen. Dieser Edwards hatte Wahlkampfspenden für irgendein Durcheinander verwendet, zu dem junge Frauen und uneheliche Kinder gehören, und wohl versucht, einem anderen die Vaterschaft eines Kindes anzuhängen. Es handelte sich also nicht um ein Dienstvergehen, sondern um eine Bagatelle. Trotzdem wurde es jahrelang untersucht, und schließlich musste Edwards 2010 zurücktreten. Aber dann stellte sich heraus, dass sich auch Edwards' Vizepräsident in etwas Dummes verstrickt hatte und nicht neuer Präsident werden konnte.«

Ich erinnerte mich an einen Abschnitt über Geschichte, den ich in einem Erdenkunde-Lehrbuch gelesen hatte. »So etwas passiert hier wohl ständig. Jedenfalls traten in den 1970er-Jahren auch der Präsident und der Vizepräsident fast gleichzeitig zurück. Bloß schied der Vizepräsident als erster aus dem Amt aus, und Präsident Nixon konnte gerade noch rechtzeitig vor seinem Rücktritt einen neuen Stellvertreter ernennen.«

Klaus nickte, und ich sah, dass er sich sehr amüsierte. »Es sieht aus, als seien die Erdlinge so in ihre Demokratie verliebt, dass sie in deren Schatten freiwillig Durcheinander hinnehmen. Vielleicht lernen sie eines Tages, einen Führer zu wählen, der skrupellos genug ist und nicht zugibt, etwas Falsches getan zu haben. Immerhin ist es die wichtigste Eigenschaft eines Führers, dass er bestimmt, was die Wahrheit ist, und nicht das Volk.«

»Trat die jetzige Präsidentin dann nach Edwards ihr Amt an?«, fragte ich.

»Nein, offensichtlich war die Situation so wirr, dass der Kongress in sehr außergewöhnlicher Weise vorgezogene Neuwahlen für 2010 beschloss. Weil das Ansehen von Edwards' Partei ruiniert war, gewann der ehemalige Gegenkandidat von Edwards spielend, und die heutige Präsidentin war zufällig dessen Stellvertreterin. 2014 wurde der Mann für eine zweite Amtszeit gewählt. Dann starb der recht betagte Herr, und die Stellvertreterin merkte zu ihrer Freude, dass sie im Weißen Haus saß. Jetzt will sie zur Abwechslung mal gewählt werden.«

Die Präsidentin sah gehetzt und blass aus. Ihr Lächeln war einstudiert. Sie wirkte überhaupt nicht so clever, wie Klaus sie beschrieben hatte.

Aber sie musste intelligent sein. Man schaffte es doch wohl nicht in eines der wichtigsten Ämter der Welt, wenn man strohdumm war? Allerdings gab es viele Formen von Intelligenz. Hätte zum Beispiel mein Vater auf die Schnelle einen einfachen, günstigen, auf kleinem Raum auszuübenden Zeitvertreib erfinden müssen, hätte er auf die Idee kommen können, ein buntes Bild in kleine Stücke zu schneiden, diese zu mischen und die Aufgabe zu stellen, das Bild neu zusammenzusetzen. Vivians Intelligenz wiederum war der Art, dass sie vielleicht nicht auf die Idee gekommen wäre, so ein Spiel zu erfinden, dafür aber die Einzelteile in Rekordzeit zusammengesetzt und gleichzeitig das Spiel verbessert hätte: Vielleicht so, dass ein großer Teil der Bildoberfläche einfarbig und die Herausforderung somit größer wäre, oder dass man die Einzelteile so formen konnte, dass sie gut aneinander hafteten. Ich bin vielleicht nicht sonderlich fair, aber ich habe das Gefühl, dass die Präsidentin im Puzzlevergleich (zumindest bei Anwesenheit eines Beraters) gerade mal auf die Idee gekommen wäre, die Bildseite der Einzelteile vor dem Zusammensetzen nach oben zu drehen.

Vivian stellte ihr uns und unsere Gedanken vor. Klaus wurde als *presenter* der Kampagne präsentiert. Ich hielt eine kurze Rede, für die Vivian die ihrer Meinung nach passendsten Thesen unserer Ideologie zusammengestellt hatte. Vor allem der Rutenvergleich hatte ihr gut gefallen. Die zweite von Vivian bevorzugte Botschaft lautete, dass es besser war, einen Tag wie ein Löwe zu leben (auf der Erde ist dieses Tier ein Symbol des Mutes und des Eroberungswillens, auch wenn ich weiß, dass es sich bei besagtem Wesen um einen ziemlich faulen Nichtsnutz handelt), als viele Jahre wie ein scheueres Säugetier.

Vivian erklärte der Präsidentin unsere Garderobe und ihre Idee einer Kleidermode, die im Straßenbild die Themen unserer Kampagne widerspiegelte. Klaus verursachte bei Vivian eine kleine Überraschung, als er ohne zu fragen die Hakenkreuzigungsmaschine anschaltete, aber da die Präsidentin der Lautgarbe gewogen war und sagte, sie erinnere sie an eine begeisterte Masse, und sie erneut hören wollte, tat Vivian so, als wäre die Vorführung Teil ihres Plans gewesen.

Dann führte man uns beide in einen anderen Raum, wo wir lange warten mussten. Klaus war sehr zufrieden. Er würde als Mann in die Geschichte des Vierten Reichs und der ganzen Erde eingehen, der ohne einen Schuss abzufeuern das größte und einflussreichste aller kapitalistischen Länder erobert hatte.

Ich fragte mich, warum die Präsidentin tote Tiere in ihrem Büro liegen und an den Wänden deren Köpfe aufgehängt hatte. Sie sahen genauso aus wie in den Büchern und Filmen – sie waren also keine künstlichen Nachbildungen oder Skulpturen. Sie hatten Fell und Zähne und waren so arrangiert, dass sie lebendig wirkten.

Natürlich war es keine Neuigkeit, dass die Erdlinge täglich große Mengen an Tieren töteten, um deren

Fleisch zu essen, ihnen das Fell abzuziehen oder um an ihnen zu testen, ob neue Medikamente oder Schminkutensilien für den Menschen schädlich waren. Ich hatte nur nicht gewusst, dass man auf das Töten der Tiere so stolz sein konnte, dass man die Kadaver oder Teile davon ausstellte. Ich weiß noch, dass ich mich fragte, ob die großen Feldherren der Erde über ähnliche Ausstellungen von getöteten Menschen verfügten und wie all die vielen Köpfe der getöteten Rinder und Schweine in die Wohnungen der Schlachter passten.

Als Vivian zu uns kam, strahlte sie, lächelte breit und zeigte uns zwei Finger, die den Buchstaben V bildeten.

»Gehen wir, wir haben zu tun.«

Wir bekamen ein Arbeitszimmer in Vivian Wagners Büroräumen.

Immer wieder wurden wir in unserer Aufmachung fotografiert. Hunderte Fotografien, stundenweise bewegliche Bilder. Klaus sprach in Aufnahmegeräte. Auch ich sprach in Aufnahmegeräte und schrieb für Vivian lange Arbeitspapiere über unsere Ideologie, eigentlich Rohmaterial für Reden.

Wir sahen Kavalkaden von Kleidern an betörend großen und schlanken jungen Männern und Frauen. Sie wurden nicht nur in den Studios, die Vivian organisiert hatte, fotografiert, sondern auch auf der Straße und in Wohnungen, wie in flüchtig aufgenommenen Situationen des normalen Lebens. Die Garderoben erinnerten an diejenigen, die der Präsidentin vorgeführt worden waren: Sie hatten die Würde einer Uniform, aber auch etwas neckisch Verspieltes, und die Kleider der Frauen ließen sich so deuten, dass ihre Trägerinnen durchaus zu einem zärtlichen Stündchen bereit sein könnten.

Die Kleider wurden kostenlos an Menschen geschickt, die Vivian als »Meinungsführer« und »Modeblogger« bezeichnete. Alle Stücke waren mit dem V-Symbol versehen.

Vivian nannte ihre Kampagne Guerillamarketing. Damals wusste ich noch nicht, was sich alles mit dem Begriff verband, aber Sichtbarkeit auf den wichtigsten Internetseiten und Berühmtheiten, die Kleider der V-Linie trugen, waren wohl wichtige Faktoren. Bald sah man selbstgemachte V-Binden im Straßenbild, und echte V-Binden wurden neben Schals, Gürteln und Handschuhen in Geschäften mit Accessoires verkauft.

Klaus verlangte, dass die Lautgarbe der Hakenkreuzigungsmaschine zum Beispiel bei Radio- und Fernsehwerbungen und bei den Netzinhalten mit Ton immer mit dabei war. Vivian runzelte zunächst die Stirn, aber Klaus setzte seinen Willen durch und erinnerte daran, dass es der Präsidentin gefallen hatte. Bald sprach auch Vivian schon von einem »Ton-Logo« oder von einem »Spezialeffekt«. Klaus und Vivian verstanden sich ausgezeichnet, und das obwohl man hätte meinen können, Klaus täte sich schwer, mit einer Frau zusammenzuarbeiten.

Auch dafür bekam ich später eine Erklärung.

Die Beliebtheit der V-Linie wuchs explosionsartig. Sie übertraf sogar Vivians Erwartungen. »Die V-Linie ist außergewöhnlich viral geworden. Wir haben den Vorteil, dass jetzt eigentlich keine Modesaison mehr ist. Designer und Hersteller haben sofort auf die beliebte Street-Fashion reagiert und sich direkt davon beeinflussen lassen«, erläuterte Vivian bei den Lagebesprechungen. »Wir brauchen die V-Linie nicht mehr in die Medien zu pushen, sie wird von ihnen aufgesogen.«

Klaus und ich wussten, dass dies alles der Hakenkreuzigungsmaschine zu verdanken war.

Klaus wurde als neuer, talentierter Star-Modeschöpfer präsentiert. Sein Gesicht tauchte im Fernsehen und in der Presse auf. Er gab Interviews, die Vivian genau überwachte, aber so selten, dass man ihn geradezu darum anbettelte. Im Nachhinein denke ich, dass Vivian vielleicht gewichtige Gründe hatte, warum sie Klaus' öffentliche Auftritte beschränkte und zum Beispiel nicht wollte, dass er ein Twitter-Konto einrichtete. Dann hätte er die Möglichkeit gehabt, wer weiß was für unbedachte Nachrichten in die Welt zu schicken.

Jeden Tag wurde deutlicher erkennbar, dass das V der Buchstabe des Tages, der Woche, des Monats war. Mit einem V verzierte Armbinden, Halstücher, T-Shirts, Ketten, Ohrringe, Hosen sowie Jacken im V-Schnitt, uniformartig geschnittene Blazer und glänzende Stiefel waren überall zu sehen. Und selbst wenn man nicht auf allen Stücken das V sah, so beherrschte der Stil doch das Straßenbild. Epauletten, breite Schultern, Uniformmützen, Schiffchen, Kokarden, Kragenspiegel, Schulterriemen, militärische Stoffe, dekorative Ordensreihen – sie alle repräsentierten in Reinform den Geist der Zeit, wie ihn sich die Präsidentin wünschte. Sie hielt Reden, bei denen sie Kleider der V-Linie trug und in denen sie Sätze sagte, die sie von mir übernommen hatte.

Sie besuchte Modenschauen der V-Linie und zog für eine Prime-Time-Talkshow (ich verwende diese Begriffe so geschmeidig wie eine Ureinwohnerin der Erde) einen Blazer an, der aus V-Stoff genäht war.

Bald wurde das Tragen der V-Linie allgemein damit in Verbindung gebracht, dass man für die Wiederwahl der Präsidentin war. Dass man hinter *uns* stand, hinter unseren Gedanken.

Vaterland. Viertes Reich.

Mir fällt der kahl geschorene Mann mit seinem Pinselarsenal und den Reihen von Lippenstiften, die wie Patronengürtel aussahen, ein.

Im Grunde waren das die Waffen, mit denen jener Krieg geführt wurde.

30. April 2047

Liebe Kitty,

nach dem vorigen Eintrag habe ich viel über jenes Jahr 2018 nachgedacht. Wie sehr kündet das Verhalten der Menschen doch von dem Bedürfnis, einer Gruppe anzugehören, akzeptiert zu sein, in der Menge Kraft zu finden.

Menschlich betrachtet kann es nicht verkehrt sein, wenn man Zugehörigkeit empfinden will. Eine Idee oder der Glaube an etwas kann doch nicht von vorneherein falsch sein, sondern nur das, was man mit der Idee macht, oder?

Aber ich muss zu meinen Memoiren zurückkehren, sonst werde ich mit dieser Abrechnung nie fertig.

Dass wir aus dem Hotel auszogen, war eine Überraschung für mich. Einerseits war es erfreulich, denn ich fühlte mich überhaupt nicht heimisch an einem Ort, wo ungebeten jemand hereinkam und ich jeden Tag eine neue Seife nehmen musste, obwohl ich es absolut nicht wollte. Erst kurz vor unserem Auszug hatte ich eine Idee gehabt: Ich versteckte die benutzte Seife vor dem Zimmermädchen, und wenn es eine neue ins Badezimmer legte, nahm ich die angebrochene Seife aus dem Versteck und versteckte sie nach Gebrauch wieder.

Zu der Zeit gingen mir auch viele andere Sachen auf: Die große weiße Wanne war nicht für die Wäsche gedacht. Sie sollte mit Wasser gefüllt werden, und dann konnte man sich bis zum Hals hineinzulegen. Schon wesentlich früher hatte ich verstanden, dass Urin und Kot tatsächlich nicht getrennt und zur Weiterverwendung aufbewahrt, sondern weggespült wurden. Auf dem Mond hätte man allein mit dem von unserem Hotel produzierten Harn für drei Monate Stickstoff für einen ganzen Hektar Grünkohl hergestellt. Als ich mich an der Rezeption höflich nach der Möglichkeit erkundigte, die Ausscheidungen zu trennen, reagierte die junge Frau mit unverkennbarer Bestürzung, obwohl ich keinen einzigen ordinären Ausdruck benutzt hatte, sondern ganz neutrale Begriffe wie *urine* und *excrement*.

Auch unsere neue Zweizimmerwohnung in Greenwich Village hatte natürlich Vivian besorgt. Offensichtlich waren das Hotel und unsere Gehälter bis dahin aus dem Wahlbudget der Präsidentin bezahlt worden und wurden auch weiterhin daraus finanziert, aber da wir nun zum festen Personal gehörten, war es wohl vernünftiger, wie die anderen Menschen zu wohnen. Nach wie vor verbrachten wir täglich acht Stunden in Vivians Büro, obwohl wir (vor allem ich) immer weniger im eigentlichen Sinne arbeiteten. Vivian sagte, sie wolle trotzdem, dass wir »bei Bedarf greifbar« seien. Klaus hielt die Wohnung für die endgültige Besiegelung, dass unser Leben nun dauerhaft auf der Erde stattfand.

Er war sich auch sicher, dass er der neue Führer der Erde sein würde. Die Wahlkampagne der Präsidentin hatte für ihn keine Bedeutung, er betrachtete sie lediglich als effektive Methode, die Lautgarbe der Hakenkreuzigungsmaschine zu verbreiten. Nach der Wahl würde er die Ernte einfahren. Er würde die Präsidentin stürzen und als Erdführer die Bühne betreten, bereits berühmt und beliebt. Putsch ohne Blut.

Dann würde er anfangen, weiteren Lebensraum zu erobern und für das Reich neue Volksangehörige zu produzieren.

Apropos. Mit Klaus zusammenzuwohnen war nicht ganz einfach.

Wir hatten ein gemeinsames Schlafzimmer. Klaus war ein gesunder, viriler junger Mann. Wir waren verlobt. Natürlich versuchte er immer öfter, Gelegenheiten zu zärtlichen Stunden zu finden.

Manchmal fühlte ich mich einsam und außen vor, weil man uns in Vivians Büro behandelte, als wären wir aus dem Urwald angeschleppte Quacksalber, die primitive Zauber ausübten – gerade brauchbar genug, dass man uns ertrug, aber so anstrengend und unberechenbar, dass niemand unnötig Bekanntschaft mit uns schließen wollte. In den Momenten der Einsamkeit war Klaus' Nähe erleichternd, und eine kurze Umarmung oder eine Berührung am Arm konnte sogar Trost und Geborgenheit bewirken. Trotzdem musste ich ihm Einhalt gebieten, wenn er versuchte, mich zu küssen oder meine Anatomie zu betasten. Seine physischen Aufmerksamkeiten kamen mir weiterhin wie Griffe aus der Nahkampfschulung vor, nur mit dem Unterschied, dass von mir nicht erwartet wurde, dass ich zutrat oder zuschlug, um mich aus der Umklammerung zu befreien.

Es gelang mir, seine unangenehmen Annäherungen im Zaum zu halten, indem ich ihn daran erinnerte, dass wir kein Ehepaar waren. Klaus kannte die Regeln des Mondes so gut wie ich: Ein eheliches Zusammenleben vor der Trauung kam nicht in Frage. Und auch wenn er sehr gut wusste, dass diese Regel auch auf dem Mond häufiger gebrochen wurde als wünschenswert war, so war er doch ein Offizier und Gentleman, und was ein richtiger Nazi war, der konnte seine fleischlichen Bedürfnisse unterdrücken, wenn es sein musste. Das nutzte ich skrupellos aus.

»Du willst doch nicht, dass unsere Kinder Untermenschen werden?«

Das brachte ihn normalerweise dazu aufzuhören. Jedes Mal erinnerte mich Klaus jedoch daran, dass es seine erste Aufgabe als Erdführer wäre, unsere Ehe offiziell zu machen und dann rasch fleischlich zu vollziehen.

Er sagte auch etwas, woran ich noch nicht gedacht hatte. Dass ich mit einer einzigen eigenen Entscheidung den Schmetterling, der eine Verzweigung der Historie bewirkte, zu einem sehr gewichtigen Flügelschlag ermuntert hatte.

»Du musst verstehen, liebe Renate, dass ich nicht auf der Erde bleiben müsste, um der neue Führer zu werden. Ich war bereit, die Rechenkapazität zu holen, zum Mond zurückzukehren, dich zu heiraten, die Götterdämmerung zur Kampfbereitschaft zu bringen und erst nach Ausbruch des Krieges Kortzfleisch zu stürzen. Aber als du mit strahlenden Augen aus dem Raumschiff tratst, strotzend vor unschuldiger Liebe, so hoffnungsvoll im

Hinblick auf unsere gemeinsame Zukunft, dass du zur heimlichen Mitfahrt und großen Regelverstößen bereit warst, da verstand ich, dass ich hier auf der Erde alles hatte, was ich brauchte. Und dann erhielt ich durch Frau Wagners und deine Hilfe auch noch die Gelegenheit, die Hakenkreuzigungsmaschine effektiv einzusetzen und den ganzen Planeten zu erobern! Ich gehe davon aus, dass du die Tiefe meiner Leidenschaft verstehst, denn *du* hast mich dazu gebracht, eine so wichtige und unwiderrufliche Entscheidung zu treffen.«

Kitty, ich hatte mir meine eigene Grube gegraben.

Und der Erde ihr Grab.

Es gab Begegnungen und Gespräche zwischen uns, an die ich mich überhaupt nicht erinnern mag, einen Teil will ich sogar aktiv vergessen. Einer Begegnung kann ich mich nur nähern, indem ich mich dazu zwinge, gewissenhaft zu werden, fast zur unparteiischen Chronistin, und die Abfolge der Ereignisse beschreibe, als wären sie einer anderen widerfahren.

Eines Tages – oder Nachts – kehrte Klaus von seinen allabendlichen Aktivitäten in Manhattan zurück. Er ging oft allein aus, um »das Verhalten der Volksangehörigen im künftigen Herrschaftsbereich« zu studieren. Ich fragte ihn nie, wohin er ging und wo seine Zeit verbrachte, aber diesmal nahm ich an, dass er sich einem irdischen Amüsement ausgesetzt hatte, zu dem kostenpflichtige Entkleidungsvorführungen von Frauen gehörten. Das hätte einiges erklärt.

Ich hatte bereits Stunden geschlafen, als ich von den

Geräuschen seiner Rückkehr aufwachte. Ich hörte, wie er seine Kleider in den Schrank hängte und ins Bad ging. Wasser lief ins Waschbecken.

Dann hörte ich einen unmenschlichen Aufschrei. Es lagen Hass, Wut und Entsetzen darin.

Ich schnellte hoch. Brannte es in der Wohnung? War jemand eingedrungen, während ich schlief, und bedrohte Klaus nun?

Ich rannte ins Bad und riss die Tür auf – er hatte sie nicht abgeschlossen – und sah Klaus Adler breitbeinig auf der WC-Brille stehen, sein nackter Unterkörper fast auf der Höhe meiner Augen. In der Hand hielt er sein Geschlechtsorgan, das sich in stolzer Bereitschaft befand. Mir schoss ein Bild aus dem *Handbuch des nationalsozialistischen Geschlechtsverkehrs* in den Kopf: Klaus Adler war zur zärtlichen Stunde, wie sie in dem Buch instruiert wurde, bereit, aber mit seiner eigenen Hand anstelle einer hilfreichen Ehefrau. Etwas hatte die Maßnahme überraschend unterbrochen. Das Organ fing bereits an, zu schrumpfen und sich zu senken, und ich sah, dass Klaus graubleich im Gesicht war und heftig atmete. Er starrte hinter den Klosettsitz.

Dort saß ein kleines, kaum zeigefingergroßes, vielbeiniges Tier. Ich versuchte, es in die Hand zu nehmen, aber es schlüpfte rasch in einen Ritz zwischen Boden und Wand. Ich erinnerte mich, was ich auf dem Mond über die Fauna der Erde gelesen hatte – das Wesen musste ein weit verbreitetes Insekt sein, soweit ich wusste mit dem Namen Küchenschabe, das sich in der Lebensumgebung des Menschen wohlfühlte.

Ich schaute Klaus verdutzt an. Wegen eines so kleinen Lebewesens war er auf die Kloschüssel gesprungen! Er hatte reagiert wie Vivian damals auf die Ratte, aber dieses Tier war noch viel kleiner. Ich hätte schwören können, dass er zitterte.

»Ist es weg?«, fragte er.

Klaus stieg von der Klosettbrille herunter und stand vor mir wie ein Turm, und die Blässe in seinem Gesicht hatte sich in kräftiges Rot verwandelt. »Donnerwetter! Was geht hier vor! Was für ein Dschungel glaubt diese Stadt eigentlich zu sein! Diese dreckigen Viecher dringen in mein Revier ein! In meine Wohnung!«

Er schrie mir direkt ins Gesicht, als wäre ich an dem Besuch des harmlosen Wesens schuld. Ich versuchte, ihm zu erklären, dass Küchenschaben nicht gefährlich seien, sie könnten höchstens Lebensmittel verderben und seien nur nachts aktiv, aber Klaus wollte mir nicht zuhören.

Er marschierte nackt ins Schlafzimmer und knurrte: »Unnatürlich, widerlich … eine niederträchtige Invasion. Die Erde ist noch degenerierter, als ich es mir vorgestellt habe. Aber ich … ich werde das nicht hinnehmen. Nichts und niemand bedrängt ungestraft einen Übermenschen.«

»Ich glaube, es wird wiederkommen. Es würde mich interessieren, es genauer zu untersuchen.«

»Du fasst es nicht an! Gehst gar nicht erst in seine Nähe!«

»Warum nicht? Wenn ich mehr darüber erfahre, kann ich sicher sein, dass wir nichts zu befürchten haben.«

»Sei still! Mir genügt die Information, dass es sich um ein aggressives, ekelhaftes, schmutziges Wesen handelt, das unerlaubt auf mein Gebiet vordringt. Ich brauche absolut keine nähere Bekanntschaft!«

Ich bat ihn, sich zu beruhigen, ging ins Bett und deckte mich zu. Ich hörte wie Klaus' Bettseite knarrte, als er sich auf den Rand setzte und durchatmete.

Ich wunderte mich über ihn. Er konnte das arme Wesen doch nicht wegen seiner verzerrten Ressentiments verurteilen. Hätte er gewusst, was ich wusste, hätte er sich überhaupt nicht vor dem Tier gefürchtet, das um ein Vielfaches kleiner und schwächer war als er.

Das Bett knarrte erneut, und ich glaubte, dass Klaus sich hinlegte, als ich Schritte hörte und plötzlich spürte, wie mir die Decke weggezogen wurde und sein schwerer Leib halb auf mich fiel. Sein Mund drückte sich auf meinen Mund, und die Bartstoppeln scheuerten schmerzhaft im Gesicht. In seinem schweren, keuchenden Atem lag etwas Süßes, das ich erst später als den Geruch von Alkohol erkannte.

Seine Hände drangen brutal und ungeduldig in meine Intimbereiche vor. Ich erinnerte mich lebhaft an den Vorfall in meinem Zimmer in der Hakenkreuzfestung, an seine panzerwagenartige Attacke, für die meine Vorlieben oder mein Zögern bloß Hindernisse waren, die überwunden werden mussten.

Ich musste mich ergeben wie Österreich, wie Polen, wie Norwegen – denn es war günstiger, einzuwilligen, als grün und blau geschlagen oder vielleicht sogar umgebracht zu werden. Das Einzige, was ich tun konnte, war zu versuchen, die Beine und die Augen zusammenzupressen und den Mund zu schließen, der bis zum Gaumen mit Klaus' Zunge gefüllt war, außer wenn er hechelnd fragte, wie gut es sich für mich anfühle.

Viele Mädchen in der Schwarzen Sonne und auch auf der Erde schienen die Berührung durch einen Mann zu genießen, manchmal auch, nachdem sie sie zunächst abgewehrt hatten. Klaus' Vorgehen hatte nichts Spielerisches oder gemeinsam Vereinbartes an sich. Kein fröhliches Tollen, keine Tändeleien nach einer erfolgreichen Jagd. Nicht die aus Filmen und bisweilen auch von den Gängen der Festung bekannte Choreografie des Verlockens, der gespielten Abwehr und schließlich der Eroberung. Es war eine unangekündigte, verletzende Invasion, schmerzhaft und so geradlinig, als hätte er mir ein Kanonenrohr zwischen die Beine geschoben.

Ich war für Klaus das, was die Schweiz für den Ur-Führer war. Eine uneinnehmbare Insel inmitten des zur Gehorsamkeit unterjochten Europas.

Die Schweiz hatte der Ur-Führer nie bekommen.

Klaus bekam mich, aber ich war das besetzte Norwegen, das in sich eine starke Widerstandsbewegung barg. Ich ergab mich nie echt.

Zwei Tage nach meiner Schändung kam Klaus mit einer Papiertüte der V-Linie von der Arbeit. »Ich wollte dich zum großen Teil aus dem Grund als meine Braut, Renate, weil du eine zurückhaltende und sittsame junge Frau bist, eine echte Nazi. Darum kann ich dich auch nicht dafür tadeln, dass du dich folgerichtig an die Regeln des Reiches und Hitlers Unseres Herrn hältst. Dennoch möchte ich anmerken, dass die Situation für mich fast unerträglich ist und ich möglicherweise gezwungen bin, mir anderswo Erleichterung zu verschaffen. Du als Frau kannst die Bedürfnisse eines Mannes sicherlich nicht verstehen, denn deinem Geschlecht ist es ja gerade eigen, das Glück der Mutterschaft mit dem Eheleben zu verbinden. Sollte meine Unbeherrschtheit jedoch Folgen haben, gehe ich davon aus, dass du dich über sie freust.«

Klaus öffnete die Tüte. »Bald schon werde ich Erdführer sein. Dann heiraten wir. Als Führer werde ich als Erstes unser eigenes, ursprüngliches, geliebtes und traditionelles Symbol wieder in Gebrauch nehmen. Das hier habe ich im Hinblick auf die Zukunft anfertigen lassen.«

Er entnahm der Tüte Babykleider – kleine, hübsche weiße Jäckchen und Strampelanzüge, die mit roten und schwarzen Hakenkreuzstickereien und Totenkopf-Symbolen verziert waren.

Ich wurde nicht schwanger.

Darüber wundere ich mich selbst. Ich hatte sehr viel Glück.

Gleich am nächsten Morgen fand ich im Internet – das tatsächlich alles Wissen der Welt in allen möglichen Sprachen zu beinhalten schien – heraus, dass auf der Erde jedem ein unfassbar weit entwickeltes Instrument zugänglich war, mit dem man direkt nach dem Ausbleiben der Monatsregel mit sehr einfachen Mitteln eine Schwangerschaft feststellen konnte. Sicherheitshalber kaufte ich eines und versteckte es sorgfältig vor Klaus.

Mein Mondblut-Zyklus sollte nur eine Woche nach jener schrecklichen Nacht beginnen. (Als ich zum ersten Mal auf der Erde Monatsbinden gekauft hatte, war ich wieder einmal schockiert gewesen. Zunächst hatte ich gar nicht verstanden, dass sie für den einmaligen Gebrauch bestimmt waren. Ich versuchte, sie zu waschen, bis mir aufging, dass sie zum größten Teil aus Papier bestanden.)

Meine Monatsregel verzögerte sich nicht einmal.

Mit Klaus sprach ich über die ganze Sache nicht. Ich hatte Angst, ihn daran zu erinnern.

Auf der Erde habe ich das Wort »Sublimierung« gelernt. Das ist ein psychologischer Begriff, der bedeutet, dass der Sexualtrieb in einer anderen Handlung kanalisiert wird. In unserer Wohnung in Greenwich Village geschah genau das. Und wie!

Weil Klaus meine intimeren Körperöffnungen nicht benutzen durfte, beschloss er, sich meine Ohren zu Nutze zu machen.

Wenn er spät am Abend und nach Alkohol riechend nach Hause kam und ich zufällig noch wach war – oder wenn es mir nicht gelang, mich glaubwürdig schlafend zu stellen –, konnte es passieren, dass er plötzlich anfing, von seiner Kindheit und Jugend zu sprechen. Seine Ausbrüche bestanden meistens aus zusammenhanglosen Bruchstücken und fielen umso wirrer aus, je betrunkener er war.

Ich versuche nicht einmal, mich genau an seine Geschichten zu erinnern. Ich weiß nicht, ob er seiner Braut, der Frau, die er für zuverlässig und liebend hielt, Einblick in seine persönliche Biografie gewähren und ihr erzählen wollte, was ihn zu dem Klaus Adler gemacht hatte, den ich kannte. Oder wollte er nur laut an sein Leben zurückdenken, angetrieben von für ihn untypischen, vom Alkohol freigesetzten Gefühlswallungen?

Über seinen Vater, der nach dem Ur-Führer Adolf Adler hieß, sprach Klaus viel. Manchmal prahlte er damit, in jeder Hinsicht die Wünsche seines Vaters erfüllt zu haben – mit vier konnte er schon Goebbels zitieren, von Kind an benahm er sich militärisch korrekt, und zum sechsten Geburtstag hatte er sich vom Mondreich ein Paar glänzende Stiefel mit langem Schaft gewünscht. In der Schule berichtete er den Lehrern regelmäßig über Klassenkameraden, deren Verhalten seiner Meinung nach zu verspielt war oder die träumerische Züge aufwiesen und unnütz phantasierten (bestimmt hätte er auch mich denunziert, wenn wir Alterskameraden gewesen wären und er von unseren *Nosferatu*-Spielen erfahren hätte), und wurde von seinem Vater dafür gelobt. Bisweilen verwünschte er seinen Vater, weil diesem nichts gut genug gewesen war. Klaus war oft vollkommen grundlos bestraft worden, aus reiner Freude an der Züchtigung. Aber wenn er als Führer der Erde und des Mondes auf den Mond zurückkomme, werde der alte Adi endlich sehen, was in seinem Sohn stecke, bevor Klaus ihn auf die verdiente Reise in den Walhallagarten schicken würde.

Einmal war er so betrunken, dass er auf der Couch einschlief. Zuvor murmelte er, er sei so lange unverheiratet geblieben, weil sein Vater nur die Tochter eines großen Mannes der Hakenkreuzfestung als Schwiegertochter akzeptiere. Und dann nuschelte er noch etwas – wobei er kaum begriffen haben dürfte, dass ich zuhörte – vom unvergesslichen Busen der Anneliese Ratz.

Klaus sprach nie von seiner Mutter, was mich überraschte, denn ich selbst dachte jeden Tag an meine Mutter. Ich hoffte inständig, Klaus' Pläne würden bald Wirklichkeit werden und ich zurück auf den Mond gelangen. Innerlich betete ich zu Hitler Unserem Herrn, dass ich es schaffte, meine Mutter noch einmal zu sehen, und wenn nicht, dass Klaus beim Rückflug auf jeden Fall Erdführer wäre und bald auch neuer Mondführer, damit mich keine blödsinnigen Besuchsregelungen daran hinderten, meine Mutter im Walhallagarten zu treffen.

Auch an vielen Nachmittagen musste ich als Ohr herhalten, wenn wir von der Arbeit gekommen waren und gegessen hatten und Klaus noch nicht zu seinen nächtlichen Ausflügen aufgebrochen war. Er verpflichtete mich, mir seine Analyse der bisherigen Umsetzung des Putsches ohne Blut anzuhören sowie seine Pläne für alles, was er als Erdführer zu bewerkstelligen gedachte. Für mich hatte er außer der Rolle der Ehefrau und Mutter eine Stelle im Rassen- und Siedlungshauptamt vorgesehen, und er betonte immer wieder, was es für eine Ehre sei, in den Dienst eines Amtes zu treten, das ursprünglich von Himmler selbst gegründet worden war.

Klaus wollte, dass ich von allen seinen Reden Notizen machte und sie auf sein Tablet schickte, damit er sie weiter analysieren und bei Bedarf ausdrucken konnte.

Manchmal schrieb ich so gut ich konnte mit, oft benutzte ich auch die Aufnahmefunktion meines Tablets.

Ich habe auf diesem Gerät also stundenlange Mitschnitte von den Forschungen, Plänen und ideologischen Prinzipien von Klaus gespeichert. Manchmal konnte er eine Stunde über eine verachtenswerte Einzelheit der Kultur der Erde schwadronieren, etwa über verschiedene Hunderassen. »Die einzigen richtigen Hunde sind der Schäferhund und der Dobermann, jene stolzen, besten Freunde eines jeden Nazis, alle kleinen, krüppeligen, kränklichen Pinscher, die als Spielzeuge und Puppen gehalten werden, sind nichts als Verfallszustände dieses edlen, mit dem Wolf verwandten Tieres, Untermenschen der Hundewelt!«, verkündete er. »Ich werde diese Missbildungen verbieten und vernichten, sobald meine Stunde gekommen ist.«

Einmal schwang er sich dazu auf, Lästerungen über Mondführer Kortzfleisch von sich zu geben. Auch wenn ich keine sonderliche Wärme oder auch nur Bewunderung für den Mondführer empfand, stellten sich mir die Nackenhaare auf, als Klaus ihn, berauscht von seiner künftigen Macht, als Nervensäge, Trottel, Korinthenkacker, Speckarsch und zur Krönung von allem als alten Wichser bezeichnete. Ich hatte rote Ohren, als ich die Textdatei an die E-Mail hängte.

In seinen größeren politischen Visionen hielt Klaus die Vereinigten Staaten für im Prinzip bereits besetzt, ebenso den größten Teil Europas. Die in der Hakenkreuzigungsmaschine verdichtete Propagandagarbe hatte als »akustisches Logo« der V-Linie im Internet und anderen audio-visuellen Medien so weit Verbreitung gefunden, dass Klaus davon ausging, ihr bereits mehrere Milliarden Erdlinge ausgesetzt zu haben. Er war sehr zufrieden mit der Funktion der Maschine und mit der Sichtbarkeit unserer Idee im Straßenbild und in den Medien. Die Misstöne in manchen Internetforen und Zeitungsartikeln, denen zufolge die Armbinden und der militärische Kleidungsstil »in historischer Hinsicht verwerflich und abschreckend« seien, hielt Klaus für ein äußerst positives Zeichen. Wenn die Kapitalisten und Liberalen ängstlich ahnten, dass sich aus den tiefen Reihen des Volkes ein Putsch erheben könnte, dann machten sie sich aus gutem Grund Sorgen.

Auch ich war zufrieden mit dem Triumph unserer Idee und unseres Willens, weil es die Rückkehr zum Mond und die Begegnung mit meiner Mutter bedeutete, aber was Klaus sagte, ließ mich gleichzeitig sehr unruhig und zurückweisend werden. Manche seiner Ergüsse enthielten keine Spur mehr von meiner Vision von Frieden und Eintracht, von einer Erde, die unter einer Idee geeinigt war. Im Gegenteil. Er schien davon zu träumen, dass der Putsch nicht in jeder Hinsicht unblutig wäre.

Er schritt in seinen polierten Stiefeln und den Stiefelhosen der V-Linie im Zimmer auf und ab und spuckte pausenlos Wörter aus. Er klagte darüber, dass man die Lautgarbe der Hakenkreuzigungsmaschine in Ländern, in denen die Untermenschen so unterentwickelt waren, dass sie ihre Tage nicht mit dem Internet, dem Fernsehen oder anderen Medien verbrachten, nicht effektiv einsetzen könne. Und auch wenn jene primitiven Länder relativ leicht zu erobern seien, würde er sie gar nicht unbedingt so, wie sie waren, an das Neue Germania anschließen. (Er verachtete das jetzige Deutschland zutiefst, von dem er sagte, es stehe »unter dem Kommando von Weibern und Untis«, und sprach von seinem neuen künftigen Reich stets unter dem Namen Germania.) Seiner Meinung nach wäre es am vernünftigsten, dem Beispiel des großen Ur-Führers zu folgen und den von Hitler nicht verwirklichten Hungerplan in Kraft zu setzen – die von ihm entwickelte geniale Methode, im Großen Krieg des Aufstiegs unserer Idee eine große Menge nutzloser Slawen loszuwerden, indem man schlicht und einfach die Ernten in den eroberten Ländern beschlagnahmte. Der Plan war lückenlos: Man musste kein teures Kriegszubehör verschwenden und erhielt zugleich Ressourcen für das eigene Volk. Die blöden Untis verhungerten dabei praktischerweise. Klaus bewunderte den Plan unbändig und schilderte immer wieder, wie er die Naturgüter der von ihm eroberten lästigen Länder ins Volkseigentum Germanias überführen und die Länder dann sich selbst überlassen werde. »Ein hungriger Untermensch kämpft nicht«, wiederholte er viele Male, sehr zufrieden mit seiner Schlussfolgerung.

Er hatte noch nicht beschlossen, was er mit den Juden machen würde. Es sah so aus, als hätten sie in den Vereinigten Staaten die Mehrheitsbevölkerung unterwandert. Auf der Straße konnte man nicht unbedingt erkennen, wer Jude war und wer nicht. Klaus war zunächst zutiefst erschüttert gewesen, als er herausgefunden hatte, dass für die Juden sogar ein eigener Staat gegründet worden war, aber bald schon sah er die Vorteile dieser Tatsache: Eine große Menge der allergefährlichsten Untermenschen war praktischerweise an einem Ort zusammengefasst worden. Das würde seine künftige Arbeit enorm erleichtern, ob er bei ihnen nun den Hungerplan oder einen herkömmlichen Vernichtungskrieg anwendete.

Klaus machte sich wegen einiger gut bewaffneter Staaten Sorgen, die der Hakenkreuzigung nicht ausreichend ausgesetzt waren, weil die staatlichen Bestimmungen dort die Nutzung des Internets einschränkten. Für sie hatte er einen gesonderten Plan. Sollten sie sich weigern, das Angebot zum Staatenbund des Erdführers anzunehmen, würde er keineswegs als Erstes zum Beispiel gegen China in den Krieg ziehen, weil das Land allein durch die Bevölkerungszahl ein anspruchsvoller Gegner war. Stattdessen würde er unsere Helium-3-Energiewirtschaft auf die Erde holen und anfangen, sie kommerziell zu nutzen. An Bord einer Rheingold ließe sich der Energiebedarf eines großen industrialisierten Staates für ein ganzes Jahr befördern.

»China würde ohnehin über kurz oder lang eine echte Plage werden. Ich habe erfahren, dass die verdammten Asiaten, die sich so maßlos vermehren, es wagen, ihren schlitzäugigen Blick auf den Mond und seine Energievorkommen zu richten. Wenn keine geschäftliche Partnerschaft entsteht, greift der Hungerplan auch bei ihnen«, tönte er.

»Ich habe in der kurzen Zeit viel über die Erde gelernt, Renate. Energie – preiswerte Energie – ist der Eckstein der Wirtschaft und der Politik auf dem Erdball. Wegen billigem Öl brechen Kriege aus! Stell dir vor, liebe Renate, wie unfassbar leicht ich als Erdführer den ganzen Planeten in die Knie zwingen kann, indem ich allein in dieser Hinsicht meine Stärke beweise. Diejenigen, die sich unsere überlegene Energiequelle nicht leisten können, lasse ich verkümmern. Ich hole mir nicht nur Lebensraum, sondern auch Wirtschaftsraum! Die Schwarze Sonne bleibt bestehen, um unsere Helium-3-Vorkommen zu bewachen. Die Weltraumtechnologie der Erde ist bedauernswert, sie haben nicht einmal Antigravitation oder eine Raumkriegsschiffflotte. Wir kontrollieren sowohl die Energie als auch deren Handelsweg. So kommt es zum Endsieg von Klaus Adler und der nationalsozialistischen Idee.«

Ich machte folgsam Notizen, auch wenn ich seine Pläne insgeheim für überzogen, überflüssig und grob hielt. Natürlich wollte ich, dass unsere Idee die Welt eroberte, aber warum musste man dafür Hunger und Gewalt einsetzen, wenn sich die Hakenkreuzigungsmaschine als so wirkungsvoll erwiesen hatte? Ich musste davon ausgehen, dass diese Pläne nur jungenhafte Tagträume waren, ausgelassene Gedankenspiele, die der Alkohol in den dunkelsten Winkeln seines Gehirns freisetzte. Ich dachte, vielleicht konstruiert er sich Visionen der Angst, des Widerstands, des Kampfes und der siegreichen Gewalt wie ein Kind, das beim Kommandospiel von dem Gedanken an Flüssigkeit saugende Tote erregt wird.

Am meisten und leidenschaftlichsten sprach er über Untermenschen und Küchenschaben – über die zwei größten Plagen, die es gab, die er aber überwinden werde. Kam er nachts in unsere Wohnung, schaltete Klaus als Erstes das Licht im Bad ein und wartete draußen einige Minuten ab, bevor er hineinging. Er hatte mir befohlen, Vivian zu fragen, was gegen das Schädlingsproblem zu unternehmen sei (er selbst hielt es bei seinem Rang als unangemessen, eine solche Sache in Angriff zu nehmen, denn dadurch hätte ja der Eindruck entstehen können, er habe Angst vor Küchenschaben), und Vivian hatte das Ganze mit den Worten quittiert, man könne die Wohnung zwar vergiften lassen, aber aus den Nachbarwohnungen würden sowieso neue nachkommen, und das Budget gebe es nicht her, uns an einen anderen Ort zu verlegen. Damit musste sich Klaus zufriedengeben, aber er murmelte, unsere Wohnung sei ohnehin nur eine Zwischenlösung. Vielleicht verfüge das Weiße Haus über eine bessere insektenfeindliche Architektur, und wenn er erst in Germanias neuer Hauptstadt Neuberlin wohne – oder sollte sie vielleicht doch Adlerstadt heißen? –, werde er sich darum kümmern, dass es im Umkreis von hundert Kilometern keine einzige Kakerlake gebe.

Das Letzte, was ich auf meinem Tablet zu Klaus' Plänen aufschrieb, war die schnell getippte Notiz: »Und wenn sonst nichts hilft, dann drohen wir ihnen. Wir veröffentlichen die Identität der Menschen, die gegen uns sind. Wir erklären, dass ihre Kinder, Frauen und Arbeitsplätze in Gefahr sind, wenn sie sich nicht auf unsere Seite stellen. Wir wühlen in ihrer Vergangenheit und graben das geringste Vergehen aus, wir beflecken ihr

Ansehen und rauben ihnen das Volksvertrauen. Wenn sie nicht auf unserer Seite sind, sind sie gegen uns. In Hitlers Namen, wenn sie sich nicht mit der Karotte locken lassen, dann bekommen sie den Stock zu spüren.«

Hätte ich nur gewusst, dass in jenen tödlich langweiligen Stunden der Schmetterling seine Flügel hob und senkte, langsam wie der Lauf des Minutenzeigers auf dem Zifferblatt, kaum wahrnehmbar, aber jeder träge Flügelschlag so unwiderruflich wie der Tod.

6. Mai 2047

Liebe Kitty,

heute ist mein Geburtstag, und ich hätte nie mit einer solchen Anteilnahme und einer solchen Aufmerksamkeit gerechnet! Man hielt mir Reden und wollte zu meinen Ehren ein Abendessen servieren, und Obi hatte auf der Grundlage alter Fotos ein wunderbares Bild gemalt, auf dem wir drei, James, sie und ich, gemeinsam lächeln.

Lange hat Obi kopfschüttelnd auf das schäbige, verbeulte und in jeder Hinsicht altmodische Tablet geschaut, an dem ich auch jetzt sitze. Ich wollte es nicht glauben, als man mir als Geburtstagsgeschenk ein neues – ich meine natürlich, ein etwas neueres, von den Flüchtlingen mitgebrachtes Gerät anbot. Ich bedankte mich höflich, lehnte es aber ab. Ich hänge an meinem alten Ding, ich will kein anderes.

Immerhin bekam ich es damals von Vivian.

Anlässlich meines Geburtstags gönne ich auch meinem ersten Tagebuch einen Gedanken. Denn dieses Geburtstagsgeschenk, das ich vor vierzig Jahren bekam, ist mir immer noch eine Hilfe: Es lehrt mich, mit meiner Freude und meiner Trauer umzugehen, indem ich sie aufschreibe. Bis zum heutigen Tag habe ich mir nicht vorstellen können, das, was jetzt kommt, einem lebendigen Menschen zu erzählen. (Zum Glück bist du keiner, Kitty.)

Es war Anfang Juli. Einige Tage zuvor hatte man den

Unabhängigkeitstag der Vereinigten Staaten gefeiert. Die Kampagne der Präsidentin war ein einziger Triumphzug gewesen. Es sah aus, als gäbe es unter den Menschen auf der Straße so gut wie keinen, dessen Kleidung nicht wenigstens eine kleine Anleihe bei der V-Linie machte, und aus dem Ausland kam eine Flut von Fotos, Zeitungsartikeln, Internet-Videos und sonstigem Material herein, in dem man die V-Linie im Straßenbild von Paris bis Hongkong sah.

Vivian kam in unser Büro. Sie wirkte entschlossen.

Klaus sprang auf und schlug die Hacken zusammen. Vivian lächelte. »Locker bleiben, Klaus. Buchstäblich. Du hast für den Rest des Tages frei. Wir haben hervorragende Arbeit geleistet. Du, Renate und ich, wir müssen alle mal abschalten. Und darum dachte ich mir, ich entführe dir Renate heute mal, denn ich will mich entspannen und ein bisschen was für Mädchen machen.«

Ich weiß noch, wie mein Herz anfing zu galoppieren. »Ein bisschen was für Mädchen«! Gemeinsame Zeit mit Vivian, und zwar nur mit ihr! Mit Vivian, die so schön und lebhaft und mutig war. Mit Vivian, die nicht fremdelte und sich vor niemandem kleinmachte und die es, wenn nötig, sogar wagte, unweiblich barsch zu werden. Mit Vivian, die schnelle, oft abrupte Entscheidungen traf, als wären sie vollkommen spontan, aber später konnte man feststellen, dass sie komplett durchdacht und lange entwickelt worden waren. (Bittere, im Nachhinein kluge Anmerkung: In der Hinsicht hatte sie schmerzlich viel mit Klaus Adler gemeinsam.)

Vivian stellte immer einen Plan A und einen Plan B

auf, mitunter gab es sogar Varianten bis zum Ende des Alphabets. Vivian Wagner war eine Frau, die nach außen hin sanft und biegsam und verspielt wie ein Katzenjunges in einem Internet-Video wirkte, in deren Tatzen sich jedoch scharfe Krallen verbargen.

Marlene, Lola-Lola, die Frau im Hosenanzug im Film *Marokko*. Die kleine zarte eiserne Hand im Samthandschuh.

Weil ich all das wusste, hätte ich begreifen müssen, dass Vivian Wagner immer eine Agenda hatte. Ohne jede Ausnahme.

Bis dahin hatte ich mir die Lustbarkeiten von New York eigentlich noch gar nicht angesehen. Weil ich immer genau wissen wollte, was ich aß, holte ich mir das Essen lieber in die Wohnung, als ins Restaurant zu gehen. Ich hatte gelernt, dass in fast allen fertig zubereiteten Gerichten tierische Inhaltsstoffe oder Zucker versteckt waren. Oder man hatte zum Süßen Maissirup verwendet, den die Amerikaner entsetzlicherweise überall dazu gaben, oder das Essen enthielt zumindest unfassbare Mengen Salz. Meine Verdauung zeigte von all dem Fremden und Neuen noch immer Symptome.

Im Fernseher unserer Wohnung konnte ich so viele Filme sehen, wie ich wollte, darum suchte ich kein Kino auf. Ich gebe allerdings zu, dass ein großer Teil der Filme, die ich sah, auf ermüdende Weise unbegreiflich für mich war. Ich las auch viel – ich liebte Bücher aus Papier, weil es nach den Mikrofilmen in der Schwarzen Sonne ein irrsinnig befreiendes Gefühl war, ohne Geräte lesen zu können. Im Internet hielt ich mich ziemlich wenig auf, wenn man die Katzenvideos nicht mitzählt. Vielleicht hätte ich darauf mehr Zeit verwenden sollen, dann wären manche Dinge keine so großen Überraschungen gewesen.

Es zog mich auch nicht zum Tanzen oder in Konzerte oder Vergnügungen ähnlicher Art. Die Musik der 2010er-Jahre war meiner Meinung nach nichts als Lärm, und selbst wenn sie mir gefallen hätte, wären mir die lauten, seltsam grell beleuchteten Vergnügungsstätten, in denen es von Menschen nur so wimmelte, nicht einladend erschienen. Ich war es auch überdrüssig, mich fast jedes Mal in den Verhaltensanforderungen eines neuen Vergnügens zu verheddern, die für alle selbstverständlich zu sein schienen außer für mich. Wenn ich mir an einem Wagen auf der Straße etwas zu essen kaufte, schien niemand davon auszugehen, dass ich mehr als den Preis meines Einkaufs zahlte, wenn ich aber drinnen aß, wo das Essen zum Tisch gebracht wurde, musste man selbst eine unbestimmte Summe zum Preis hinzurechnen. Ich konnte nicht verstehen, warum der Arbeitgeber in manchen Berufen den vollen Lohn zahlte, während man in anderen Berufen davon ausging, dass einen Teil davon der Kunde übernahm.

Ich war also hoch erfreut, dass ich Vivian als Begleiterin und Führerin hatte. Wenn Klaus sich in New York amüsieren ging, fragte ich manchmal in einem Anfall von Langeweile und auch Neugier, ob er gern hätte, dass ich mitkomme. Normalerweise antwortete er, sein Zeitvertreib sei nichts für Frauen. Auch wenn der Präsident eine Frau sein konnte und es in jedem Beruf Frauen zu geben schien, bis hin zur Polizei und zur Armee, existierten nach aufrechtem Nazibrauch also weiterhin reine Männervergnügungen. Mit Vivians Hilfe lernte ich, dass die Frauen auf der Erde ihre eigene Methode hatten, sich zu entspannen.

Vivian nahm mich an einen Ort mit, den sie – erstaunlicherweise – *Spa* nannte. Für mich war das Wort bis dahin nur mit einer der Hunderte von Städten gleichbedeutend gewesen, die wir bei der Operation Gelb im Großen Krieg des Aufstiegs unserer Idee besetzt hatten. In der Schule lernten wir sie alle auswendig, und wenn wir ans Ende der Liste kamen, mussten wir rufen: »Und bald werden sie alle wieder uns gehören!«

Ich wusste also überhaupt nicht, was mich dort erwartete. Meine Nervosität wurde allerdings bald gelindert, nicht nur von Vivians allwissender Anwesenheit, sondern auch von der angenehmen Atmosphäre des Ortes. Blütendüfte lagen in der Luft, im Hintergrund lief leise Musik, die Farben waren dezent. Sogar das Personal, das uns behilflich war, sprach ruhig und mit gedämpfter Stimme. Man gab uns Bademäntel und dicke, flauschige Handtücher, damit gingen wir in einen winzigen Raum, der offenbar für uns beide reserviert war. Vivian fing an, mit raschen Bewegungen ihr Make-up zu entfernen. (Ich hatte schnell gelernt, dass man die Kosmetik jeden Abend entfernen und am nächsten Morgen neu auftragen musste. Es sah nicht gut aus, wenn man das Make-up über Nacht auf dem Gesicht ließ.)

»Runter mit der Schminke, Rennie. Du kriegst neue«, trieb mich Vivian fröhlich zur Eile an.

Ich benutzte die Reinigungsmittel, die in dem Raum bereitgestellt waren, und machte auch sonst alles wie Vivian. Aber bald errötete ich bis zu den Ohren, weil sie anfing, sich auszuziehen, und ich begriff, dass sie von mir das Gleiche erwartete.

Zur nationalsozialistischen Ideologie gehört der gesunde Respekt vor dem stolzen menschlichen Leib, ja sogar dessen Verehrung. Das hatte die große Riefenstahl in ihren Filmen deutlich gemacht. Ich wusste trotzdem nicht, wohin ich schauen sollte, als sich die nackte Vivian Wagner ungeniert ein Handtuch um die Haare band, sich ein zweites schnappte und sagte: »Gehen wir.«

Es kommt mir noch immer wie ein Traum vor. Splitterfasernackt gingen wir in einen anderen Raum, in dem ein warmer, fast heißer, wohlriechender Dampf waberte, in dem man kaum die nackten weiblichen Gestalten erkennen konnte, die auf den hölzernen Pritschen lagen.

Ich erkannte den Duft nicht. »Eukalyptus«, sagte Vivian und fuhr lachend fort: »Der wächst bestimmt nicht in Minnesota!«

»Wir haben das auf dem Mond nicht.«

»Ach ja, richtig, auf dem Mond.«

Wir ließen uns auf den Pritschen nieder. Der Dampf streichelte uns von allen Seiten, er drang sanft in die Atemwege und sorgte dafür, dass sich leichter Schweiß auf der Haut bildete.

»Ich wusste nicht, dass es so etwas gibt«, sagte ich zu Vivian.

»Das dachte ich mir«, entgegnete sie schläfrig.

Wir gingen zum Baden in eine große Wanne, in der das Wasser sprudelte, dann wurden wir massiert, und auf unsere Gesichter wurde ein Mittel aufgetragen, das pflegen und beleben sollte. In einem weiteren Raum wurden uns die Augenbrauen gezupft, dann machte man uns ein Make-up und eine »Alltagsfrisur«, wie Vivian es als Wunsch formulierte.

Meine Haut glühte und mein Kopf war ganz durcheinander, als Vivian mich auch schon ins Taxi scheuchte. »Jetzt gehen wir essen und trinken ein bisschen was Sprudelndes. Champagner und Sushi ist meine Lieblingskombination.«

Champagner kannte ich, das war ein alkoholisches Getränk. Sushi hatte ich nur auf den Reklamebildern von Nahrungsmittelgeschäften gesehen. »Was ist Sushi?«

»Ich dachte, das wüsstest du, schließlich gibt es auf dem Mond Meere.«

Das überraschte mich. »Stimmt, Mare Imbrium und Mare Cognitum und andere, aber auf unserer Seite sind es weniger … und es sind Basalt-Tiefebenen, nicht so etwas wie die Meere auf der Erde …«

Ich sah Vivian an, dass sie scherzte. Wieder wurde ich rot.

»Bald wirst du es wissen.«

Das Restaurant war auf spezielle Art schön; einfach eingerichtet, mit Tischen aus dickem Holz. Eine asiatisch aussehende Bedienung kam an unseren Tisch, und Vivian bestellte, ohne mich zu fragen, was ich will.

Bald wurde eine große Flasche gebracht, die beim

Öffnen gedämpft knallte, und die Bedienung goss die perlende Flüssigkeit – die sich benahm wie die üblichen Erfrischungsgetränke – in hohe Gläser mit schmalem Fuß.

Ich weiß noch, dass ich aufrührerische Gedanken hatte. Ich war auf der Erde. Ich wollte nach irdischer Art leben. Klaus hatte sich allem Anschein nach bereits mehrfach und gründlich mit den von Hitler Unserem Herrn verbotenen Genussmitteln vertraut gemacht. Warum sollte ich treuer sein als er? Was würde ich damit gewinnen?

Als Vivian ihr Glas hob, mir in die Augen schaute und lächelte, hob ich ebenfalls mein Glas und stieß mit ihr an.

Ich nahm einen Schluck.

Und dachte, dass ich mich an die Lasterhaftigkeit gewöhnen könnte, solange Vivian meine Führerin war.

Sushi bestand zum größten Teil aus Reis, den man sorgfältig zu länglichen Happen geformt hatte. Reis hatte ich auf der Erde als pflanzliche Rohzutat bereits gut kennengelernt, die man zum Glück fast überall in New York bekam. Auf den Reis waren unterschiedliche, schöne Scheiben mir unbekannter Nahrungsmittel gelegt worden. Vivian listete sie auf: »Königskrabbe, Kammmuschel, Lachs, Thunfisch, Aal.«

»Fische?«

»Und Schalentiere.«

»Ich bin Vegetarierin.«

Vivian hob die Augenbrauen. »Ich kann dir vegane

Maki-Sushi bestellen. Da ist der Reis in Seetang eingewickelt, und drinnen steckt Gurke, Karotte, Rettich …«

Ich nahm einen weiteren Schluck Champagner. Ich schämte mich ein bisschen, auch wenn ich nicht verstand, warum. Es war ganz richtig, sich zu weigern, Tiere zu essen. Aber ich wollte auch wie Vivian sein. Ich wollte ihr gleichwertig sein, zu ihren Leuten gehören, an ihrer Seite stehen. Plötzlich erinnerte ich mich an etwas, das man uns im Hitlerismus-Unterricht erzählt hatte: Einmal hatte Hitler Unser Herr auf Anraten eines Arztes für kurze Zeit Nahrung zu sich genommen, die von Fischen stammte. Vielleicht könnte ich etwas essen, was auch der Ur-Führer gebilligt hatte.

»Könnte ich Kaviar bekommen?«

Vivians Gesichtsausdruck war unmöglich zu deuten. Es war womöglich eine Mischung aus Verblüffung, Belustigung und verdecktem Ärger.

»Du scheinst mir doch eine ganz schöne Goldgräberin zu sein.«

Ich verstand nicht, was sie damit meinte, begriff aber, dass ich eine Grenze überschritten hatte, von deren Existenz ich gar keine Ahnung gehabt hatte.

Vivian winkte bereits der Bedienung, als ich sagte: »Vielleicht … vielleicht probiere ich doch ein ganz kleines bisschen von dem Sushi. Das sieht so schön aus.«

So leicht lässt man seine eigenen Prinzipien außer Acht, wenn ein Mensch, den man bewundert, sich nicht um sie zu scheren scheint. Wie selbstverständlich man doch der Herde angehören will und sich wünscht, vom Alpha-Tier akzeptiert zu werden.

Vivian legte den Kopf schief. »Ganz wie du willst, kleine Rennie. Ich zwinge dich zu nichts.«

Das tat sie auch nicht. Ich traf meine Entscheidung selbst.

Ich kann nicht sagen, ob das Sushi gut schmeckte; das kühle tierische Protein fühlte sich ungewohnt im Mund an, der Lachs, der weich war und trotzdem Biss hatte, das obstartig Glitschige, mit dem sich etwas leicht Salziges verband. Die Kammmuschel schmeckte fast so, wie das Meer an einem schönen, klaren Tag roch, wenn der Wind nach dem Regen vom Atlantik her blies.

Vivian zeigte mir, wie man die Essstäbchen benutzte, legte meine Finger um sie herum, ermunterte mich, die Happen mit dunkler Soße und hellgrüner Paste zu würzen, deren Aroma mir plötzlich die Atemwege verstopfte, als hätte ich Kampfgas eingeatmet.

»Wasabi ist für Anfänger immer eine Überraschung«, sagte Vivian. »Aber bald wirst du ohne nicht mehr auskommen …«

Ich blinzelte noch wegen der Tränen vom Wasabi, da beugte sich Vivian über den Tisch zu mir herüber.

»Wie läuft es mit Klaus?«

Die Frage kam vollkommen überraschend. Bisher war es in den Gesprächen mit Vivian fast immer um unsere Arbeit gegangen, über die im Straßenbild sichtbaren Kleider der V-Linie oder um die wachsende Beliebtheit der Präsidentin, was ein und dasselbe war, oder über allgemeine Dinge, wie zum Beispiel das Wetter.

Auf der Erde sprachen alle unablässig übers Wetter,

was auch sehr praktisch und verständlich war: Es wirkte sich auf jeden aus, dagegen konnte man nichts tun. Am Anfang war es schwer gewesen, sich daran zu gewöhnen. Ich hatte zum Beispiel nicht verstanden, dass die dunklen Wolken und das dumpfe Grollen, das man irgendwo hörte, in Verbindung damit standen, dass bald Wasser vom Himmel tropfte. Und nicht nur tropfte. Wenig später kam es in einem rauschenden Schwall herunter, als wäre man unter eine Dusche geraten. Natürlich wusste ich, dass Regen ein ganz normales Phänomen auf der Erde ist, aber es ist etwas ganz anderes, ob man darüber in Büchern liest oder es in einem Film sieht, oder ob man lernt, den nahenden Regen am Geruch der Luft, der Farbe der Wolken und anderen Anzeichen zu erkennen.

Der Regen gehörte zu den erstaunlichsten Dingen, die ich je erlebt hatte, und der Duft, den er in der Luft hinterließ – vor allem in den Parks der Stadt – war einer meiner intensivsten Erlebnisse auf der Erde.

Vivians Frage war beängstigend persönlich, gerade so, als hätte sie meine Gedanken gelesen.

Ich wollte schon antworten, dass ich mich von Klaus schrecklich bedrängt fühlte und Angst vor ihm hatte, als mir wieder einfiel, dass die Gesprächsregeln auf der Erde andere waren als auf dem Mond. Auf der Erde ging man nicht davon aus, dass eine Frage direkt oder überhaupt beantwortet wurde. Die Hauptsache beim Gespräch war das Reden, nicht, dass man Informationen austauschte.

Ich beschloss also, mich in der irdischen Gesprächstechnik zu üben und sagte: »Wieso? Warum interessiert dich das?«

Vivian warf ihre Haare zurück, blickte nach unten, nahm einen Schluck, und zum ersten Mal, seit ich sie kannte, wirkte sie leicht verlegen. Sogar als Klaus und ich sie entführten und grob behandelten, hatte ich nichts als zielbewusste Wachsamkeit bei ihr gesehen.

»*Ihr* interessiert mich«, sagte sie. »Ihr scheint ein Paar zu sein. Trotzdem benehmt ihr euch nicht so. Klaus verhält sich dir gegenüber zwar beschützend und bestimmend, was für viele Beziehungen normal sein dürfte. Du wiederum verhältst dich Klaus gegenüber folgsam und respektvoll, aber wo ist eure flammende Liebe?«

Natürlich wusste ich, was sie meinte. Sie erwartete, zwischen uns Gesten zu sehen, die den zärtlichen Stunden vorausgingen, solche, wie ich sie in den Verstecken auf den dunklen Gängen der Festung gesehen hatte, das geheime Tauschen von Blicken und Lächeln, ständige, scheinbar versehentliche Berührungen.

Ich fragte mich, was Vivian sagen würde, wenn ich ihr von den sogenannten zärtlichen Stunden mit Klaus erzählte. (Das Wort »Vergewaltigung« hätte ich dabei jedoch nicht benutzen können. Damals wusste ich nicht, dass es für Klaus' Vorgehen eine Tatbezeichnung gab. Ich bezichtigte mich selbst, glaubte, einen Fehler gemacht zu haben. Womöglich hatte ich in zu aufreizender Haltung dagelegen.) Aber ich beschloss, diesen Weg nicht einzuschlagen.

»Wir haben uns auf dem Mond verlobt«, sagte ich, um

zu erklären, warum wir in den Augen der anderen wie ein Paar wirkten.

Vivian warf den Kopf zurück und lachte laut. »Rennie, Rennie, mein Schatz, ab und zu stelle ich mir vor, dass du eines Tages genug von der Rolle des albernen Mädchens haben wirst, aber du bist ganz schön hartnäckig. Der Punkt geht an dich. Du hast bestimmt erraten, dass ich versucht habe, euren Hintergrund sorgfältig zu checken, bevor ich euch in die Nähe der Präsidentin ließ. Aber meine Leute haben nichts gefunden, absolut nichts, keine Nennung in irgendeinem Register, nirgendwo tauchen eure Fingerabdrücke oder DNA-Proben von euch auf. In der Hinsicht könntet ihr durchaus vom Mond kommen. Aber erzähl. Wie verlobt man sich auf dem Mond und was bedeutet das für euch beide?«

Mit wenigen sachlichen Sätzen schilderte ich Vivian, dass man sich seinen Verlobten eigentlich nicht selbst aussuchen durfte, sondern dass Ehen auf gutem Erbgut, Vernunft und dem Vorteil für die Allgemeinheit beruhten, nicht so sehr auf den Gefühlen der Einzelnen.

Vivian wurde ernst. »Ich kann mir gut vorstellen, dass es bei euch im Hinterland von Minnesota so etwas noch gibt. Man will Farmen zusammenlegen, oder es sind schon zu viele Cousins miteinander verheiratet. Aber warum hängt ihr dann immer noch aneinander, wenn es bei euch nicht mehr funkt? Es wird doch wohl niemand aus Hancock, Minnesota, mit der abgesägten Schrotflinte kommen und euch vor den Altar zwingen? Wir sind in New York und nicht in irgendeinem Kaff.«

»Klaus will heiraten.«

Ich musste die Worte herauspressen, und mein Tonfall und mein Gesichtsausdruck verrieten Vivian mehr als ich wollte.

»Aber du nicht?«

Ich schwieg lange.

»Nein.«

Vivian streckte den Arm über den Tisch hinweg aus und ergriff meine Hand. »Warum setzt du ihn dann nicht vor die Tür? Du bist unglaublich niedlich auf so eine unschuldige Mädchen-von-nebenan-Art. Das interessiert viele Männer. Und ohne mich selbst loben zu wollen – das kleine Umstyling, das ich mit dir gemacht habe, tut dem keinen Abbruch.«

Ich konnte an nichts anderes denken als an Vivians Hand auf meiner, wie warm und glatt sie war, wie zielbewusst.

Vivian drückte meine Hand ermutigend und fuhr fort: »Er ist schon auf dämonische Art gutaussehend, da kann man nichts sagen. Und ebenso sonderbar wie du, in der Hinsicht seid ihr aus einem Holz geschnitzt. Aber in mir piepst ein kleiner Radar. Schau mal dort drüben.«

Vivian bewegte leicht den Kopf, um mir die Richtung zu zeigen, in die ich schauen sollte. Anscheinend meinte Vivian zwei junge, ziemlich unförmlich gekleidete Frauen. Ich hatte gelernt, dass auf der Erde Garderoben, die sehr abgenutzt und kaputt aussahen, die zu eng waren oder so weit, dass sie fast vom Leib fielen, mit Absicht so sein konnten und nicht bedeuteten, dass die Person kein Geld hatte, sich unbeschädigte oder passende Kleider zu kaufen. Die Absicht bestand darin, sich von den anderen zu unterscheiden, und darauf schienen es auch jene Fräuleins mit ihrer Kleidung und den erfindungsreich geschnittenen und gefärbten Haaren angelegt zu haben. Zuerst glaubte ich, Vivians Bemerkung mit dem »Radar« bedeutete, ich sollte nach Spuren der V-Linie bei den Mädchen suchen. Die waren spärlich, aber die eine trug immerhin einen aus bunten Lederstreifen geflochtenen Schulterriemen über ihrem weiten, karierten Männerhemd, die andere ein violettes Schiffchen auf dem Kopf. Ich vergaß jedoch die Beurteilung ihrer Kleidung, weil das Mädchen mit dem Schiffchen – sie saßen nebeneinander auf einer gepolsterten Bank – den Arm um ihre Begleiterin legte und sie auf den Mund küsste.

Genau wie Marlene in *Marokko*. Sanft, aber lang, sehr lang.

Ich wusste nicht, wo ich hinschauen sollte. Wieder wurde ich bis zum Haaransatz rot. Vivian lachte.

»Wenn du mich mit deinen großen blauen Minnesota-Augen anschaust, meine Kleine, dann wird mir allmählich immer klarer, in welcher Liga du spielst.«

Warum sprach sie plötzlich über Sport? Ich wollte sie nicht anschauen, ich wollte jenes Paar nicht anschauen, ich versuchte, den Blick auf die Einrichtung des Lokals zu richten. Ich konnte nicht mit dem aufwallenden, unkontrollierbaren Gefühl im Bauch umgehen. Hatte das mit dem Alkohol zu tun? Ich beschloss, es herauszufinden.

Ich nahm einen tiefen – zu tiefen – Schluck aus meinem Glas. Die Champagnerperlen kitzelten meinen Gaumen. Zur Abwechslung blickte ich auf meinen Teller und verschob mit meinen Essstäbchen ein Stück Sushi.

»Du bist jetzt schon sehr lange still, Renate.«

Ich blickte auf und sah Vivians braune Augen, in denen Entschlossenheit und Ungeduld lagen.

Ich gebe zu, dass kurz danach alles in mir durcheinandergeriet. Der Grund dafür waren die zweite Flasche Champagner, die Vivian bestellte – »schließlich haben wir einen Grund zu feiern, was, Rennie?« – und Vivians Geplauder über die Kampagne der Präsidentin und darüber, dass ich ihrer Meinung nach die einzigartige Gabe hätte, zu ahnen, was bestimmte Teile der Bevölkerung dachten. Und dass sie selten einen Menschen gesehen habe, der wie ich die Wünsche der Wähler nach starker Führung, nationalem Selbstwertgefühl und klaren, geradlinigen Grundwerten in Worte zu kleiden verstehe. Und dass sich nach der Wahl im März garantiert eine Stelle für mich in der Produktion von Inhalten finden würde. Und dass ich ein Schatz sei und eine einzigartige Geschichte hätte, eine Hinterwäldlerin, die ein politisches Genie sei. Beim Reden berührte sie immer wieder meine Hand und meinen Arm und strich mir eine Haarsträhne, die auf die Wange gefallen war, hinters Ohr.

»Du hattest vor dieser Ratte keine Angst«, sagte Vivian.

»Natürlich nicht«, erwiderte ich. »Ich mochte sie. Ich war neugierig, was so ein kleiner, zäher Nager wohl denken mochte.« Ich war ganz verliebt in meine Stimme und meine Schönrednerei.

Vivian musste lachen. »Du scheinst selbst ein zähes kleines Geschöpf zu sein.«

Mir wurde wärmer, und ich entspannte mich immer mehr. Als hätte sich eine schützende Haube über unseren Tisch gesenkt, die alles andere ausschloss. Ich traute mich, ohne nachzudenken zu reden, manchmal sogar ein bisschen Blödsinn, auch wenn es mir seltsam schwerfiel, einige Wörter zu bilden. Als ich aufstand, um zur Damentoilette zu gehen, wankte ich. Vivian lachte sanft und sagte, wir sollten vielleicht besser ein Taxi nehmen. Wir würden zu ihr gehen, und sie würde mir einen starken Kaffee kochen. Ich stotterte, ich möge keinen Kaffee, sollte mich aber vielleicht kurz hinlegen.

»Das ist mir absolut recht, kleine Rennie«, sagte Vivian.

Als ich aufwachte, tat mir der Kopf weh und ich spürte eine leichte Übelkeit – wieder war mein Magen nicht ganz in Ordnung.

Dann glaubte ich, weiterhin zu träumen und in meinem Zimmer in der Schwarzen Sonne zu sein, und dass Marlene Dietrich mich zugedeckt und sich zum Schlafen neben mich gelegt hatte, denn neben mir im Bett lag ein warmer, weicher Körper.

Wir waren beide nackt.

Das Zimmer war fremd.

Ich musste eine Toilette finden. Als ich hingefunden und meine Blase geleert hatte, wurde mir zu meiner Schande so schlecht, dass ich auch den Magen entleeren musste, indem ich mich heftig übergab.

Ich kehrte ins Schlafzimmer zurück und sah Vivian halb unter der Decke im Bett liegen, ihre nackte Schulter hob sich leicht im Takt des Atmens, ihre glatte, weiche Haut schimmerte im Halbdunkel.

Sie lächelte im Schlaf wie Marlene Dietrich.

Wieder kamen mir traumartige Bruchstücke in den Sinn.

Erregende, schändliche, schändlich erregende.

Alles war so anders gewesen als unter Klaus' zermalmender Umarmung.

Der Geschmack von Sushi.

Mein Schreien in der New Yorker Nacht, die nie vollkommen dunkel und nie ganz still war.

Ihr sanftes, heiseres, neckendes Lachen.

Ich hatte Vivian Wagners Kuss auf der Haut gespürt, und das vergisst man nie.

Mucksmäuschenstill sammelte ich meine Kleider ein und verschwand.

Ich ging zu Fuß durch die nächtlichen Straßen von New York nach Hause und wusste, dass mein Verhältnis mit Klaus zu Ende war.

Ich war frei.

Frei, was zu tun?

Keine Ahnung.

Sollten Vivian und ich ein Paar werden, würden wir dann weiterhin zusammenarbeiten? Klaus und ich, Vivian und ich, Vivian und Klaus? Hätte ich dann noch irgendeine Art von Sicherheit, hätte ich eine Wohnung?

Arbeit? Aber Vivian hatte mir ja eine große Zukunft ausgemalt.

Meine tiefe Melancholie (von der ich später begriff, dass sie teilweise mit den Nachwirkungen des Alkohols zu tun hatte) und mein nagendes Schuldgefühl erinnerten mich wieder an meine Mutter. Ich musste an Annelieses Großmutter denken und daran, dass oft schon wenige Wochen oder Monate nach einem Umzug in den Walhallagarten eine Trauernachricht von dort eintraf. Ich schüttelte die unangenehmen Gedanken ab. Meine Mutter war überhaupt nicht krank, sondern nur angestrengt von der Arbeit, und ihr Umzug in den Walhallagarten war der Lohn des Reiches für ihren fleißigen Dienst.

Und vielleicht käme ich ja bald zum Mond! Klaus würde Erdführer werden, das schien nun klar zu sein. Der von der Hakenkreuzigungsmaschine bewirkte Putsch ohne Blut war in vollem Gang. Klaus würde zum höchstgepriesenen und größten Helden des Vierten Reiches werden. In seiner künftigen Position hätte er an andere Dinge zu denken als an das kleine alberne Mädchen vom Mond, das sich an ihn gehängt hatte. Garantiert würde er im Nu eine rassisch und ideologisch passende Frau finden, viele würden sich ihm geradezu als Braut aufdrängen. Er würde heiraten und einen Schwung kleiner Arier zeugen und dem ersten Jungen den Namen Horst geben.

Auch mir käme auf dem Mond vielleicht ein wenig Ehre und Achtung zu, und mit deren Hilfe würde ich dafür sorgen, dass mich meine Mutter auf die Erde begleiten dürfte, und dann würden wir den Rest unseres Lebens gemeinsam hier unter dem blauen Himmel verbringen. Damals dachte ich noch, dass auch mein Vater mitkäme und sich einen internationalen Ruf erwerben würde als genialer Erfinder der Hakenkreuzigungsmaschine, die die Welt gerettet hatte.

Ich spürte, dass ein großer Teil meines Herzens – und was für ein großer – bereits auf der Erde war. Ich wurde hier gebraucht. Ich würde dazulernen, würde weiter unsere Gedanken verbreiten, wäre daran beteiligt, den ganzen Planeten zu einen und für alle Zeiten mit Kriegen, Verschwendung und Dummheiten aller Art Schluss zu machen.

Als ich in den frühen Morgenstunden in unsere Wohnung kam, war Klaus nicht da. Das erleichterte mich. Ich war zuvor nirgendwo so lange ohne ihn gewesen und hatte gebangt, ob ich eine vernünftige Erklärung für mein langes Fortbleiben finden würde. Ich wollte auf keinen Fall müde und unter dem Einfluss von Alkohol unsere bevorstehende Trennung besprechen.

Klaus hatte auf dem Küchentisch einen klebenden Zettel mit einer Nachricht hinterlassen: Er sei zum Essen ausgegangen, es könne spät werden. (Sogar in jener Situation hielt ich es für ulkig, dass auf der Erde zwar die vielfältigsten Mittel erfunden worden waren, Nachrichten ohne Papier zu versenden, es aber trotzdem solche besonderen Nachrichtenzettel zu kaufen gab.) Ich überlegte kurz, ihm eine Information auf sein Telefon zu übermitteln, aber dann begriff ich, dass ich nicht mehr bei allem, was ich tat, Rücksicht auf ihn nehmen musste. Der Gedanke, dass wir kein Paar mehr waren, auch wenn er das noch nicht wusste, war betörend, ja geradezu aufsässig.

Ich war viel zu aufgeregt, um schlafen zu können. Also schaltete ich den Fernseher ein, der meiner Meinung nach wesentlich unterhaltsamer war als das Internet, wenn man etwas Ablenkung suchte. Im Internet musste man selbst entscheiden, was man suchte, aber wenn man den Fernseher einschaltete und die Sender durchprobierte, war das, als würde man an einer Lotterie teilnehmen.

Ein Film, der gerade anfing, weckte mein Interesse, denn darin kam ein Raumschiff vor, das in gewisser Weise an unsere Modelle erinnerte. Die von meiner Mutter erwähnten Rheingold-Beobachtungen, die auf der Erde gemacht worden waren, hatten sich offenbar relativ weit im allgemeinen Bewusstsein verbreitet, denn mir war auch früher schon aufgefallen, dass in vielen Filmen und sonstigem visuellen Material mehr oder weniger naturgetreue Kopien von ihnen vorkamen. Amüsant – und im Hinblick auf die Sicherheit des Mondes ziemlich befriedigend – war auch, wie sehr sich die Erdlinge darüber einig waren, dass die »fliegenden Untertassen«, die sie gesehen hatten, von außerhalb des Sonnensystems stammten. (Später sah ich im Zusammenhang mit den Beobachtungen unbeholfene Zeichnungen von »Weltraumwesen«, deren seltsame Gesichtszüge mit großen Augen und schmalem Kinn bei näherer Betrachtung grobe Skizzen unserer Atemschutzmasken waren.)

Der Film handelte von einem Wesen, das von einem Ort außerhalb der Erde kam und zuerst abstoßend, aber wenn man sich daran gewöhnt hatte, sehr sympathisch aussah. Es erinnerte an einen Säugling und einen Greis zugleich. Es hatte sich auf die Erde verirrt und sich mit einem kleinen Jungen angefreundet. Die Erdlinge wollten das Wesen fangen und Forschungen an ihm vornehmen. Ich wand mich beschämt, denn ich musste dabei an James Washington denken und an den Wunsch meines Vaters, ihn für seine Experimente zu benutzen. Der Film stellte die These auf, dass ein solches wissenschaftliches Interesse in gewisser Weise falsch sei.

Das Wesen, das E.T. genannt wurde, sehnte sich auf dem fremden und feindlichen Planeten nach seiner Familie. Ich bekam immer mehr Mitleid mit ihm.

Entzückt sah ich zu, wie sich das unverkennbar intelligente Wesen aus verschiedenen nicht zusammengehörigen Erdgeräten und Gegenständen ein funktionierendes Kommunikationsmittel zusammenbaute. Damit rief E.T. zu Hause an.

Plötzlich fing eine Erkenntnis, eine Erinnerung in meinem Kopf gedämpft an zu flüstern.

Davon, wie wir unmittelbar nach unserer Ankunft Katzenvideos auf unseren Tablets angeschaut hatten. Wie wir darüber sprachen, ob wir jemals wieder zurückkämen. Klaus hatte auf seine Aktentasche, in der er die Hakenkreuzigungsmaschine transportierte, gedeutet.

Mein Blick wanderte durch die Wohnung.

Normalerweise hatte er die Tasche mit im Büro und ließ sie nur sehr selten aus den Augen. Aber ich wusste, dass er sie nicht mit sich führte, wenn er seinen heimlichen männlichen Freuden nachging.

Ich habe ein kleines Kontaktgerät dabei. Man darf es nicht unnötig verwenden, denn man kann den Akku auf der Erde nicht aufladen. Sollten wir auf gravierende Probleme stoßen, woran ich große Zweifel habe, können wir Kontakt zum Mond aufnehmen.

So in etwa hatte er es gesagt.

Ich vergaß den Film komplett. Ich sprang auf, sah in jeder Ecke des Wohnzimmers nach und ging dann ins Schlafzimmer.

Die Tasche lehnte an der Kleiderschranktür.

Und da entfaltete der Schmetterling – diesmal womöglich der größte und dunkelste von allen – seine Flügel.

Kontakt zum Mond. Wohin dort?

Darauf konnte es nur eine Antwort geben: das Nachrichtenzentrum. Der Arbeitsplatz meiner Mutter.

Neben Hitlers Auge waren auf der Erdseite des Mondes weitere Funkstationen versteckt gewesen. Sie hatten dem Ausspionieren des Funkverkehres gedient, aber auch als Sicherheitsnetz für alle, die sich auf der Mondoberfläche bewegten, fungiert, als wir es noch wagten, Spuren im Mondstaub zu hinterlassen. Über die Telefonkabel der Stationen konnte man bei Bedarf Kontakt zum Nachrichtenzentrum der Hakenkreuzfestung aufnehmen. Dieses wiederum bildete das Herz und das Gehirn der Schwarzen Sonne. Alle Informationen liefen dort zusammen.

Mit Klaus' Gerät könnte ich höchstwahrscheinlich Verbindung mit einer der kleinen erdseitigen Funkstationen aufnehmen, und darüber dann zum Nachrichtenzentrum.

Meine Mutter musste nicht unbedingt anwesend sein, aber ich war mir ziemlich sicher, dass man sie noch nicht in den Walhallagarten geschickt hatte. Würde ich sie nicht selbst antreffen, würde ich bestimmt eine ihrer Kolleginnen dazu bringen können, ihr Grüße zu bestellen. Ich wusste, dass die Frauen im Zentrum eng miteinander befreundet waren. Sie würden mir gern helfen.

Das Gerät war der Inbegriff arischer Robustheit und Geradlinigkeit: ein viereckiger Kasten, an dem mit einem Kabel ein Telefonhörer befestigt war. In der Mitte des Kastens befand sich ein großer Knopf. Außerdem gab es an der Seite eine kleine Lampe, unter der stand: *Selbstzerstörungsauslöser aktiviert*. Ich erinnerte mich daran, wie Klaus erzählt hatte, er würde über dieses Gerät informiert werden, falls Uwe gezwungen sein sollte, die Rheingold zu zerstören. Offenbar würde dann diese Lampe aufleuchten.

Während ich das Gerät in Augenschein nahm, fragte ich mich, warum ich nicht früher daran gedacht hatte. (Heute habe ich eine Antwort darauf: Die Menschen neigen dazu, unter dem Einfluss von Alkohol Ideen in die Tat umzusetzen, die sie nicht zu Ende gedacht haben.) Ich stellte am Fernseher, in dem noch immer der kleine Junge mit seinem Weltraumwesen vor bösen Erdlingen floh, den Ton ab und drückte entschlossen den Knopf. Es knackte. Mein Herz pochte.

Aus dem Hörer kam bloß Rauschen und Pfeifen. Es dauerte sekundenlang.

Dann, endlich – eine muntere, klare Frauenstimme: »Schwarze Sonne, Nachrichtenzentrum, womit kann ich dienen?«

Ich erkannte die Stimme sofort. Es war Anneliese.

Anneliese hatte ihre Stelle angetreten. Sie war keine Praktikantin mehr.

Nervös räusperte ich mich. »Sieg Heil, Anneliese! Ich bin es, Renate. Renate Richter. Ich habe nicht viel Zeit, aber es ist wichtig. Ist meine Mutter … ist Lotte Richter da?«

Wieder Knacken, Pfeifen, quälende Sekunden.

»Renate! Sieg Heil! Das ist ja eine Überraschung. Deine Mutter ist nicht hier, sie ist zu Hause.«

»Könnte ihr jemand eine Nachricht überbringen? Eine ganz einfache: Renate lässt Grüße bestellen. Mehr ist nicht nötig.«

Das Weltall zwischen uns knisterte und summte.

»Das lässt sich machen. Kann ich dir sonst helfen? Hat dein Bräutigam Informationstechnikoberführer Klaus Adler Grüße zu überbringen?«

Annelieses Stimme hatte einen unangenehmen Unterton. Dass sie Klaus erwähnte, rief mir in Erinnerung, dass er jeden Moment zur Tür hereinkommen konnte. Zwar hatte er mir nicht verboten, auf dem Mond anzurufen, aber ich wusste, dass man den Akku nicht beanspruchen durfte.

»Nein, das ist alles. Danke, Anneliese. Auf Wiederhören.«

Ich stieß geradezu den Finger auf den Knopf. Das Summen und Knistern im Hörer brach ab.

Dann schob ich das Gerät wieder in Klaus' Aktentasche und stellte diese an ihren Platz an der Schranktür.

Anschließend konnte ich den Film zu Ende schauen. Ein riesiges Raumschiff landete und holte E.T. nach Hause. Ein größeres Weltraumwesen nahm ihn mit Gesten in Empfang, die darauf schließen ließen, dass es sich um ein liebendes Elternteil handelte.

Ich weinte ein wenig.

10. April 2047

Liebe Kitty,

ich habe dir seit vielen Tagen nicht geschrieben.

Dafür gibt es einen Grund: Das Erinnern hat zwei schmerzliche Seiten. Erstens muss ich innerlich meine eigenen Entscheidungen, meine Irrtümer rekapitulieren, die Momente, in denen der Schmetterling – oft durch mich gezwungen – mit den Flügeln schlug, und nach deren Verstreichen nichts mehr rückgängig gemacht werden kann. Zweitens erinnere ich mich zu lebhaft an die Erde. An das pausenlose bunte Gewimmel auf den Straßen, an das beglückende Grün der Parks, an den Duft nach dem Regen, an den Geschmack einer Erdfrucht in meinem Mund.

Der dritte Grund für das Schmerzliche des Erinnerns besteht darin, dass ich mir bewusst werde, was für ein verfluchter Feigling ich doch war.

Heute ist der Geburtstag von James. Ich bin es ihm und unserer Tochter – dir, Obi, falls diese Niederschrift in deine Hände geraten sollte – schuldig, die Ereignisse so zu erzählen, wie ich sie erlebt habe. Obwohl ich bezweifle, dass meine Geschichtsschreibung eine Zukunft hat, in der man sie lesen wird.

Ich bin früh aufgestanden, damit ich dazu komme, einen der wichtigsten Tagebucheinträge meines Lebens zu schreiben, bevor ich mich mit Obi auf den Weg mache, ihres Vaters zu gedenken.

Das hier ist James gewidmet.

Klaus kam nur kurz bevor die Weckfunktion unserer intelligenten Geräte aktiviert wurde, in die Wohnung zurück. Allem Anschein nach hatte auch er eine lebhafte Nacht hinter sich. Schon da hätte ich meine neuen Gedanken über unser Verhältnis ansprechen können, aber ich stellte mich schlafend.

Beim Frühstück waren wir beide schweigsam, und mir schien, dass der Augenblick nicht für ein Trennungsgespräch geeignet war, weil Klaus noch mürrischer wirkte als sonst und ich starke Kopfschmerzen hatte. Ich wollte so schnell wie möglich ins Büro, Vivian sehen, ein Lächeln von ihr bekommen, eine heimliche Berührung, vielleicht sogar einen Kuss; ich wollte eine Bestätigung für unsere gemeinsame Zukunft. Und wenn Vivian bei mir wäre, wenn Klaus Zeuge der Wärme zwischen uns würde, dann würde ich es wagen können, ihm zu sagen, dass unsere Verlobung vorbei war.

Vivian war nicht im Büro.

Auch ohne diesen Rückschlag hätte ich langweiliges, unnützes achtstündiges Herumsitzen vor mir gehabt. Zwar war mir auch nach der Verringerung der Arbeit die Aufgabe geblieben, Redematerial für die Kampagne der Präsidentin zu erstellen, trotzdem fiel es mir inzwischen schon schwer, das Arbeiten auch nur zu simulieren. Ich hatte meinen ideologischen Phrasenvorrat aufgebraucht und war dazu übergegangen, dieselben Hitler- und Goebbels-Zitate in etwas abgewandelter Form hin und her zu drehen. Ja, ich musste sogar auf Rommel und seine leichtgewichtigen Bonmots zurückgreifen, auf Sprüche wie: »Im Kampf, Mann gegen Mann, ist der

Sieger derjenige, der eine Patrone mehr im Magazin hat.« Ich wusste nicht einmal, ob Vivian meine Texte noch an die Schreiber der Wahlreden weiterreichte, hielt es aber für selbstverständlich, meine Arbeit zu machen, so lange man mir einen Lohn dafür zahlte. Klaus schien im Internet aufzugehen.

Die Zeit kroch so langsam voran wie ein defekter Kettentraktor im Mondstaub.

Vivian kam erst kurz vor dem Mittagessen ins Büro. Als sie in der Tür zu unserem Zimmer erschien, fiel mein Herz in rasenden Galopp. Ich stand bereits halb vom Stuhl auf, um mit glühenden Wangen zu Vivian zu stürzen, ich suchte ihren Blick, hielt durstig Ausschau nach einem Gesichtsausdruck, an dem ich Erinnerungen, Anspielungen, ganz besondere Wärme ablesen konnte.

Aber sie würdigte mich kaum eines Blickes, sondern begrüßte mich mit dem gleichen alltäglichen, flüchtigen Nicken wie immer.

»Hi, Rennie, wie läuft's?«

Ich wäre nicht fähig gewesen, zu antworten. Zum Glück verlangten die amerikanischen Redegewohnheiten nicht einmal eine Antwort. Auf dem Mond fragte keiner den anderen, wie es lief, denn alle kannten die Antwort: Jeder war glücklich und zufrieden. Wie das Befinden war, fragte man, wenn das Gegenüber sich verletzt hatte oder krank war.

Anstatt zu antworten, ließ ich mich auf meinen Stuhl fallen und verfluchte innerlich das Glühen in meinem Gesicht.

Zu Klaus sagte sie: »Hi, Schöner, komm so gegen drei in mein Büro!«

Klaus seufzte: »*Yes, ma'am.*«

Vivian sah mich kurz an: »Wir sehn uns, Rennie.«

Dann war sie weg.

Oft muss ich an den Kosenamen denken, den Vivian mir gab.

Ein Mittel gegen Sodbrennen, wahrhaftig.

Mein Herz hämmerte noch immer wie wild, aber nun vor Panik.

Ich wusste überhaupt nicht, was ich tun sollte.

Die Techtelmechteltraditionen der Erde waren mir ziemlich unbekannt. Ich hatte keine Freunde auf der Erde, nur oberflächliche Bekanntschaften und Arbeitskollegen. Wen hätte ich fragen können, ob ich mich irgendwie falsch verhalten hatte? Was hatte ich Vivian signalisiert, als ich mich wie eine Übeltäterin im Dunkel der Nacht aus ihrer Wohnung davongestohlen hatte? Dachte sie womöglich, ich schämte mich für sie oder mich selbst? Oder sie würde mir nichts bedeuten? Aber wir waren doch Arbeitskolleginnen, sie wusste, dass wir uns an jedem Werktag begegneten, dass ich ihr nicht aus dem Weg gehen konnte (und, fügte ich innerlich hinzu, dass ich es auch nicht wollte).

Ich brauchte mehr Information. Auf der Erde mochte es eine Tradition geben, die ich nicht kannte, vielleicht musste man nach der ersten zärtlichen Stunde dem anderen auf irgendeine Art seine Zuneigung signalisieren, indem man eine Textnachricht schickte oder einen Blumenstrauß überreichte. Auf der Erde verschenkte man ständig Blumen, die nach dem Abschneiden zwar nur wenige Tage lebten und niemals bestäubt wurden, aber aus irgendeinem Grund schätzte der Empfänger dieses Abschlachten von Pflanzen, die bald hässlich verwelkten und weggeworfen wurden. Vielleicht wollte man mit den Blumen sagen, dass der Schenkende bereit war, für den anderen zu töten.

Ich wollte keinen Fehler machen.

Ich beschloss, im Internet nach Informationen zu suchen. Ich wusste, dass auf vielen Seiten rege über Fragen des alltäglichen Lebens diskutiert und nach der Meinung der anderen gefragt wurde, wenn es zum Beispiel um die Entscheidung für ein Telefon oder ein Kosmetikprodukt ging. Ich suchte ein Diskussionsforum, in dem über zwischenmenschliche Beziehungen gesprochen wurde. Ich tippte meine Frage ein, ohne mich darum zu kümmern, dass ich meine Arbeitszeit darauf verwendete – ich war sicher, dass sich niemand sonst auf der Erde so verhalten würde, aber ich war nun einmal verzweifelt.

»Ich habe eine Nacht mit einer Person verbracht, mit der ich zusammenarbeite, und bin am Morgen gegangen, bevor sie aufgewacht ist. Jetzt benimmt sie sich, als wäre nichts geschehen. Was soll ich tun?«

Innerhalb einer Stunde hatte ich mehr Antworten als nötig erhalten, aber sie entsprachen nicht unbedingt dem, wonach ich gesucht hatte.

Zunächst versuchten einige Kommentatoren, die Lage sachlich zu analysieren. Dann fragte jemand, welche Position meine Bettgefährtin mir gegenüber am

Arbeitsplatz einnehme. Ein anderer wollte wissen, ob es sich um eine Frau oder um einen Mann gehandelt habe. Ich antwortete ehrlich, es handle sich um einen weiblichen Vorgesetzten. Da wurden die praktischen Ratschläge weniger, eigentlich hörten sie ganz auf, und stattdessen kamen gemeine, spöttische Bemerkungen. Ich begriff, dass die meisten eine falsche Vorstellung hatten: Sie glaubten, ich sei ein Mann, der versuchte, mit Hilfe zärtlicher Stunden die Gunst einer Frau zu erlangen, die in der Arbeitshierarchie über ihm stand. Dieses Missverständnis wollte ich sofort korrigieren. Dass ein Mann unter einer Frau arbeitete, war bestimmt auch auf der Erde noch so selten, dass es ablehnende Haltungen weckte. Also erklärte ich, ich sei ebenfalls eine Frau.

Nach wenigen Minuten musste ich die Seite verlassen.

Ich war vollkommen verblüfft. Das Pärchen, das sich im Restaurant geküsst hatte, hatte den Schluss zugelassen, dass zärtliche Stunden zwischen Frauen ein üblicher und erlaubter Brauch auf der Erde waren, und meine Güte, immerhin hatte schon Marlene Dietrich im uralten *Marokko* eine Frau geküsst. Trotzdem – na, ich will nicht daran zurückdenken und hier wiederholen, was man mir alles gesagt hat, was man mir alles an den Hals wünschte und wie es formuliert war. Ich weiß nur, dass ich seit langem mal wieder denken musste, dass die Erde tatsächlich exakt so war, wie es unsere Propaganda erzählte: grausam, barbarisch und total degeneriert.

Dann war es auch schon drei, und Klaus begab sich in Vivians Zimmer.

Er fungierte nicht nur als Fotomodell und trat als

Modeschöpfer auf, sondern half auch bei der Visualisierung der Wahlkampagne. Er arbeitete also mit den mysteriösen Personen zusammen, deren Berufsbezeichnung *art director* lautete, und »beriet« sie, lieferte ihnen also Ideen und gab ihnen Ratschläge für die Entwürfe von Plakaten, Kleidern und der übrigen Kollektion der V-Linie. Auch er hatte neuerdings sehr wenig zu tun.

Wenig später kehrte er zurück und berichtete, Vivian hätte ihn darum gebeten, mit ihr bei einem späten Lunch über die neuesten Produkte der V-Linie zu sprechen. Ich wusste, dass neben Kleidern, Schuhen und Accessoires auch eine Kosmetikserie geplant war, außerdem Uhren und sogar kleine Haushaltsgeräte. Kaffeemaschine und Toaster der V-Linie waren in Vivians Büro bereits im Testgebrauch. Klaus sagte, sie würden sofort gehen, und er könne nicht sagen, wann er zurückkomme.

In meinem Kopf brodelte es. Ich konnte mich auf nichts konzentrieren. Nachdem die Zeit endlich bis zum Dienstschluss gekrochen war, beschloss ich wie so oft, einen einsamen Abend in unserer Wohnung zu verbringen. Mein Tablet ließ ich im Büro, denn in dem Moment kam es mir wie eine schmerzhafte Fessel vor, die mich nur an Klaus und Vivian erinnerte. Ich wollte zu Fuß gehen und dabei in Ruhe über meine Situation nachdenken. Ich musste meine eigene Vorgehensweise finden. Ich musste den Mut aufbringen, die Verlobung zu lösen und Vivian zu sagen, wie wichtig sie für mich war. Ich war mir sicher, dass die zärtliche Stunde zwischen uns auch ihr viel bedeutet hatte. Vielleicht war sie sich meiner Gefühle nicht gewiss und deshalb distanziert. Womöglich hatte sie ebenso viel Angst, zurückgewiesen zu werden, wie ich. Ich musste ihr die richtigen Informationen über meine Absichten und Überlegungen zukommen lassen.

Ich war bereits in Gedanken vertieft mehrere Blocks weit gegangen, als ich an einer Straßenecke einen Mann schreien und rufen hörte.

Es war James Washington.

James sah schlimm aus.

Von der Uniform, die er bei unserer Ankunft auf der Erde getragen hatte, war nur noch die fleckige und stellenweise aufgerissene Hose übrig. Die blonden, glatten, im Offiziersstil sehr kurz geschnittenen Haare waren gewachsen und standen unordentlich in alle Richtungen ab. Er sah aus, als hätte er sich tagelang nicht gewaschen und sich noch länger nicht rasiert.

Ich wäre an ihm vorbeigegangen, ohne ihm Beachtung zu schenken, hätte er nicht so einen Lärm gemacht. An meinen ersten Tagen in New York hatte ich mich mit tiefem Mitleid über die Menschen gewundert, die an den Ecken um Geld bettelten und offensichtlich auf der Straße lebten, obwohl ringsum unsagbarer Wohlstand herrschte. Ich nahm an, dass es Untis sein mussten, entweder von Geburt an oder wegen eines Regelverstoßes dazu degradiert. Auf dem Mond hätte man sie als Arbeitskräfte eingesetzt, und vielleicht hatte ihr nutzloses Dasein damit zu tun, dass auf der Erde überhaupt alles vergeudet wurde. (Ich muss gestehen, dass diese Menschen viel zu schnell Bestandteil des Straßenbildes für mich wurden, ebenso unsichtbar wie die Untis auf dem Mond.) Aber das war James. James, aus dem wir einen physischen und ideologischen Übermenschen gemacht hatten.

Er hielt ein unordentlich mit der Hand gemaltes Schild, auf dem stand: MOON NAZIS ARE COMING. Und er rief aus vollem Hals den Passanten zu, sie sollten etwas unternehmen, um die Mondnazis abzuwehren.

Was sollte das? Wir hatten doch nicht die Absicht, anzugreifen. Die Erde – oder zumindest die Vereinigten Staaten – waren praktisch schon friedlich erobert worden. Und auch sonst war es nur eine Frage kurzer Zeit, bis alle Bewohner der Erde von uns wussten. Dennoch interessierte mich, warum niemand stehenblieb und hörte, was James zu sagen hatte. Immerhin war die Nachricht über unsere Existenz eine große, wichtige Sache, die sich über kurz oder lang stark auf die Erdlinge auswirken würde. Erzählte er schon lange von den Mondnazis und stachelte die Menschen gegen uns auf? Und wenn ja, warum glaubte ihm niemand? Warum wurde das Thema nicht ausführlich in den Medien besprochen?

Und vor allem: Wie hatte er sich so gehenlassen können? Er war eine Schande für die arische Rasse, in die er mit großer Mühe eingegliedert worden war.

Ich blieb stehen. »Mr. Washington?«

Er sah mich an, und ich erkannte, dass meine Schminke, meine Haare, meine Tracht, meine irrsinnigen Absätze (auf denen ich endlich einigermaßen normal zu gehen gelernt hatte) wie elektrostatisch aufgeladener Mondstaub wirkten, der zwischen ihm und der echten Renate aufstieg und die Sicht trübte.

Schließlich leuchtete in seinen Augen das Licht des Wiedererkennens auf.

»Renate? Bist du es wirklich?«

Würde ich einen Roman schreiben, wären wir zwei verirrte Waisenkinder, die beide ihr Aussehen verändert hatten, aus ihrer Lebensumgebung herausgerissen, vom Schicksal zusammengeführt und wieder getrennt worden waren, einander um den Hals fallend, voller Freude darüber, den Schicksalsgenossen wiedergefunden zu haben, den wir längst für verschollen gehalten hatten.

Im wirklichen Leben geht es so natürlich nicht. Auch in diesem Fall nicht.

Zwar landete ich in James' kräftiger Umarmung, jedoch auf ganz andere Art, als man annehmen könnte. Er riss mich an sich, legte den Arm um meinen Hals, und bog mir einen Arm gewaltsam auf den Rücken. Dabei schrie er aus voller Kehle: »Ich habe einen! Ich habe einen Mondnazi geschnappt!« Er schrie auch alles mögliche andere, er wollte, dass ihm die Passanten bei meiner Festnahme halfen, weil ich eines der »Arschlöcher« sei, die ihm alles genommen hätten, das Leben, den Beruf und die Hautfarbe. Ich war so verwirrt, dass ich zunächst nicht einmal auf die Idee kam, die auf dem Mond erlernten Nahkampftechniken einzusetzen. Als ich anfing, ernsthaft Widerstand zu leisten, waren wir kurzzeitig fast gleich stark. Für die Passanten muss es ziemlich seltsam ausgesehen haben: ein heruntergekommener Obdachloser und eine nach der letzten Mode gekleidete Frau in einer Mischung aus Ring- und Faustkampf an einer Straßenecke in New York.

Vielleicht traf deshalb schon bald die Amtsgewalt ein.

Zuerst wollte die Polizei nur James festnehmen, weil es natürlich so aussah, als hätte ein Penner in unwahrscheinlich gemeiner Absicht, wie sie die äußerst reiche Verbrechenskultur der Erde kennt, eine gut gekleidete Bürgerin angegriffen. Ich konnte jedoch nicht zulassen, dass man nur ihn beschuldigte. James hatte mir einmal das Leben gerettet, und dennoch hatte ich zugesehen, wie Klaus ihn auf die Straße gesetzt hatte.

Anfangs glaubte ich, die Person, die uns auf der Polizeiwache verhörte, sei besonders aufmerksam und darum verblüffend schnell auf dem Stand der Dinge, weil sie schon nach wenigen Antworten, die sie von uns bekommen hatte, James fragte: »Sie sind also James Washington, das tote schwarze Topmodel, das sich plötzlich in einen weißen Penner verwandelt hat, nachdem es ein Wochenende auf dem Mond verbracht hat?«

James bestätigte es, und ich war froh, dass alles so schnell voranging.

Aber als der Polizist mich fragte: »Und Sie sind sicher Neil Armstrong nach einer Geschlechtsumwandlung?«, erkannte ich, dass er sich einer Redeweise bediente, die man als »Sarkasmus« bezeichnet. Auf dem Mond wird sie so gut wie gar nicht benutzt. Zu den nationalsozialistischen Kommunikationsidealen gehören die direkte Aussage und die Klarheit der Bedeutungen.

Auch sonst begriff ich von der Frage sehr wenig. Der Name Neil Armstrong war mir allerdings bekannt. Er stand auf der Liste unserer großen Volksfeinde, weil er in imperialistischer Absicht auf ein Gebiet vorgedrungen war, das schon immer uns gehört hatte, und es dann auch noch gewagt hatte, dort die Fahne seines Schurkenstaates aufzupflanzen. »Geschlechtsumwandlung« war für mich ein vollkommen fremder Begriff. Durch die Redeweise des Polizisten dämmerte mir allerdings, dass er uns absolut nicht glaubte, was wir sagten.

Er fragte nach den Papieren. Ich wusste bereits, dass James keine hatte. Auch ich hatte natürlich keine offiziellen Erddokumente, aber ich sagte noch einmal höflich meinen Namen und erklärte, ich arbeitete im Wahlkampfbüro der Präsidentin. Vivian Wagner oder jede andere Person, die in deren PR-Agentur arbeite, könne meine Identität bestätigen. Dazu zeigte ich meine Zugangskarte mit Bild.

Der Name Vivian Wagner und die Zugangskarte – ganz zu schweigen von der Erwähnung der Präsidentin – änderten die Haltung des Polizisten erkennbar, und er führte ein kurzes Telefonat. James bestand weiterhin darauf, ich sei ein Nazi vom Mond, und er wolle die Menschheit vor unserem Angriff warnen und ich müsse im Namen der Wahrheit zugeben, dass er nicht bei der Zerstörung des Raumschiffes ums Leben gekommen, sondern auf dem Mond gefangen genommen worden sei.

Ich gab bereitwillig zu, dass es stimmte, und um ihm weiter zu helfen, erklärte ich, er sehe so anders aus, weil er auf dem Mond erfolgreich arisiert worden sei.

In dem Moment betrat eine Person das Vernehmungszimmer, die sagte, sie habe in Vivians Büro angerufen und die Bestätigung erhalten, dass dort tatsächlich eine Renate Richter arbeite, auf die meine Personenbeschreibung passe.

Der Polizist entspannte sich sichtlich, lächelte und zwinkerte mir zu, ohne dass James es merkte. »Verstehe, Ms. Richter. Sie wollen, dass dieser Herr, der auf dem Mond gewesen ist, nicht noch mehr Schwierigkeiten bekommt. Das ist sehr edel von Ihnen.«

Ich entgegnete weiterhin wahrheitsgemäß, ich wolle dem armen Mr. Washington nur helfen. Der Polizist sagte, er nehme an, dass ich in diesem Fall keine Anzeige erstatten wolle. Das bestätigte ich. Er nickte und sagte mit gesenkter Stimme zu mir: »Aus Ihrem Namen und Ihrem Akzent schließe ich, dass Sie womöglich keine gebürtige Amerikanerin sind. Darum will ich Ihnen verraten, dass die Zerstörung der gesamten Mondexpedition samt James Washington für viele unserer Mitbürger eine zutiefst traumatische Erfahrung gewesen ist. Manchen fällt es schwer, es zu glauben, und es glauben ja auch nicht alle an Elvis' Tod. Auf ein solches Trauma kann man auch so reagieren, dass ein obdachloser weißer Mann sich einbildet, ein berühmter schwarzer, tragisch verunglückter Volksheld zu sein. So etwas kommt vor. Ich danke Ihnen für Ihre Geduld, Ms. Richter.«

Zurück auf der Straße hatte James sich immer noch nicht beruhigt. Er ging mit großen Schritten voran, und ich hatte alle Mühe, ihm in meinem Schuhwerk aus der V-Linie zu folgen. Ich erinnerte mich, dass er nicht erfreut gewesen war, als er auf der Erde die Veränderung seines Äußeren entdeckt hatte. Hatte ihm nicht einmal der längere Aufenthalt auf der Erde gezeigt, dass es trotzdem besser war, Arier zu sein? Ich fand es sonderbar, dass er unter den unsauberen Obdachlosen gelandet war, obwohl er physisch in jeder Hinsicht den Idealdeutschen verkörperte.

Ich versuchte, ihn danach zu fragen. Er blieb stehen und ballte die Faust.

Ich sah eine Träne in seinem Augenwinkel glänzen.

»Du verstehst anscheinend nie etwas«, sagte er. »Man hält mich für tot. Würde ich aussehen wie früher, könnte ich vielleicht wenigstens irgendjemanden davon überzeugen, dass ich ich bin. Meine Mutter zum Beispiel. Meine Geschwister. Ich könnte ihnen Dinge sagen, die sonst niemand wissen kann. Wir könnten einen DNA-Test machen lassen. Ich könnte ihnen gegenüber behaupten, dass ich gar nicht am Mondflug teilgenommen hatte, dass es nur Inszenierung und Wahlpropaganda war und ich endlich zu ihnen zurückkehre, und sie würden mir glauben. Aber sieh mich doch an! Ich habe hundert Mal gedacht, ich könnte auf der Straße um Geld betteln und mit dieser Erklärung bei meinen Eltern in Florida anrufen, sie bitten, mir Geld für die Fahrt zu schicken oder mich abzuholen. Aber wenn ich vor ihrer Tür stände oder sie herkämen, dann würden sie kaum einen Blick auf mich werfen, weil sie nur dieses Bleichgesicht sehen könnten. Sie würden sagen, ich wäre ein grausamer, skrupelloser Schwindler, der das heldenhafte Ansehen ihres Sohnes ausnutzt. Und sie würden sagen, dass nur ein Weißer so skrupellos sein kann, zu glauben, ein

Schwarzer könne einen Weißen für schwarz halten. Vor allem weil sie das Geld von der Versicherung verlieren würden, von dem sie jetzt wahrscheinlich besser leben als je zuvor, wenn sie mich als ihren Sohn anerkennen. Alles würde dagegen sprechen, mir zu glauben. Wenn ich ihnen von gemeinsamen Erinnerungen erzählen würde, würden sie nicht zuhören. Einer Erbgutüberprüfung würden sie nicht zustimmen. Ich wäre nicht ihr Sohn James, ihr kleiner Jimmy. Ich wollte nicht einmal, dass sie mich als ihren Sohn anerkennen, denn dann würden sie eben die Versicherungssumme verlieren, von der sie jetzt profitieren. Ihr habt mir meine Wurzeln geraubt, meine ganze Lebensgeschichte. Ihr habt mir meine Identität genommen und damit meine Arbeit, meine Familie und meine Zukunft. Hätte ich das gewusst, hätte ich mich nicht euren Versuchen unterworfen, sondern deinem Vater ins Auge gespuckt, damit er wütend wird und mich umbringt. Das wäre das bessere Schicksal gewesen.«

James tat mir leid und ich war traurig wegen ihm, aber auch wegen meines lieben, dem Reich treuen Vaters. Und natürlich bekam ich wieder schreckliche Sehnsucht nach meiner Mutter. Waren meine Grüße angekommen? Die Erinnerung an ihre unbedingte Liebe sorgte dafür, dass ich wütend auf Washingtons Eltern wurde, die so oberflächlich waren und nur auf die Hautfarbe schauten, ohne den echten, fühlenden, leidenden Menschen darunter zu sehen.

Ein seltsamer Gedanke schoss mir in den Kopf.

Und wenn wir den gleichen Fehler begangen hatten?

Wir schauten auch nur auf die Hautfarbe, auf die Rasse und kein bisschen tiefer. Wir hatten gelernt – auch ich hatte es gelernt! –, dass die dunkle Hautfarbe, Schlitzaugen oder der jüdische Glaube die ganze Person bestimmten. Ungeachtet dessen, wie ein Untermensch erzogen wurde oder in welcher Umgebung er aufwuchs – sie waren allesamt dumme, schmeichlerische, primitive Wesen und eine Bedrohung für die arische Rasse.

Dennoch kannte ich James Washington, den tapferen, intelligenten und humorvollen Mann, der mir das Leben gerettet hatte. Den Menschen.

Ich schüttelte den Gedanken ab. Natürlich waren die Untermenschen aus vollkommen vernünftigen und guten Gründen Untis – es wäre ja lächerlich gewesen, wenn sich die renommierten Staatsmänner und Wissenschaftler und patriotischen Volksangehörigen Germanias die Minderwertigkeit der Untermenschen bloß ausgedacht hätten.

Ich blickte mich auf der New Yorker Straße um, und bisweilen schien es, als sähe ich Leute auf den Gängen der Schwarzen Sonne. Auch wenn die Kleidung hier bunter war als auf dem Mond, sah ich trotzdem stattliche Waffenröcke, Epauletten auf den Schultern, Gürtel und Schulterriemen, glänzende Stiefel, soldatische Kopfbedeckungen und natürlich Armbinden mit dem V-Symbol des Vierten Reichs.

Wir hatten recht. Wir wurden gebraucht. So viele Menschen hatten unsere Botschaft gehört und verinnerlicht, es mussten schon Millionen sein, überall auf der Welt. Das Volk irrte sich nie.

James ging weiter, die Hände in den Taschen vergraben.

»Ihr habt mir alles weggenommen. Auch darum wollte ich dir nicht begegnen, denn ich hatte schon angefangen, mich damit zu trösten, ich wäre verrückt geworden und nichts von dem, was ich in letzter Zeit erlebt hatte, wäre wirklich passiert. Nazis auf dem Mond! Und ob! Der elendigste Dreck, den es ja auf der Erde gegeben hat.«

Nun wurde ich wirklich wütend. »Wie kannst du sagen, wir wären elendiger Dreck, wo du doch einer von uns bist? Wo wir mit der Hakenkreuzigungsmaschine aus dir einen von uns gemacht haben?«

James blieb erneut stehen und sah mich lange an. Richtig lange, mit einem fast mitleidigen Blick. Dann lachte er auf – kurz, kummervoll, freudlos.

»Du willst doch nicht behaupten, dass du an dieses Ding glaubst? Dass mir Kauderwelsch in die Ohren gedrückt hat. Du hast selbst gesagt, ich soll mitspielen, sonst würde es mir schlecht ergehen.«

Es traf mich wie ein Faustschlag. Zwar hatte ich ihm im Versuchslabor etwas in der Art zugeflüstert, aber ich hatte gemeint, er dürfe sich nicht gegen die Maschine wehren. Denn ich wusste, dass bei einem missglückten Versuch sein Leben nichts mehr wert gewesen wäre. Nur wenn er sich in einen Nazi verwandeln würde, in unseren loyalen Reiseführer, würde er auf die Erde zurückkommen.

»Dieser Gruß im Hangar …«

»War nur Heuchelei. Die Idee hatte ich aus einem Film,

Dr. Seltsam, in dem … Ach, was spielt das schon für eine Rolle. Es war ein Auftritt, der wahrscheinlich nur durchging, weil ihr selbst an die Maschine geglaubt habt. Ich dachte, du warst die Einzige, die wusste, dass die Kiste lächerlich ist, und dass du mir darum den Rat gabst, etwas vorzuspielen. Verdammt, wie hätte mir das Geschrei das Gehirn waschen sollen? Ich verstehe ja überhaupt kein Deutsch. Ich weiß gerade mal, was Sauerkraut ist!«

Mir wurde übel davon, wie viel von dem, was er sagte, Hand und Fuß hatte und wie viel es erklärte. Dennoch wollte ich ihm nicht glauben.

Rechts und links von uns gingen im V-Stil gekleidete Menschen vorbei. Ich deutete auf sie.

»Aber die hier … all das ist trotzdem passiert.«

»Ich weiß nicht, was für eine Sülze du Vivian Wagner vorgesetzt hast. Ihr habt sie gekidnappt, und dann stellt sie dich einfach so ein? Weil du gesagt hast, dass du ein Nazi vom Mond bist?«

Ich bestätigte es. James schüttelte den Kopf. »Das wundert mich überhaupt nicht. Wenn jemand mit einer richtig verrückten Geschichte zu Vivian kommt, geht sie ohne weiteres davon aus, dass hier jemand versucht, mit einer Erzlüge Eindruck auf sie zu machen. Und wenn sie den Typen gebrauchen kann, tut sie so, als glaubte sie ihm. Aber jetzt hat sie eine echte Geschichte als Erzlüge gekauft.«

In dem Moment war ich so erregt, weil die Funktionstüchtigkeit der Hakenkreuzigungsmaschine infrage gestellt wurde, dass ich über James' Behauptung zu Vivians Glauben an »eine verrückte Geschichte« nicht weiter nachdachte. Später, als ich viel mehr Zeit hatte, mir über das Thema Gedanken zu machen und auch mit James darüber zu reden, fanden in meinem Kopf noch viele andere kleine Informationsteilchen zusammen (wie etwa die Kaffeepausengerüchte der Mitarbeiter von Vivian Wagner Public Relations oder die unvorsichtigen Bemerkungen auf dem Flur, die ich im Vorbeigehen aufgeschnappt hatte). Allmählich nahm das Gesamtbild Gestalt an.

Als Vivian, die erfolgreiche Chefin eines PR-Büros, beschlossen hatte, die Kampagne zur Wiederwahl der Präsidentin zu übernehmen, hatte sie nach dem auf schreckliche Weise missglückten Coup mit dem Flug zum Mond geradezu verzweifelt ein neues, frisches Thema gesucht. Sämtliche Ideen, die man ihr angeboten hatte, waren ihrer Meinung nach läppisch, altmodisch und zigmal gesehen gewesen, obwohl sie massenweise supertrendige wie auch absolut erfahrene Marketingbüros und kreative Gruppen angefragt hatte. Sie hatte nach etwas Neuem, Knalligem und »Multimedialem« gesucht, wie sie es selbst gern ausdrückte.

Vivian Wagner wusste auch eines nur zu gut: Selbst wenn sie aktiv nach Ideen suchte, drangen nicht unbedingt alle, die gute Einfälle hatten, an der Telefonzentrale, am Pförtner, der Sekretärin oder anderen Türwächtern vorbei bis zu ihr vor. Ihr waren früher schon Menschen begegnet, die versuchten, sich mit Phantasie bis zu ihr durchzuschlängeln, um ihre PR- und Marketingideen zu präsentieren. Genau wie James vermutete, hatte Vivian genau an so etwas gedacht, als wir sie entführten. Nach dem ersten Schreck glaubte sie immer fester daran, wir wären ein kreatives Marketingteam, das beschlossen hatte, sich ausgefallen zu kleiden, das sich eine wilde Geschichte ausgedacht hatte und nun eine beeindruckende Entführung inszenierte, um Vivian buchstäblich zu zwingen, sich unser Konzept für die Wahlkampagne anzuhören. Weil Vivian Wagner ihre Ziele bekanntermaßen äußerst aggressiv durchsetzte und gern hohe Risiken einging – immerhin hatte sie, Hitler behüte, einen ganzen Mondflug organisiert! –, sah es so aus, als hätten wir unsere Aktion genau auf ihre Persönlichkeit zugeschnitten. In ihren Augen standen wir genau für die Art des Handelns, die sie schätzte: Sie betrachtete uns als zwei eigenwillige, kreative Verrückte, die bereit waren, in die Extreme zu gehen, um gehört zu werden. Neben der durchgeknallten Entführung waren wir auf die noch durchgeknalltere Idee gekommen, zu erzählen, wir kämen vom Mond. Vivian war davon ausgegangen, dass wir uns das ausgedacht hatten, um ihre Aufmerksamkeit zu wecken. Zuerst spielten wir auf den missglückten Weltraumflug an, dann machten wir weiter, indem wir unsere »Präsentation« an die Frage koppelten, wie man das Volk der Vereinigten Staaten nach dem Scheitern des Mondflugs bei der Präsidentschaftswahl ansprechen müsste.

Vivian Wagner liebte Risiken und sämtliche Alles-oder-nichts-Taktiken, und darum liebte sie das, wofür sie uns hielt. Zwar merkten wir sehr schnell, dass sie unsere Symbole und auch das Wort »Nationalsozialismus« nicht verwenden wollte, aber Klaus fand, ihre ideologische Bekehrung sei deutlich genug daran zu erkennen, wie begeistert sie gerade von unserer Rhetorik war. Unsere Werte schienen genau ihren Bedürfnissen zu entsprechen: das Hervorrufen eines völkischen Einheitsgefühls, die Wiederherstellung der ehemaligen Größe, die Bedeutung der Bewaffnung, das Erheben der zentralen Ideologie zur einzig akzeptablen und insbesondere die aktive Ablehnung gefährlicher, andersdenkender Völker und Individuen. Unsere Kleidung, unsere Einstellung und die Tatsache, dass wir hartnäckig an unseren Rollen festhielten, hatten sie dann endgültig überzeugt. Unter anderem hatte Vivian die komplette Geschlossenheit und die ausgefeilten Einzelheiten unserer Geschichte bewundert, wie auch die Tatsache, dass wir im Kleinbus untereinander fließend Deutsch sprachen. Sie hatte nicht viel davon verstanden, aber wie um ihre Aufmerksamkeit zu fesseln, hatten wir hier und da einen Namen eingestreut, den sie kannte: den des tragisch verstorbenen James Washington. Entscheidend für ihre Gewogenheit war jedoch gewesen, dass wir in ihren Augen »so vollkommen und hingebungsvoll die von uns internalisierte Redeweise« befolgten.

Aber ich überging damals, was James über Vivian sagte, weil ich seiner Behauptung widersprechen wollte, die Hakenkreuzigungsmaschine würde nicht funktionieren.

»Wir … Klaus und ich … wir machen die Wahlkampagne für die Präsidentin. Siehst du nicht, wie die Leute angezogen sind? Das gesamte Straßenbild beweist, dass sie sich unsere Idee zu eigen gemacht haben!«

»Das ist Mode. Und übermorgen gibt es eine andere Mode. Oder spätestens nach der Wahl. Dann kommt was Neues, auf das für kurze Zeit wieder alle abfahren. Rubik's Cube, Katzenvideos im Internet und so weiter.«

Ich wurde rot. Wie konnte er meine heimliche Schwäche kennen, die Katzenvideos? Bei allem Tumult in meinem Kopf blieb ich doch wieder an der Schmähung hängen, die James kurz zuvor ausgesprochen hatte.

»Ist jeder dieser Menschen elendiger Dreck? Bin *ich* deiner Meinung nach elendiger Dreck?«

Er schaute mir direkt in die Augen. »Nein. Du nicht. Du bist kein elendiger Dreck.«

Ich erkannte, dass meine Chance gekommen war. »Auch du wirst noch verstehen, dass unsere Lehren und die Arisierung dir nur Gutes bringen werden. Selbst wenn die Maschine nicht funktioniert haben sollte … Niemals hätte unsere Nazi-Ideologie, die gerechteste, wahrhaftigste, vernünftigste, einheitlichste und friedliebendste Ideologie der Welt, so lange gelebt und geblüht, wenn wir nicht im Recht wären und wenn sie nicht allen bloß Gutes gebracht hätte, in Hitlers Namen.«

James' Augen nahmen einen ablehnenden, überheblichen, wütenden Blick an, und ich versuchte, rasch ein Thema zu finden, das ihn dazu bringen würde, sich zu beruhigen und vernünftig zu denken, als mein Blick auf ein kleines Kino nebenan fiel. Ich war oft daran vorbeigegangen, es hieß Film Forum, und ich wusste, dass es viele alte Filme im Programm hatte. Über der Tür stand in großen, einzeln befestigten Buchstaben DER DIKTATOR, aber ich hätte jederzeit die Figur auf dem Plakat im

Fenster erkannt: Charles Chaplin, der unseren Ur-Führer mit seinem Film auf seine Art unsterblich gemacht hatte. James hatte es wohl aus irgendeinem Grund vermieden, sich diesen Klassiker anzusehen. Im Vorbeigehen hatte ich bemerkt, dass es im Film Forum oft Themenwochen gab, bei denen Filme gezeigt wurden, die auf die eine oder andere Art zusammengehörten, aber ich wusste damals noch nicht, was *Der Diktator* mit den beiden anderen Filmen im Programm zu tun hatte, mit *Das Tagebuch der Anne Frank* und *Inglorious Basterds.* (Mir war in vielen Zusammenhängen aufgefallen, dass die Rechtschreibung des durchschnittlichen Amerikaners oft schlechter war als meine, und der Titel des letztgenannten Films war für mich ein treffendes Beispiel für diese Degeneration.)

Rasch ging ich dazu über, zu empfehlen, ja zu verlangen, dass wir uns gemeinsam *Der Diktator* ansahen. Den Eintritt würde ich gern bezahlen, die Vorstellung sollte bald beginnen. James wirkte verwundert über meinen Vorschlag, widersprach aber nicht – gerade so, als hielte auch er ihn für sinnvoll. Ich weiß noch, dass ich geradezu maßlos erfreut darüber war, ihn so leicht überredet zu haben. Als weiteren Köder fügte ich hinzu, der Film würde nicht einmal lange dauern, nur wenige Minuten. Auch das bewirkte bei James Erstaunen. Nichtsdestotrotz ließ er sich von mir hineinführen.

Als ich zum ersten Mal im Leben ein Kino auf der Erde betrat, nahm ich einen Geruch in der Luft wahr, der mich fast zum Heulen brachte. Es war der heimeligste Duft der Festung: der nach gerösteten Hanfsamen. Wenig später erfuhr ich, dass es sich um die Samen einer ganz anderen Pflanze handelte.

Es war ein verblüffender Zufall, dass bei uns wie auf der Erde zum Filmbesuch wie bei einem religiösen Ritual der fast identische Duft und Geschmack bestimmter Pflanzensamen und das genussvolle Knirschen im Mund gehörten. Das irdische Pendant, geröstete Maissamen, war allerdings zum größten Teil ein mit Salz und Fett übergossenes schaumartiges Zeug, während unsere Hanfsamen für ernährungstechnisches Gleichgewicht standen, für asketisches Genießen. Dennoch entführten mich Geruch und Geschmack in die Schwarze Sonne und in den Volkssaal, und darum fiel es mir schwer zu akzeptieren, was ich sah – meine Geschmackserinnerung und das Zeugnis meiner Augen gerieten in einen entsetzlichen Widerspruch.

Der Film dauerte etwa 125 Minuten.

Zuerst glaubte ich, in den falschen Film geraten zu sein.

Dann verstand ich, dass man bei uns nur einen ganz, ganz kleinen, aus dem Gesamtzusammenhang herausgenommenen Teil gezeigt hatte. Und dieser Gesamtzusammenhang war für Hitler ganz und gar nicht schmeichelhaft.

Noch nach dem Ende der Vorstellung hätte ich mir glaubhaft einreden können, dass der Film eine Intrige der Schwarzmalerei war, mit der Absicht, Hitlers Andenken zu beschmutzen. Ich wusste ja, dass man uns und unsere Ideologie auf der Erde nicht verstand. Trotzdem musste ich auch anderen Indizien ins Auge blicken.

Im Foyer des Kinos war eine Ausstellung aufgebaut, die mit dem Thema des Films zu tun hatte, also mit der Zeit des Dritten Reichs. Es wurden Fotos, Bücher und anderes Material präsentiert. James zeigte mir alles. Er zwang mich fast, Informationen aufzunehmen, die als schmerzliche Kavalkade auf mich einstürzten.

Mit welcher fabrikartigen Effizienz unsere Vorväter Menschen vernichtet hatten. Was für Grausamkeiten wir ausgeübt hatten. Was für Greueltaten wir im Schatten von Rechtschaffenheit, blendendem Stärkegefühl und Hass auf das Fremde begangen hatten, Taten, die gar nicht mehr nach der reinen Zielstrebigkeit aussahen, an die zu glauben ich erzogen worden war.

Zu welchem Preis nach Lebensraum für Deutschland gesucht worden war.

Den Krieg verstand ich in gewisser Weise noch, den fairen Kampf Mann gegen Mann, den Sieg des Stärkeren. Was ich nicht verstehen konnte, war die schreckliche Angst, die man vor den Untermenschen gehabt hatte. Denn nur blinde Angst konnte einen zu solchen Maßnahmen treiben, mit denen man sie sich vom Hals geschafft hatte. Nicht Hass, nicht Verachtung, sondern die Angst hatte es getan, und diese Angst war zu allem Überfluss unbegründet gewesen.

Ich sah Bilder von Leichenbergen. Bis dahin hatte ich mir eingebildet, dass niemand dünner sein konnte als ein amerikanisches Topmodel, aber diese Körper waren noch grotesker. Bilder und Texte verrieten, dass man im

Namen der deutschen Wirtschaftlichkeit sogar versucht hatte, die Haufen von Leichen zu nutzen. Es hätte nicht viel gefehlt, und ich hätte die gerösteten Maiskörner, die ich gegessen hatte, erbrochen.

Was hatten sie getan, nur weil jene Menschen etwas anders gewesen waren?

Und weil sie anders gewesen waren, hatte man ihnen praktischerweise alles anlasten können, was damals schlecht gewesen war.

Ich sah ein Foto von den Olympischen Spielen von Berlin 1936, auf dem Hitler sich weigerte, einem dunkelhäutigen amerikanischen Goldmedaillengewinner die Hand zu geben, und begriff, dass *Der Diktator* keineswegs der einzige Film war, von dem man uns nicht alles gezeigt hatte. Ich hatte bis dahin nicht gewusst, dass an jener Olympiade auch andere als Weiße teilgenommen hatten, und ich hatte geglaubt, Riefenstahls *Olympia* exakt so gesehen zu haben, wie ihn die Regisseurin aus den Händen gegeben hatte.

Einfach, aber wahr: Ich war belogen worden.

Wir alle auf dem Mond waren belogen worden.

Vom Film *Der Diktator* war uns nur die Szene gezeigt worden, in der Hitler mit einem erdartigen Luftballon spielt, und darum sah der Film wie ein Kunstwerk aus, das Hitler pries. In Wirklichkeit zeigte der weltberühmte Regisseur unsere Idee und unseren Ur-Führer als lächerliche, aufgeblasene, tyrannische Gestalt. Der Film war eine »Satire«. So etwas war, wie auch der Sarkasmus, im Wortschatz des Mondes nahezu unbekannt, dennoch fiel es mir nicht schwer – auch wenn ich damals die Bedeutung des Wortes gar nicht kannte –, zu verstehen, welche Mittel Chaplin in seinem Werk angewandt hatte: Parallele, Übertreibung, Enthüllung der Wahrheit durch witzige Zuspitzung.

In einem Lichtblick begriff ich, was für eine fürchterliche Waffe die Unwissenheit ist, wie leicht man den, der in der Finsternis aufwächst, manipulieren kann: Er wird erzogen, nur darauf zu vertrauen, was man ihm zeigt und sagt, auch wenn es seiner eigenen Erfahrung und seinem Wissen widerspricht. Und ich, ich war in eine Welt geraten, wo das Wissen unter den Fingerspitzen eines jeden Einzelnen lag, aber ich hatte kein einziges Mal im endlosen Universum des Internets nachgesehen, was sich zum Beispiel unter dem Stichwort »Nazi« finden ließ.

Lieber hatte ich mir Katzenvideos angesehen.

Ich hatte sogar eine Seite gefunden, auf der Bilder von Katzen gesammelt wurden, die wie Hitler aussahen, und dabei eine herzerwärmende Freude verspürt: Weil die Menschen sich an den Ur-Führer noch immer als so großes Ideal erinnerten, dass sie sein geliebtes Antlitz auch in ihren Schoßtieren erkennen wollten.

Hätte ich mein Tablet nicht im Büro gelassen, hätte ich sofort nach weiteren Informationen gesucht. Meine Hilflosigkeit fühlte sich an, als blickte ich in eine tiefe, entsetzliche Schlucht, bodenlos und finster, in einen unendlich tiefen Brunnen, der flüsterte: »Man hat dich angelogen, Renate, und vielleicht bist du auch bei vielen anderen Dingen angelogen worden, und in deiner Unwissenheit hast du diese Lüge weiter verbreitet. Du hast die kleinen, unschuldigen Kinder belogen, die dir vertraut haben.«

Als hätte das Weltall gewollt, dass ich noch mehr durchgeschüttelt wurde, sahen wir an der nächsten Straßenecke eine Schar arisch wirkender junger Männer mit Sprühfarbe aus der Dose ein Hakenkreuz an die Wand malen.

Ich hatte solche schnell hingeschmierten Symbole des Fortschritts und der Ordnung an den Wänden gesehen, als wir in New York ankamen, und damals hatte ich mich darüber gefreut, denn sie hatten mir, wie auch die beliebten Katzen, die wie Hitler aussahen, gesagt, dass unsere Idee lebte. Weil ich weiterhin nicht an den schwindelerregenden Abgrund glauben wollte, in den man mich zu blicken zwang, versuchte ich, die Splitter meiner Welt einzusammeln, indem ich zu den jungen Leuten ging und sie ansprach. James wollte mich daran hindern, aber ich hörte nicht auf ihn. Ich hoffte so sehr, dass sie meinen zerbrechenden Glauben kitten könnten.

Gern denke ich an jene Begegnung nicht zurück. Die jungen Männer waren schmutzig, hatten kein Benehmen und waren so leicht zu provozieren, dass sie die Möglichkeit zum Krawall geradewegs zu suchen schienen, und was ihre Wertschätzung des Hakenkreuzes (das sich mir nun ganz neu darstellte) betraf, so hatte ich den Eindruck, dass sie es noch mehr beschmutzten. Als bedeutete unser Symbol für sie nur die Erlaubnis, ihren ungebremsten Impulsen zur Feindseligkeit, Gewalt und geschlechtlichen Aggression zu folgen. Schon allein das

Aussehen von James Washington hätten sie, trotz der mangelhaften Kleidung, als klares, mit nationalsozialistischer Technik geschaffenes Ariertum anerkennen müssen, und ich war neben Klaus Adler die reinrassigste Nazi, die sich in jenem Moment auf der Erde bewegte. Aus irgendeinem Grund waren sie aber nicht fähig oder nicht gewillt, unseren Rang anzuerkennen.

Wir gerieten in ein Handgemenge, dem wir zum Glück entkommen konnten, teils dank James' Erfahrung auf der Straße und meiner Nahkampfausbildung, teils weil ich feststellte, dass die Absätze meiner Schuhe aus der V-Linie – sie hatten mit Metall beschlagene Absätze, sonst wären sie bei längerem Gehen nicht stabil geblieben – eine äußerst effektive Waffe waren, wenn man beim Zutreten richtig zielte.

An einer Straßenecke verschnauften wir. Ich versuchte, meine Gedanken zu ordnen.

Ich konnte Klaus auf keinen Fall länger erlauben, seinen Plan, Erdführer zu werden, in die Tat umzusetzen. Man musste ihm sagen, was ich erfahren hatte. Er musste umgestimmt werden. Er musste verstehen, dass die Beliebtheit der V-Linie nicht mit der Welteroberung identisch war. Klaus konnte sein Reich nicht auf Lügen und irrige Vorstellungen gründen. Das wäre vollkommen ehrlos gewesen.

Ich musste ihn möglichst bald aufsuchen. Das konnte auch bedeuten, Vivian zu begegnen. Davor fürchtete ich mich ein wenig, aber ich wollte sie doch dringend sehen und erfahren, was sie über mich dachte, was sie über *uns* dachte. Und Vivian zu begegnen bedeutete auch, dass ich endlich die Gelegenheit bekäme, wirklich etwas für James zu tun, der mir einen Dienst nach dem anderen erwies (wie mir die Augen zu öffnen), obwohl wir ihm nur Böses angetan hatten. Vivian besaß Einfluss, und in ihrem Büro gab es Arbeitsplätze. Sie kannte James und würde über seine neue Hautfarbe hinwegsehen können, wenn ich dabei wäre und ihr die ganze Geschichte erzählte. Dann bekäme James die Chance auf einen Neuanfang. Das waren ihm die Präsidentin und Vivian mindestens schuldig. Als Erstes brauchte er eine Dusche, eine Rasur und neue Kleider.

Seine Identität konnte ich ihm nicht zurückgeben. Ich konnte jedoch versuchen, ihm eine Position innerhalb der Gemeinschaft, ein Zuhause und eine Arbeit zu verschaffen. Gleichzeitig würde Vivian sehen, dass ich ein sorgender, herzlicher, liebender und treuer Charakter war.

James wollte nicht einmal in die Nähe von Klaus geraten, aber meinem Vorschlag, Vivian zu treffen, stimmte er vorsichtig zu. Er hatte ja nichts zu verlieren.

Natürlich war Klaus nicht in unserer Wohnung. Er ging entweder seiner eigenen Wege oder beriet sich noch immer mit Vivian Wagner. Die Aktentasche war weg, es sah also danach aus, als wäre er gar nicht zu Hause gewesen. Ich hatte gesehen, dass er die Tasche im Büro gelassen hatte, als er mit Vivian zum Mittagessen ging, und weil er sie nie lang aus den Augen ließ, würde er sie garantiert im Büro abholen, bevor er sich auf den Nachhauseweg machte. Es war also gut möglich, dass beide noch einmal zum Arbeitsplatz zurückkehrten.

Ich versuchte, Klaus anzurufen. Er meldete sich nicht, vielleicht war das Telefon lautlos gestellt. Als ich Vivian anrief, wurde der Anruf direkt an ihre Sekretärin weitergeleitet. Diese war nicht mehr im Büro, verband mich aber mit dem Pförtner in der Eingangshalle, der mir sagte, Ms. Wagner und Mr. Adler seien vor wenigen Minuten eingetroffen. Er selbst werde das Gebäude bald verlassen und die Türen abschließen, danach könnte ich mit meiner Zugangskarte hineinkommen. Ich dankte ihm, legte auf und schrieb Klaus eine Kurzmitteilung.

KLAUS, ES IST ALLES EINE LÜGE GEWESEN. DIE HAKENKREUZIGUNGSMASCHINE FUNKTIONIERT NICHT. WIR HABEN DIE ERDE NICHT EROBERT. DU KANNST NICHT ERDFÜHRER WERDEN. WIR MÜSSEN REDEN.

Ich drückte auf »Abschicken«.

Schmetterlingsleicht, bleischwer flog die Nachricht davon.

Der Weg zum Büro war nicht lang und wir kamen mühelos ins Gebäude. Der Pförtner war gerade am Gehen, und ich wechselte ein paar Worte mit ihm. Ihm zufolge war das Gebäude leer, abgesehen von Klaus und Vivian. Neugierig blickte er auf James und fragte sich dabei wahrscheinlich, warum in aller Welt ich einen abgerissenen Obdachlosen mit ins Büro brachte.

Mit dem Aufzug fuhren wir in die oberste Etage. Die Büros waren verlassen. Das schien mir passend, hatten wir doch Dinge zu bereden, von denen man nicht wollte, dass viele etwas davon mitbekamen.

Meine liebe Kitty, wenn der Schmetterling des Chaos bis dahin nur hin und wieder die Flügel bewegt hatte, träge, als würde er sich schläfrig strecken, dann flog von jenem Moment an ein ganzer Schwarm Schmetterlinge auf, erregt und mit explosiver Energie, als hätten sie einen Eimer starken Kaffee getrunken, und durch die Kraft dieses manischen Flatterns stürzten krachend die Bäume in den Urwäldern ferner Kontinente um.

Darum muss ich eine kleine Pause einlegen.

15. Mai 2047

Liebe Kitty,

ich habe Kräfte gesammelt, um die folgenden Ereignisse niederschreiben zu können. Auf einmal schien alles auf dem Kopf zu stehen: Auf einen Schlag wurden all meine guten Absichten bedeutungslos, wenn nicht gar schlecht.

Es war einer der grauenvollsten Augenblicke meines Lebens, als ich durch den Türspalt lugte und Klaus sah. Und erkannte, dass er nicht allein war.

Nicht Vivian war bei ihm.

Sondern Mondführer Wolfgang Kortzfleisch.

Und ein paar SS-Männer mit Schnellfeuergewehren.

Allein der Anblick des Mondführers war wie ein Schlag ins Gesicht mit einem kalten, rauen Hanffaserhandschuh.

Mir fiel keine einzige vernünftige Erklärung dafür ein, wie der Mondführer erfahren haben konnte, dass wir überhaupt noch lebten, geschweige denn, wie er ausgerechnet den Weg in Vivian Wagners Büro gefunden hatte. Denn er war gekommen, um uns zu suchen, das war in jeder Hinsicht klar, und er war nicht hier, um uns mit Orden auszuzeichnen.

Aber wie waren er und die SS-Männer am Pförtner vorbeigekommen? Hätten sie mit vorgehaltenen Waffen die Eingangshalle gestürmt, wäre der Pförtner bei unserem Eintreffen bereits tot gewesen, oder jemand hätte inzwischen die Polizei alarmiert. Aber der Mann hatte keinerlei Anzeichen verraten, dass etwas Ungewöhnliches vorging.

Auf dem Tisch vor Kortzfleisch lag eine Zeitschrift mit glänzendem Paper, auf deren Titelseite Klaus mit der Präsidentin posierte, dazu kreuz und quer verteilt einige Unterlagen, die mir bekannt vorkamen: die Erdführerpläne von Klaus. Ganz oben ein Blatt, auf dem Klaus den Mondführer unter anderem als Korinthenkacker und Speckarsch bezeichnete.

Falls der Mondführer bis dato nur geahnt hatte, dass von Klaus Adler Gefahr ausging, so wusste er jetzt totsicher, dass Klaus ein Verräter und Usurpator war. Sollte er gedacht haben, Klaus Adler achte und ehre seinen Führer, so verfügte der Mondführer nun auch diesbezüglich über neue Erkenntnisse.

Aber wo war Vivian, wo? Auch sie konnte in Gefahr sein.

Nein, sie war bestimmt in Gefahr, denn der Pförtner hatte sie nicht das Gebäude verlassen sehen. Sie musste irgendwo hier sein.

Ich konnte mich nicht umdrehen und fliehen.

Ich konnte Vivian nicht im Stich lassen. Ich hatte den ganzen Tag darüber nachgedacht, wie ich ihr sagen sollte, wie viel sie mir bedeutete.

Jetzt hatte ich die Gelegenheit, es ihr zu zeigen.

Hätte ich damals nicht so tief in einem Gefühlssturm aus Angst und trotzigem Heldenmut gesteckt, hätte ich mich natürlich an mein Telefonat mit dem Nachrichtenzentrum des Mondes erinnert.

Anneliese, Anneliese, meine liebe alte Freundin! Du hast natürlich die Information über meine Kontaktaufnahme weitergetratscht, vielleicht sogar direkt an den Mondführer. Nach der langen Stille interessierte er sich bestimmt sehr für ein Lebenszeichen von der Erde, das nicht den geringsten Hinweis enthielt, dass wir mit Rechenkapazität im Gepäck zurückkehren würden.

Wie hatten sie es nur angestellt, den richtigen Ort zu finden?

Die Antwort war fast lächerlich simpel. Als ich später danach fragte, bekam ich sie von einem Techniker, der für meinen Vater arbeitete. Sobald mit dem Gerät, das mein Vater Klaus gegeben hatte, Kontakt mit dem Mond aufgenommen worden war, sprang ein eingebauter Tracker an. Die Idee war hervorragend: Hätte man in extremer Not versucht, Hilfe zu rufen, und wäre das Funkgespräch dabei aus irgendeinem Grund unterbrochen worden, hätte man trotzdem gewusst, wo man den Hilfesuchenden aufspüren konnte. Nicht einmal mein Vater hätte einen Tracker erfinden können, dessen Funktionsbereich sich bis zum Mond erstreckte, gar bis auf dessen dunkle Seite. Aber sobald der Mondführer mit seinen Leuten die Erdatmosphäre erreicht hatte, stand ihm der Funkleuchtturm in Klaus' Aktentasche zur Verfügung. Die Tasche wiederum hatte an jenem Abend in Vivian Wagners Büro gestanden.

Aus dem, was der Techniker sagte, schloss ich, dass mein Vater, nachdem ich vom Mond verschwunden und ihm aufgegangen war, dass ich mich bei Klaus eingeschlichen hatte, zunächst auf meine Rückkehr mit der

Expedition wartete. Da wir nicht kamen, hatte er schon geglaubt, wir wären alle tot. Als ich dann im Nachrichtenzentrum anrief, hatte mein Vater wahrscheinlich dem Mondführer von dem Tracker erzählt. Immerhin ebnete das Gerät den Weg zu seiner verschollenen, geliebten Tochter. Ich kann mich nach wie vor nicht entscheiden, ob dieser Gedanke Zärtlichkeit oder grässlichen Groll in mir weckt.

In jenem Moment sah ich jedoch nur Klaus und den Mondführer mit seinen Spießgesellen und hörte den Mondführer Befehle erteilen: Sobald er den abtrünnigen Adler eliminiert und die Rechenkapazität an sich gebracht hätte, sollte ein Erstschlag mit Walküren durchgeführt und als zweite Angriffswelle der Meteorblitzkrieg in Gang gesetzt werden. Die vollbeladenen Weltraumzeppeline der Siegfried-Klasse befanden sich bereits auf der Erdumlaufbahn.

Immer neue Schläge trafen mich, dabei hatte ich mich noch nicht einmal vom ersten erholt. Meteorblitzkrieg! Ich wusste genug darüber, um entsetzt zu sein.

Wir würden sie mit Steinen bewerfen.

Oder – wie ich damals dachte – *sie* würden *uns* mit Steinen bewerfen. Obwohl ich vom Volk und von der Idee her zu den Mondnazis gehörte, verstand ich plötzlich, dass auch ich ein Erdling war. Eine Bewohnerin der Erde, eine Hüterin jenes widersprüchlichen, dummen, verschwenderischen, lebendigen, unfassbar schönen Planeten.

Und Vivians Verteidigerin.

Darum trat ich aus meiner Deckung hervor und sagte

zu Klaus, er dürfe nicht zulassen, dass der Mondführer seine Drohung wahrmache.

Daraufhin blickte ich natürlich direkt in den Lauf der Parabellum des Mondführers.

Eigentlich weiß ich fast nichts mehr von unserem Wortwechsel. Ich hörte James – der die ganze Zeit neben mir gestanden hatte – etwas Höhnisches sagen. Ich weiß, dass ich den Mondführer anschrie, ich wolle mit seinen Vernichtungsplänen nichts zu tun haben. (Ich habe keine Ahnung mehr, welche Worte ich benutzte. Womöglich sprach ich Englisch, was in der Situation bereits ein Verbrechen an sich war.)

Den Mondführer interessierte mein Aufstand nicht besonders. Er machte eine Handbewegung, und nun blickten wir auch in die Läufe der Schmeisser der SS-Leute.

Der einzige Trost in der Situation bestand darin, dass sie Klaus genauso im Visier hatten.

Ich war nach wie vor so wütend, dass ich kein bisschen Angst hatte, als sich der Finger des Mondführers auf dem Abzug krümmte. Ich weiß noch, dass ich dachte, jetzt sterbe ich, aber ich habe mich zuvor immerhin gegen ihn erhoben.

Ich hörte einen Schuss und schloss die Augen.

Ich machte sie wieder auf, weil ich gar nicht tot war, und weil weitere ohrenbetäubende Schüsse erschallten. Da sah ich den Mondführer leblos auf dem Fußboden liegen, während die SS-Männer von Kugeln durchsiebt gegen Wände und Möbel geworfen wurden.

Jemand war aus dem Hinterzimmer gekommen und hatte das Feuer eröffnet.

Vivian Wagner, mit verschmiertem Lippenstift, in den Händen eine Schmeisser wie die gefallenen SS-Männer, richtete zielstrebig Verheerung im Raum an.

Ein Gefühl der Erleichterung durchfuhr mich. Mit Vivians Erscheinen waren Verzweiflung und Durcheinander zu einer überraschenden Hoffnung aufgeklart. Vom Mondführer und den SS-Männern ging keine Gefahr mehr aus. Der Mondführer würde nie den Befehl geben, die Erde zu bombardieren. Von meinen Feinden war nur noch Klaus übrig.

Aber Klaus nahm Vivian mit sicherer Leichtigkeit die Schmeisser ab und richtete sie mitsamt einem Schwall von Schmähungen direkt auf uns.

Seinen Worten entnahm ich, dass er meine Kurznachricht gelesen hatte. Er beschuldigte mich des Verrats. Er war außer sich und versuchte, auf die Absenderin der Nachricht zu schießen.

James und ich tauchten schneller als die Kugeln durch die halboffene Tür nach draußen.

Wir waren bereits ein gutes Stück zu den Aufzügen gerannt, als mir klar wurde, wie der Mondführer mit seinen Leuten ins Gebäude gekommen war. Sie hätten es nie durch den Eingang unten geschafft, aber es gab noch einen anderen Weg.

Sie waren über das Dach gekommen. Wie viele andere Bürohäuser in New York hatte auch dieses hier einen Hubschrauberlandeplatz auf dem Dach. Der Mondführer und seine Spießgesellen waren wahrscheinlich mit einer radargesicherten Rheingold oder einer Walküre gelandet, und in der Dunkelheit war ihnen das vermutlich gelungen, ohne dass es ein menschliches Auge bemerkt hatte.

Ich stoppte James kurz vor den Aufzügen. »Sie haben ein Raumschiff. Auf dem Dach«, flüsterte ich. James breitete verwirrt und ängstlich die Arme aus. »Was spielt das für eine Rolle?«, fragte er ebenso leise zurück.

Ich dachte an meine Mutter, an die Rückkehr zum Mond. »Vielleicht sollten wir doch zurückgehen.«

»Wieso? Adler erschießt uns!«

Ich hörte Klaus nicht mehr feuern. Er hatte damit aufgehört, sobald wir geflohen waren.

»Vivian ist auf unserer Seite. Bestimmt! Sie hat dich nicht einmal gesehen und hätte dich auch sicher nicht erkannt. Denk nur, wie sie sich freuen und wie sie staunen wird, wenn sie erfährt, dass du lebst. Dein Tod hat ihr so leidgetan! Eben war die Lage einfach zu unübersichtlich, aber jetzt haben sich Klaus und Vivian sicher wieder beruhigt. Du hast doch gesehen, dass sie beide eindeutig gegen den Mondführer waren. Ich glaube nicht, dass Klaus uns noch bedroht, wenn Vivian dabei ist. Weil Vivian und ich … ganz besondere Freundinnen sind.«

»Können wir nicht einfach von hier verschwinden?«

Ich wollte zurück. Vivian war ein Grund. Ging es ihr auch bestimmt gut? Was war mit ihr geschehen? Hatte sie überhaupt gehört, dass ich dem Mondführer wegen ihr entgegengetreten war? Warum hatte sie Klaus nicht daran gehindert, mich zu bedrohen? Und auf dem Dach wartete das Raumschiff. Es kam mir vor, als könnte ich meine Mutter berühren, so nahe war der Weg zum Mond. Irgendwie würde sich alles regeln. Wem sonst konnte ich vertrauen außer Vivian?

Ich zog den zögernden James an der Hand zur Bürotür zurück. »Aber stürz wenigstens nicht direkt hinein, sonst kommst du ums Leben. Schau zuerst vorsichtig nach, ob die Luft rein ist«, zischte er.

Ich spähte durch den Türspalt, ohne dass man mich von drinnen sehen konnte.

Sie hätten mich sowieso nicht gesehen.

Denn im Büro küssten sich Klaus und Vivian. Leidenschaftlich und lang.

James erzählte mir später, er habe nicht gesehen, was ich gesehen hatte, jedoch gewusst, dass es etwas Tödliches gewesen sei, denn ich sei in mich zusammengefallen, mein ganzes Wesen habe eine solche Bestürzung und einen solchen Schmerz ausgestrahlt, dass er nichts anderes tun konnte, als mich zum Aufzug zu führen.

Ich erinnere mich, geweint zu haben.

Als wir auf die Straße traten, hatte ich das Gefühl, als wollte mich eine gnadenlose natürliche Kraft endgültig und auf möglichst schmerzhafte Weise zermalmen. An der Ecke stand ein Kiosk, der Zigaretten, Ramsch und Schreibwaren verkaufte, und von der elektronischen Reklametafel für ein Sensationsblatt schlug mir ein bekanntes Gesicht wie eine Axt ins Bewusstsein. Das Bild war offenbar an diesem Tag aufgenommen worden, und es zeigte Klaus und Vivian, die Arm in Arm ein Restaurant verließen. Unter dem Bild lief ein Text, der für die neue Ausgabe des *National Enquirer* warb: WAGNER AND ADLER ARE NOW AN ITEM – THE FAMOUS PR AND FASHION CELEBRITIES ARE GOING TO HAVE A FUTURE TOGETHER!

Ich blickte nach oben. Ich weiß nicht, ob ein anderer gesehen hätte, was ich sah, denn nur ich wusste, was mein Blick suchte.

Ich konnte gerade noch den nahezu unmerklichen Schatten am dunklen Himmel erkennen. Ein Raumschiff des Rheingold-Typs, genauer gesagt die Sonderanfertigung Führer Rheingold, stieg vom Dach des Bürogebäudes auf.

Ich wusste, dass es auf dem Weg zum Mond war.

An Bord Klaus Adler, der neue Mondführer, und seine frischgebackene Lebensgefährtin Vivian Wagner.

TEIL VIER

Der Krieg

18. Mai 2047

Kitty,

nun habe ich wieder zwei Tage versucht, Kräfte zu sammeln, denn ich denke nicht gern an die folgenden Ereignisse zurück, aber auch sie müssen aufgeschrieben werden. Ansonsten hätte das alles keinen Sinn.

Im Laufschritt eilten James und ich zur Wohnung zurück. Wir hatten kein Wort über unser Ziel gewechselt, weil wir beide wussten, dass nur ich einen Ort hatte, an den wir gehen konnten. Während meine stahlverstärkten Absätze auf dem Asphalt pochten, verstand ich einige Dinge bereits wesentlich besser.

Zum Beispiel, warum Vivian am Abend zuvor – noch immer finde ich es unglaublich, dass seitdem so wenig Zeit vergangen war – sich so eifrig nach meiner Beziehung zu Klaus erkundigt hatte, nach der Festigkeit unserer Verlobung, nach der Tiefe meiner Gefühle. Wie zufrieden sie gewirkt hatte, als ich ihr gestanden hatte, dass es der Beziehung von meiner Seite her an Leidenschaft fehle. Ich verstand auch einiges besser, was früher passiert war. Wie wohl sich Vivian in Klaus' Gesellschaft gefühlt hatte. Wie sie ihn angelächelt, den engen Kontakt gesucht, im Vorbeigehen mit den Hüften gewackelt, seinen Jackenärmel berührt, sanft gelacht hatte, wenn Klaus etwas Belangloses von sich gegeben hatte.

Und dann die Tatsache, dass wir noch immer in ihrem Büro »greifbar« sein sollten, lange nachdem unsere

Dienste ganz offensichtlich gar nicht mehr gebraucht wurden. Wir waren seit langem nicht mehr in Kleidern der V-Linie für Zeitschriften oder andere Medien fotografiert oder gefilmt worden, denn die Kleider wurden inzwischen von Topmodels präsentiert. Meine Slogans und Entwürfe für Ideologie-Reden schienen nicht mehr bei den Redenschreibern der Präsidentin zu landen, und Klaus wurde auch nicht mehr sonderlich oft um seine Meinung zum Design der V-Linie-Produkte gefragt.

Vivian hatte nur gewollt, dass Klaus weiterhin in ihrer Nähe war.

Genau wie ich Tag für Tag blödsinnige, sinnlose Arbeiten gemacht hatte, weil ich Vivian nahe sein wollte.

Als sie aus dem Hinterzimmer gekommen war und den Mondführer und die SS-Männer erschossen hatte, hatte sie das getan, um Klaus zu verteidigen. Sie hatte gekämpft, um dem Objekt ihrer Leidenschaft zu helfen.

Klaus, nicht mir.

Mit unserer zärtlichen Stunde hatte sie mir und vielleicht auch ein wenig sich selbst beweisen wollen, dass meine Beziehung zu Klaus tatsächlich keine Zukunft hatte. Und als das klar war, hatte sie sich selbst die Erlaubnis erteilt, aktiv zu werden.

Vivian glich Marlene Dietrich in *Marokko*. Sie strahlte Macht, Anziehungskraft und Versuchung aus. Sie nahm sich, wen sie wollte. Küsste zuerst eine Frau, warf ihre Blume dann aber einem Mann zu.

Mitten in all dem Schmerz und aller Niedergeschlagenheit lugte doch ein winziges Licht der Hoffnung, der unbegründeten Hoffnung in die rotierende Finsternis meines Bewusstseins. Ich hatte nur einen Kuss gesehen.

Vivian wollte Klaus, aber wollte sie auch wirklich zum Mond fliegen?

Und wenn ja, wusste sie, mit welchen Eigenschaften sie bei Klaus zu rechnen hatte, wenn die Beziehung weiterging? Was sich ihr offenbaren würde, wenn sie sich näher kennenlernten?

Zu welchen Grausamkeiten Klaus fähig war, was für Pläne er hatte?

Gleichzeitig blinkte am Himmel von New York ein Licht auf, und gleich danach ein zweites.

Ich blieb stehen und hielt vor Entsetzen den Atem an.

Klaus hatte den Angriffsbefehl erteilt! Und bald …

Bald würde der Meteorblitzkrieg beginnen.

Zum Nachdenken blieb keine Zeit. Es blieb keine Zeit mehr für Alternativen.

Ich war der einzige Mensch auf der Erde, der genau wusste, was kommen würde, und ich musste jede Sekunde nutzen.

Es gab nur eine Möglichkeit, auf den Mond zu gelangen. Ich musste zurückkehren, wegen all dem, was mir lieb war.

Meine Mutter.

Vivian.

Die Erde. Die raue, unlogische, feuchte, schmutzige Erde der seltsamen Sitten, der Unbeherrschtheit, der Krankheiten, der Ungleichheit, der Hässlichkeit. Noch bestand eine kleine Chance, dass sie eines Tages wirklich uns allen gehören würde, und nicht nur denen, die auf eine bestimmte Art glaubten und dachten.

Ich ergriff James' Hand und rannte, wild mit der anderen Hand wedelnd, auf ein gelbes Taxi zu.

Um uns herum knallte und knisterte es. Etwas weiter weg explodierte das Dach eines Hauses. Über uns sahen wir die Bäuche von Raumschiffen der Walküre-Klasse hinwegsausen. Ihre Kanonen feuerten gnadenlos auf die Gebäude.

Die Menschen schrien und stürzten in alle Richtungen. Jeden Moment konnte die Straße blockiert sein.

Das Taxi hielt an. Ich riss die Tür auf, stieß James halb mit Gewalt auf die Rückbank und sagte zum Fahrer, wir müssten aus Manhattan hinaus, und wenn er sich nur kurz umschaute, würde er verstehen, dass das eine gute Idee sei. Würde er möglichst schnell in die gewünschte Richtung fahren, könnte er auf einen Schlag sein Leben retten und ein hübsches Sümmchen verdienen.

Der Fahrer war der Inbegriff eines New Yorker Taxifahrers, insofern als ihn nichts aus der Ruhe zu bringen schien. Andererseits war er alles andere als der Inbegriff eines New Yorker Taxifahrers, denn innerhalb einer Sekunde gab er zu, dass sein Fahrgast recht hatte. Und schon waren wir unterwegs.

Wir schafften es gerade noch über die George-Washington-Brücke, bevor die ersten Gebäude einstürzten.

Donnernd krachten die Feuerbälle des Meteorblitzkriegs auf Manhattan nieder. Die Gesteinsbrocken waren durch die Atmosphäre geschossen und dabei glühend heiß geworden, und sie hatten die Ausmaße der mehrgeschossigen Häuser, die sie zerschmetterten. Ihre Zerstörungskraft war enorm.

Das Krachen, die Explosionen, das Schreien der Menschen und das Prasseln der Brände drangen noch immer an unser Ohr, obwohl wir bereits weit entfernt von der Bombardierung waren. Ich sah neue Lichter am Himmel, Blitze und Kondensstreifen, die von ihnen erleuchtet wurden, und begriff, dass die Kampfflugzeuge der Vereinigten Staaten in der Luft waren und die Walküren abschossen. Gegen den Gesteinsregen, den die Siegfrieds oberhalb der Atmosphäre abwarfen, waren sie jedoch machtlos.

Hinter uns brannte New York. Während die Flammen loderten, umklammerte eine brutale Faust mein Herz.

Hätte ich Klaus nicht verraten, dass der ganze Putsch ohne Blut nur eine vorübergehende, manipulierte Modeströmung war, hätte er dann beschlossen, die Erde zu bombardieren?

Die Schmetterlinge des Chaos flatterten mir als wirrer, blindmachender Schwarm durchs Gehirn.

Wäre Klaus jetzt tot, wenn ich nicht ins Büro gerannt wäre? Hatte ich alles bloß noch schlimmer gemacht?

Je mehr ich darüber nachdachte, umso mehr wuchs die lähmende Überzeugung, dass der Blitzkrieg in gewisser Weise meine Schuld war.

Inzwischen habe ich mir dafür die Absolution erteilt, auch wenn ich zugeben muss, dass sich mir das strategische Denken von Klaus nicht auf Anhieb erschlossen hatte. Sein unmittelbares Handeln war leichter einzuschätzen gewesen.

Die Befehlsgewalt des toten Mondführers hatte Klaus garantiert mit Leichtigkeit übernommen, denn es gehörte zur Tradition der Schwarzen Sonne, die Gewalt nach Art Hitlers Unseres Herrn in die Hände zu nehmen, indem man sich zum Führer erklärte und die Gegner vernichtete. Zur Übernahme des Kommandos hatte wahrscheinlich ein Funktelefonat mit der Mondflotte genügt. Dessen Inhalt kann ich mir in groben Zügen vorstellen: Mondführer Kortzfleisch ist tot! Lang lebe Klaus Adler, der neue Mondführer! Und falls ihr aus irgendeinem Grund auf die Idee kommen solltet, die Position des genannten Adler in Frage zu stellen, dann beachtet, dass er gerade auf dem Weg zurück zum Mond ist und ein für den Sieg im soeben ausgebrochenen Krieg extrem wichtiges technisches Gerät bei sich hat!

Schwerer zu verstehen war, warum Klaus den Befehl erteilt hatte, die Erde anzugreifen. Warum war er nicht einfach mit Vivian und der Rechenkapazität zum Mond zurückgekehrt und hatte der Siegfried-Flotte, die an der Grenze zur Erdatmosphäre wartete, befohlen, ihm zu folgen? Sobald die Götterdämmerung fertig gewesen wäre, hätte er die Erde dann in aller Ruhe erobern können.

Eine zweite wichtige Frage lautete, warum Kortzfleisch sich überhaupt auf einen massiven Flottenangriff vorbereitet hatte. Sein vorrangiges Ziel auf der Erde war es doch bestimmt gewesen, Klaus zu finden. Aufgrund meines Telefonats hatte er davon ausgehen müssen, dass wir beide am Leben waren und uns gemeinsam irgendwo aufhielten. Aber warum eine solche Angriffsbereitschaft? Hätte es nicht genügt, uns zu eliminieren?

Und warum war er persönlich gekommen und hatte nicht bloß eine Eingreiftruppe geschickt? Damit war er doch ein gewaltiges Risiko eingegangen.

Ich hatte viel über diese Fragen nachgedacht und dazu auch überlebende Offiziere der damaligen Militärführung des Mondes befragt. Für Kortzfleischs persönliches Erscheinen gab es nur einen ersichtlichen Grund: Er hatte begriffen, was für eine Botschaft die Information über meinen Aufenthalt mit Klaus auf der Erde vermittelte – nämlich dass es möglich war, sich erfolgreich in Richtung Erde abzusetzen. Wie hätte er die Treue seiner Eingreiftruppe anders überwachen können als dadurch, dass er sie selbst anführte?

Dafür, dass sowohl Kortzfleisch als auch Klaus ausgerechnet zu jenem Zeitpunkt angreifen wollten, gab es mehr als einen einleuchtenden Grund: Beide hatten geglaubt, ein Meteorblitzkrieg würde ein großes Durcheinander und eine Panik auslösen und den Feind für mehrere Tage außer Gefecht setzen. Das hätte genügt, um den Mond für den Kampf vorzubereiten, da sich nun die zusätzliche Rechenkapazität in seinem Besitz befand. Vor einem Gegenschlag musste man sich nicht fürchten, denn wir wussten ja, dass die wenigen Raumschiffe der Erde klein und leicht waren, sie taugten nicht zum Kampf und bewegten sich im Kriechtempo zwischen Erde und Mond. Vielleicht hatte Kortzfleisch die Angriffsflotte deshalb auf die Erdumlaufbahn beordert, um New York dem Erdboden gleichzumachen und Klaus auf diese Weise auszuradieren, falls es ihm nicht gelungen wäre, ihn persönlich ausfindig zu machen.

Ein mögliches Szenario hatte darin bestanden, dass die Erde Kortzfleischs Flotte erspäht und Verteidigungsgerät in die Atmosphäre geschickt hatte. Dann wäre der Kampf auf jeden Fall ausgebrochen.

Aus den Informationsfragmenten, die ich von den Offizieren bekam, konnte ich weitere mögliche Motive von Klaus ableiten, Kortzfleischs ursprünglichen Angriffsbefehl auszuführen. Die Mannschaft hatte sich auf den Krieg vorbereitet. Der Wille zu kämpfen und sich zu rächen, der sich seit Jahrzehnten aufgestaut hatte, schien sich endlich entladen zu dürfen. Sie hatten sich in einen heftigen Eroberungsrausch hineingesteigert. Sie waren nicht an den Rand der Erdatmosphäre gekommen, um feige wieder kehrtzumachen. Hätte Klaus den Befehl, auf den die Männer warteten, rückgängig gemacht, als ihre Finger schon auf dem Abzug lagen, hätte er mit einem Schlag seine gesamte Autorität pulverisiert. Er hätte in krasser Form gezeigt, dass er die Entscheidungen seines Vorgängers nicht achtete und respektierte, dass er nicht der starke Nachfolger des Mondführers war, nach dem der Mond dürstete.

Und bei Klaus Adler lässt sich nie die Kombination aus blanker Wut und Hochmut ausschließen. Er war mit Sicherheit voll wütender Frustration, weil die Erdlinge ihn betrogen hatten; sie hatten so getan hatten, als würden sie seine Ideologie verinnerlichen, wollten sie aber in Wahrheit wegwerfen wie ein aus der Mode gekommenes Kleidungsstück. Darum verdienten sie eine kleine Lehre.

Ich wurde aus meinen Selbstvorwürfen herausgerissen, weil James mir nervöse Fragen darüber stellte, was wir eigentlich taten und wohin wir fuhren. Ich sagte ihm, ich müsse zum Mond zurückkehren und brauchte seine Hilfe.

Ich wusste nicht einmal genau, wofür ich ihn brauchte, aber er war womöglich der einzige Freund, dem ich wenigstens für eine Weile vertrauen konnte.

James war nicht leicht zu überreden. Zum Glück verfügte ich über ein unwiderlegbares Argument. Ich bat ihn, im Rückspiegel des Taxis sein Gesicht zu betrachten.

Dann sagte ich ihm, dass es auf diesem Planeten niemanden gäbe, der James Washington seine Identität zurückgeben könne.

Aber, betonte ich, nur auf *diesem* Planeten nicht.

Außerdem war James Washington ein Mensch, der absolut nichts mehr zu verlieren hatte.

30. Mai 2047

Liebe Kitty,

ich stellte mir vor, in einem Rutsch alles aufzuschreiben, was nach dem Angriff passiert ist. Aber dann wurde es wieder so schmerzhaft, mich an James zu erinnern – und nicht nur das. Ich näherte mich auch einem anderen, sehr empfindlichem Thema. Vielleicht dem empfindlichsten überhaupt. Darum ging ich absichtlich auf Distanz zu dir, Kitty, und nun sind bereits zwei Wochen vergangen.

Obi hat mich wieder einmal angefahren, weil ich mich mit gewissen ideologischen Gruppierungen unterhalten hatte. Sie war maßlos, als sie sagte, ich sei eine leichte Beute für allen möglichen Hokuspokus, weil ich fast mein ganzes Leben lang kritiklos geglaubt hätte, was man mir aufgenötigt habe. Ich sehe es nicht so. Obi ist so jung und bedingungslos. Was hätte mich sonst aus dem brennenden New York hinausgetrieben, wenn nicht der Glaube an etwas – nämlich daran, dass noch Hoffnung bestand.

Ich bat James, sich genau zu erinnern, auf welchem Weg wir einst mit dem Kleinbus Manhattan erreicht hatten und wo wir zuvor zu Fuß gegangen waren. Auch wenn ich ungefähr wusste, aus welcher Richtung wir gekommen waren, hätte ich ohne ihn keine Ahnung gehabt, wie die Gegend hieß.

James gab dem Fahrer flüssige Anweisungen und

sprach dabei wieder das Englisch, das ich nur schwer verstand. Sobald der Fahrer signalisiert hatte, dass er die Anweisungen kapiert hatte, lehnte sich James zurück und seufzte auf. Weil wir nichts tun konnten, als zu warten, bis wir am Ziel waren, fragte ich James, warum er auf dem Mond so schwer verständlich mit uns gesprochen habe.

Er grinste.

»Weißt du, dass im Krieg viele Männer, wenn sie verwundet worden sind, nach ihrer Mutter rufen?«

Das wusste ich nicht, aber ich verstand, was er damit sagen wollte. Schließlich hatte auch ich im Chaos auf der Erde gedachte, dass alles gut wäre, wenn ich nur Lotte an meiner Seite hätte.

»In einer extremen Gefahrensituation sucht man instinktiv Zuflucht bei etwas, das einem vertraut ist. Für manche ist es die Mutter, für andere der Glaube, für manche ist es das Schwingen der Fäuste, für andere die Zugehörigkeit zu einer Gruppe. Als ich jung war, kam ich durch bloßes Reden aus den schlimmsten Situationen heraus, und damit meine ich nicht, dass ich losquasselte, sondern dass ich einen sprachlichen Harnisch anlegte. Stell dir jemanden in der größten Stresssituation seines Lebens vor, meinetwegen als Gefangener auf einem fremden Himmelskörper. Ich schaltete auf Autopilot – ich war wie eine Katze, die einen Buckel macht und den Schwanz sträubt, wenn sie einem Hund begegnet. Das Tier kann nichts dafür, dass es ist, was es ist, es versucht einfach, instinktiv größer auszusehen. Der Straßenslang ist meine Art, mich aufzuplustern, es ist meine Art zu vermitteln, dass ich stark, hart und gefährlich bin. Es ist ein Überlebensreflex.«

Ich schwieg eine Weile. Ich erinnerte mich, wie ich zum ersten Mal in dem Lagerhaus zu Vivian sprach und sie auf unsere Seite brachte. Damals hatte ich auch auf Autopilot geschaltet und instinktiv den stärksten Harnisch, den ich kannte, angelegt: meinen Glauben und mein Vertrauen auf die Idee des Nationalsozialismus.

Als sich das Taxi der Stelle näherte, an der wir einst aus dem Wald an die Autobahn gekommen waren, wusste ich, an was für einen kleinen Strohhalm wir uns klammerten. Wir mussten den Weg durch den Wald und das Gestrüpp zum Hanfhof und der Rheingold finden. Seit unserer Ankunft auf der Erde war verblüffend wenig Zeit vergangen, aber vielleicht war es dennoch zu viel. Innerlich sagte ich mir immer wieder vor, dass Klaus meines Wissens kein Signal über die Zerstörung unseres Raumschiffes erhalten hatte. Die Rheingold sollte noch da sein, sie *musste* noch da sein.

Das Taxi brauste davon, mit allem Bargeld, das ich besessen hatte. Es war viel mehr gewesen, als die Fahrt eigentlich gekostet hatte. Dennoch gab ich alles her. Wofür hätte ich meine Dollar noch gebrauchen können? Ich fragte mich, ob wohl der Taxifahrer dafür noch Verwendung hätte.

Wir stolperten durch den dunklen Wald auf die Stelle zu, wo wir das Raumschiff unserer Erinnerung nach zurückgelassen hatten. Am Himmel blitzte es, dort fand noch immer ein heftiger Luftkampf statt. Das brennende Manhattan färbte den Horizont rot.

Ich seufzte tief auf vor Erleichterung, als ich plötzlich den Rumpf der Rheingold zwischen den Bäumen sah. Das Schiff sah staubig und schmutzig aus, und jemand hatte krüppelige Zeichen aufs Metall gesprüht. Darunter waren auch einige Hakenkreuze, was mich zum Schmunzeln brachte. Rings um das Raumschiff lagen Pappe und Plastikmüll.

Die Tür war geschlossen, aber die Landebrücke war noch da. James hob eine leere Flasche vom Boden auf, die offensichtlich mal ein alkoholisches Getränk enthalten hatte. Die würde im Notfall als Waffe taugen.

Ich wusste, wie man die Tür von außen öffnete. Wir traten ein. Die Rheingold schien leer zu sein.

Dann hörte ich ein unheimliches Röcheln.

Kitty, zusätzlich zu meinen persönlichen Erfahrungen erhielt ich nun einen neuen Beweis dafür, wie sehr der Überfluss auf der Erde – ich möchte weiterhin von einer Form von Barbarei sprechen – die Moral zersetzen kann.

Das Röcheln kam von Uwe, der fest schlafend auf dem Pilotensitz hing und mit offenem Mund schnarchte. Der Boden im Führerhaus war knöcheltief mit Müll übersät. Es war der gleiche Verpackungsmüll, der draußen die Erde sprenkelte: Pizzaschachteln, Hamburgerpapiere, Speiseeisverpackungen.

Uwes fettige Haare reichten fast bis auf die Schultern seines fleckigen Waffenrocks. Knöpfe hatten sich gelöst, aber der Rock wäre auch gar nicht mehr zugegangen.

Sein Bauch hing über den Hosenbund. Der Gestank der Essensverpackungen vereinigte sich mit einem süßen Rauchgeruch, und ich sah, dass in Plastikschalen und Getränkebechern eine große Menge Zigaretten erloschen war. Sie sahen jedoch anders aus als die Kippen, die in New York die Straßenränder zierten, denn die hatten in der Regel einen bräunlichen, unfassbar lang haltbaren Filterteil.

James schmunzelte und benutzte wieder Wörter, die mir unbekannt waren. Er sah meinen Gesichtsausdruck und formulierte seinen Satz um: »Es sieht so aus, als hätte sich unser Heldenflieger gründlich mit gewissen Freuden der Erde vertraut gemacht.«

Ich muss gestehen, dass ich Uwes Verfallszustand für beschämend hielt, obwohl meine Vorstellungen vom Wert nationalsozialistischer Zucht und Ordnung gerade ziemliche Dellen bekommen hatten. Ich trat zu ihm und rüttelte ihn an der Schulter. »Achtung, Aufklärungsfluguntersturmführer Rust! Was würde Informationstechnikoberführer Adler sagen, wenn er Sie so sähe?«

James drehte sich abrupt um.

Wegen Uwes Schnarchen hatte ich die Schritte nicht gehört. Hinter uns tauchte dieselbe ältere Frau auf, die uns nach unserer Landung vertrieben hatte, und sie richtete dasselbe gefährlich aussehende Gewehr auf uns.

James hob intuitiv die Flasche, aber die Frau schaute uns an, ließ die Waffe sinken und lächelte. Dann streckte sie die Hand aus. »Friede. Ich kenne euch. Ihr seid unsere Gäste aus dem Weltall. Ich bin Galadriel Jones.«

James und ich sahen uns an.

Wir weckten Uwe. Es dauerte eine Weile, bis er seine Gedanken in Gang brachte, und eine weitere, bis er uns erkannte. Schließlich schaffte er es, mit schielendem Blick und stammelnd seine Geschichte zu erzählen. Als Galadriel auf uns geschossen hatte, hatte Uwe versucht, wieder in die Rheingold zu kommen. Da hatte Galadriel überraschend die Waffe sinken lassen und so große Kooperationsbereitschaft und Achtung gegenüber dem weitgereisten Ankömmling gezeigt, dass Uwe beschlossen hatte, Waffenstillstand zu schließen.

Galadriel mischte sich ein, und in ihren Augen brannte heller Enthusiasmus, als sie ausführlich schilderte, wie begeistert sie über die Begegnung mit Wesen aus dem All sei, von der sie so lange geträumt habe. Seit ihrer Jugend sei sie sich sicher gewesen, dass eines Tages weise, allwissende Fremde mit fliegenden Untertassen kommen würden, um die Erde unter ihre Kontrolle zu bringen. Darum habe sie große Freundlichkeit gegenüber dem »Humanoiden«, wie sie Uwe nannte, an den Tag gelegt, und ihm Englisch und irdische Bräuche beigebracht. Sie hatte nicht gleich verstanden, wer wir waren, hatte uns zunächst für Vertreter der Amtsmacht gehalten, denn sie hätte keineswegs auf zwei Besucher aus dem All geschossen, wäre nicht die Waffe auf sie gerichtet worden. Sie habe unser Raumschiff nicht einmal gesehen, bevor der Humanoid (sie deutete auf Uwe, dem sein Statusgewinn etwas peinlich zu sein schien) versucht habe, sich darin in Sicherheit zu bringen. Aber zum Glück habe er ihr, nachdem er ausreichend Englisch gelernt hatte, erklärt, dass die Seelen der erschossenen Humanoiden zu ihrem Mutterplaneten zurückgekehrt seien und daher kein Verbrechen geschehen sei. Die Leichen seien am Feldrand begraben worden, und sie beide hätten gemeinsam eine Zeit der Einheit und des spirituellen Wachstums verbracht, während sie auf die Ankunft weiterer Botschafter der Liebe und des Friedens gewartet hätten.

Das Blitzen der Schlacht und die Glut der Brände am Horizont hatten Galadriel nur noch mehr davon überzeugt, dass die Retter der Erde endlich und endgültig gekommen waren. Aus Uwe brachten wir nicht viele deutliche Worte heraus, aber das Entscheidende verstanden wir: Er wollte unbedingt in diesem Paradies bleiben, wo er zu seinem Glück für das im Mondreich so geschätzte Hanf neue, interessante Anwendungsmöglichkeiten entdeckt hatte. Er hatte nach wie vor nichts dagegen, dass diese sympathische Erdlingsfrau ihn für einen Vertreter eines Herrenvolkes aus dem All hielt und ihn entsprechend behandelte. Gern wollte er Kommandant des von ihm eroberten Gebietes bleiben.

Das war uns recht, und es störte die beiden nicht, dass wir die Rheingold übernahmen. Galadriel schien sich im Gegenteil darüber zu freuen, dass der Humanoid endlich einverstanden war, in ihr Haus zu ziehen. Wir schenkten ihnen die Erdverkleidungen, die wir umsonst mitgenommen hatten, und ich empfahl Uwe, ab und zu die Kleider zu wechseln. Dann machte sich das Duo auf den Weg zu Galadriels Haus, und bevor sie hinter der Hanfplantage verschwanden, konnte ich sehen, wie Galadriel Uwe eine selbstgedrehte Zigarette reichte.

Ich hob vom Boden des Raumschiffs Uwes Parabellum auf, die ziemlich respektlos im Müll liegen gelassen worden war, und drehte sie eine Weile hin und her. Die ursprünglich von der Erde stammende Waffe war Qualitätsarbeit von Krieghoff, groß, kalt und schwer. Sie war geladen und gesichert. Ich legte sie vorsichtig auf einen freien Sitz, damit ich auch bestimmt daran dachte, sie mitzunehmen, nachdem wir auf dem Mond gelandet waren.

Dann schaute ich auf die Armaturen der Rheingold. Ich wusste, dass die Raumschiffe nach deutscher Art einfach zu fliegen waren. James verstand, was in mir vorging, und zuckte mit den Schultern. »Ich saß im Cockpit, als wir kamen und habe das eine oder andere gesehen. Ich kann es versuchen«, sagte er.

»Warte einen Moment«, sagte ich und wühlte in den Schränken und Fächern des Cockpits.

»Was suchst du?«

In einem Fach unter den Armaturen fand ich, was ich suchte. Triumphierend hielt ich ein gebundenes Papierheft in die Höhe, das voller Text und Schemazeichnungen war.

»Was ist das?«

»Die Deutschen bauen nichts ohne genaue Gebrauchsanweisung. Ich lese und übersetze, du fliegst. Als erstes muss der Radarschutz eingeschaltet werden.«

Unser Flug zurück zum Mond war ganz und gar nicht einfach, denn es befanden sich noch immer Kampfflugzeuge der Erde in der Atmosphäre, aber wir konnten uns an die zurückweichenden Reste der Walküre-Truppen hängen und uns deren Deckung zu Nutze machen. Wir mussten nicht einmal selbst navigieren, sondern konnten einfach den Walküren folgen, die uns praktischerweise bis zur Hakenkreuzfestung geleiteten. Offenbar um den Raumschiffen die Rückkehr zu erleichtern, war die Tesla-Tarnung über der Schwarzen Sonne außer Betrieb genommen worden. Ich hätte nicht gern beim Nachrichtenzentrum um Landeerlaubnis gebeten, denn das hätte eine Identifizierung erforderlich gemacht, und ich hoffte, dass unsere Rheingold auch sonst keine unnötige Aufmerksamkeit erregte, da Schiffe dieser Kategorie nicht unbedingt zum Angriffsgerät gehörten. Die plötzlichen Kriegsmaßnahmen hatten jedoch offensichtlich das Protokoll gelockert, und auf dem Radar sahen wir aus wie ein normales Aufklärungsraumschiff.

Ich riet James, die Rheingold in die hinterste Ecke des Hangars zu lenken, an eine Stelle, wo außer Betrieb genommene Raumschiffe zum Ausschlachten aufbewahrt wurden. Dort würde es nicht so schnell auffallen und die Frage entstehen lassen, warum ein als verschwunden oder zerstört eingestuftes Raumschiff wieder in der Flotte war – und auch noch mit beschmiertem Rumpf.

Ich wog Uwes Parabellum in der Hand. Sie war groß und schwer, und ich wollte auf keinen Fall unnötiges Interesse auf mich ziehen. Meine Garderobe hatte natürlich keine Tasche, die geräumig genug gewesen wäre, um die Pistole zu verstecken.

Also hob ich meine Jacke an und schob die Waffe hinten in den Bund meines Rocks. Die Jacke fiel am Rücken locker genug, sodass die Ausbeulung nicht so leicht auffallen würde. Der Lauf scheuerte auf der Haut, und die Kälte des Metalls jagte mir Schauer über den Rücken. Würde die Waffe aus Versehen losgehen, würde ich mein halbes Gesäß verlieren.

Die Schwarze Sonne zu betreten, war ein Schock.

Ich hatte mich bereits an die fast ständige Bewegung und die Feuchtigkeit in der Luft auf der Erde gewöhnt, an den frappierenden Licht- und Temperaturunterschied zwischen Sonnen- und Schattenseite einer Straße, an die heranwehenden Düfte, die sich ständig änderten. Ich hatte mich an die irdische Welt der Töne gewöhnt, in der die Kakophonie von Straßen, Hupen, aus Restaurants und Geschäften dringender Musik, Windrauschen und menschlicher Stimmen schnell zu einer Geräuschtapete wurden, die ich kaum noch wahrnahm. Wie lasch die reglose Luft in der Hakenkreuzfestung doch war, wie abweisend ihre hallende Lautlosigkeit, wie erstickend steinern ihr Herz.

Dennoch musste ich hier sein.

Klaus durfte die Erde nicht erobern.

Klaus durfte Vivian nichts antun.

Aber etwas war noch dringender: Ich musste meine Mutter finden.

Meine V-Linien-Tracht sah einer weiblichen Werktagsuniform gerade ähnlich genug, um mich ohne aufzufallen unter die Volksangehörigen mischen zu können. Wenn ich mich möglichst viel auf stillen Nebengängen aufhielte und den Entgegenkommenden aus dem Weg ginge, würde man mich kaum zweimal anschauen. Meine hohen Schuhe waren ein ungünstiger Faktor, aber ich hatte bereits gelernt, mit ihnen so natürlich zu gehen, dass man nicht unbedingt auf meine Füße blicken würde. James musste trotz seines arischen Aussehens unbedingt etwas anderes anziehen als seine Obdachlosenklamotten, aber es war ein Leichtes, einen Lagerraum zu finden und darin den Schutzanzug eines Mechanikers und eine Mütze, die seine langen Haare verbarg.

Wir hatten es eilig. Falls Klaus die Rechenkapazität von der Erde mitgebracht hatte – und aller Vernunft nach war dies der Fall –, konnte die Götterdämmerung jederzeit starten, um ihre Übeltaten zu verrichten. Ich musste alles tun, um den Einsatz der schrecklichsten Waffe in der Geschichte der Menschheit zu verhindern. James würde meinen Vater treffen und alles daran setzen, damit er wieder zum ursprünglichen James Washington würde.

Aber zuvor: meine Mutter.

Auf den Gängen waren wesentlich mehr Leute unterwegs, als ich erwartet hatte, aber das war uns eigentlich nur von Nutzen. Die Menschen wirkten nervös, besorgt, aufgekratzt – alle hatten dringende Aufgaben und ernsthafte Dinge zu bedenken, und darum achtete niemand sonderlich darauf, wer ihm entgegen kam. Den Kriegszustand sah man am deutlichsten an den Frauen, die ihre Kinder hüteten. Sie gaben sich tapfer Mühe, so zu erscheinen, als wäre alles gut, aber ich sah die grauen Furchen der Angst in ihren Gesichtern. Ich sah die schützenden und tröstenden Gesten, die sie unbedacht ausführten, indem sie leicht die Schultern ihrer Kinder drückten oder den Säuglingen die Hand auf den Kopf legten. Auf den Gesichtern vieler Männer hingegen brannte eine manische Freude.

Einmal mussten wir uns auf dem Weg zur Wohnkammer meiner Familie verstecken. Mein Aussehen fiel zwar im Halbdunkel und Gedränge der am meisten bevölkerten Gänge nicht auf, aber als wir in einem menschenleeren Gang energische Schritte näherkommen hörten, kletterten wir sicherheitshalber über eine Leiter auf die Rohre, so wie ich es vom Kommandospiel noch kannte. Zwei Offiziere gingen unter uns vorbei, und wie durch einen geradezu märchenhaften Glücksfall hörten wir den einen sagen, Mondführer Adler überwache die Startvorbereitungen der Götterdämmerung von deren Kommandobrücke aus.

Jetzt wusste ich, wo Klaus war. James wiederum würde meinen Vater mit Sicherheit in der Steuerzentrale der Götterdämmerung finden.

Wir hatten nur wenige Stunden nach Klaus die Erde verlassen. Es war also durchaus möglich, dass ich noch Zeit hatte, ihn aufzuhalten. Vivian befand sich wahrscheinlich in seiner Wohnung – gut so, denn dort wäre sie vorerst in Sicherheit. Ich hätte sie gern gesehen, aber zuerst mussten Klaus' Pläne vereitelt werden.

Als wir von den Rohren herabstiegen, begriff ich, dass es nun überall still war. Die Schwarze Sonne bereitete sich auf den Krieg vor.

Ich öffnete die Tür zu meinem ehemaligen Zuhause. Die Kammer war leer. Wo war meine Mutter? War sie nur kurz ausgegangen oder befand sie sich bereits im Walhallagarten? Hatte sie meine Grüße je erhalten?

Die Verlassenheit der Wohnkammer schien eine klare Sprache zu sprechen: Mutter war bereits weg. Eine Bestätigung meiner Annahme bekam ich, als ich auf dem Tisch eine Karte sah, die das Emblem des Walhallagartens und die Zeichnung eines schön möblierten Ruheraums zeigte. Ich drehte die Karte um. Sie war an mich adressiert. Ihr Text lautete: »Es gefällt mir sehr hier. Meiner Familie wünsche ich alles Gute.«

Darunter stand: »Lotte«.

Ich drückte die Karte an die Brust, und meine Augen füllten sich mit Tränen der Erleichterung. James schaute mich vorsichtig lächelnd an. »Zur Abwechslung mal gute Nachrichten, was?«

»Meine Mutter ist schon ins Ruheheim gegangen, aber alles ist gut. Ich werde sie besuchen, sobald dieser Trubel vorbei ist … wenn ich den Krieg verhindert habe und … ich muss ihr sofort antworten, ich werfe eine Tafelkarte in den nächsten Kasten, hoffentlich bringt der Krieg nicht die Postzustellung zum Walhallagarten durcheinander.« Ich warf die Karte auf den Tisch und rannte in mein Zimmer, um eine Nachrichtentafel und Kreide zu suchen. Ich hatte nie nichtssagende alltägliche Neuigkeiten mit meinen Freundinnen per Nachrichtentafel ausgetauscht, so wie es viele andere junge Leute in der Festung taten, und darum hatte ich natürlich auch keine einzige Tafel in meinem Zimmer. Mein Vater verfügte als hochrangiger Offizier bestimmt über Papier und sogar über Umschläge für vertrauliche, zum Aufbewahren gedachte Nachrichten. Wie würde sich meine Mutter freuen, wenn sie einen echten Papierbrief bekäme! Ich stürzte sogleich an den Schreibtisch meines Vaters.

»Renate.«

Ich hörte James' Stimme wie aus der Ferne, blickte mich zu ihm um und sah, wie er die Karte hin und her drehte, während ich die Schreibtischschublade öffnete. Es waren Briefumschläge darin! Der oberste war schon einmal benutzt worden – ein Wunder, dass ihn mein Vater noch nicht für die Wiederverwertung in den entsprechenden Behälter gelegt hatte –, und ich wollte ihn zur Seite schieben, als ich darauf den Stempel von Walhallagarten sah.

Der Brief war an Herrn Doktor Richter adressiert.

Er enthielt noch etwas anderes als Papier.

Ich schüttelte den Umschlag, und es fielen drei Gegenstände heraus, von denen einer schwerer als die anderen war und klimpernd auf den Tisch fiel.

Ich erkannte ihn sofort. Es war der Trauring meiner Mutter.

Es dauerte einen Moment, bis ich begriff, was die anderen beiden waren. Mutters Goldzähne.

In einem entsetzlichen Aufleuchten erinnerte ich mich plötzlich an das, was ich im Foyer des Film Forums gesehen hatte.

Beispiele für deutsche Gründlichkeit bei der Nutzung aller Überreste.

Fotos von Räumen, die mit menschlichen Haaren gefüllt waren. Aus Menschenknochen gefertigte Stühle.

Mir wurde klar, dass ich mich nie gefragt hatte, woher die Seife in der Hakenkreuzfestung stammte.

Oder was alles in unsere Stoffe eingewebt war und was die Polsterungen unserer Möbel enthielten.

Oder woher die Offiziere ihre glänzenden Stiefelschäfte hatten.

Oder woraus die Lebensdauerpillen eigentlich gemacht waren.

James sah nicht, was ich sah, er hob erneut vorsichtig die Karte. »Renate«, sagte er. »Dir ist doch aufgefallen, dass der Text auf dieser Karte gedruckt ist.«

Auch wenn mich bereits bleischwere Erkenntnis lähmte, wollte ich es nicht wahrhaben. Ich riss James die Karte aus der Hand und rief: »Na klar ist sie gedruckt! Fast alle Grüße auf Karten sind vorgedruckt, zum Geburtstag, zu Hitlers Geburtstag, zum Gründungstag der Festung, das spart Mühe und Papier. Aber sie hat sie selbst unterschrieben.«

Ich wusste freilich, dass sich in der Festung alle Handschriften glichen. Aus einem Wort konnte man unmöglich schließen, ob es wirklich meine Mutter geschrieben hatte.

Genau.

Ich sah mir die Karte erneut an und richtete dann den Blick auf James.

»Sie haben einen Fehler gemacht. Sie hätte eine Karte an mich nie mit ›Lotte‹ unterschrieben.«

James nickte.

»Sie hätte mit ›Mutter‹ unterschrieben«, flüsterte ich.

Mir wurde eiskalt, als ich verstand, was für eine süße Illusion der Walhallagarten gewesen war.

Die Wahrheit bemächtigt sich des ganzen Körpers: Sie staucht, sie dreht den Magen um, sie trübt die Augen, lässt den Kopf schmerzen; sie bringt das Herz zum Hämmern, die Stirn zum Schwitzen und die Kniegelenke zum Nachgeben. Und dennoch versucht ein kleiner Teil im Gehirn immer wieder zu sagen, dass es nicht stimmt; dass es ein Missverständnis ist, dass es sich erklären lässt, ein Streich, eine Verschwörung, etwas anderes als das Schild, das mir vor Augen gehalten wird und auf dem mit brennenden Buchstaben steht: DU BIST SCHULD.

Als ich mich den Heiratsabsichten Klaus Adlers widersetzte und meine Mutter um Hilfe bat, hätte ich ihr ebenso gut eine Kugel in den Kopf schießen können. Auch wenn ich nicht wusste, was ich tat, so trug ich trotzdem die Schuld: Ich hatte geglaubt, ich hatte vertraut, ich hatte akzeptiert, ich hatte geschehen lassen.

In der Fertigungshöhle der Götterdämmerung trennte ich mich von James. Wir waren gerannt und deshalb außer Atem.

Mich brachte überdies ein nie zuvor empfundenes Gefühl außer Atem. Meine Augen sahen und meine Ohren hörten auf neue Art, in meinen Schläfen pulsierte es, das Blut floss mit einem Brausen durch meine Adern, dass ich es hören konnte.

Ich war keine Nazi mehr. Ich konnte es nicht mehr sein.

Am Steißbein spürte ich das Gewicht von Uwes Parabellum. Im Nachhinein habe ich mich gefragt, warum ich nicht auf die Idee gekommen war, sie James wenigstens anzubieten.

Andererseits wusste James, dass ich die Waffe hatte. Und er hat an keiner Stelle gefragt, ob er sie benutzen könne.

Ich erklärte ihm den Weg in die Steuerzentrale der Götterdämmerung. Dabei schärfte ich ihm ein, dass er als Erstes versuchen müsse, mir zu helfen, auch wenn er mit einem eigenen Anliegen auf den Mond gekommen war. Er müsse versuchen, wenn irgend möglich das Abheben der Götterdämmerung zu sabotieren. Das könnte die Erde retten.

Bei unserem Aufbruch von der Erde hatte ich geglaubt, James einen Dienst zu erweisen, indem ich ihn mit zum Mond nahm. Jetzt aber war er für mich unersetzlich. Ich konnte nicht meinen Vater daran hindern, die Götterdämmerung fertigzustellen und gleichzeitig Klaus' Pläne stoppen.

An einer Stelle, an der Gänge in verschiedene Bereiche des Raumschiffs abzweigten, verabschiedeten wir uns rasch. Wäre ich in einer anderen Verfassung gewesen, hätte ich schon damals verstanden, dass James mich mochte. Sehr mochte. Er wollte mich küssen, und ich ließ es geschehen, denn ich konnte ja nicht wissen, ob wir uns je wiedersehen würden. In dem Moment war mir das vollkommen einerlei.

Später nicht mehr.

Ich habe die schwache Erinnerung, dass James mich fragte, was er mit meinem Vater tun solle, wenn er ihm begegne. Und ich meine gesagt zu haben: »Töte ihn.«

Vielleicht bilde ich es mir auch nur ein. Vielleicht wollte ich es sagen. Womöglich fügte ich innerlich die nicht ausgesprochene Aufforderung hinzu: »Und richte ihm Grüße von Lotte aus.«

Ich war mit meinem Vater so oft bei der im Bau befindlichen Götterdämmerung gewesen, dass es mir leichtfiel, mich zu orientieren, obwohl das Kriegsraumschiff ein riesiges Labyrinth aus engen Gängen beherbergte. Ich kannte fast jede Schleuse, jede Kabine, jeden Lautsprecher.

Es war wirklich groß. Seine Panzerung musste schon deshalb unvergleichlich stark sein, damit die enorme Masse überhaupt zusammengehalten werden konnte. Auch die Bewaffnung verlangte einen ziemlich muskulösen Unterbau: Die Götterdämmerung konnte sowohl von der Grenze der Erdatmosphäre wie von jedem beliebigen Punkt zwischen Mond und Erde aus tödliche Treffer auf die Erde abgeben. Ihre Zerstörungskraft war unfassbar. Natürlich konnte die gigantische Haubitze der Götterdämmerung aufgrund der Entfernung kein bestimmtes Ziel anvisieren, etwa eine Stadt, aber ganz gleich, wo das Geschoss einschlug, im Meer oder auf dem Festland, es würde entsetzliche Verheerung anrichten. Für den Gnadenstoß würde es genügen, die Götterdämmerung von der Dunkelseite des Mondes aus so weit in die Mondumlaufbahn aufsteigen zu lassen, bis sie die Erde ins Visier nehmen konnte.

Ich arbeitete mich durch die verschlungenen Gänge zur Kommandobrücke vor. Wenn ich Schritte oder Stimmen hörte, versteckte ich mich hinter einer Ecke oder Tür. Die Leute, die an mir vorbeigingen, sprachen aufgeregt, eifrig, gespannt, trotzig. Klaus Adlers energischer Eroberungswille und seine Fähigkeit zum direkten Handeln weckte bei den Offizieren Bewunderung. Endlich war das jahrzehntelange Warten vorbei und die lang ersehnte Eroberung der Erde in die Wege geleitet, und als Mondführer ging ihnen ein junger, stolzer, hungriger Mann voraus.

Ich musste mich beeilen, schrecklich beeilen, aber einige Worte, die ich im Vorübergehen hörte, hielten mich auf. Ich hatte mich in der Nähe des Funkraums der Götterdämmerung hinter senkrechten Rohren versteckt, als ein Offizier aus der Zentrale kam und einen Untergebenen ansprach. Dessen Stimme kannte ich. Es war mein Altersgenosse Erich Wolf, der Jüngling, der Gedichte und Goethe liebte und wegen mir eine Abreibung von Klaus Adler bekommen hatte. Vorsichtig spähte ich aus meinem Versteck. Erich schien sich in seiner Uniform nicht wohlzufühlen. Sein Vorgesetzter berichtete ihm, er habe im Funkraum gerade eine bestürzende Information erhalten.

Die Weltraumkriegsflotte der Erde näherte sich dem Mond.

Ich war vielleicht noch bestürzter als die Offiziere. Ich wusste über die Erde mehr als jeder andere Mondbewohner, und trotzdem besaß ich keinerlei Informationen über eine Weltraumkriegsflotte – nicht einmal die Vereinigten Staaten sollten Kriegsraumschiffe besitzen, sondern lediglich einige kommerzielle Weltraumfluggesellschaften. Allerdings hatte ich auf der Erde gehört, dass die Amerikaner den ersten bemannten Flug zum Mars vorbereiteten und die Präsidentin Stimmen gewonnen hatte, weil sie solchen Projekten, die Wissenschaftlichkeit und Patriotismus vereinigten, Gelder bewilligte. Ich hatte sogar Bilder von der Mars-Fähre gesehen, die in Cape Canaveral gebaut wurde, aber sie war nicht bewaffnet gewesen.

Überdies hatte die Technologie der Erdlinge unwahrscheinliche Fortschritte gemacht! Ihre Zivilflüge waren in vierundzwanzig Stunden zwischen Erde und Mond hin und her gekrochen, aber diese Kriegsraumschiffe waren offenbar aus anderem Schrot und Korn.

Und auch noch eine ganze Flotte? Und zwar eine Flotte der *Erde*, nicht etwa der Vereinigten Staaten, Russlands oder Chinas? Das hieß, dass mehrere Nationen über Weltraumgerät verfügen mussten.

Das sie, selbstverständlich, bis jetzt wohlweislich geheim gehalten hatten.

Natürlich habe ich versucht, auch dieses Rätsel im Nachhinein zu lösen. In den Datenbanken der Flüchtlinge habe ich nicht besonders viel Material gefunden, das Licht ins Dunkel gebracht hätte. Es sah so aus, als wäre sich die sogenannte große Öffentlichkeit nicht einmal im Klaren darüber gewesen, mit welchen Waffen und Raumschiffen der Mond angegriffen wurde.

Für die Strategie der knappen Informationen gab es natürlich Gründe, und sie war sehr typisch für die Politik auf der Erde – über die Aufrüstung wurde immer geschwiegen und gelogen, die eigene militärische Kapazität entweder übertrieben oder heruntergespielt, je nach Situation. Mein einziger roter Faden war die Erzählung eines Flüchtlings aus zweiter Hand: Ein Verwandter von ihm hatte als Sekretär bei der UN gearbeitet und an einer inoffiziellen Sitzung des Sicherheitsrates teilgenommen, als der Angriff auf New York noch im Gange war. Er hatte berichtet, nachdem die Freiheitsstatue in Schutt und Asche gelegt worden war, habe man natürlich zuerst den Verdacht gehabt, eine andere Nation habe ein neues Pearl Harbor inszenieren wollen. Die Vertreter verschiedener Nationen leugneten jedoch in der Sitzung, etwas mit dem Angriff zu tun zu haben. (Der Abgesandte Nordkoreas hatte als Einziger großspurig zugegeben, die Raumschiffe gehörten ihnen und ihr Großer Geliebter Führer habe sie eigenhändig konstruiert und gebaut, aber aus dem einen oder anderen Grund hatte man ihm nicht geglaubt.) Dann waren die Präsidentin und der Verteidigungsminister der Vereinigten Staaten in den Saal gekommen und hatten berichtet, die Feinde seien als Nazis identifiziert worden und stammten vom Mond. Und während die anderen Länder sich auf unsinnige Trivialitäten wie Klimaveränderung und Menschenrechte konzentriert hatten, hätten die Vereinigten Staaten heimlich ihr Mars-Forschungsraumschiff mit Atomwaffen ausgestattet und weltraumkriegstauglich gemacht. Das unter dem Arbeitstitel Mayflower of Mars bekannte Raumschiff wurde hastig neu getauft und hieß nun U.S.S. George W. Bush. Zur Untermauerung ihrer Rede hatte die Präsidentin ein Livebild vom Raumschiff gezeigt, das auf der Erdumlaufbahn für entsetzliche Verheerung unter unseren Siegfrieds sorgte. Da es gegen sämtliche internationale Abkommen zur Demilitarisierung verstieß, wurde die Existenz des Raumschiffs mit Bestürzung zur Kenntnis genommen und verurteilt, aber die Einstellung änderte sich schnell, als in der Live-Übertragung eine Reihe unterschiedlich gebauter und unterschiedlich großer, die Symbole verschiedener Staaten der Erde tragender Raumschiffe auftauchten und sich an der Schlacht beteiligten. Jeder Staat, der auch nur ein bisschen über den eigenen Tellerrand hinausdachte, hatte geheimes Weltraumkriegsgerät in petto.

Ich schüttele noch immer den Kopf darüber, wie typisch das wieder einmal für die Erde war.

Die Information über die Kriegsflotte der Erde weckte vorsichtige Hoffnung in mir. Sie waren nicht einfach als Zielscheiben hockengeblieben, sondern hatten nach dem Blitzkrieg offenbar äußerst rasch ihre Reihen geordnet. Aber ich konnte mich auf keinen Fall in dem Glauben wiegen, dass die Raumschiffe der Erde rechtzeitig den Start der Götterdämmerung verhindern würden. Und selbst wenn sie rechtzeitig kämen – wären sie dann für dieses Monster ein ernstzunehmender Gegner?

Der Offizier fuhr Erich gegenüber fort, die Erdflotte habe auf mehreren Funkfrequenzen Aufforderungen zur Kapitulation gesendet und versprochen, Feinde, die sich ergaben, zu verschonen. Der Offizier lachte düster, und Erich stimmte in das Lachen ein, auch wenn seine Stimme zitterte. Der Offizier konstatierte, Mondführer Adler habe selbstverständlich unverzüglich angeordnet, auf die Drohungen und Lügen nicht zu reagieren, denn die Niederlage der Erde stehe bereits fest. Außerdem habe der Mondführer unsere übrig gebliebenen Walküren dazu abkommandiert, ankommende feindliche Raumschiffe unter Beschuss zu nehmen.

Der Offizier wollte schon gehen, warf aber noch einen Blick in den Funkraum und sagte: »Beobachten Sie auch weiterhin den Funkverkehr, Informationstechnikerin Harz, und erstatten Sie Bericht, wenn etwas Außergewöhnliches geschieht! Schaffen Sie das allein, bis die Götterdämmerung abhebt?« Ich hörte, wie von drinnen eine zackige Frauenstimme antwortete: »Jawohl!« Dann wurde die Tür zugeschlagen.

Der Offizier und Erich entfernten sich in unterschiedliche Richtungen.

Informationstechnikerin Harz.

Anneliese.

Allein.

Ich wusste ziemlich viel über den Funkraum, denn ich war dort zweimal gewesen, als sich die Götterdämmerung im Bau befand. Ich wusste, wo die Arbeitsplätze waren. Ich konnte mich sogar an den kleinen Abort erinnern. Was ich hingegen nicht wusste, war, ob es am Funktisch möglicherweise eine Art Alarmknopf gab, mit dem man schnell Hilfe holen konnte. Wenn ja, würde es Anneliese mühelos schaffen, Alarm auszulösen.

Ich wollte nicht auf sie schießen, denn der Knall würde auffallen, und natürlich wollte ich nicht meine alte Freundin umbringen. Ich überlegte, ob ich mich von hinten anschleichen und ihr mit der Waffe auf den Kopf hauen sollte. Aber ich hatte keine Ahnung, wie fest ich zuschlagen musste, damit sie bewusstlos würde, aber keine schwere Verletzung davontrüge.

Am sichersten wäre es, wenn es mir gelänge, sie wenigstens kurz abzulenken, sie für den Bruchteil einer Sekunde auf meine Seite zu ziehen, in der ich dann handeln konnte. Die Bedrohung mit der Waffe würde sie nur dazu verleiten, Hilfe zu rufen.

In meinem Kopf drehte sich alles. Anneliese. Die Anneliese, die einmal meine Freundin gewesen war und mich denunziert hatte, als ich von der Erde aus anrief. Was würde sie tun, wenn sie mich sah? Niemand rechnete damit, mich auf dem Mond zu sehen, denn ich war nicht mit Klaus von der Erde zurückgekehrt. Alle hielten mich für tot.

Sie hielten mich für tot.

Das konnte die Lösung sein.

Ich öffnete leise die Tür zum Funkraum. Ich sah Annelieses Rücken, hörte den Funkverkehr. Eine männliche Stimme wiederholte auf Englisch und Deutsch immer wieder mit denselben Worten die Aufforderung zur Kapitulation. Offenbar trommelte die Erdflotte pausenlos mit einer aufgenommen Nachricht auf unsere Funkfrequenzen ein.

Ich ging einige Schritte, versuchte, das Klappern meiner Absätze möglichst abzudämpfen, und als ich unmittelbar hinter Anneliese stand, ließ ich meiner Kehle ein Röcheln entfahren.

»Ich bin ein im Vakuum gestorbener Geist und werde dich jetzt aussaugen, Anneliese.«

Anneliese erschrak und fuhr so schnell herum, dass ihr Stuhl fast umkippte, und als sie mich sah, war das Entsetzen in ihren Augen abgrundtief.

Sie kam nicht einmal dazu, zu schreien, da hatte ich ihr schon die Hand auf den Mund gedrückt und sie aus dem Gleichgewicht gebracht, außerdem war sie vor Schreck so gelähmt, dass sie erst auf die Idee kam, sich zu wehren, als ich sie schon zur Aborttür geschleift hatte. Ich stieß sie hinein und blockierte die Tür mit Annelieses eigenem Stuhl.

Ich hörte sie gegen die Tür hämmern und schreien, nachdem sie sich von dem Schrecken erholt hatte. Aber ich ließ mich davon nicht stören.

Ich hatte mir nicht zurechtgelegt, was ich dem Kommandanten der Erdflotte sagen würde. Wie könnte ich ihnen helfen? Mir war die diffuse Idee im Kopf herumgegangen, ihnen die Schwachstellen unserer Abwehr zu verraten, aber sie würden mir nicht glauben.

Mir kam in den Sinn, dass es ihr Vertrauen wecken könnte, wenn ich Vivian erwähnte, denn wie sollte ein Mondnazi etwas von ihr wissen? Bestimmt wusste die Präsidentin, dass die Chefin ihrer Wahlkampagne spurlos verschwunden war. Würde ich sagen, Vivian sei auf den Mond entführt worden, würde man mich vielleicht anhören. Dann würde ich vor der Götterdämmerung warnen, die sich unter der Mondoberfläche verbarg. Wenn die Zeit für ihren Start gekommen war, würde sie mit ihren enormen Kräften einfach die dünne Decke ihrer Höhle sprengen wie ein Küken die Schale seines Eis. (Sieh an, da verwende ich schon wieder ganz selbstverständlich einen irdischen Vergleich. Meine Beschäftigung mit Hühnern ist nicht umsonst gewesen.)

Ich dachte daran, ihnen einzuschärfen, dass die Erdflotte ihre Kräfte nicht an die Festung und deren Zivilisten verschwenden, sondern ihre ganze Feuerkraft auf die Götterdämmerung richten sollte. Das würde ich sagen, obwohl ich mich selbst in dem Raumschiff befand. Eine andere Möglichkeit gab es nicht, wenn ich die Erde retten wollte.

Die Hakenkreuzfestung durften sie nicht bombardieren, weil sich dort Vivian aufhielt.

Mit zitternden Händen suchte ich die Frequenz.

Dann drückte ich den Knopf, der eine Antwort ermöglichte.

»Mond an Erdflotte. Ich wiederhole, Mond an Erdflotte. Ich höre.«

Die folgende kurze Stille könnte man als verblüfft beschreiben. Dann meldete sich eine forsche Frauenstimme.

»Hier Vizekommandantin McLennan und das Führungsraumschiff U.S.S. George W. Bush der Alliierten Erdflotte. Identifizieren Sie sich. Ich höre.«

Meine Stimme klang in meinen eigenen Ohren schwach und ängstlich, obwohl ich mir Mühe gab, offiziershafte Resolutheit hineinzulegen. »Hier ist Renate Richter. Ich spreche für den Mond und teile mit, dass sich Vivian Wagner in unserer Gewalt befindet, die Kampagnenchefin der Präsidentin der Vereinigten Staaten. Ein Angriff auf unseren Stützpunkt könnte ihr Schaden zufügen. Darum empfehle ich, dass …«

Ich kam nicht bis zur Götterdämmerung und dem Vorschlag zur Kooperation, denn ich hörte am anderen Ende ein abgehacktes, um Luft schnappendes Krächzen, das ich zunächst für eine Verbindungsstörung hielt. Dann begriff ich, dass Vizekommandantin McLennan lachte. »Für wie dumm hältst du uns eigentlich, du Nazi-Idiotin?«, sagte sie, als sie wieder normal atmete. »Bei fast jedem anderen Namen hätte ich dir vielleicht sogar kurz zugehört, aber Vivian Wagner, die Kommandantin der Weltraumflotte der Erde, sitzt neben mir.«

Da, liebe Kitty, blieb mir das Herz stehen.

31. Mai 2047

Kitty, mein Schatz,

noch immer, nach all den Jahren, erinnere ich mich an den Schock. Wie hatte ich nur so blind zu dem Schluss kommen, so dumm sein können, dass ich mir ohne nachzudenken vorgestellt hatte, Vivian wäre mit Klaus zum Mond geflogen?

Menschlich gedacht ist es wohl kein Wunder, dass die Nachricht, Vivian sitze auf der Kommandobrücke der U.S.S. George W. Bush, eine größere Erschütterung für mich war als die, die ich im Film Forum in West Village erlebt hatte.

Ein ganz anderer Schock jedenfalls. Zu diesem Schock, der eine ganze Lebenslüge, die über Generationen hinweg angedauert hatte, enthüllte, gehörte wesentlich die Erkenntnis, dass man mich belogen hatte. Schon meine Eltern waren belogen worden. Für uns selbst gab es keine Möglichkeit, die Wahrheit herauszufinden, dafür fehlten uns einfach die Mittel. Inzwischen glaube ich, dass es unter den Funk- und Fernsehsendungen, die wir aufgeschnappt hatten, garantiert dokumentarisches Material über die von unseren Vorvätern während des Großen Kriegs des Aufstiegs unserer Idee begangenen Greueltaten gegeben hatte. Jemand in der Schwarzen Sonne hatte jene Aufnahmen gesehen und gehört. Ein anderer hatte beschlossen, dass sie Lügen waren, Propaganda der Kapitalisten und Bolschewiken, ein Thema, vor dem wir Augen und Ohren verschlossen. (Oder –

und das ist ein fast noch schrecklicherer Gedanke – hatten sie es *gewusst*? Gewusst, dass die Greuel Wahrheit waren? Und mit kühler Überlegung den Beschluss gefasst, den künftigen Generationen Augen und Ohren zuzuhalten: Besser wir lehren unsere Kinder eine bereinigte, geglättete, idealisierte, verzerrte Geschichte.)

Auf jeden Fall hatte man mich und die Generation vor mir absichtlich in die Irre geführt. Ich selbst, als Individuum, als denkendes Wesen, hatte keine Schuld daran, dass die Information, die ich erhalten hatte, manipuliert war.

Aber bei diesem neuen Schock lag die Sache anders.

In Vivians Fall hatte ich mir *selbst* jeden einzelnen irreführenden Aspekt eingeredet.

Ich hatte die Führer-Rheingold vom Dach des Gebäudes aufsteigen sehen. Aber hatte ich gesehen, dass Vivian eingestiegen war?

Ich hatte gesehen, wie Klaus und Vivian sich geküsst hatten. Aber der Kuss konnte für mich eine viel größere Bedeutung gehabt haben als für sie.

Am ironischsten war jedoch der Umstand, dass kurz bevor ich die Reklame der Boulevardzeitung über die Beziehung von Klaus und Vivian gesehen hatte, mein bisheriges Leben zerstört worden war. Es war zerbrochen, weil ich begriffen hatte, dass ich mein Leben lang belogen worden war.

Und dieselbe Renate hatte an die Überschrift einer Klatschzeitung geglaubt.

Viele Dinge wären mir ein ewiges Rätsel geblieben, hätte ich nicht ein gewisses Dokument in die Hände bekommen. An diese Aufzeichnung eines Gesprächs in der Suite der Präsidentin der Vereinigten Staaten im Weißen Haus am 7. Juli 2018 kam ich durch einen Flüchtling von der Erde, der Computerexperte war und sich, wie er erzählte, jahrelang einen Spaß daraus gemacht hatte, in die geheimen Datensysteme der Administration einzubrechen und die Bild-, Text- und Tondateien, die er dort herausangelte, zu speichern, um damit eventuell später einmal Geld zu verdienen. Ich zitiere hier nur ein kurzes Tonaufnahmefragment aus einer langen und heftigen Beratung, in deren Verlauf die Präsidentin und der Verteidigungsminister auch dauernd Befehle erteilten, unter anderem an den Kommandanten der Luftwaffe und an die Rettungseinheiten und Polizeikräfte von New York zur Evakuierung der Zivilbevölkerung. Die Aufnahme ist aller Wahrscheinlichkeit nach kurz vor der Dringlichkeitssitzung des UN-Sicherheitsrates entstanden, bei der es zur Gründung – falls man dieses Wort hier benutzen darf – der erdweiten Weltraumflotte kam, die ich zuvor beschrieben habe.

☾

(Im Hintergrund hört man den aufgeregten Bericht eines Nachrichtensprechers über den Angriff auf New York, der weiterhin andauert.)

Präsidentin
Bist du in Ordnung?

Vivian
Dem Helikopter sei Dank.

Präsidentin
Ja, ein Riesenglück, denn wie hätte ich sonst herausgefunden, was zum Teufel du eigentlich getan hast!

Vivian
Nun ja … das ist eine ziemlich lange Geschichte. Als ich dich anrief und sagte, das alles sei meine Schuld, war ich noch ein bisschen durcheinander. Schau, es war eigentlich Klaus Adler, der …

Präsidentin (fällt ihr ins Wort)
Sei nicht so bescheiden. Das hier ist das Beste, was du je zustande bekommen hast!

Vivian
Ach ja?

Präsidentin
Ja! Ich bin jetzt Kriegs-Präsidentin! Jeder Präsident der Vereinigten Staaten, der einen Krieg begonnen hat, ist wiedergewählt worden! Ich dache schon, ich müsste Australien bombardieren oder etwas in der Art, aber du hast den Sieg großartig

eingefahren. (Pause.) Was ich noch fragen wollte, was sind diese Ufo-Typen noch mal für Leute?

Vivian
Nazis. Vom Mond.

(Auf dem Band ist eine lange Pause zu hören.)

Präsidentin
Holy shit, das wird ja immer besser! Die Nazis sind die Einzigen, die wir je im fairen Kampf besiegt haben! Ich bin sozusagen der Franklin Roosevelt der Neuzeit!

Vivian
Na, dann … ist ja alles gut.

Präsidentin
Zum Glück hat dein Büro die Bombardierung überstanden. Als ich mir die Bänder der Überwachungskameras anschaute, schien es dort ganz schön rund zu gehen.

Vivian
In meinem Büro gibt es keine Kameras.

Präsidentin
Glaub mir, es gibt welche.

(Kurze Stille.)

Präsidentin

War anscheinend ganz schön eng für dich. Verzeih mir meine Neugier, aber zuerst sah es so aus, als würde dich dieser unangenehme Mensch mit der Kanone zur Hinrichtung in irgendein Hinterzimmer ohne Kamera führen, und dann kommst du auf einmal angestürmt und nietest einen Satz Nazis um. Was war da los?

Vivian

Er ist auf den alten Wie-wär's-mit-einem-letzten-Blowjob-Trick reingefallen.

Präsidentin

Ah. Der funktioniert immer. (Pause.) Und dass du Klaus Adler vernascht hast, war Teil derselben Intrige?

Vivian

Reden wir nicht davon. (Pause.) Er hat mich geküsst … wohl zum Abschied. Oder aus Mitleid. Ich weiß es nicht! Er ist der falscheste, widerwärtigste … (Pause.) Sprechen wir lieber davon, wie wir aus all dem ein neues Wahlkampfthema machen.

Verteidigungsminister

Ähm, Frau Präsidentin, wir sollten vielleicht auch über einen Präventivschlag gegen den Mond reden. Schließlich verfügen wir über die Mayflower of Mars … Vielleicht müssen wir den Namen ändern, nehmen wir zum Beispiel einen kriegsfreundlichen ehemaligen Präsidenten … nun, das Schiff kann sehr schnell in Cape Canaveral startbereit gemacht werden.

Vivian

Stimmt! Für das Image ist das sehr wichtig. Frau Präsidentin, wenn Sie unser Roosevelt sind, wer ist dann Ihr General Patton?

Präsidentin

Patton?

Vivian

Oder lieber … Ihr MacArthur?

Präsidentin

Wer?

Vivian

Ihr General, der Kommandant Ihrer Truppen!

Präsidentin

Ah! Ganz recht! Was meint der Verteidigungsminister dazu?

Verteidigungsminister

Wenn es sich Ihrer Meinung nach mehr um Wahlkampf als um Krieg handelt, dann schicken Sie von mir aus sie hin.

Präsidentin
Vivian?

Vivian
Mich?

Präsidentin
Für mich klang es so, als wäre zwischen dir und Adler noch nicht alles geklärt.

Vivian (mit gesenkter Stimme)
Das ist der Euphemismus des Jahrhunderts.

Verteidigungsminister
Wie lautet das berühmte Zitat gleich wieder? Es gibt auf der Welt keine größere Wut als die einer Frau, die verarscht worden ist.

Präsidentin
Genau diese Energie brauchen wir, Vivian, mein Schatz. Du kommandierst das Raumschiff, und als Nächstes überlegen wir, was ich zur Pressekonferenz anziehe. Aus bestimmten Gründen ist meine gesamte V-Linien-Garderobe gestern auf einen Schlag außer Mode gekommen.

☾

Vivian Wagner war ganz und gar nicht der Mensch, den ich mir vorgestellt hatte.

Vivian Wagner kommandierte eine Weltraumflotte, welche die Absicht hatte, uns zu vernichten.

Natürlich unterbrach McLennan die Verbindung sofort, als ich versuchte, Vivians Namen als Verhandlungstrumpf zu verwenden. Es war mir gelungen, mich vor ihr zur selten blöden Idiotin zu machen, mehr nicht.

Ich suchte die nächste Frequenz, auf der die Aufforderung zur Kapitulation gesendet wurde.

»Mond an Alliierte Erdflotte und Kommandantin Wagner. Ich wiederhole, Mond und Renate Richter an Alliierte Erdflotte und Kommandantin Wagner. Ich höre.«

Rauschende Stille.

Dann: ihre Stimme.

»Kommandantin Wagner an Renate Richter. Erstens: Ich habe keine Zeit, ich habe einen Krieg zu gewinnen. Zweitens: Ich werde kein Wort zu dem sagen, was du sagst. Vizekommandantin McLennan gefällt dieses Gespräch überhaupt nicht.«

Ich schluckte. Ich wusste nicht, wie ich meine schlechten Karten ausspielen sollte.

»Greift nicht den Stützpunkt an. Dort halten sich fast nur Zivilisten auf. Ihr habt nichts davon. Aber ihr müsst die Götterdämmerung stoppen! Sie ist eine furchtbare Waffe und muss vernichtet werden, bevor sie die Erde zerstören kann.«

»Und ich soll dir deine große Sorge um die Erde glauben? Dir eine so krasse Täuschung abnehmen? Hör zu, Rennie, seit mir klar wurde, dass du gar nicht bloß ein leicht durchgeknalltes Mädchen aus Minnesota bist, kann ich nicht mehr so richtig ernst nehmen, was du sagst.«

»Verstehe. Aber trotzdem! Die meisten von uns wollen nichts Böses, Klaus hat das alles geplant, und …«

»Ihr seid Nazis. Ihr habt einen feigen Angriff auf die Erde unternommen. Weißt du, wie viele Menschen dabei ums Leben gekommen sind? Ihr gehört zu den größten Feinden der Menschheit. Das war schon immer so. Was sollte euch ändern?«

»Vivian, hör mir zu. Wir können uns ergeben, wenn ihr zuvor die Götterdämmerung aufhaltet. Ihr könnt euch nicht vorstellen, in was für einer entsetzlichen Gefahr ihr euch befindet, wenn die Götterdämmerung es schafft, die Erde zu beschießen. Anders könnt ihr nicht gewinnen! In der Hakenkreuzfestung befinden sich nur Frauen und Kinder.«

Kurze rauschende Stille, dann hörte ich die Stimme von Vizekommandantin McLennan. »Eine Hakenkreuzfestung!«, rief sie aus und bellte gleich darauf das Kommando: »Sucht sie!«

Ich biss mir auf die Lippe. Ein Fehler. Ein Riesenfehler. Die Tesla-Tarnung der Festung war außer Betrieb gesetzt worden! Hatte jemand sie wieder aktiviert, nachdem die Nachricht von der näherkommenden Erdflotte eingetroffen war?

»Hat dir Klaus befohlen, uns mit diesem Superwaffen-Mist auszutricksen? Klaus Adler, der widerlichste Schwindler und Betrüger des Universums?«

»Die Götterdämmerung wird jeden Moment starten, sie ist riesig und zerstörerisch. Und ich bin nicht Klaus

Adler, ich bin Renate, und ich will, dass die Welt gerettet wird.«

Wieder biss ich mir auf die Lippe. Die folgenden Worte waren nicht leicht auszusprechen. Meine Stimme zitterte.

»Bedeuten dir unsere gemeinsamen Erinnerungen denn gar nichts?«

»Ich verhandle nicht mit Nazis. Du bist ein Nazi, du hast mich hinters Licht geführt. Klaus Adler hat mich hinters Licht geführt. Klaus Adler soll in der Hölle schmoren!«

»Ich bin auch ein Mensch, Vivian! Und ich liebe die Erde. Ich … ich liebe dich, Vivian.«

Wieder war es kurz still.

Sie hatte mich mit ihren Fingern betastet, mich und mein Herz, genau wie ihr verdammtes Wundertelefon. Sie hing an mir nicht mehr als an einem Gerät, von dem es bald eine neue, bessere, aktualisierte Version gab.

Nun hörte ich wieder McLennans Stimme über Funk. »Wir haben die Hakenkreuzfestung lokalisiert.«

Ich schloss die Augen. Verzweiflung übermannte mich.

»Vivian. Hör mir zu!«

»Adieu, Rennie.«

Und dann hörte ich nur noch das weiße Rauschen des Universums.

Plötzlich bewegte sich der Boden. Im ganzen Körper spürte ich eine Erschütterung.

Die Götterdämmerung stieg auf. James war gescheitert. Wahrscheinlich lebte er nicht mehr.

Die Zeit war knapp. Bald würde das entsetzliche Kriegsraumschiff die Mondoberfläche durchstoßen und sich gewaltig und unbesiegbar aus seiner Höhle erheben.

Mir kamen die Tränen, aber gleichzeitig stieg eiskalte Wut in mir auf. Wut und Frustration.

In der Hakenkreuzfestung lebten eine Menge Menschen, die sich nichts hatten zuschulden kommen lassen, die nur ihre Kinder großziehen und ein friedliches, normales Leben führen wollten. Nur weil es unter den Menschen, die mit ihnen die gleichen Kennzeichen trugen, einige faule Eier gab, machthungrige Verrückte, von ihrer Ideologie geblendete Hitzköpfe, die an die Gewalt glaubten, wurde uns allen der gleiche Stempel aufgedrückt: Man hatte das Recht, uns zu hassen, jeder von uns musste vernichtet werden. Genau so hatte ich über die Erdlinge gedacht. An ihnen klebte neben dem allgemeinen, verachtenswerten Erdlingstum das Namensschild Kapitalist, Bolschewik oder Barbar, und darum *konnte* man sie nicht nur fürchten und verachten, man *musste* es tun.

Jetzt trug jeder Mondbewohner so ein Namensschild an der Brust, das zugleich als Zielscheibe diente. Natürlich träumten diejenigen von uns, die keine Soldaten waren – auch ich – von der Erde, von Lebensraum und wiederhergestellter Ehre. Dennoch glaube ich nicht, dass besonders viele sich vorstellten, für jenen Traum zu töten, zu vernichten, zu versklaven, zu foltern. Motivationsreden, Militärübungen und vaterländische Lieder waren für einige von uns todernste Treuebeweise, aber für sehr, sehr viele nur ein gewohnter Zeitvertreib, Rituale, die den Tagen einen Rhythmus gaben und für Sicherheit sorgten.

Alles war Theorie gewesen, und plötzlich wurde es Praxis. Und jeder von uns wurde dafür zur Verantwortung gezogen, auch wenn wir selbst keine entscheidenden Beschlüsse gefasst hatten.

Ja, es schien begründet und berechtigt, zu hassen, von Eroberungen zu phantasieren und unschuldige Menschen in den Tod zu schicken, so lange es nur Theorie war.

Ein Konzentrationslager einzurichten ist eine praktische Lösung, so lange du selbst nicht hingeschickt wirst. Dein Volk. Deine Familie, deine Verwandten, Freunde, Kinder.

Durch die Aborttür drangen Rufe und krachende Geräusche. Anneliese hatte etwas gefunden, mit dem sie versuchte, die Tür aufzubrechen.

Ich ließ sie machen und rannte in Richtung Kommandobrücke. Ich weiß noch, dass meine Gedanken wie wild galoppierten, ich aber dennoch eine erstaunliche Ruhe verspürte. Der Rumpf der Götterdämmerung hob sich die ganze Zeit, langsam, unerschütterlich. Ich wusste, dass die Erde mit jedem Meter dem Visier der Mammutwaffe näher rückte.

Wenn ich die Götterdämmerung nicht mehr aufhalten konnte, musste ich Klaus aufhalten.

Jede Sekunde war kostbar. Die Gänge waren leer, die Offiziere auf ihren Posten, bereit, der Erde den Gnadenstoß zu versetzen.

Ich spürte die Götterdämmerung unter meinen Füßen so stark erzittern, dass ich fast das Gleichgewicht verloren hätte.

Ich ahnte mehr als ich wusste, dass die Vibration vom Rückstoß kam. Klaus hatte die gewaltige Haubitze der Götterdämmerung ausgelöst.

Flog das Geschoss auf die Erde zu?

Etwas in mir sagte – oder hoffte –, dass das nicht der Fall war. Die Götterdämmerung konnte noch nicht weit genug in die Höhe gestiegen sein, um über den Mondhorizont hinweg auf die Erde zu schießen.

Plötzlich erbebte das Raumschiff erneut, aber wenn das Zittern durch den Rückstoß der Haubitze ein Flüstern gewesen war, so war dies ein ohrenbetäubender Knall. Ich wurde gegen die Decke geschleudert, und der Lauf der Parabellum in meinem Rockbund schrammte mir die Haut am Gesäß auf, dass es blutete.

Ein Offizier rief: »Wir sind getroffen worden!«

Die Erdflotte war in Schussweite gekommen! Und eines der Raumschiffe hatte offenbar ein Geschoss mit starker Feuerkraft oder eine Rakete auf die Götterdämmerung abgefeuert. Es war in der Tat äußerst leicht zu treffen. Ich fragte mich, was Vivian gedacht haben mochte, als sie die Götterdämmerung sah, ein Kriegsraumschiff von der Größe eines Asteroiden, das durch die Mondoberfläche brach und unmittelbar vor ihrem Raumschiff aufstieg.

Für einen Moment musste der Himmel vor ihren Augen voller Eisen gewesen sein.

Neben der Götterdämmerung nahmen sich die Raumschiffe der Erde wie Mücken aus, die um eine Apfelsine kreisten.

Dann stach die Erdmücke schmerzhaft zu.

Die Götterdämmerung war extrem stark gepanzert, sie sollte ein unverwundbares Ungeheuer sein, aber trotzdem hörte ich alarmierende Geräusche – allein die mechanische Kraft des Schlags hatte die Innenausstattung des Raumschiffs zum Scheppern gebracht. Es fielen Gegenstände zu Boden, ich sah abgerissene Leitungen und verbogene Rohre. Dennoch stieg das Monster weiter in die Höhe.

Nun war es verwundet und gereizt.

Klaus befand sich im Kreis seiner Untergebenen auf der Kommandobrücke. Ich wusste, dass ich nicht an ihn herankommen würde. Ich spürte den Lauf der Pistole auf dem gerinnenden Blut unter meinen Kleidern.

Was konnte ich tun? Ich wusste es nicht. Dennoch musste ich handeln.

Ich war bereits in der Nähe der Kommandobrücke, als ich etwas unsagbar Vertrautes erblickte. Etwas so Vertrautes, dass ich vor Zeiten blind dafür geworden war. Auf der Erde gibt es in den Gebäuden überall Notausgangsschilder, auf die man normalerweise nicht achtet. Aber wenn du hörst, dass in einem Gebäude ein Feuer ausgebrochen ist, springen sie einem sofort als entscheidende, großartige Rettungsleuchttürme ins Auge.

An der Wand im Gang war unter einer Glasscheibe ein solcher Rettungsleuchtturm angebracht: ein Schalter, auf dem stand: SINGSTUNDE. BEI MOTIVATIONSVERLUST GLAS EINSCHLAGEN.

Die Singstunde! Die Hymne, das stimmungshebende Ritual und Symbol des Gemeinschaftsgeistes!

Etwas, das nur Offiziere anrühren durften.

Ich zerbrach die Scheibe mit dem Ellenbogen und riss den Schalter nach unten.

Ich hörte ein synchrones Knallgeräusch in den Gängen der Götterdämmerung widerhallen, weil alle aufstanden und die Hacken zusammenschlugen, wo immer sie auch waren und was sie auch taten.

Die Nationalhymne erschallte. Ich hatte mir vorgestellt, Klaus mitten im Lied auf der Kommandobrücke zu überraschen, doch zu meiner Enttäuschung hörte ich ihn seine Untergebenen anbrüllen, sie sollten das Geheul sofort unterbrechen. Noch in derselben Sekunde wurde die schneidende Enttäuschung von Hoffnung abgelöst, weil ich hörte, welchen Befehl Klaus als Nächstes erteilte. Da die Singstunde nur aus Versehen eingeschaltet worden sein konnte, musste die Funktionstüchtigkeit aller Signaleinheiten, die zur Kommandobrücke führten, überprüft werden. Ich hörte schnelle Schritte an meinem Versteck vorbeilaufen. Meine Stunde war gekommen.

Die Kommandobrücke hatte unter dem Schlag der Erde gelitten: Von der Decke hingen lose Kabel, Reste ihrer Befestigungen lagen auf dem Boden, kleine Teile waren in alle Richtungen geflogen.

Klaus stand mit dem Rücken zu mir da.

Weiterhin tönte auf den Gängen die Nationalhymne: »Wenn Blut noch durch die Adern rinnt, / vom greisen Manne bis zum Kind, / beginnt der Kampf in Mondes Hallen, / und Eisen wird vom Himmel fallen …«

Ich sah ihn auf den Sucher der Haubitze starren. Im Fadenkreuz war der Mondhorizont zu erkennen, aber er war nicht glatt, wie ich ihn kannte, sondern bildete einen von Erhebungen und Einschnitten zerklüfteten Bogen zwischen graubrauner Mondoberfläche und schwarzem Himmel. Dort war eine Senke. Ein Loch.

In dem Loch sah man einen hellen, bläulich weißen Streifen der Erde.

Klaus hatte nicht abwarten können, bis die Götterdämmerung weit genug nach oben gestiegen war. Er hatte mit dem ersten Schuss einen riesigen Krater in die Mondoberfläche geschossen. Er hatte sich einen neuen Horizont geschossen, um die Erde für den nächsten Schuss schneller ins Visier zu bekommen.

Ich war mir sicher, ihn murmeln zu hören: »Und als Nächstes seid *ihr* dran, ihr Kakerlaken der Erde.«

Ich habe dieses Tagebuch damit begonnen, dass ich erzählte, wie Wasser auf mein Gesicht tropfte.

Etwas hat sich seit der Schlacht um den Mond verändert. Etwas hat das innere Gleichgewicht dieses Himmelskörpers zerstört oder sich zumindest auf die Festung ausgewirkt. Es ist, als hätte der Mondboden kleine Haarrisse bekommen, in der die Feuchtigkeit unseres Atems und unserer Wasserkulturen kondensiert. Oder als setzte ein seltsamer Prozess im Mondgestein Sauerstoff und Wasserstoff frei.

War Klaus' pompöser, ungeduldiger und unbedachter Schuss eine unwiderrufliche Tat, die mit der Zeit auch diese zerbrechliche, steinerne Welt zerstören wird?

Das Resultat des Schusses warf ein Licht auf die ganze Tiefe von Klaus' Wahnsinn, auf das Entsetzliche und Zerstörerische und die totale Sinnlosigkeit seines Plans.

Ich zögerte keine Sekunde, riss auf der Kommandobrücke der Götterdämmerung die Pistole aus dem Rockbund, richtete sie auf Klaus und drückte ab. Das Schussgeräusch war so laut, dass es mich fast taub machte.

Ich war zu hastig, meine Hand zitterte, die Waffe hatte Gewicht, der Abzug war schwergängig.

Die Kugel traf, aber ganz und gar nicht Klaus' Rücken. Sie traf das Armaturenbrett und prallte als Querschläger gegen die Glashaube in der Mitte der Kommandobrücke, auf das ans Radarsystem gekoppelte Raumkriegskop, auf das mein Vater besonders stolz war. Die Lichtstreifen, die auf die mit Rauch erfüllte Glashaube projiziert wurden, zeigten dreidimensional die Bahnen der feindlichen Raumschiffe. Aus einem Riss im Glas drang Rauch in die Kommandobrücke.

Klaus fuhr herum und sah mich. Vor Angst und Enttäuschung war ich wie gelähmt. In meinem Gehirn hämmerte nur ein Gedanke: Ich musste Klaus aufhalten. James war gescheitert, aber die Erdflotte könnte noch fähig sein, gegen die Götterdämmerung zu kämpfen und ein zweites Auslösen der Haubitze verhindern.

Ich musste auf Zeit spielen.

Ich hob die Waffe erneut.

Blitzschnell wich Klaus aus.

Wir umkreisten einander wie zum Kampf bereite Tiere.

Ich hörte ein krachendes Geräusch, und der Rauch auf der Kommandobrücke wurde dichter. Hatte Klaus das Glas des Raumkriegskops zerschlagen, um die Sicht zu erschweren?

Als würde ich halluzinieren, rief mir der Rauch das Spa in New York in Erinnerung, den nach Eukalyptus duftenden Dunst im Dampfraum.

Ich weiß noch, wie ich mit Klaus redete, wie ich in den Nebel hinein zu ihm sprach. Er dürfe die Erde nicht zerstören. Aber er antwortete nicht, und auf einmal schoss eine Hand aus dem Rauch hervor und umklammerte mein Handgelenk, dass ich vor Schmerz aufjaulte.

Die Parabellum fiel auf den Boden und machte dabei das dumpfe Geräusch einer Totenglocke.

Klaus Adler hatte gewonnen.

Aber Klaus Adler hatte eine Schwäche.

Und die kannte er nicht.

Diese Schwäche war er selbst. Er war ein Nazi aus Fleisch und Blut, und was vielleicht noch mehr Bedeutung hatte: Er war ein Nazioffizier. Er wollte immer recht haben. Er wollte den anderen seine Überlegenheit demonstrieren.

Den Feind zu töten, war nicht genug. Der Feind musste gedemütigt werden. Man musste dem Feind sagen, warum er unrecht hatte und der Sieger recht. Wenn der eiserne Stiefel einen Käfer zermalmt, muss der Stiefelbesitzer erklären, warum das Zertreten des Käfers für diesen selbst und für die ganze Welt das Beste ist.

Er hielt mich fest im Griff. Er wollte mich töten, aber zuerst sollte ich hören, warum das richtig war.

Ich war seine Braut gewesen und hatte ihn betrogen. Hatte ihm eine mögliche Zukunft entrissen, eine Welt, die das Erbteil unserer gemeinsamen arischen Kinder sein sollte. Darum musste ich sterben.

Es war gut, dass er redete, denn so verging kostbare Zeit, aber er hätte nicht über unsere gemeinsamen Kinder reden sollen. Dadurch drang in meinen von Panik erfüllten Kopf eine Erinnerung, bei der sich mein Magen verkrampfte: Wie sehr ich Angst gehabt hatte, von ihm schwanger zu sein. Die Erinnerung an den mit Hakenkreuzen verzierten Strampelanzug. Die Erinnerung an die liebende Mutter, die er in den Tod schickte.

Die Wut wischte die Panik für einen Moment weg, und in meinem Kopf bildete sich ein klarer Gedanke.

Klaus Adler ist ein stolzer, selbstgefälliger, verehrungssüchtiger Idiot.

Mein Blick wanderte auf der Suche nach Hilfe durch die Kommandobrücke.

Dort.

Ich drehte mich abrupt und entwand mich dadurch Klaus' Umklammerung, aber ich versuchte nicht, zu fliehen. Ich blieb vor ihm stehen und ließ die Wörter aus meinem Mund sprudeln. Die nationalsozialistische Liturgie, bei der ich intuitiv Zuflucht suchte. Wie sehr ich ihn bewunderte. Wie ich ihn achtete. Dass mir bewusst sei, ihn getäuscht zu haben und ich es verdient hätte, zu sterben. Dass ich erst jetzt verstanden hätte, wie allmächtig er war, wie großartig. Dass ich als letzte Tat noch einmal den neuen großen Führer grüßen wolle.

Ich streckte die Hand schräg nach oben. »Heil Adler!«

Klaus schmunzelte.

Er hob die Hand zum Gruß.

Sie traf genau das Stromkabel, das von der Decke herabhing.

Der Stromschlag knisterte, dann sank Klaus Adler zu Boden.

Ich meinte, schon die Schritte der zurückkommenden Offiziere zu hören. Wahrscheinlich war die Musik zur Singstunde längst verstummt, aber ich hatte es nicht registriert. Die Schritte konnten auch Einbildung sein; seit ich die Kommandobrücke betreten hatte, war keine Minute vergangen.

Ich trat über den bewusstlosen Klaus hinweg zum Armaturenbrett. Blindlings probierte ich Hebel und Knöpfe aus, um die Funktion des Raumschiffs wenigstens irgendwie zu stören. Dann nahm ich den Hörer des Bordtelefons und rief die Steuerzentrale. Ich rief James.

Keine Reaktion.

James lag womöglich verletzt in der Steuerzentrale oder in deren Nähe, vielleicht war er sogar tot. Wenn ich wenigstens meinen Vater erreichen würde, hätte ich eventuell eine ganz kleine Chance, ihn zur Vernunft zu bringen und dazu, die Götterdämmerung von dem Gerät abzukoppeln, das von der Erde mitgebracht worden war und das den gewaltigen Rumpf des Maschinenungeheuers im Gleichgewicht und über der Mondoberfläche halten würde.

Ich verlor die Balance, als ich noch einmal versuchte, die Steuerzentrale anzurufen. Während ich fiel, konnte ich noch denken, dass die Erdflotte endlich einen zweiten Schlag gegen die Götterdämmerung ausgeführt hatte. Eine Welle der Erleichterung ging über mich hinweg – wir würden den Krieg verlieren.

Die Erleichterung wurde jedoch von Entsetzen abgelöst, als ich merkte, was mich aus dem Gleichgewicht gebracht hatte: eine stahlharte Hand, deren Finger sich um mein Fußgelenk gelegt hatten. Klaus Adler war zu Bewusstsein gekommen.

Ich versuchte, mich ihm zu entwinden, und es gelang mir auch zum Teil: Klaus behielt nur meinen Schuh in der Hand. Ich kroch auf die Parabellum zu, die undeutlich im Nebel zu erkennen war. Plötzlich spürte ich, wie der Boden unter meinem Körper ins Wanken geriet, diesmal auf neue, schlaffe Art. Während ich auf die hoffnungslos weit weg liegende Waffe zurobbte, ging in irgendeinem Winkel meines Gehirns ein neuer Stern der Hoffnung auf.

Etwas stimmt nicht. Die Götterdämmerung ist nicht mehr stabil. Darum sind die Offiziere nicht auf die Kommandobrücke zurückgekehrt, sie haben etwas anderes zu tun.

Wieder erwischte mich Klaus' Hand, riss mich über den Fußboden an ihn heran, und nun hielt er in der anderen Hand eine Stichwaffe. Ich hatte nicht einmal gewusst, dass zur Standardausrüstung seiner Offiziersuniform ein Fahrtenmesser gehörte. Ich konnte gerade noch die in der Klinge eingravierten Worte »Blut und Ehre« erkennen, bevor er es mir an die Kehle drückte.

Ich hatte keine Angst mehr, denn das Wanken des Bodens hatte mich mit neuem Glauben und neuer Hoffnung erfüllt. Dennoch war ich im Begriff, den Kampf erbärmlich zu verlieren. Klaus Adler, obwohl noch immer vom Stromschlag benommen, war mir in Größe, Kraft und Nahkampfkunst überlegen, und das Messer machte ihn unbesiegbar. Während ich mich aus seinem Würgegriff, seiner Kontrolle und seiner Herrschaft über meinen Körper, die er noch immer für selbstverständlich hielt, loszureißen versuchte, brachte mein Bewusstsein zwei vollkommen verschiedene Erinnerungen zusammen, zwei Szenen, die sich zu verschiedenen Zeiten an verschiedenen Orten zugetragen hatten.

Die Wohnung in Greenwich Village, Klaus Adlers schwitzendes Gewicht auf mir, sein Mund, der mich zermalmte, seine grapschenden Hände. Und die kleine Gasse in der Nähe des Kinos, die laute, unsaubere Schar kahlrasierter Jugendlicher mit ihren Farbsprühflaschen, ihre Aufdringlichkeit, der erstickende Gestank der Gewalt.

Was bei einem Nazi wirkt, kann auch bei einem zweiten wirken.

Ich stemmte mich mit verzweifelter Wut gegen Klaus, schaffte es, dass sich sein Griff ein klein wenig lockerte, streckte blind die Hand aus und erwischte genau das, was ich wollte.

Den Schuh im V-Stil, dessen Absatz man nicht von ungefähr als »Stiletto-Absatz« bezeichnete.

Seine schlanke Spitze trug eine Verstärkung aus Stahl.

Wenn die Schwachstelle von Klaus sein Stolz war, dann tötete ihn die Eitelkeit der Erdfrau.

Ich schlug so fest ich konnte zu, meine ganze Kraft lag in dem Schlag, und ich war mir sicher, dass ich damit ein Loch in eine Stahlplatte gehauen hätte.

Der Stiletto-Absatz traf Klaus' Stirn.

Ich weiß nicht, ob er den Knochen durchdrang, aber ich schlug mit einer so wilden Wut zu, dass mein Arm von der Erschütterung beinahe gefühllos wurde. Klaus wäre von der Wucht des Schlags wahrscheinlich sogar dann bewusstlos geworden, wenn ich nur einen Teelöffel in der Hand gehabt hätte. Ich hörte ein ekelhaftes Knirschen und Schmatzen. Etwas Warmes, Rotes spritzte mir auf die Hand. Dann hörte ich ein Klirren: Klaus ließ das Messer auf den Boden fallen.

Blut und Ehre, in der Tat.

Wieder schaukelte die Götterdämmerung, und jetzt wusste ich, dass es keine sinnlose Hoffnung und nicht bloß Einbildung war. Entweder James oder der Erdflotte war es gelungen, das Monster zu beschädigen, das seit Jahrzehnten unsere sämtlichen Ressourcen aufgezehrt hatte. Es hatte nur einen Schuss abgegeben, nur diesen einen Schuss.

Und nun sank die Götterdämmerung wieder der Mondoberfläche entgegen.

Manchmal erinnere ich mich, die heruntergefallene Waffe vom Boden der Kommandobrücke aufgehoben zu haben. Manchmal nicht. Ich habe keine Erinnerung daran, dass ich mit der Parabellum in der Hand durch die Gänge der sinkenden Götterdämmerung gelaufen wäre.

Ich wusste, wohin ich rennen musste. Auch wenn die Götterdämmerung so unverwundbar wie möglich gebaut war, verzichtet ein echter Deutscher nicht auf Sicherheitsvorkehrungen. Auf den Gängen gab es Kammern, die Raumanzüge enthielten. Und es gab Rettungsgänge, von denen Torpedorohre nach draußen führten. Ich wusste, dass ich hinauskam.

In dem Moment wollte ich das Raumschiff nur möglichst schnell verlassen, denn der Geist von Klaus Adler war mir weiterhin auf den Fersen.

Hätte ich weiter gedacht – was ich in der Situation nicht konnte –, hätte ich verstanden, dass die Götterdämmerung unversehrt sein musste, falls James es geschafft hatte, das Steuersystem des Gyroskops von der Rechenkapazität zu trennen (was er auch getan hatte). Und auch wenn das Raumschiff nicht mehr steuerbar der Mondoberfläche entgegen sank, so geschah dies doch relativ kontrolliert. Die Offiziere, die auf die Kommandobrücke geeilt waren, konnten den Fall mit Antigravitationsmotoren bremsen, auch wenn die Motoren nach der Lahmlegung des Steuersystems nur vereinzelt funktionierten.

Der größte Teil der Götterdämmerungs-Besatzung wurde gerettet. Am besten kamen die davon, die nicht durch das ganze Raumschiff rannten (so wie ich es tat), sondern auf ihren Plätzen blieben. Als die gewaltige Masse der Götterdämmerung die Mondoberfläche berührte, geschah das zwar gewaltsam und das Raumschiff wurde beschädigt, aber es zerbrach und explodierte nicht. Bei der schwachen Schwerkraft des Mondes und dank der Bremsmaßnahmen berührte das Raumschiff den Boden etwa mit der gleichen Heftigkeit, mit der ein Auto, das bei innerstädtischer Höchstgeschwindigkeit ins Schleudern gerät, gegen eine Mauer prallt. In beiden Fällen scheppert es ziemlich und der Schreck ist groß, aber wenn man angeschnallt ist, kommt man mit leichten Verletzungen davon. Das Sauerstoff- und Druckausgleichssystem war mit deutscher Gründlichkeit in Module aufgeteilt, sodass nicht das ganze Raumschiff Luft und Druck verlor, obwohl es zu Lecks in der Panzerung kam.

Anneliese kam mit ein paar blauen Flecken davon. Wir haben noch immer kein besonders gutes Verhältnis.

Für eines bin ich ihr jedoch dankbar. Viel später erzählte sie mir, ihre Einarbeitung in die Tätigkeit des Nachrichtenzentrums durch meine Mutter sei gleich nach meinem Verschwinden zur Erde oberflächlich und miserabel geworden, als hätte meine Mutter nicht gewollt, dass Anneliese zu schnell lernt. Ich weiß noch, wie mich die Erkenntnis durchzuckte: Meine Mutter hatte versucht, ihren Aufbruch in den Walhallagarten hinauszuzögern, offenbar in der Hoffnung, mich noch einmal zu sehen. Sie hatte keine Sekunde geglaubt, ich wäre ums Leben gekommen.

Auch Erich Wolf wurde gerettet und gehört heute zu meinen engsten Freunden.

Anneliese und Erich kamen mir in den Sinn, als ich in der Kammer für das Rettungszubehör mit zitternden Händen den Raumanzug anlegte, aber ich konnte mir in dem Moment kein Mitleid leisten. Am meisten brach es mir das Herz, dass ich keine Zeit hatte, nach James zu suchen. Allerdings hielt ich es für sehr wahrscheinlich, dass ich ihn tot aufgefunden hätte.

Ich sah die Sauerstoffflaschen in der Kammer und erinnerte mich, was ich in der Raumausbildung gelernt hatte.

Die Götterdämmerung war bereits beängstigend tief gesunken, als ich die kleine Druckschleuse eines Rettungsgangs öffnete. Ich warf mich aus dem Raumschiff und benutzte den Gasausstoß aus der Sauerstoffflasche, die ich zusätzlich mitgenommen hatte, um gleich möglichst weit von dem sinkenden Rumpf der Götterdämmerung wegzukommen. Dann richtete ich den Gasausstoß auf die Mondoberfläche. Das bremste meinen Sturz gerade gut genug, dass ich mir nicht die Knochen brach.

Womöglich hat jemand gesehen, wie ein Mensch im Raumanzug das Raumschiff verließ und sich dabei eines länglichen Metallbehälters mit eigener Schubkraft bediente, denn heute werden in der Festung die sonderbarsten Geschichten über meine Flucht aus der Götterdämmerung erzählt. Die wildeste und am häufigsten wiederkehrende Version behauptet, ich sei auf einem der Torpedos davongeritten.

Mit zitternden Knien erhob ich mich aus dem Mondstaub. Am schwarzen Himmel sah ich Blitze, Lichtstreifen und leuchtende, sausende Punkte. Die Erdflotte und die letzten Walküren des Mondes kämpften noch immer gegeneinander.

Als ich die Hakenkreuzfestung erblickte, hielt ich vor Entsetzen den Atem an.

Die Erdflotte hatte gründliche Arbeit geleistet.

Die Festungsruine war fast völlig dunkel, ihre früher so stolze Gestalt nur noch ein Geröllhaufen, aus dem scharfe Zähne hervorstachen. Ich konnte nur hoffen, dass die tief im Mondboden verborgenen Generatoren weiterhin in der Lage waren, die Vitalfunktionen aufrecht zu erhalten, sodass wenigstens die untersten Höhlen und Tunnel mit Druck und Sauerstoff versorgt waren.

Ich wäre zur Schwarzen Sonne gerannt, aber auf dem Mond kann man nicht richtig rennen. Hüpfen mit zwei Beinen konnte ich nicht, auch wenn das die schnellste Art der Fortbewegung gewesen wäre. Ich war so erschöpft, dass mir alle Knochen wehtaten. Ich hatte kaum Kraft zum Atmen.

Ich weiß nicht, wie lange es dauerte, bis ich das Ziel erreichte.

Ich blickte mich kein einziges Mal um. Dennoch weiß ich, dass mit jedem Schritt das Wrack der Götterdämmerung weiter hinter den Horizont rückte und schließlich ganz verschwand.

Zuerst sah ich bloß eingestürzte Wände, zerstörte Gänge und Hallen. Der Hangar der Mondwehr war in sich zusammengebrochen. Zum Glück gab es im Hangar aber in regelmäßigen Abständen Versorgungstüren, die mit Druckschleusen versehen waren. Man konnte davon ausgehen, dass nicht alle verschüttet waren.

War das allein das Werk der Erdraumschiffe oder hatte auch Klaus mit seiner Haubitze den Mondboden so sehr erschüttert, dass weiterer unvorhersehbarer Schaden entstanden war?

Ich kletterte über Gesteinsbrocken hinweg und fand eine Druckschleuse, die fast unangetastet aussah.

Sie funktionierte.

Als ich mich in der Staubkammer gesäubert hatte und wartete, bis sich die innere Druckschleuse füllte, dachte ich daran zurück, wie James Washington mir in einer Druckschleuse auf der anderen Seite der Hakenkreuzfestung das Leben gerettet hatte, das ohne seinen Fehler gar nicht in Gefahr gewesen wäre.

Befand ich mich nun in der gleichen Lage wie James damals? Hatte ich die Erde gerettet, die ohne meinen Fehler – ohne meine zahlreichen Fehler – vielleicht gar nicht in eine so schreckliche Gefahr geraten wäre?

Ich konnte es nicht wissen.

Mich tröstete allein die Tatsache, dass es niemand wissen konnte.

Ich setzte den Helm ab, behielt ihn aber vorsichtshalber unter dem Arm. In der beschädigten Festung konnte es jederzeit zu Luftlecks kommen, der Sauerstoff konnte überraschend ausgehen, der Luftdruck schwinden. Ich machte mich auf den Weg zu dem Ort, an dem ich auf dem Mond zuletzt glücklich gewesen war.

Mein Zuhause war es nicht.

Nie war meine Seele schwerer als auf dem Weg durch die demolierten Gänge der Festung. Ich hörte Verwundete jammern. Ich traf auf leblose Körper. Ich sah, wie manche mein Gesicht erkannten und sich von mir abwandten.

Manche erwiderten mein vorsichtiges Lächeln.

Manche folgten mir.

Ich sagte, dass ich glaubte, alles sei vorbei, und daraufhin folgten mir immer mehr Menschen. Vielleicht hatte es den Anschein, als wüsste ich, was ich tue.

Es gab mehr Überlebende, als ich geglaubt hatte. Als die erste Rakete der Erdflotte die Schwarze Sonne getroffen hatte, war ein unbekannter Held auf die Idee gekommen, das Tonsignal zu aktivieren, das vor Sonneneruptionen warnte, und dadurch war es einem Teil der Bevölkerung gelungen, sich in die untersten Tunnel der Festung zu begeben.

Ich betrat das Klassenzimmer, meine vertraute Arbeitsumgebung, die heimelige Atmosphäre mit Tafel, Pulten und Anschauungsmaterialien, einen Ort, an dem die Zeit stillzustehen schien.

Es befanden sich Kinder in der Klasse, aber sie waren nicht zum Lernen gekommen. Sie hatten hier Zuflucht gesucht. Offensichtlich waren ihre Wohnungen zerstört worden oder die Gänge, die zu ihnen führten, waren eingestürzt. Müde und mit leeren Augen saßen sie da, an ihre Mütter oder Geschwister gelehnt. Sie waren schmutzig, hatten Schrammen und Blessuren. Einigen mit Staub überzogenen Kindern sah man an, dass man sie aus den Ruinen ausgegraben hatte. Wie viele waren noch verschüttet? Bei wie vielen hatte das Blut gekocht, als die gnadenlosen Raketen den Weg zu der noch größeren Gnadenlosigkeit des Mondvakuums freigesprengt hatten? Wie viele hatten vergeblich vor dem Tod nach ihren Müttern gerufen?

In meinem Unterbewusstsein klopfte ein Gedanke an, den ich schließlich zuließ, weil mein Leben nicht mehr unmittelbar gefährdet war.

Die Erdtruppen.

Wo waren sie?

Nachdem ich von der Götterdämmerung geflohen war, hatte ich die Erdflotte am Mondhimmel gesehen und gewusst, dass unser ausgedünntes Kriegsgerät nicht mehr gegen sie ankommen würde. Außerdem waren wir darauf vorbereitet gewesen, den Krieg am Rand der Erdatmosphäre zu führen und nicht auf dem Mond. Wir hatten keine massive Verteidigung für die Schwarze Sonne entwickeln müssen, weil die Erde unseres Wissens nicht über Weltraumkriegsgerät verfügte.

Wir hatten uns geirrt. Und darum nagte in meinem Hinterkopf nun unablässig die Frage: Warum waren die Erdtruppen noch nicht in der Hakenkreuzfestung?

Die Götterdämmerung war besiegt worden. Die Erde hatte die Übermacht. Für sie gab es zwei Optionen: uns endgültig zu vernichten, oder unseren Stützpunkt zu besetzen.

Hätten sie die Festung atomisieren wollen, hätten sie es schon getan. Im untersten Tunnel könnte man vielleicht noch eine Weile durchalten, aber früher oder später würden wir wie die Ratten in unseren Löchern sterben.

Warum also hörte man auf den Gängen keine schweren Schritte? Oder Geräusche von Scharmützeln, weil ein ungebrochener Offizier der Form halber noch versuchte, unseren Stützpunkt vor Eindringlingen zu bewahren?

Wo waren die Eroberer?

Und was war mit Vivian passiert?

Natürlich weiß ich jetzt, was geschah. Oder meine es zu wissen. Die Berichte sind lückenhaft, oft widersprüchlich gewesen. Der größte Teil unseres Fluggeräts war verloren. Einigen Piloten gelang es, ihre beschädigte Walküre so dicht an die Festung heran zu steuern, dass sie sich in Raumanzügen in Sicherheit bringen konnten.

Jene Piloten, wie auch die Geretteten aus der Götterdämmerung, erzählten exakt die gleichen Augenzeugengeschichten. Als sich der Sieg der Erde über die Truppen des Mondes auf beiden Seiten eindeutig abzeichnete, näherte sich die Erdflotte der Schwarzen Sonne, vielleicht um ihr den Gnadenstoß zu geben, vielleicht um Besatzungstruppen abzusetzen. Dann hatte irgendetwas das Flaggschiff der Vereinigten Staaten, die von Vivian kommandierte U.S.S. George W. Bush, dazu veranlasst, den Plan zu ändern.

Ihn schnell zu ändern. Ihn ziemlich bedeutsam zu ändern.

Es wäre leicht, über die Verrücktheit der Erdlinge mit den Schultern zu zucken. Ich wusste vielleicht besser als jeder andere, wie unlogisch, eigennützig und habgierig die Erdlinge waren. In dieser Hinsicht waren sie genau wie wir.

Ich korrigiere mich. Ich wusste, wie unlogisch, eigennützig und habgierig die *Führer* der Erdlinge waren. In dieser Hinsicht waren sie genau wie unsere Führer.

Mit der Zeit erreichten wir wenigstens wieder eine primitive Ordnung in unseren Leben, und es sammelten sich immer mehr Informationskrümel an. Die Flüchtlinge verfügten über Kenntnisse aus den Chefetagen der Unternehmen und Verwaltungen der Erde. Neue Augenzeugenberichte kamen hinzu. Hitlers Auge und andere Aufklärungsstationen an verschiedenen Stellen des Mondes waren heil geblieben und hatten Informationen zusammengetragen, auch wenn die Verbindung zur Festung immer wieder unterbrochen wurde. Sobald es die anderen Aufgaben zuließen, wurden in den Stationen und in den zerstörten Raumschiffen Aufnahmen und Black Boxes eingesammelt. In diesen fanden sich Funkfragmente zwischen den Erdraumschiffen und der Erde sowie weiteres Datenmaterial.

Aus dem Funkverkehr zwischen der Erdflotte und der gemeinsamen Kriegs- und Flugleitung, die im UN-Gebäude untergebracht war, konnte man ein gewisses Bild vom Ende des Kampfes um den Mond zusammensetzen. Ich gebe hier einen Teil von einer längeren Aufnahme wieder, die beginnt, als Vivian feststellt, dass die Götterdämmerung kampfunfähig ist – vermutlich bildet sie sich sogar ein, es selbst verursacht zu haben.

☾

Kommandantin Wagner

Glaubst du, Adler hat gelitten? Wenigstens ein bisschen?

(Vizekommandantin McLennan reagiert nicht darauf, da sie etwas auf der Mondoberfläche entdeckt hat. Wir wissen inzwischen, dass die Kriegshandlungen unsere gesamte TTT-Tarnung beschädigt hatten.)

Vizekommandantin McLennan

Was ist das?

(Knistern. Die Präsidentin der Vereinigten Staaten ruft aus der Kriegsleitzentrale der UN die U.S.S. George W. Bush.)

Präsidentin

Vivian, ich wusste, dass du es getan hast! Girlpower! Zum Glück …

Kommandantin Wagner (unterbricht)

Was ist Helium-3?

Präsidentin

Hast du Helium-3 gesagt?

Kommandantin Wagner
Yep. Da unten sind ein paar Dutzend riesige Silos und Türme, und auf denen steht »Helium-3«.

(Dies sorgt bei den Anwesenden für heftiges Stimmengewirr. Die Stimme des Verteidigungsministers der Vereinigten Staaten nähert sich dem Mikrofon, aber er spricht nicht direkt hinein, sondern offenbar zur Präsidentin.)

Verteidigungsminister
Also, äh … Das gehört uns.

(Das Stimmengewirr im Hintergrund nimmt zu, und es mischen sich wütende Ausrufe in unterschiedlichen Sprachen darunter.)

Präsidentin (weiterhin weiter weg vom Mikrofon, zum Verteidigungsminister)
Ach ja? Warum?

Verteidigungsminister (flüstert)
Helium-3 könnte die Vereinigten Staaten
für die nächsten, sagen wir tausend Jahre
energiewirtschaftlich unabhängig machen.

Präsidentin (jetzt ins Mikrofon)
Ja! Es gehört uns!

(Der Protest der anderen im Raum Befindlichen ist nun ohrenbetäubend.)

Präsidentin
Ruhe, ich habe etwas zu sagen! Der Mond ist … also der Mond gehört den Vereinigten Staaten. Wir waren als Erste dort und haben sogar eine Flagge aufgestellt. Außerdem: Wer hat denn gerade die Mondnazis verdroschen? Ja, schon gut, ihr habt auch hier und da euer Scherflein beigetragen, aber im Prinzip war das hier eine Neuauflage des Zweiten Weltkriegs, und wir alle wissen ja, wie es da lief.

(Der Lärm nimmt weiter zu, wenn das überhaupt möglich ist. Man hört Leute »Lüge!« schreien. Man hört, dass Gegenstände durch die Gegend geworfen werden. Etwas prallt gegen das Mikrofon.)

Verteidigungsminister (ins Mikrofon)
Vivian, hier ist der Verteidigungsminister. Bring das Helium-3 unter deine Kontrolle und verteidige es mit allen Mitteln!

Kommandantin Wagner
Gegen wen?

Verteidigungsminister
Gegen alle!

(Im Hintergrund wird gerufen, und man hört, dass Handgemenge im Gange sind. In verschiedenen Sprachen werden Befehle in die Mikrofone geschrien, offenbar an die auf dem Mond befindlichen Weltraumkriegsschiffe unterschiedlicher Länder. Der Inhalt ist bei allen Befehlen gleich):
Bringt das Helium-3 unter eure Kontrolle!

☾

Aus der Kommunikation zwischen den Kriegsschiffen der Erde sowie dem Funkverkehr zwischen den Raumschiffen und ihren Herkunftsstaaten konnte man schließen, dass die anderen am Krieg beteiligten Länder die Absicht der Vereinigten Staaten, die Helium-3-Reserven des Mondes unter ihre Kontrolle zu bringen, nicht akzeptierten. Es folgte ein erregter Wortwechsel mit Drohungen zwischen den Raumschiffen. Als die U.S.S. George W. Bush auf Befehl der Präsidentin der Vereinigten Staaten anfing, auf die anderen Raumschiffe zu schießen, erwiderten diese das Feuer. Der am Himmel geführte Binnenkrieg der Erde führte schließlich zur Vernichtung der gesamten Erdflotte.

Jemand, der sich in der Geschichte der Erde auskennt, würde lakonisch feststellen, dass gewisse Länder auf der Erde auch vorher schon die Sicherung einer günstigen Energieversorgung für so wichtig erachtet hatten, dass sie deswegen Kriege vom Zaun brachen.

An irgendeiner Stelle habe ich das Öl schon erwähnt, nicht wahr, Kitty?

Ich stand im Klassenzimmer. Als ich die seelisch und körperlich ramponierten Volksangehörigen sah – Menschen, von denen die meisten vollkommen schuldlos an ihrer Lage waren –, beschloss ich, das Schicksal der Erdflotte für einen Moment zu vergessen. Ich dachte an das, was ich auf der Erde gelernt hatte. Man hatte uns mit Lügen gefüttert. Ich stand in der Klasse, vor Menschen. Es war der Moment, in dem alles von vorne beginnen musste.

Ich war die Lehrerin. Ich musste unterrichten.

Ich erinnerte mich an all die Momente, in denen ich im Volkssaal das Bruchstück aus Charles Chaplins *Der Diktator* gesehen hatte. Ich erinnerte mich daran, wie es war, im Film Forum in der Houston Street den Film so, wie er gedacht war, zu sehen. Und wie die kleine, aus dem Zusammenhang gerissene Szene ein Bild der Wahrheit geschaffen hatte, eine Illusion, an die alle glaubten. Weil sie es glauben wollten.

Ich war wie Immanuel Rath in *Professor Unrat*, der den falschen Verlockungen gefolgt und im gleichen Kreis gegangen war, angefangen im Klassenzimmer, wo er dann auch wieder landete. Aber ich würde nicht als elender Nichtsnutz an meinem Tisch sterben.

Ich sah die kleine Hannelore Lehmann, meine ehemalige Lieblingsschülerin, mit ihren Eltern in der Klasse sitzen. Sie war blass, in ihren Augen wohnte die Angst, aber dennoch zeigte sie schüchtern auf und fragte, wie es auf der Erde gewesen sei. Ich weiß nicht mehr genau, was ich antwortete, denn mir strömten so viele verschiedene Bilder in den Kopf. Ein anderes Kind fragte, wann wir dorthin fahren würden, ein drittes wollte wissen, wie.

Die kleine Hannelore erinnerte sich, was sie gelernt hatte und sagte auf Englisch: »*In peace*.«

Ich lächelte.

Würde man aus meiner Geschichte einen Film machen, würde man bestimmt viele Dinge begradigen und vereinfachen – die Anzahl der Personen verringern, die Komplexität der zwischenmenschlichen Beziehungen ausdünnen und die Kausalbeziehungen der Ereignisse stromlinienförmiger machen. Jedes Zelluloidbild jenes imaginären Films wäre dann wie eine zweidimensionale Abdeckung, die unter sich eine noch unbekannte dritte Dimension verbergen würde – sie wären wie Luken über einer tiefen Kluft, in die man hineinspähen und die Menschen und Ereignisse so sehen könnte, wie sie im wirklichen Leben waren. So, wie das Fragment aus *Der Diktator* die Spitze des Eisbergs war, und wir nur an den sichtbaren Teil glaubten, weil wir nicht wissen wollten, was sich unter der Oberfläche verbarg.

Es wäre natürlich dramatisch und schön gewesen, hätte James genau in dem Moment das Klassenzimmer betreten, und noch bezaubernder wäre es gewesen, wenn er als sein eigenes dunkelhäutiges Selbst erschienen wäre. Ich begegnete ihm jedoch erst, als er aus dem Chaos des Götterdämmerungswracks herausgelangt war und in die Festung kam. Keiner kannte ihn, aber er sah arisch aus und trug einen Mechaniker-Overall, also gab man ihm einen Raumanzug und half ihm, ohne weitere Fragen zu stellen, sich in Sicherheit zu bringen.

Später bekam James seine alte Identität zurück. Mein gewissenhafter Vater entwickelte ausnahmslos für alle seine Versuche Hintertüren, also Gegenmittel und Techniken, mit denen man die Auswirkungen der Experimente bei Bedarf rückgängig machen konnte.

Allerdings wäre es für niemanden außer für James selbst von Bedeutung gewesen, ob er weiß oder schwarz war.

Die Hautfarbe spielt heute für niemanden mehr eine Rolle.

Ich schaute auf die Menschen im Klassenzimmer, auf die zig leeren Augenpaare. Ich sah auch einige Blicke, in denen leichte Hoffnung glomm. Die Hoffnung, jemand oder etwas würde ihre Not lindern. Würde sagen, was als Nächstes zu tun war. Was man glauben, worauf man vertrauen, wonach man streben sollte.

Sie wollten einen Führer. Aber ich war als Führerin nicht geeignet.

Ich war Lehrerin.

Ich schloss die Augen und rief mir in Erinnerung, was Chaplin am Ende seines Films dem gutherzigen Doppelgänger des Diktators in den Mund gelegt hatte.

Damit begann ich meine neue Laufbahn als Lehrerin.

»The clouds are lifting. The sun is breaking through. We are coming out of the darkness into the light. We are coming into a new world, a kindlier world, where men will rise above their hate, their greed, and brutality.

The soul of man has been given wings, and at last he is beginning to fly. He is flying into the rainbow – into the light of hope, into the future, the glorious future that belongs to you, to me, and to all of us.«

Sie lauschten mir vollkommen still.

2. Juni 2047

Liebe Kitty,

dies ist mein letzter Eintrag, endlich. Mir jucken die Augen vom langen Wachbleiben, und mein Husten scheint Tag für Tag schlimmer zu werden. Ich verstehe nicht, wie ich fähig sein konnte, ein so langes Stück auf einmal zu schreiben! Auch das Tablet sieht so aus, als hätte es schlimm gelitten. Es hat ja einiges mitgemacht. Zuerst arbeitete ich damit auf der Erde, dann schnappte es sich Klaus in Vivians Büro (es war sicherlich das Erste, was ihm ins Auge fiel), und dann hielt es noch eine Weile die Götterdämmerung über der Mondoberfläche.

Klaus hatte auch daran gedacht, das Ladegerät mitzunehmen. Manchmal lache ich wegen dieses Details bitter in mich hinein. Auf der Erde hatte Klaus Adler nämlich immer vergessen, die Ladegeräte seiner Apparate mit sich zu führen.

Die Techniker meines Vaters bastelten einen Adapter für die amerikanischen Steckdosen und unsere und kopierten den USB-Anschluss, mit dem mein Vater mein Tablet an das Steuersystem des Götterdämmerungsgyroskops anschloss. Diese Verbindung war es, die James trennen konnte, als es ihm endlich gelang, meinen Vater in den Tiefen des Steuerzentrums der Götterdämmerung zu überraschen.

Das Tablet hat Dellen und ist verkratzt, aber es sind darin viele Dinge gespeichert, die für mich sonst für immer verloren gewesen wären. Notizen, Dokumente, E-Mails, Fotos von der Erde.

Bilder von Vivian.

Ich bin erleichtert, weil ich in meiner persönlichen Geschichtsschreibung zum Ende komme. Eines habe ich noch nicht erzählt, das Schmerzlichste von allem.

In der Festung verstanden wir sehr bald, dass tatsächlich keine Besatzungstruppen von der Erde kommen würden. Als wir versuchten, eine Kapitulationsnachricht abzusetzen, konnten wir zu keinem Raumschiff der Erde mehr Kontakt aufnehmen. Da unsere Telefonleitungen zu Hitlers Auge auf der anderen Mondseite beschädigt waren, schickte ich ein paar Freiwillige mit einem Mondfahrzeug auf die Erdseite, um die Aufnahmen der Aufklärungsstation zu holen. Aus ihnen wollten wir erschließen, was auf der Erde vorging.

Als der Erkundungstrupp die Erde hinter dem Horizont auftauchen sah, erfuhren seine Mitglieder einen lähmenden Schock.

Der Planet war nicht mehr der tief blau und weiß gemusterte Diamant am schwarzen Himmel, wie wir ihn kannten. Es war kein in der Ferne leuchtender Paradiesplanet mehr.

Die Erde war von einem grauen, unheilverkündenden Wolkenschleier getrübt, wie das Auge eines Fisches, das hell, farbig und feucht war, solange der Fisch lebte, aber matt und leblos wurde, wenn man ihn garte.

Die Analyse der Teleskopbilder von Hitlers Auge verriet, dass vor der Bildung der Wolkendecke helle Blitze an verschiedenen Stellen der Erde aufgezeichnet worden waren. Der Teufel, der einst in Hiroshima losgelassen worden war, hatte nun überall auf der Erde gewütet und keinen Stein auf dem anderen gelassen.

Es war klar, dass der Binnenkrieg der Erde am Mondhimmel – und natürlich dessen wahrer Grund, nämlich die Frage, wem die gewaltigen Ressourcen des Mondes gehörten – in Rekordzeit zuerst zu Krisen zwischen den Staaten und dann zu unmittelbaren Kriegshandlungen geführt hatte. Es hatte genügend Länder mit genügend Atomwaffenkapazität gegeben, um dafür zu sorgen, dass auf der verbrannten Erde nun tiefster Winter herrschte.

Klaus hatte gesagt: »Und als Nächstes seid *ihr* dran, ihr Kakerlaken der Erde.« Seine Worte waren verblüffend prophetisch gewesen. Sie waren tatsächlich drangekommen.

Wir waren allein.

Ich korrigiere: Ich glaubte, wir wären allein.

Wenn die Staaten der Erde über so viel geheime Weltraumtechnik verfügten, dass sie in der Lage waren, blitzschnell eine Kriegsflotte gegen den Mond auszurüsten, war es vollkommen klar, dass es auch auf privater Seite versteckt oder sogar öffentlich weltraumfähige Fähren geben musste. Es existierten Weltraumreiseunternehmen wie Vestal Celestial, aber in geheimen Verstecken fand sich Weltraumgerät von exzentrischen, paranoiden (in diesem Fall eher weitsichtigen) oder einfach nur mit der entsprechenden Begeisterung ausgestatteten Millionären.

Die Flüchtlinge verließen die Erde, als der Atomkrieg ausbrach und erreichten innerhalb kurzer Zeit den Mond. Nicht alle kamen an oder schafften es bis in die Festung. Trotzdem waren es Hunderte, und sie brachten Gerätschaften und Technologie mit, riesige Datenspeicher, Proviant und medizinische Kompetenz. Natürlich waren auch Dinge darunter, mit denen man nicht vollkommen zufrieden sein konnte. Dennoch glaube ich, dass unser Wiederaufbau ohne die neuen Arbeitskräfte und die neuen Methoden und Werkzeuge nicht so gut über die Bühne gegangen wäre.

Schon vor ihrer Ankunft hatte ich die Untermensch-Klassifizierung außer Kraft gesetzt. Auch militärische Ränge entfernte ich, weil der größte Teil der Männer in der Festung Offiziere waren, die nur voreinander katzbuckelten. Das waren meine ersten Maßnahmen als Festungsführerin, denn eine Art Führerin wurde ich, obwohl ich es selbst gar nicht wollte.

Wir hatten Schwerter zu Pflugscharen gemacht: Der Götterdämmerung konnten wir so viel Metall entnehmen, dass so schnell kein Mangel entstehen würde, ganz gleich, wie schnell der Wiederaufbau vonstatten ginge. Wir konnten auch Rohstoffe und Apparaturen aus den Überresten der auf dem Mond abgeschossenen Raumschiffe retten.

Die Hakenkreuzfestung, die Schwarze Sonne, heißt nun Neomenia. Der neue Mond.

Was mit meinem Vater passiert ist, habe ich nicht herausgefunden.

Außerhalb der Festung gibt es ein großes Mahnmalgebäude, in dem alle Todesopfer untergebracht sind – die im Mondkrieg Verstorbenen und die Überreste der Toten, die im Walhallagarten gefunden wurden.

Die Leiche meines Vaters liegt im Mahnmal, das weiß ich. Es ist sicher, dass er tot ist.

Für einen Mondbewohner war er alt und hatte den Schiffbruch der Götterdämmerung vermutlich nicht ausgehalten. Selbst wenn er beim Aufprall auf der Mondoberfläche noch am Leben gewesen sein sollte, könnte sein Herz versagt haben. Denkbar wäre auch, dass er beim Transport in die Festung Atemschwierigkeiten erlag.

Was sein Schicksal betrifft, ist mein Kopf leer. Ich bin mir nicht einmal sicher, ob ich ihm noch einmal begegnet bin. Niemand sagt es mir. Niemand gibt zu, es zu wissen. Man spricht mit mir nur über die posttraumatische Stressreaktion, wegen der ich mich vielleicht nicht erinnern wolle.

Das Schicksal meines Vaters dürfte das Einzige sein, über das James und ich nie gesprochen haben. Ich weiß nicht, ob James meinem Vater etwas angetan hat. Aber wenn ja, wo hätte er dann das Gegenmittel zum Arisierungsserum herbekommen, wenn es ihm nicht gelungen wäre, meinen Vater zu überreden, es ihm zu zeigen?

Ich möchte nicht wissen, ob James ihm etwas Böses getan hat.

Ich weiß nicht, ob ich wissen möchte, ob ich ihm selbst etwas Böses getan habe.

Manchmal wache ich nachts aus einem Traum auf, der

mir real erscheint. Darin stehe ich Herrn Doktor Richter gegenüber. Er ist ein gebeugter, ergrauter, von Prüfungen und schrecklicher Enttäuschung aufgezehrter Mann mit zerfurchtem Gesicht. In der Hand halte ich eine warme Parabellum von Krieghoff. Ich hebe den Arm, ziele und drücke ohne zu zögern ab.

Und gleichzeitig erinnere ich mich, wie ich zum ersten Mal auf der Erde durch den Wald ging und Schwierigkeiten hatte, auch nur den dünnsten Zweig zu knicken, irgendetwas zu beschädigen, was lebte und wuchs und um sein Dasein kämpfte. Wie berauscht war ich damals davon, dass alles um mich herum Leben war – hartnäckig dem Licht entgegenstrebend, sich unverzagt vermehrend. Wie jeder Halm, jedes Blatt für mich einzigartig und wichtig war. Wäre diese Renate fähig, abzudrücken?

James ist bereits tot. Das ist keine zwei Jahre her, und er war erst sechzig. Aber James lebt in unserer Tochter Obi weiter, die schon lange volljährig ist. Ich verstand ziemlich bald, nachdem wir uns wiederbegegnet waren, dass James Washington der einzige Mann war, den ich mir als Lebensgefährten vorstellen konnte. Die Festung brauchte Kinder. James war mir ein guter Freund. Er liebte mich.

Ich habe gelernt, dass Liebe viele Formen annehmen kann. Ich habe einmal geliebt; jetzt habe ich gelernt, dass auch geliebt zu werden eine sehr befriedigende Art zu leben sein kann.

Und so unangenehm es ist, an die Paarbildung auf genetischer Basis, wie sie in der Hakenkreuzfestung praktiziert wurde, auch nur zu denken (geschweige denn sie selbst anzuwenden) so ist doch unausgesprochen klar, dass James eine willkommene Abwechslung in meine Verwandtschaftslinie gebracht hat. Das Geringste, was ich aus Dankbarkeit für meinen Helfer, der für mich – für uns – viele Opfer gebracht hatte, tun konnte, war, seine Lebensgefährtin und die Mutter seines Kindes zu werden.

Selbstverständlich räumte ich ihm die Freiheit ein, auch der Vater vieler anderer Kinder zu werden; neben den Flüchtlingen war er ein wichtiges Plus für den Genpool von Neomenia. Sein Beitrag war für uns alle in vielerlei Hinsicht wichtig. Die linkische Vorstellung von Reinrassigkeit bricht man am besten durch die Praxis, bei der alle sehen, dass aus Verbindungen Menschen entstehen und keine Hautfarben.

Zur Erde gibt es kein Zurück, wahrscheinlich für Tausende von Jahren nicht. Wenn überhaupt.

Nicht einmal die Flüchtlinge, die von dort gekommen sind (ich weiß nicht, warum ich sie die ganze Zeit – jetzt fällt mir das auf – als »Flüchtlinge« bezeichne; sie sind ein Teil von uns, wir alle sind das Mondvolk), können da eine Hilfe sein. Auch wenn sie unsere muffige Festung in jeder Hinsicht bereichern, nicht nur genetisch, sondern auch technologisch und gedanklich, bekommen wir die Erde nicht zurück.

Wir bekommen sie auch nicht zurück, wenn wir alle Religionssysteme verbieten, die Obi so fremd sind, alle

Ideologien, allen Trost, den das hierarchische Herdentier aus seinem Glauben an allmächtige Alpha-Tiere beziehen kann, ob echt oder imaginär. Die Menschen brauchen Führer, Vorbilder und Ideen. Schließlich bin auch ich in Neomenia für viele Schutz und Stütze.

Je unsicherer und unheimlicher das Leben ist, je unberechenbarer die Zukunft erscheint, desto schmerzlicher sehnt man sich nach einem ermutigenden geistigen Wegweiser, der einem sagt, was man denken soll.

Und wenn es keine Zukunft gibt? Wenn die Welt buchstäblich unter unseren Füßen zerfällt? Ist es dann nicht besonders verständlich, wenn man in den Zustand der kindlichen Geborgenheit zurückkehrt, dazu, dass es nur eine Wahrheit gibt, die alle glücklich macht?

Geschichte kann sich wiederholen, denn sie wird nie mit dem Verstand geschrieben, sondern mit dem Gefühl. Aber es kann doch nicht sein, dass jede Generation ihren eigenen Hitler hat? Dass in einer veränderten, unsicher erscheinenden Welt jemand bessere Lebensbedingungen verspricht, Zusammengehörigkeit und Recht, und die Menschen dann in dessen Namen bereit sind, Diskriminierung, Feindseligkeit und Gewalt in Kauf zu nehmen?

Es fängt doch wohl nicht alles wieder von vorne an?

Vielleicht bin ich zu alt und zu müde, um darüber nachzudenken. Ich sehne mich nur nach innerer Ruhe.

Denn ich werde bald sterben.

Leb wohl, liebe Kitty.
Deine Renate Richter

NACHWORT

Renate und die Mondnazis hört da auf, wo *Iron Sky: The Coming Race* anfängt. Das Buch ist auf Wunsch meiner Agentin und meines deutschen Verlags entstanden und basiert unter anderem auf dem von mir verfassten Drehbuch zu dem Film *Iron Sky*. Wer *Iron Sky* gesehen hat, wird feststellen, dass der Roman in seinen Grundzügen sehr genau dem fertigen Film folgt, aber von Ereignissen und Personen erzählt, die gewissermaßen zwischen den Schnitten angesiedelt sind. Wäre *Iron Sky* ein Eisberg, so wäre der Film dessen Spitze und der vorliegende Roman wäre der unsichtbare Teil unter der Wasseroberfläche. Eine Art *writer's cut*.

Aber was brachte mich überhaupt dazu, über Renate und über Nazis auf dem Mond zu schreiben? Alles begann im Jahr 2007, als ich zum ersten Mal Samuli Torssonen traf, den Chef der Produktionsfirma Energia. Samuli hatte mit seinen Freunden schon viele Jahre an einer Science-Fiction-Parodiefilmserie namens *Star Wreck* gearbeitet. Der letzte Teil, *Star Wreck: In the Pirkinning,* war 2005 herausgekommen. Der Film war im Internet frei zugänglich und wurde ein Erfolg: Er wurde weltweit Millionen Male heruntergeladen und hatte viele treue Fans. Inzwischen ist er in mehreren Ländern im Fernsehen gelaufen und auch auf DVD in großem Umfang verkauft worden. Die erstaunlich hohe Qualität der Effekte in den *Star Wreck*-Filmen erregten aus gutem Grund große Aufmerksamkeit, denn die Produktion wurde komplett von Amateuren getragen – keines der Mitglieder des Teams hatte eine Filmausbildung, und auch die Effekttechnik, für die hauptsächlich Samuli Torssonen verantwortlich zeichnete, wurde nach der Trial-and-Error-Methode autodidaktisch erlernt.

Samuli Torssonen und Timo Vuorensola, der Regisseur der letzten Folgen, begannen nach dem Erfolg von *Star Wreck* einen neuen Film zu planen, diesmal für den Kinoverleih. Sie suchten für ihr Team einen professionellen Drehbuchautor, unter anderem weil es schwierig gewesen wäre, für ein reines Amateurfilmprojekt finanzielle Unterstützung von außen zu bekommen. Ich lernte Samuli ganz zufällig bei einer Veranstaltung kennen, bei der uns beiden der Kulturpreis unserer Heimatstadt Tampere verliehen wurde – Samuli für *Star Wreck*, mir für den internationalen Durchbruch meiner Romane. Irgendwann unterhielten wir uns über eine mögliche Zusammenarbeit und vereinbarten, uns ein paarmal mit dem ganzen Team der Produktionsfirma Energia zu treffen und zu schauen, ob die Chemie stimmte.

Wir verstanden uns hervorragend, aber eine funktionierende Idee für einen Film schien sich zunächst nicht finden zu lassen. Von Anfang an war mir klar, dass kein Film von Johanna Sinisalo gemacht wurde, sondern einer des Energia-Teams. Er sollte witzig sein, parodistisch, er sollte sogar etwas von einer Farce haben, und es sollten viele spektakuläre Weltraumschlachten vorkommen. Allerdings waren wir uns einig darüber, dass der Film auch eine tiefere Botschaft enthalten durfte.

Das Team brachte zu den Treffen mehrere Ideen und Vorschläge mit, aber ich konnte mich nicht recht dafür erwärmen. Dann sagte nach einigen Wochen Diskussion das Teammitglied Jarmo Puskala, ihm gehe schon länger ein Gedanke im Kopf herum, der ihm in der Sauna gekommen sei. Er habe jedoch gezögert, ihn uns mitzuteilen, weil er befürchtet habe, die Idee könnte in unseren Ohren vollkommen lächerlich klingen. Sein Gedanke lautete, der Film würde von Nazis erzählen, die nach dem Zweiten Weltkrieg auf die dunkle Seite des Mondes geflohen waren.

Ich war sofort Feuer und Flamme für die Idee. Sie enthielt alles, was man brauchte: die Basis für eine ausreichend verrückte, verschwörungstheoriehafte Geschichte, kombiniert mit Nazis, die als Filmschurken bereits mythische Ausmaße angenommen hatten, aber zum Beispiel auch die Möglichkeit, eine abgeschlossene, mit Propaganda groß gewordene Gemeinschaft zu schildern – von den Science-Fiction-haften Dimensionen der Idee ganz zu schweigen. Die Mondnazis waren genau die Idee, die zu diesem Team passte, und es war eine fantastische Idee.

Mit der Skizzierung des Drehbuchs wurde noch 2007 begonnen, und Anfang 2008 lagen die ersten Skriptfassungen vor. Zu dem Zeitpunkt schlossen sich dem Team professionelle Produzenten an, und die Finanzierung des Projektes wurde in die Wege geleitet. Auch im Bereich Crowdfunding, damals noch etwas absolut Neues, war *Iron Sky* bahnbrechend.

Bis zur Premiere war es jedoch noch ein weiter Weg. Erst 2012 kam der Film in die Kinos. Im Lauf der Jahre sammelten sich zig Drehbuchversionen und Zwischenfassungen an. Die Seitenzahl geht insgesamt bestimmt in die Tausende. Dabei war vollkommen klar, dass Figuren kamen und gingen, dass Handlungsstränge und kleinere Geschichten verworfen und wieder neu entwickelt wurden. Diese riesige Menge an Material stand mir beim Schreiben des Romans zur Verfügung. Dazu kam die äußerst umfangreiche Recherche, die wir unter anderem über die Verhältnisse auf dem Mond, über Verschwörungstheorien zu den Nazis und so weiter angestellt hatten.

Die internationalen Produzenten, Verleiher und Geldgeber hatten während des Produktionsprozesses natürlich auch ein Wörtchen über den Inhalt des Films mitzureden, und es wurden weitere Drehbuchautoren eingespannt. Die endgültige Filmfassung hat sich dabei gegenüber meiner ursprünglichen Drehbuchversion so sehr verändert, dass ich meinen Namen im Abspann nicht unter den Drehbuchautoren sehen, sondern als Verfasserin der Originalgeschichte genannt werden wollte. Und so habe ich nun die Freude gehabt, verschiedene Dinge wieder in die Geschichte aufzunehmen, zum Beispiel die Überlegungen von Renate – diesem »im Fass großgewordenen Mädchen« – über ihr Verhältnis zur Erde und den dortigen Lebensumständen und über die Neigung der Menschheit, immer wieder dieselben Fehler zu machen. Ich erinnere mich, wie wir im Team versucht hatten, die Botschaft des Films in eine möglichst knappe Form zu destillieren, bis es uns gelang, sie in wenigen Worten zusammenzufassen: »Die unendliche Dummheit der Menschheit.«

Die Zitate aus Adolf Hitlers *Mein Kampf* sowie aus Reden und Äußerungen von ihm und anderen hochrangigen Nazis beruhen auf Originalquellen. Hinweise auf Hitlers Charakter und einige persönliche Beschreibungen gehen auf die englische Übersetzung des von seinem Pressechef Otto Dietrich verfassten Buchs *12 Jahre mit Hitler* zurück (*The Hitler I Knew*, 2010). Die Mondhymne *Kameraden, wir kehren heim* hat die slowenische Band Laibach komponiert, die auch für den Soundtrack von *Iron Sky* verantwortlich war. Der Text des Liedes stammt von Falk Jung-Stennulat.

Da *Renate und die Mondnazis* ein komödienhaftes und satirisches Werk ist, bestand gar nicht der Anspruch, dass alles Faktenmaterial glaubwürdig zu sein habe. Der Großteil der Informationen über die Verhältnisse auf dem Mond und der möglichen Gründung eines Mondstützpunktes stammen aus dem Buch *The Moon* (2001) von David Whitehouse. Eventuelle Interpretations-, Sach- und Logikfehler oder pure Unmöglichkeiten gestehe ich bereitwillig als meine eigenen ein.

Ich danke der Staatlichen Kunstkommission Finnlands und dem finnischen Bibliotheksstipendienausschuss herzlich für die Unterstützung der Arbeit an diesem Roman sowie dem großartigen Drehbuch-Team von *Iron Sky*, dessen Mitglieder weiterhin gute Freunde von mir sind.

Johanna Sinisalo

www.tropen.de

Jaroslav Kalfař
Eine kurze Geschichte der böhmischen Raumfahrt

Roman
Aus dem Amerikanischen
von Barbara Heller
368 Seiten, broschiert
ISBN 978-3-608-50377-7
€ 22,- (D) / € 22,70 (A)

Auch als ebook

»2018, Odyssee im Weltraum: Jaroslav Kalfařs außergewöhnliches Debüt ist nicht von dieser Welt.« *The Guardian*

Jakub Procházka, erster Raumfahrer der tschechischen Geschichte, träumt davon, seinem Land Ruhm und Ehre zu bringen. Doch nach dreizehn einsamen Wochen im All beginnen Jakubs Sinne verrückt zu spielen. Als dann auch noch seine Frau mit ihm Schluss macht, nimmt die Mission einen ungeahnten Lauf.

Tropen

www.tropen.de

Michal Hvorecky
Troll

Roman
Aus dem Slowakischen
von Mirko Kraetsch
216 Seiten, gebunden
ISBN 978-3-608-50411-8
€ 18,- (D) / € 18,50 (A)

Auch als ebook

»Ein wütender, frecher Text in einer rasanten, wendigen, niemals langweilig werdenden Sprache.«
Terézia Mora, Süddeutsche Zeitung

Osteuropa in naher Zukunft. Ein Heer aus Trollen beherrscht das Internet, kommentiert und hetzt. Zwei Freunde entwickeln immer stärkere Zweifel und beschließen, das System von innen heraus zu stören. Dabei geraten sie selbst in die Unkontrollierbarkeit der Netzwelt – und an die Grenzen ihres gegenseitigen Vertrauens.

Tropen

www.hobbitpresse.de

Jeffrey Cranor,
Joseph Fink
Willkommen in Night Vale

Roman
Aus dem Amerikanischen
von Wieland Freund
und Andrea Wandel
384 Seiten, broschiert
ISBN 978-3-608-96328-1
€ 12,- (D) / € 12,40 (A)

Auch als ebook

»Randvoll mit den skurrilsten Szenarien, absurdesten Einfällen und schrägsten Typen, die mir je zwischen zwei Buchdeckeln begegnet sind.« *Denis Scheck, ARD Druckfrisch*

Night Vale, ein Städtchen in der Wüste. Irgendwo in der Weite des amerikanischen Südwestens. Geister, Engel, Aliens oder ein Haus, das nachdenkt, gehören hier zum Alltag. Night Vale ist völlig anders als alle anderen Städte, die Sie kennen – und doch seltsam vertraut. Jetzt als Taschenbuch, der erste Roman zur Nr. 1-Podcast-Serie.

Hobbit Presse
Klett-Cotta

www.hobbitpresse.de

Joseph Fink,
Jeffrey Cranor
Der lächelnde Gott

Roman
Aus dem Amerikanischen
von Birgit Herden
336 Seiten, gebunden mit
Schutzumschlag
ISBN 978-3-608-96263-5
€ 22,- (D) / € 22,70 (A)

Auch als ebook

»Witzig und brillant. Ich packe meine Sachen und wandere aus nach Night Vale.«
Ransom Riggs Autor von ›Die Insel der besonderen Kinder‹

Ein mysteriöses, Häuser verschlingendes Erdbeben, das sich nach allen Regeln der Wissenschaft niemals hätte ereignen dürfen, und eine seltsame religiöse Sekte, deren Gott seine Gläubigen zu verschlingen droht, halten die Bewohner von Night Vale in Atem.

Hobbit Presse
Klett-Cotta